J. S. WONDA

DARK PRINCE

Gefährliches Spiel

KEIN MÄRCHEN

DARK PRINCE
Gefährliches Spiel

Band 1 einer Reihe

Neuauflage 2024
4. Auflage

Bildmaterial: Shutterstock
Konzepte & Beratung: Iris Gierga
Korrektorat: Veronika Schlotmann-Thiessen, Claudia Matheis
Zweite Korrektur: Alina Alerion

Coverdesign by J. S. Wonda
Umschlagsgestaltung: Susanna Schoch
Innengestaltung: Milena Wetz
WondaVersum GmbH

ISBN: 978-3-98595-972-3
Bestellung und Vertrieb: Nova MD GmbH, Vachendorf
Druck und Bindung: FINIDR s.r.o., Tschechische Republik

Die britische Königsfamilie, Teile Englands und Londons sind rein fiktiv. Die angebrachten politischen Thesen spiegeln nicht die Meinung der Autorin wider. Die Geschichte spielt in einer Gegend, in der es Rassenkonflikte gibt. Sie werden am Rande benannt.

Jane S. Wonda
Am Himmelkamp 10
30890 Barsinghausen

Instagram: @janes_wonda
TikTok: @janes.wonda
www.wondaversum.de

SOUNDTRACK

One, two, three, got me?

— PRINCE VINCE / KID FRANCESCOLI

Waiting Game
Banks
Thieves – Klaves Remix
The Beach, Klaves
I Think I Like It
Fake Blood
We Are Your Friends
Justice, Simian
Rakata
Felix Pallas

Die vollständige Playlist gibt es auf Spotify.

Für Edward Cullen.
Die Welt muss gerettet werden, und du hockst in Forks!

KEIN MÄRCHEN

Du willst, dass ich dir eine Geschichte erzähle.

Eine Geschichte von einem strahlenden Prinzen, der seine unschuldige Prinzessin erwählt und in sein Königreich entführt.

Aber nichts, was ich dir erzählen könnte, ist strahlend.

Oder gar unschuldig.

Nein, es wird düster, grausam und moralisch sehr, sehr … zweifelhaft. Ich könnte dir auflisten, was dich in diesem Roman erwartet, aber was würde es nützen, wenn du doch nicht hörst?

Du willst ein Märchen.

Du bekommst eins.

Ein richtiges.

So wie die Märchen früher eben waren: blutig, angsteinflößend, verstörend.

Und vielleicht, ja, vielleicht lasse ich am Ende nicht die böse Hexe gewinnen.

Aber … ich an deiner Stelle wäre mir da nicht so sicher.

Dein Safeword?

Du brauchst kein Safeword – ich werde dich nicht gehen lassen, sollte es dir zu viel werden, also überlege gut und entscheide jetzt.

Im Namen aller, die mir in diese Märchenwelt folgen werden, bitte ich dich, von diesem Roman Abstand zu nehmen, sollten dich sensible Themen, explizite Gewaltszenen und moralisch grenzwertige Handlungen verstören, denn du könntest anderen Lesern den Spaß daran verderben.

Wir wollen nicht wissen, wie verwerflich unsere Liebe für die wirklich bösen Jungs ist. Wir wollen es nur genießen.

Deine Jane

MACHT, EINFLUSS, EIN FABELHAFTES AUSSEHEN
UND SEHR VIEL GELD.
WAS TUST DU, WENN DIR DAS NICHT REICHT?
RICHTIG, DU WIRST KÖNIG.

ICH WERDE DIR EINE
GESCHICHTE ERZÄHLEN
UND SIE BEGINNT NICHT MIT:

Es war einmal ...

PROLOG

Fünf Jahre zuvor

Ich gehörte zu der Sorte Mädchen, deren Mütter sich niemals die Mühe machten, ihnen ein Märchen vorzulesen. Dass ich überhaupt laufen und sprechen gelernt hatte, obwohl meine Eltern, seitdem ich denken konnte, vor dem Fernseher hingen, erschien mir manchmal wie ein Wunder. Deswegen ging die Magie des *Halloween Balls*, der jährlich mitten in Betham stattfand, auch vollkommen an mir vorbei.

Es war natürlich kein richtiger Ball.

Sondern eine exzessive, alle gesellschaftlichen Regeln sprengende Party in einem der schlimmsten Viertel Londons. Das Viertel, in das niemand freiwillig ging, es sei denn, er wohnte dort. Das Viertel, in dem schwarze Dealer die Polizei und deren Bandenköpfe das Militär ersetzten. Das Viertel, in dem es diesen einen Club gab, dessen Ruf in ganz London bekannt war und der die Menschen anzog, als wäre er das einzige Licht in einer Dunkelheit voller Motten.

Das *Royal Black*.

Jeder wollte dorthin.

Ich wollte es, meine Freunde wollten es, wir alle wollten es unbedingt.

Nur wer Teil dieses Exzesses wurde, war auch Teil der Rebellion gegen die Vorschriften des braven britischen – und zumeist weißen – Bürgers.

Die einzige Möglichkeit, hineinzukommen, wenn man noch zu jung war, bot sich an Halloween. Das Gesicht maskiert und so viel nackte Haut wie möglich. Wer nicht auffallen wollte, musste ein gutes Mittelmaß zwischen ›heiß und sexy‹ und ›erwachsen und arrogant‹ finden.

Die Regel lautete, sich als düstere Märchenfigur zu verkleiden. Dass jemand in Betham so viel Kreativität von den drogensüchtigen, alkoholverseuchten Partygängern erwartete, erschien mir schon an sich märchenhaft, aber dass die Leute reihenweise mitmachten, verwunderte mich jedes Jahr aufs Neue.

Vermutlich sehnten sie sich nach einem glitzernden Happy End. Danach, dass sie aus dem Elend unserer Betonwelt gerettet und in ein paradiesisches Schloss entführt werden würden. Solche Träume hatte ich längst aufgegeben.

Es gab keine Prinzen.

Und schon gar keine Rettung.

Betham war für die meisten von uns die Endstation.

Fehlender Schulabschluss, Sozialbau, Essensmarken.

Ich merkte, dass ich noch nicht betrunken genug war, um wirklich in Partystimmung zu sein, weshalb ich mir aus Vics Tasche den Rum fischte und ansetzte.

»Hey, lass noch etwas für mich übrig!« Victoria – kurz Vic – sah auch ohne Maske und Tonnen von Schminke zehn Jahre älter aus als ich und riss mir die Flasche aus der Hand. Ich ließ sie gewähren, schließlich hatte sie sie von ihrem wenigen Geld gekauft. Da meine Eltern es nicht fertigbrachten, regelmäßig den Kühlschrank zu füllen, ging alles, was ich beim Kellnern verdiente, dafür drauf, nicht zu verhungern.

Da blieb nichts mehr übrig für Alkohol.

Endlich erreichten wir nach zwei Stunden, in denen wir

in der stetig wachsenden Warteschlange gefroren hatten, den Türsteher. Sein prüfender Blick glitt an meinem Outfit entlang.

Ich trug High Heels und etwas, das mit gutem Willen als Minikleid durchgehen konnte, dazu dunkelroten Lippenstift. Die Augen unter der Maske waren kaum geschminkt, ganz so, als ob ich es nicht nötig hätte, sie zu betonen.

»Als was gehst du?«, fragte er schroff.

Vic, die ein quietschgrünes Top und dazu passende quietschgrüne Hotpants trug und mit der billigen goldenen Krone auf ihrem Kopf behauptete, als Froschkönig durchzugehen – was auch immer das für ein Märchen sein sollte –, funkelte den Türsteher zickig an. »Als Aschenputtel? Das sieht man doch.«

»Aschenputtel trägt doch keine Maske«, kam von einem Klugscheißer direkt hinter uns.

»Natürlich?«, fuhr Vic ihn an. Sie liebte es, sich mit Leuten aus unserem Viertel anzulegen, die gerne auch mal mit einem Messer auf einen losgingen. In jedem anderen Stadtteil Londons hätte das vielleicht für Mut gesprochen. In Betham war es einfach nur dumm. »Im Disneyfilm ist Cinderella nicht maskiert, aber im Märchen schon, sonst würde die böse Stiefmutter sie ja auf dem Ball erkennen, ne?«

Der Türsteher schien nicht besonders überzeugt, was Vic dazu brachte, laut zu stöhnen, mit beiden Fingern über ihre schwarz umrandeten Augen zu fahren und mir den verwischten Kajal ohne Vorwarnung auf die Wangen zu schmieren.

Ich verbot es mir, zu fluchen. Etwas sagte mir, dass meine Stimme für den Türsteher zu jung klingen würde.

»Siehst du?«, fragte Vic den Türsteher herausfordernd. »Aschenputtel.«

Es lag sicherlich weniger an meinem bestechenden Kostüm als daran, dass nicht nur Vic Körbchengröße D trug, sondern auch meine Brüste über den Sommer um einiges gewachsen waren, dass er uns durchließ.

Kaum hatten wir die heiligen Hallen des *Royal Blacks* betreten, verschwand sie mit einem Typen an die Bar. Ihm wurde das Glück zuteil, ihr die teuren Drinks für einen Abend zu bezahlen. Sie hatte mir eingebläut, es ihr gleichzutun, aber ich fühlte mich plötzlich in der wogenden Menge aus verkleideten Menschen viel zu unwohl, um wild drauflos zu flirten.

Eigentlich war ich sowieso nicht der Flirt-Typ. Was sollte ich mir einen Kerl aus diesem Elendsviertel ans Bein binden, der nichts anderes erreichen würde, als täglich die maximale Anzahl an Bier zu konsumieren, die ihn nicht direkt ins Koma brachte.

Fuck.

Ich sollte doch öfter Märchen lesen, um weniger verbittert zu sein.

Da stand ich also, in einem Rausch aus Farben und dröhnender Musik, und fragte mich, ob es wirklich nötig gewesen war, so lange in der Kälte anzustehen. Innerlich fror ich noch immer. Sollte das meine Zukunft sein?

Auf den ersten Blick schien es eine normale Party zu sein, aber wenn man genauer hinsah, waren die meisten Anwesenden entweder besoffen, zugedröhnt oder kurz davor, es zu werden. Pillen wurden hemmungslos von einem zum anderen gereicht. An der Theke zog jemand für alle sichtbar Kokain. Die Hälfte der Frauen schien nicht zum Vergnügen hier zu sein, sondern um sich ihren kläglichen Lohn mit sexuellen Gefälligkeiten aufzustocken. In ein paar Ecken wurde sogar gevögelt.

Wäre das hier wirklich der glamouröseste Ball, den ich jemals besuchen würde?

Blitze schossen durch die Menge, schillernde Kostüme wurden sekundenweise bestrahlt. Neonlichter malten surreale Farben auf die Wände, während der DJ Beats in den Raum hämmerte, die den Boden vibrieren ließen. Die rohen Betonwände des Clubinneren mischten sich mit dem kreischenden Bunt aus Farben und skurrilen Masken. Der Raum schien vor elektrischer Spannung zu knistern, doch ich fühlte mich, als würde ich an der Oberfläche kratzen, ohne wirklich einzutauchen.

»Bist du alleine hier?« Eine Stimme näherte sich von hinten und im nächsten Moment hielt mir ein Fremder einen Fünfzigpfundschein vors Gesicht. »Ich brauche deine Hilfe«, raunte er dicht an meinem Ohr, sodass sich meine Nackenhaare aufstellten. Er roch nach einem Parfum, das mir auf Anhieb gefiel.

Ich drehte nur leicht den Kopf. Er trug eine Kapuze so weit ins Gesicht gezogen, dass sie das meiste davon verbarg. Doch seine helle, gepflegte Haut, die Konturen seiner perfekt geschnittenen Kieferlinie und die Form seiner sinnlich geschwungenen Lippen gaben mir einen Hinweis darauf, wie gut er aussehen musste.

»Hol mir einen Whisky auf Eis und such dir selbst etwas aus. Der Barkeeper muss nicht wissen, dass ich hier bin.«

Ich musste schmunzeln. *Was für eine kreative Art und Weise, jemanden auf einen Drink einzuladen.* Ohne zu zögern, nahm ich das Geld aus seiner Hand und bahnte mir einen Weg zur Bar. Er folgte, und zwar so dicht, dass er mich die gesamte Zeit über berührte. Er bewahrte mich davor, angerempelt zu werden, da er im richtigen Moment den Arm ausstreckte und die Person, die mir zu nahe kam, davon abhielt, mich zu berühren. Es tat so gut, in diesem Nebel aus Menschen und Musik beschützt zu werden, und als seine Hand die nackte Haut an meinem Rücken berührte, loderte die Stelle heiß auf.

Ich schluckte. Vic hätte sich sofort an ihn rangeschmissen, so viel war mir klar. Etwas an seinem Auftreten hob ihn von den anderen Clubbesuchern ab. Seine Kleidung wirkte hochwertig. Und an seinem Handgelenk prangte eine Uhr, die nicht nach einem China-Import aussah, auch wenn ich wenig Vergleiche hatte.

Als ich bestellte, hielt er sich im Hintergrund. Meine Stimme zitterte leicht, als ich dem Barkeeper die Bestellung zurief. Ich nahm das zweitteuerste Getränk auf der Karte, er bekam seinen Whisky.

Es war das erste Mal, dass mir jemand einen Drink ausgab – was daran liegen mochte, dass ich bisher keinen Typen getroffen hatte, der genügend Geld dafür besaß.

Ich drückte dem Maskierten seinen Whisky in die Hand und nippte unsicher an meinem Cocktail. Er hob beim Trinken leicht den Kopf, sodass ich einen Blick unter den Schatten seiner Kapuze erhaschen konnte. Seine Augen fixierten die meinen und wirkten wie schwarze Edelsteine, die selbst im Dunkeln des Nachtclubs zu glühen schienen. Jeder von Vics Typen hätte jetzt von mir erwartet, dass ich mich aufreizend auf der Tanzfläche vor ihm räkelte als Dank für den teuren Drink.

Doch der Maskierte tat nichts, außer mich anzusehen.

»Wie alt bist du?«, rief er über die Musik hinweg, als er eine Zigarettenschachtel aus seiner Brusttasche zog. Sein dunkelblaues Hemd unter der geöffneten Lederjacke saß wie angegossen und betonte seine athletische Figur.

»Zwanzig!«, rief ich zurück.

Alles, was ich von ihm sehen konnte, war sein Lächeln. Er nahm es mir nicht ab. »Wollen wir so tun, als ob ich dir glaube.« Er steckte sich eine Kippe zwischen die Lippen, zündete sie an und drehte den Kopf, als würde er über die Menge blicken. Genau wissen konnte ich es nicht, da ein Großteil seines Gesichts wieder verborgen war. »Weshalb bist du hier?«

Ich biss mir auf die Lippe und umklammerte mein Glas. Mir fiel keine gute Antwort ein. Ja, weswegen war ich gekommen?

›Weil Vic, meine einzige Freundin aus dem Block, mich überredet hat und ich es mir nicht erlauben kann, sie zu enttäuschen?‹

›Weil ich wissen will, wie es in einem der bekanntesten und gefährlichsten Clubs Londons ist?‹

›Um einen Typen abzuschleppen?‹

Keine Ahnung.

Vielleicht, weil es dazugehörte, an Halloween zu versuchen, ins *Royal Black* reinzukommen.

»Du weißt es nicht«, stellte er grinsend fest. »Komm mit.« Er griff nach meiner Hand. Die Wärme seiner Finger zu spüren, fühlte sich berauschend an.

Er führte mich sicher und bestimmt durch die Menge in einen Bereich, der an das Foyer angrenzte, bis wir schließlich durch einen Vorhang und eine schwere Tür dahinter in einen Raucherbereich traten, in den die Musik nur noch dumpf schallte. Statt Beton lag auf dem Boden Parkett, statt der Leuchtstoffröhren hingen zwei Kronleuchter von der Decke und die Wände waren in einem Ornamentmuster tapeziert. Es gab keine Bar, nur die roten Sitzbänke an der Wand und an die zehn Sessel dazwischen. Viele der Anwesenden unterhielten sich gedämpft, aber ich nahm nur den Fremden neben mir wirklich wahr. Er bot mir einen von zwei roten Satinsesseln an, stellte seinen Whisky auf den Beistelltisch und setzte sich zu mir.

Seine Gesichtszüge blieben hinter der Kapuze seiner Jacke verborgen. Ich rückte nervös mein Kleid zurecht und sein direkter Blick wurde mir unangenehm. *Was sah er in mir?*

»Als was gehst du?«, fragte er mit einem ironischen Lächeln. »Rihanna?«

Sollte das ein Kompliment gewesen sein? »Nein.« Ich zeigte auf meine Wangen. »Aschenputtel. Und welche Märchenfigur willst du darstellen?«

Er lachte. »Ist das nicht offensichtlich?«, fragte er, wartete meine Antwort aber nicht ab. »Robin Hood.«

Diese Geschichte sagte mir etwas. »Robin Hood? Der von den Reichen stiehlt und es den Armen gibt?«

Er hob leicht den Kopf, damit ich kurz sehen konnte, wie seine Augen aufblitzten. »Ganz genau.«

»Wo sind dann dein Pfeil und Bogen?«

»Ich habe sie gegen Patronen und meine *Smith & Wesson* ausgetauscht.«

Scheiße. Etwas sagte mir, dass er keinen Scherz machte.

»Woher kommst du?«, fragte er.

Ich nippte eingeschüchtert an meinem Cocktail. »Betham.«

»Wirklich?«, fragte er überrascht. »Dann wundert es mich, dass du irgendeinem Wildfremden allein in die VIP-Lounge folgst. Weißt du nicht, dass es hier gefährlich ist?«

Jetzt wurde ich noch nervöser. »Ist das hier die …?« Über die VIP-Lounge des *Royal Blacks* gab es genauso viele fragwürdige Geschichten wie über den Club selbst. Angeblich wurden hier regelmäßig Leute ermordet, die den Bandenoberhäuptern, die inoffiziell unseren Block kontrollierten, in die Quere kamen.

Der Maskierte lächelte ironisch. »Aber wo du schon einmal hier bist, könntest du mir helfen.«

»Wobei?«

»In ein paar Minuten wird ein großer, hagerer Mann hereinkommen, du wirst ihn direkt erkennen. Alle werden sich nach ihm umsehen. Nur ich nicht. Weil du dich auf meinen Schoß setzt und mich ablenkst.«

»Was?!« *Ablenken?*

Er lächelte breiter. »Nur so zur Show. Ich könnte jedes andere Mädchen auf der Tanzfläche fragen, aber du bist jung, das hat einige Vorteile.«

»Okay …«, sagte ich langsam. Meine Alarmglocken schrillten, und doch brannte da etwas in meinem Bauch. Es war nicht der Alkohol. »Und wozu soll das gut sein?«

»Es wird die Welt besser machen«, versprach er mir dunkel. Der Fremde hob die Hand und lockte mich zu sich. Ich zögerte, bevor ich seinem Wink folgte. Hatte ich mich nicht dafür in Schale geworfen und war hierhergekommen? Um einen heißen Typen kennenzulernen? Und dieser hier gefiel mir ganz besonders. Er war wesentlich älter und er hatte mir, ohne mit der Wimper zu zucken, den zweitteuersten Drink bezahlt. Außerdem sprach er zwar davon, dass es hier gefährlich sei, gab mir aber im selben Moment das Gefühl, dass er mich vor ebendieser Gefahr beschützte.

Ich setzte mich nun etwas selbstbewusster auf sein rechtes Bein, seine Hand fand an meine Taille. Mit der anderen zog er mein Kinn näher, sodass mich sein Atem traf. Er roch nach Whisky und Pfefferminz.

»Du bist so verdammt jung«, raunte er leise. Seine Augen lagen im Schatten seiner Kapuze, ich konnte sie nicht sehen und doch spürte ich seinen Blick. »Ich wünschte, ich könnte dir eine Perspektive bieten, aber bis dahin bist du längst erwachsen.«

»Wie bitte?«, fragte ich verdutzt. Ich hatte erwartet, geküsst zu werden, stattdessen sprach er von Dingen, die nicht an diese Stelle gehörten. War ich ihm *zu* jung? Offensichtlich. Aber wieso zog er mich dann auf seinen Schoß?

Er strich sanft mit dem Daumen über meine Wange hin zum Kinn. »Dieser Club ist kein Ort für Mädchen wie dich. Du solltest gehen.«

Ich spürte einen Windzug, fröstelte, als würde die Temperatur im Raum schlagartig absinken. Um mich herum veränderte sich alles. Gespräche verstummten, Zigaretten wurden ausgedrückt, Getränke abgestellt. Nur noch das Wummern der fernen Musik drang gedämpft durch die Wände. Ansonsten war es still. Totenstill.

»Sorry, Darling«, summte der Maskierte leise, auf dessen Schoß ich saß. »Irgendwann wirst du verstehen, dass es nötig war.« Er zog mein Kinn zu sich heran und streifte meine Lippen mit seinen. Es fühlte sich merkwürdig an. Richtig und falsch zur gleichen Zeit. Dieser Kuss war alles andere als gewöhnlich, er war zu sanft, zu zärtlich, zu liebevoll. *Was hatte er zu bedeuten und warum beschleunigte sich mein Atem?*

Plötzlich löste er sich, war fort, ich riss die Augen wieder auf. Ehe ich begreifen konnte, was geschah, sah ich den Lauf einer Waffe. Direkt neben meinem Knie. Ich schrie spitz auf, doch Robin Hood legte mir schnell eine Hand über den Mund, sodass sich der Schrei darin verlor.

Im Augenwinkel bemerkte ich jemanden, fuhr auf dem Schoß des Maskierten herum und fand mich direkt einem hageren Mann gegenüber, dessen Augenhöhlen tief gingen und der alle um sich herum mit einer Kopflänge überragte. Hinter ihm standen zwei weitere Männer und bewegten sich unruhig, als ob sie sich fürchteten.

Ich fürchtete mich. Am liebsten wäre ich vom Schoß des Maskierten gesprungen, doch er hielt mich fest. *Scheiße! Wo war ich hier hineingeraten?*

»Guten Abend, Carl«, sagte der Maskierte mit weicher Stimme und ich begann wild vor Angst zu zittern.

Der hagere Mann blieb wie angewurzelt mitten im Raum stehen und starrte zu uns. Seine Haare waren grau, sein Bart stoppelig, die Augen groß und einnehmend. Sein Blick glitt über mich, fixierte dann den maskierten Robin Hood, auf dessen Schoß ich saß. Carl begann zu lächeln, als er die Pistole sah. »Guten Abend«, gab er betont freundlich zurück, doch in seinen Augen blitzte eine Kälte, die mir den Atem raubte. »Wer hätte gedacht, dass wir uns so schnell wiedersehen.«

»Nicht schnell genug für meinen Geschmack.« Der Maskierte drückte gegen meine Hüfte zum Zeichen, dass ich aufstehen sollte. Ich tat es sofort und wich zur Wand. Weiter weglaufen konnte ich nicht, denn der Ausgang war von Carl und den zwei anderen Männern blockiert.

»Und nun bist du hier, um mir alles zu nehmen?«, fragte Carl.

»Ich bin hier, um dir zu nehmen, was dir niemals zustand.«

Carls Augen glitten zu mir. »Und wer ist das Mädchen? Soll sie mein Herz erweichen, damit ich dich gewähren lasse, oder was dachtest du dir dabei?«

Der Maskierte lächelte kaum merklich. »In der Tat.«

»Die Türsteher versagen jedes Jahr an Halloween«, murmelte Carl abwesend, strich sich durchs Haar und sah sich um. »Und wer der hier Anwesenden ist schon längst auf deiner Seite?«, fragte er.

Wie auf Kommando positionierten sich mehrere Männer im Raum. Einige öffneten ihre Jacke und zeigten die Waffen, die sie darunter verbargen. Wenn sie gleich eine Schießerei beginnen würden, geriete ich mitten ins Feuer, sollte ich zur Tür laufen wollen. *Eine Flucht war nicht möglich.* Ich drückte mich näher an die Wand. Meine Knie, weich, mein Herz, rasend.

»Meuterei«, spuckte Carl und seine Hand zuckte Richtung Gürtel.

»Das würde ich schön bleiben lassen«, warnte der Maskierte. »Schließlich könnten dabei Unschuldige sterben.« Er nickte zu mir. *O Gott. War das sein Plan gewesen? Hatte er mich deshalb eingeladen, ihm zu folgen, damit Carl sich nicht traute, das Feuer zu eröffnen?*

Carl verengte die Augen, dann hob er langsam die Hände. »So kennt man dich. Immer das höhere Ziel vor Augen, selbst wenn ein Einzelner dabei stirbt.«

»Mitgefühl können sich nur Verlierer erlauben.«

»Dann verliere ich lieber«, sagte Carl und spuckte ihm vor die Füße. »Du glaubst, die Leute da draußen brauchen einen wie dich, doch du irrst dich! Ich werde in der ersten Reihe stehen und jubeln, wenn sie dich eines Besseren belehren.«

Auf einen Wink des Maskierten hin ergriffen zwei

Männer Carl. Sie nahmen ihm die Waffe ab, die er am Gürtel trug, und packten ihn an den Oberarmen.

»Deine Zeit ist vorbei«, sagte der Maskierte und steckte seine Waffe weg. »Niemand belehrt mich eines Besseren. Schafft ihn raus.«

Carl wurde zur Tür gezerrt. »Deine Arroganz wird dich noch töten!«, rief er, als er hinausgeschleift wurde.

Robin Hood antwortete nicht mehr. Ein weiterer Wink seiner Hand sorgte dafür, dass auch mich jemand grob packte und hinauszerrte. Ich erhaschte einen letzten Blick auf ihn und versuchte zu begreifen, was gerade geschehen war.

Er schenkte mir keine Beachtung, steckte sich eine Zigarette zwischen die Lippen und hob das Whiskyglas. Als wäre nichts passiert.

Und das ließ mich ihn besonders fürchten.

Jemand stieß mich durch den Vorhang in den öffentlichen Bereich des Clubs und knallte die Tür hinter mir zu. Ich landete direkt vor Carls Füßen. Er sah auf mich herab, zögerte kurz und griff dann nach meinem Arm, um mich in den Stand zu ziehen. »Wärst du nicht gewesen, wäre ich jetzt tot«, raunte er. Sein Atem roch verfault, mindestens drei seiner Zähne schimmerten golden. »Der *Dark Prince* weiß genau, wie er einen alten Mann wie mich dazu bekommt, aufzugeben. Hätte ich auf ihn geschossen, wäre dabei nicht nur ich ins Feuer geraten. Und wer möchte schon, dass jemand wie du Menschen sterben sieht?« Er musterte mich, ehe er nach meiner Maske griff und sie grob abriss. Ich krümmte mich zusammen. *Was, wenn er mich dafür büßen lassen würde, was gerade geschehen war?*

Doch er tat nichts weiter, als mich anzusehen.

»Und, wie ist es, verraten zu werden? Du und ich. Er hat uns beiden heute eins ausgewischt.«

»Lassen Sie mich los«, wehrte ich mich schwach.

Er zog mich näher an sich heran. »Weißt du überhaupt, wer er ist, Mädchen? Oder bist du ihm völlig blind gefolgt?«

Ich schüttelte den Kopf.

»Doch, das bist du. Seinem Charme verfallen. Weil, er ist ja so jung. So freundlich. Deswegen hast du ihm auch geholfen. Dachtest, er würde etwas Gutes tun. Das hat er dir bestimmt gesagt. Dabei tut er nur so, Mädchen. Er glaubt von sich, er würde diese Welt besser machen, indem er mir meinen Club raubt und ihn von Drogenmissbrauch und Verbrechen befreit, aber weißt du was?« Carls Augen weiteten sich, als wäre er leicht wahnsinnig. »Der *dunkle Prinz* wird diese Welt nicht besser machen. Er ist nicht besser als wir anderen.«

»Lassen Sie mich los!«

»Halloween …« Seine Stimmlage veränderte sich. »Wenn sich die Monster verkleiden und die Turmuhr zwölf schlägt …«, ich wollte nur noch weg, »dann schreibt die Zeit ihre Geschichte und alles verändert sich. Ist es nicht besonders hohnisch von ihm, mir zwar meinen Club zu nehmen, mich aber dennoch wie einen zahlenden Gast zu behandeln, den man nicht ohne Weiteres vor die Tür setzt? Wir sollten uns einen schönen Abend machen, Mädchen. Du, der ich mein Leben, aber nicht meine Ehre verdanke, und ich.«

Niemals! Ich riss mich aus seinem Griff, gerade als ein Ruf durch den Gang hallte.

»Florence!«

Unendlich erleichtert, meinen Namen zu hören, denn es bedeutete, dass mich jemand kannte und befreien würde, sah ich auf. Doch der Einzige, den ich noch weniger gebrauchen konnte als Carl, war Evan.

»Was zur Hölle …«, keuchte mein Ex und wieder wurde ich weggezerrt, dieses Mal von ihm. Carl ließ Evan gewähren und verschwand in die pulsierende Dunkelheit des Clubs. »Wer hat dich reingelassen?«

»Lass mich los«, zischte ich. *Wie ich diesen Vogel hasste!* Ein ganzes Jahr hatte ich an diesen Loser verschenkt. Meine Wut auf ihn überschattete plötzlich alles.

»Süße, das ist kein Ort für so junge Dinger wie dich.«

»Ich entscheide selbst, was das für ein Ort ist.« Ich wollte Rettung, ja! Aber auf keinen Fall von ihm! »Dealst du hier, Evan?«, fragte ich forsch.

»Was hat der Besitzer von dir gewollt, he?«

»Kann dir doch egal sein!« Warum musste mir ausgerechnet Evan über den Weg laufen, sobald ich meine Maske verlor? »Lass mich los.«

»Ich bringe dich raus.«

»Ich finde den Weg alleine.«

»Hier ist es für kleine Teenager-Girls nicht sicher.«

Ich verdrehte die Augen. »Als ob meine Sicherheit dich jemals interessiert hätte.«

Evan knirschte mit den Zähnen und fasste in meine Hand, um mich mit sich zu ziehen. »Komm mit.«

»Nein!« Wenn, würde ich allein gehen. Mit Evan wollte ich nichts mehr zu tun haben, seitdem ich wusste, dass er mit Drogen dealte und mich dafür benutzt hatte, sein Geld zu waschen. Aber sein Griff war zu fest und ich konnte mich nicht daraus hervorwinden.

»Gibt es hier ein Problem?« Einer der Türsteher trat zwischen uns und Evan ließ mich augenblicklich los. Im Gegensatz zu dem Türsteher von vorhin machte mir dieser hier Angst. Er war vermutlich nicht viel älter als Evan. Trotzdem wirkte er mit seiner riesigen Gestalt und seinen breiten Schultern wie eine menschliche Waffe. Als könne er uns allein durch sein Körpergewicht erledigen.

Sein enges schwarzes Shirt spannte sich über massiven Schultern und ließ eine Fülle von Tätowierungen frei, die sich wie ein lebendiges Wandbild über seine Arme bis zu den Handgelenken erstreckten. Seine Beine, ebenfalls kräftig und muskulös, steckten in schwarzen Jeans, und er trug dazu schwer aussehende Springerstiefel, die seiner massiven Erscheinung noch mehr Gewicht verliehen.

Er gehörte in die Kategorie ›Lieber nicht nachts begegnen‹. Vor allem nicht in Betham.

»Sie ist keine siebzehn, ich bringe sie nur zur Tür«, verpetzte Evan mich lautstark und verschränkte die Arme arrogant vor der Brust. Evan war schlank, fast dürr. Er hätte körperlich gegen den Türsteher keine Chance.

Dieser betrachtete mich eingehend. Jetzt, da ich keine Maske mehr trug, durchschaute er mein Alter – vielleicht war er aber auch einfach schlauer als sein Kollege. Er nickte Evan zu. »Ich bringe sie raus und du verpisst dich.«

»Und meine Freundin?«, fragte ich hilflos. »Sie ist noch hier drinnen und wird mich suchen!«

»Los«, knurrte der Riese. Aber sein Nicken galt Evan, nicht mir. Dieser warf mir einen misstrauischen Blick zu und zeigte mit zwei Fingern erst auf seine Augen, dann auf mich, bevor er in der Menge verschwand.

»Wie sieht deine Freundin aus?«, fragte der Türsteher.

»Blond …« Zum Glück war das in diesem Club ein eindeutiges Merkmal.

»Okay. Bis drei Uhr könnt ihr hierbleiben, danach will ich euch nicht mehr sehen. Gib mir deine Hand.«

Verunsichert ließ ich meine Hand, wo sie war, sodass er danach greifen musste. Er drückte mir einen Stempel auf die Haut, den er irgendwo herzauberte. Eine schwarze Krone mit Zacken aus Messern.

»Bis drei sind eure Getränke frei. Danach geht ihr.«

»Ehm.« Verdattert starrte ich auf den Stempel. »Und wieso …?«

»*Er* wird dich beobachten. Und du solltest tun, was er sagt.« Damit wandte sich der Türsteher Richtung Eingangsbereich und ließ mich im halb leeren Foyer stehen.

Ein Blick zurück zur VIP-Lounge verriet mir, dass der Maskierte neben der Tür stand und zu mir sah. Mich erfüllte ein Schaudern. Das Glas in der einen Hand, die Zigarette in der anderen. Das Gesicht im Schatten seiner Kapuze verborgen.

Er nickte mir unmerklich zu, bevor ich mich dazu entschied, so schnell wie möglich Vic zu suchen und zu verschwinden. Ich wusste nicht, was gerade geschehen war – aber eines stand fest: Ich wollte es auf jeden Fall vergessen.

Es ist mir auch gelungen.

Bis heute.

KLOPFE NIEMALS
AN EINE TÜR,
ES KÖNNTE
DICH TÖTEN.

Die sieben Geißlein

FLORENCE

Heute

Meine Faust traf donnernd das schäbige Holz. Meine Hand war feucht. Alles an mir war feucht. Meine Stirn, hinter der sich die Gedanken überschlugen, mein Nacken, in dem der Angstschweiß perlte, und natürlich meine Finger, die krampfhaft meinen gefährlichsten – und kostbarsten – Besitz umschlossen. Verborgen in der Tasche, nicht bereit loszulassen. Einzig meine Faust ging zielgerichtet auf das hässliche Holz nieder und sorgte für den dröhnenden Widerhall in meinen rauschenden Ohren.

Bumm. Bumm. Bumm.

Mein Herz, ein paar Takte schneller, diese Tür.

»Evan, du verschissenes Arschloch! Mach auf!« Fluchen. Es half. Jetzt half es mir, und es würde mir helfen, sollten sie mich finden. Ich konnte die Schulden, die mein Bruder bei irgendwelchen zwielichtigen Leuten hatte, mit denen ich keine Bekanntschaft machen wollte, nicht zurückzahlen. Schon gar nicht, wenn Evan seine dämliche Dreckstür nicht langsam aufmachte!

Bumm. Bumm. Bumm.

Eine Bierflasche krachte neben mir zu Boden, fiel, zerbrach. Ich zuckte zusammen, es war nur Glas, kein Schuss.

Der übellaunige Nachbar eine Etage über Evans Wohnung, der sich beschwerte, weshalb ich ihn um neun Uhr morgens weckte.

»Verpiss dich, Mädel, und halt die Klappe! Mir geht der Tod der Queen am Arsch vorbei!«

Ich biss mir auf die Zunge und ignorierte ihn. Er klang betrunken, und bis er die Polizei gerufen hatte, wäre ich längst verschwunden.

Bumm. Bumm. Bumm.

»Hörst'e schlecht oder was!«

Eine zweite Flasche fiel, zersplitterte direkt neben meinen Chucks. Egal. »Evan, komm schon.« Ich warf mich verzweifelt gegen die Tür. »Schwing deinen Arsch von deiner Tante runter und *mach mir auf.* Es ist wirklich dringend. Mir egal, ob du nicht geduscht bist, echt, und ich bin auch nicht mehr sauer, ich brauche nur deine Hilfe! Okay? Bitte!« Waren das echte Tränen? Nun, vielleicht war ich kurz davor, zu heulen. Ein bitterlicher Schluchzer konnte jedenfalls nicht schaden. Das Holz schwang unter der Vibration meiner Stimme. »Bitte …«

Etwas regte sich. Oben. Ein Fenster wurde donnernd zugeschlagen und wieder fuhr ich zusammen. Panisch sah ich mich in dem dunklen Gang um. Ein Ort, an den niemals echtes Sonnenlicht drang. Die typische Schachtelform eines Sozialbaus, den man unbegründeterweise durch raffinierte Architektur aufpeppen wollte. Selbst verschachtelt blieb ein hässlicher Betonklotz eine hässliche Ansammlung aus Beton. Grauer, dreckiger, schäbiger Scheißbeton. So weit meine Augen reichten.

Doch niemand war zu sehen. Wer am Sonntag arbeiten musste, war längst außer Haus, und wer es nicht musste – weil er gar keine Arbeit hatte –, schlief. Obwohl mir bewusst war, dass einer der gegenüberliegenden Nachbarn mir die Polizei wegen Lärmbelästigung auf den Hals hetzen konnte, hob ich ein weiteres Mal die Faust an. Exakt in diesem Moment wurde das Türschloss geöffnet.

Gottverflucht, endlich!

Jetzt lärmte es nicht von außen, sondern von drinnen. Jemand zog die Tür auf, nur um festzustellen, dass der Sicherungsriegel noch vorgeschoben war, und warf sie donnernd wieder zu.

»Merde!«

Ich steckte auch meine zweite Hand zurück in meine Sweatshirttasche und unterdrückte den Spruch, der mir auf den Lippen lag. Evan verabscheute es, wenn man sich über ihn lustig machte. Und ich durfte es schon gar nicht. Außerdem war *das hier* kein Moment zum Spaßen.

Es schepperte an der Wohnungstür. Wer auch immer sich dahinter befand – möglicherweise hatte Evan mittlerweile irgendwelche Mitbewohner bei sich einziehen lassen, um seine Miete halbieren zu können –, besaß wenig Geduld, den dämlichen Sicherheitsriegel zurückzuschieben. Stattdessen klang es so, als würde er ihn aus der Tür hämmern wollen.

Dann endlich war der Lärm vorüber und die Tür schwang vergleichsweise leise auf.

Der Anblick dahinter war mein Todesurteil. Noch nie war ich mir so sicher, der Gefahr ins Gesicht zu sehen, wie jetzt, und noch nie hatte mich eine unsichtbare Hand trotzdem davon abgehalten, zu fliehen. Ich erstarrte. Selbst das Blut in meinen Ohren gab sein Rauschen auf. Da war nur Stille.

Stille und dieser Typ.

In Sekundenschnelle registrierte ich sein Auftreten. Breite Schultern. Helle Haut. Dunkle Augenränder. Lederjacke, Turnschuhe, Jeans und eine Pistole in der Hand, die er spielerisch in seinen Fingern drehte, als wäre sie ein Jonglierstab.

Verdammt. Flieh!

Doch ich konnte mich nicht rühren. Meine Gedanken rasten wirr durch meinen Kopf, tausend Fragen schossen mir auf die Zunge und ich schluckte sie dennoch herunter. Wo war Evan? Wer war dieser Typ? Wieso trug er eine Waffe und warum hatte ich ihn nie zuvor gesehen? Nun, das konnte ich beantworten: Jeder aus Betham roch auf zehn Meilen Entfernung, dass dieser Typ nicht hierhergehörte. Wenn ich es zuließ, musste ich feststellen, dass er bis auf seinen Mörderblick erstaunlich gut aussah. Seine Haut war ebenmäßig und makellos, seine schwarzen Haare gewaschen und gestylt – nicht zu sehr, aber genug, um nicht ungepflegt zu wirken. Seine Jeans saß perfekt, und sein Sixpack, der sich deutlich unter dem weißen Shirt zwischen den offenen Seiten seiner Lederjacke abzeichnete, löste etwas in mir aus, das ... Ja, ich stand auf die Weißen. Das war ein Urinstinkt. Sie hatten die besseren Chancen, dem Elend zu entkommen. Sie hatten sie, sie würden sie immer haben, es war so. Und dieser Typ vor mir gehörte absolut in die Kategorie ›Ticket nach draußen‹. Der wohnte niemals in Betham und seine Karre hatte das Lenkrad links, weil England solche geilen Schlitten gar nicht erst produzierte. Der Typ stank nach Geld, und außerdem war da diese Pistole in seiner beringten Hand, von der sich jede Frau wünschte, dass er damit auch umgehen konnte, um sie zu verteidigen – und sich nicht in einem Anflug von Dämlichkeit entwaffnen und erschießen ließ.

Er räusperte sich. »Fertig?« Ein dünnes Lächeln umkräuselte seine Lippen. Er hatte einen Bartschatten. Drei, vielleicht vier Tage nicht rasiert.

Ich holte zischend Luft und umgriff das Kokain in meiner Tasche fester. »Fert-ig?« Ich stotterte! Natürlich! »Wo... womit?«

»Mit deinem Blickfick.« Seine Stimme war wie alles an ihm, düster und rau.

»Nein«, antwortete ich wahrheitsgemäß. *Der könnte noch eine Weile dauern.* Mein Mund wurde trocken. »Ich glaube, ich gehe lieber wieder.« Ein kläglicher Versuch, doch noch alles abzuwenden.

Er hob eine Braue. »Ich kenne dich von irgendwoher.«

»Glaube ich kaum.«

»Rihanna. Halloween. Vor fünf Jahren.«

Ah, shit. »Du«, sagte ich nur. »Du bist der Kerl, wegen dem ich fast abgeknallt worden wäre.« Ich konnte mich kaum an sein Aussehen erinnern, außer an diese scharfen Kieferlinien und die geschwungenen Lippen.

Er ging nicht auf meinen Vorwurf ein. Als wäre die Tatsache, dass er meine Naivität ausgenutzt hatte und ich in einem potenziellen Schusswechsel seinetwegen fast gestorben wäre, vollkommen irrelevant. »Wie ich deinem Gejammer entnommen habe, suchst du Evan?«

»Ist er da?« Wobei die Frage ›Lebt er noch?‹ sicherlich passender gewesen wäre.

»Nein«, sagte der Typ gedehnt. »Was willst du von ihm?«

Diese Frage musste ja kommen. Ich zuckte gleichgültig die Achseln. Obwohl alles in mir brodelte und meine Knie sich anfühlten, als wären sie aus Gummi, bekam ich die Schauspielerei nach außen gut hin. »Ein bisschen quatschen«, sagte ich leichthin und warf meine Locken zurück. Je dämlicher und affektierter ich mich gab, desto besser.

»Um neun Uhr morgens?« Das Grinsen des Typen wuchs an. Er hätte mir fast sympathisch werden können. Wäre da nicht diese Waffe in seiner Hand und das Kokain in meiner gewesen und hätte er mich nicht vor fünf Jahren im *Royal Black* fast umgebracht, hätte ich mich an ihn rangeschmissen, so viel war klar.

»Er schuldet 'ner Freundin von mir noch Geld«, erfand ich schnell und schaffte es dann endlich, mich abzuwenden. *Bloß weg hier.* »Wenn er nicht da ist, komme ich einfach morgen …«

»Willst du mich verarschen?«, fragte Mister Gangster aus der Oberschicht knurrend und hielt mich allein mit der Schärfe seiner Stimme zurück. »Ein Mädchen, das Evan Geld leihen muss? Eine dämlichere Lüge hättest du dir nicht ausdenken können. Woher kennst du ihn?«

»Weiß nicht mehr«, wich ich aus. Meine gesamte Nackenmuskulatur spannte sich an.

»Du weißt es nicht mehr«, wiederholte er abschätzig. »Natürlich.«

»Schule oder so«, sagte ich zuckersüß und klimperte bescheuert mit den Wimpern. Eine meiner obersten Londoner Slumregeln besagte: Gib dich billig und hohl und du verlierst für jeden vernünftigen Kerl deinen Reiz – triffst du einen unvernünftigen, ist es noch einfacher. »Echt!«, beteuerte ich und sprach in meinem besten Gossenslang weiter. »Ich habe keine Ahnung, aber auch keinen Bock, hier noch ewig rumzustehen. Ich muss zur Arbeit, *okay*? Wenn er nicht da ist, trete ich ihm eben morgen in die Eier.«

»Zur Arbeit, klar«, wiederholte der Typ und steckte endlich seine verfluchte Waffe weg. Sofort atmete ich auf. »Weißt du, wohin Evan verschwunden sein könnte?«

»Nee, keine Ahnung.« Ich machte einen Schritt zur Seite, Richtung Treppenhaus, aber wie ich befürchtet hatte, entkam ich Robin Hood nicht so leicht. Er griff bestimmend nach meinem Handgelenk und zog mich mit einem festen Ruck an sich, sodass ich gegen seine Brust stieß und mir sein aufdringliches Aftershave in die Nase stieg.

»Wann hast du ihn das letzte Mal gesehen?«, fragte er und scannte übertrieben aufmerksam mein Gesicht. So aus der Nähe betrachtet wirkten die Ränder unter seinen Augen noch tiefer und die leichten Rötungen in seiner Netzhaut waren nicht mehr zu übersehen. Er roch stark nach Deo und Parfum, als hätte er damit eine Dusche ersetzt, und vielleicht hatte er nächtelang nicht geschlafen. Sein Griff war fest, unnachgiebig. *Der würde mich niemals gehen lassen.*

Außer ich startete einen Gegenangriff. Ich weitete meine Augen gekonnt zu naiven Glubschern und verstellte meine Stimme. »Ich kann mich echt nicht dran erinnern, wann ich ihn das letzte Mal gesehen habe«, sagte ich säuselnd und streichelte dem Fremden mit meiner freien Hand wie nebenbei über seinen – leider ziemlich ausgeprägten – Bizeps. »Meine Freundin Vic hat ihn vor 'ner Weile in 'nem Club gesehen und ihm Geld geliehen, echt jetzt!« Am besten sprach ich auch so, als hätte ich wie Vic mein Leben lang die Schule geschwänzt. »Ist ja klar, dass er das nicht zurückzahlt, hab ich ihr gesagt, und da ich ihn von der Schule kenne und weiß, wo er wohnt, you know.«

»Diese Geschichte klingt noch dämlicher, wenn man sie wiederholt«, spuckte er abfällig und ignorierte meine Annäherungsversuche völlig. »Du hättest dir keine dümmere Story ausdenken können, und jetzt *hör auf, mich zu streicheln,* als hätte ich so eine Schlampe wie dich nötig.« Er nickte Richtung Wohnung. »Komm rein.«

Ja, so eine billige Anmache hatte er tatsächlich nicht nötig … Aber ihm in die Wohnung folgen? No way! »Ach, ich gehe lieber –«

»Ich sagte«, knurrte er und zerrte mich in den Schatten hinter sich, sodass ich beinahe auf den Boden stolperte und mein Arm höllisch in seinem Griff schmerzte, »komm rein.« Er warf mich unachtsam gegen die Wand, mein Kopf schlug auf. *Scheiße!* Das Knallen der Tür, Dunkelheit.

»Wichser«, fluchte ich und rieb mir den Schädel.

Er gab ein leises Geräusch von sich, das mit viel Fantasie ein Lachen hätte sein können. »Bleib sitzen, ich mache Licht.«

»In Evans Drecksloch will ich mich eh nicht im Dunkeln bewegen!«, rief ich und versuchte den dröhnenden Kopfschmerz zu verdrängen, der mich befiel. Ich hatte ein echtes Problem – und jetzt steckte ich auch noch gemeinsam mit einem zwielichtigen Gangster – einem zwielichtigen weißen Gangster – in einer düsteren Wohnung, der keinerlei Hemmungen zu haben schien, gewalttätig zu werden.

»Noch besser«, murmelte der Fremde, ging, den Schritten nach zu urteilen, in eines der Zimmer und machte dort Licht.

Es war nicht viel, aber es reichte, um die Umgebung wahrnehmen zu können.

Der Wohnungsflur war wie gewohnt dreckig und es stank. Drei Müllsäcke, die niemand weggebracht hatte, gammelten neben einem Holzstapel, der mal ein Schuhregal gewesen war. Die Wände waren mit Heavy-Metal-Plakaten tapeziert, und überall dort, wo kein ganzes Plakat hinpasste, füllten Flyer und Eintrittskarten vergangener Partys und Festivals die Lücken. All diese Dinge stammten nicht von Evan selbst, sondern von dem Typen, der ihm die Wohnung vor vielen Jahren überlassen hatte. Deswegen besaß der Wohnungsflur auch so etwas wie Stil und die restlichen Räume waren wie alle hier in der Gegend nichts weiter als armselig. Ich wollte niemals wiederkommen, das hatte ich mir geschworen. Evan war ein verlogenes Schwein, das mir nicht gutgetan hatte, und doch der Einzige, der mir jetzt, Jahre später, helfen konnte. Aber was machte dieser bewaffnete Typ in seiner Wohnung? Wo war Evan selbst? Lebte er noch? So wie es hier aussah, nicht. Die Fliegen kreisten über dem ungewaschenen Geschirr in der Spüle der Küche, Staub sammelte sich auf allen Gegenständen und er hatte die Rollläden heruntergezogen. Das tat er immer, wenn er für 'ne Weile untertauchte, auch wenn es theoretisch Diebe anlockte. Aber von Evan klaute niemand, und waren die Rollläden zu, was man von ungefähr 230 Sozialwohnungen aus sehen konnte, wussten die Leute Bescheid, ohne an seine Tür klopfen zu müssen. Dann mussten sie sich einen anderen Dealer für ihren Daily Shot suchen. Auch wenn mir das mit den Rollläden schon auf dem Weg hierher aufgefallen war, hatte ich Hoffnung gehabt. Es hätte ja sein können, dass er einfach nur schlief.

Ich lehnte meinen Kopf gegen die Wand. Eine innere Stimme hielt mich davon ab, zu fliehen. Vermutlich war der Typ irgendein Drogenboss aus der City, der etwas von Evan wollte und es jetzt nicht bekam, weil er ihn nicht fand.

Und ausgerechnet ich geriet dazwischen.

»Steh auf.«

Ich presste meine Zähne zusammen und schob mich langsam an der Wand hoch zurück in den Stand. *Halt dich bloß mit einer dummen Erwiderung zurück.*

Mister Bad Boy war in der Tür aufgetaucht und checkte etwas auf seinem Smartphone, in der anderen Hand die Waffe. Er sah nicht auf. »Sag mir einfach, wer du bist und was du von Evan willst, und du kannst gehen.« Er tippte seine Nachricht zu Ende, und erst als ich kein Wort sagte, hob er den Blick. Die Gleichgültigkeit, die sich darin spiegelte, schockte mich zutiefst. *Als würde er eine Fliege betrachten, die ihn nervte.* Holy Shit!

»Dealst du?«

Er verzog seine Brauen zu einem mehr als zweifelnden Blick. »Hast du mich das gerade wirklich gefragt?«

Ich zuckte die Achseln. Wenn ich ihm keine befriedigende Lüge auftischen konnte – denn darin war ich echt schlecht –, würde er mich nicht gehen lassen, ehe er den wahren Grund erfuhr, weshalb ich hier war. Und das war nun mal das Kokain in meiner Tasche, und eigentlich sah dieser Typ so aus, als würde er etwas damit anfangen können. So oder so: Ich war gehörig in eine beschissene Falle getappt! Was hatte ich zu verlieren, indem ich ihn fragte? »Ja.«

»Du willst Drogen? Deswegen bist du hier?« Seine Miene, die zuvor abfällig gewesen war, verwandelte sich in pure Abscheu. »Ich weiß nicht mal, warum mich das wundert.« Er holte wieder sein Smartphone hervor und wischte darauf herum. »Was brauchst du?«

Ich zitterte vor Nervosität. Sollte ich etwa auf diese Tour davonkommen? »Pepp.« Das war billig und meine restlichen dreißig Pfund sollten dafür reichen.

Er widmete sich seinem Handy, als hätte er mich gar nicht gehört. »Hast du ein Facebookprofil?«

»Wie bitte?«

»Twitter? Youtube?«

»Du hättest auch ganz unromantisch nach meinem Namen fragen können.«

Er sah auf. Sein Blick traf mich unvorbereitet. Etwas in seinen Augen funkelte, doch seine Miene blieb ernst. »Entschuldige«, sagte er gespielt freundlich. »Ich habe meine Höflichkeit vergessen. Wie ist dein Name?«

Ich schürzte die Lippen.

Er lächelte freudlos. »Oder soll ich dich ›Bitch‹ nennen?«

»›Baby‹ wäre mir lieber.« Scheiße, warum sagte ich so etwas?

Er verdrehte die Augen. »Okay, *Baby*, ich schenk dir das Zeug. Sag mir einfach deinen Namen, zeig mir dein Profil und dein Tag ist gerettet. Also?«

»Du schenkst es mir?« Das überraschte mich wirklich.

»Ich hab's eilig.« Er knirschte mit den Zähnen. »Ich überlege es mir auch noch einmal gerne.«

»Florence.«

Er sah sofort wieder auf sein Handy. »Das ist dein Nickname? Wie weiter?«

»Florence Maywood. Das ist mein echter.«

Er hielt für einen Moment inne, als müsse er diese Information auf gesonderte Art aufnehmen, dann tippte er weiter. Ich sah es blau auf seinem Display aufblitzen und konnte mir sicher sein, dass er Facebook offen hatte. Er ging, soweit ich das erahnen konnte, auf mein Profilbild, klickte sich durch meine uralten Bilder.

»Und du?«, fragte ich – nun ja – etwas schüchtern, aber ich fragte.

»Hm?«, machte er abwesend.

»Dein Name.«

Er grinste plötzlich, seine Augen blieben am Display hängen. »Besser für dich, wenn du ihn nie erfährst. Wie viel willst du?«

»Ich hab dreißig Pfund dabei.« Ich schluckte. Seine Ge-

genwart nahm mich ein, und ich konnte noch nicht genau sagen, woran das lag. Normalerweise verabscheute ich Typen wie ihn. Arschgeigen, die sich anderen überlegen fühlten. Möchtegerngangster, die sich und ihre abtrünnigen Geschäfte wichtiger nahmen als Moral und Anstand. Dicke Autos, viele Weiber, Blowjobs auf stickigen Toiletten, nur weil man's kann. So ein Typ war das. Egoproblem. Psychowrack. Jemand, der wusste, dass er was Besseres als der ›schwarze Abschaum‹ Bethams war. Ich sollte das Pepp nehmen und so schnell wie möglich verschwinden.

»Ich geb dir was im Wert von sechzig für dreißig und du hältst schön die Klappe, verstanden?« Noch immer war sein dämliches Smartphone wichtiger als die Höflichkeit, mir ins Gesicht zu sehen. »Wenn auch nur ein Einziger zu mir kommt und erwartet, dass ich ihm etwas schenke, weil du es weitergetratscht hast, werde ich deinen Account hacken und dir einen meiner besten Freunde vorbeischicken. Am besten du erzählst niemandem, wer genau dir das Zeug verkauft hat, erwähn nicht mal meine Kleidergröße, verstehen wir uns, *Baby?*«

»Mhm«, presste ich hervor. Das Wort ›Baby‹ brachte mich aus der Fassung. Er war nicht wie die anderen Gangster, die mit Fäusten und Waffen in Clubs spielten. Er hatte was. Eine Ausstrahlung.

»Dreißig Pfund.« Er sagte es wie ein gelangweilter Kassierer, der darauf wartete, dass man es hinbekam, die Kreditkarte in den richtigen Schlitz zu schieben. So wie alle Kunden zuvor.

»Okay, und die Ware?«, fragte ich zögerlich und holte mein Portemonnaie hervor, ohne das Kokain in meiner Tasche loszulassen. Ich hatte mir sagen lassen, dass man die Drogen bei einem neuen Dealer immer antesten sollte. Wenn ich mich nicht verraten wollte, sollte ich so tun, als würde ich mich mit Deals auskennen.

Er nickte mit dem Kopf in die Richtung von Evans Schlafzimmer. »Da drin. Was hast du in deiner Tasche?«

Ich zuckte erschrocken zusammen. Er hatte die Frage mehr seinem Handy als mir gestellt. *So beiläufig.* »Nichts.«

»Hol's raus.«

»Es ist nichts.«

Endlich sah er auf. Sagte ich ›endlich‹? Seine Augen glühten, sie waren wie seine Haare schwarz. Dunkel, unergründlich. Zwei Schatten, die einen in Albträumen verfolgen konnten, wenn man ihnen nicht rechtzeitig entkam. »Heb die Arme, dreh dich mit der Brust Richtung Wand und stell dich dagegen.«

Ich blieb stehen. *Nein! Verdammt!*

»Oder ich erschieß dich gleich jetzt.«

O Gott. Was für ein Wahnsinniger! Mir blieb nichts anderes übrig, als ihm zu gehorchen. Echte, bescheuerte Tränen, die mir nicht im Mindesten weiterhelfen konnten, stiegen mir in die Augen und ich legte meine Wange, nach rechts schauend, an die mit Postern beklebte Wand, sodass ich ihn nicht ansehen musste. *Er wird es finden. Er wird es mir wegnehmen. Ich werde die Schulden niemals bezahlen können. Nike ist so gut wie tot.*

Ich begann zu zittern, als er sich näherte. In den Augenwinkeln sah ich, wie er seine Waffe und das Handy auf der schiefen Kommode im Flur ablegte, sich dann hinter mich stellte und in meine Tasche griff. Ich spürte seinen Schritt an meinem Po, roch sein Parfum. Er kam nah, er kam viel zu nah und nahm mir die letzte Hoffnung, die ich hatte.

Mit einem Griff in meine Tasche umfasste er das Päckchen Kokain und zog es hervor. Einen Moment lang war er still, bis er realisierte, was er in der Hand hielt. Dann ging es los. »Verfluchte Scheiße!« Er riss mich herum, sodass ich ihn ansehen musste, presste seinen Körper gegen meinen, eine Hand fand dabei wie automatisch an meine Kehle, und hielt mir das Kokain vors Gesicht.

»Was zur Hölle ist das?!«, knurrte er. In seinen Augen erlosch jedes Erbarmen. »Wer hat dir das gegeben?«

Ich hielt meine Lippen fest verschlossen. Ich konnte Nike nicht verraten! Schon gar nicht vor diesem Typen!

Er riss an meinem Kragen und drückte mich höher. Es schmerzte. Mein Kopf, meine Brust, sein furchtbar fester Griff, *aber ich wusste keinen Ausweg.*

»Ich muss es loswerden, deswegen bin ich hier«, stieß ich hervor. »Ich kenne nicht viele Dealer. Nur Evan. Ich will es einfach loswerden.«

»Das beantwortet meine Frage nicht«, zischte der Typ. »Woher hast du das?«

»Ich kann es dir nicht sagen«, zischte ich zurück. »Du tust mir weh, Wichser.«

»Ein niedlicher Kosename dafür, dass ich gerade etwas von dir in der Hand halte, das du sicherlich behalten willst. *Woher hast du das Zeug?!*«

Ich verschloss die Lippen. So ein Arsch! Ich konnte es ihm nicht sagen. Was wollte er jetzt tun? »Du wirst es mir so oder so wegnehmen«, sagte ich erstickt. Mein Atem ging stoßweise, sein Griff wurde immer fester. »Also warum beendest du nicht diese Machotour, nimmst es dir und lässt mich einfach gehen?«

Er kniff die Augen zusammen. »Ich bin kein verhurter Dieb, *Baby*. Es gibt ein anderes Problem damit, wenn man mir Stoff unter die Nase reibt, den es nicht geben dürfte. *Viel* Stoff. Kannst du dir vorstellen, welches?«

Ich starrte ihn an. Wollte er etwa andeuten, dass er der Kopf einer Gang war? Unmöglich, dieser Typ war vielleicht gerade mal Ende zwanzig. Viel zu jung.

»Erraten«, sagte er kühl lächelnd, lockerte seinen Griff, nur um mich daraufhin grob herumzustoßen, zurück an die Wand. Mir entwich ein überraschter Schrei, den er ignorierte. Er packte meine Arme, drückte sie über meinem Kopf gegen die Wand und ließ mit festem Druck seine Hände über sie gleiten. Einmal innen entlang, einmal außen entlang. Und so ging er an meinem gesamten Körper vor. »Hast du noch an anderen Stellen etwas versteckt?«

»Nein«, keuchte ich wehrlos gegen die Wand und ließ das Filzen über mich ergehen.

Seine Hände glitten über meinen Rücken, über meine Taille und dann … hoch zu meinen Brüsten. Ungeniert befühlte er den Bügel meines BHs. Kam es mir nur so vor oder hielten seine Hände für einen Moment inne, bevor er meine Körbchen umschloss? Ich musste mich täuschen, denn im nächsten Moment ging er ebenso rabiat vor wie zuvor. Hüfte, Gürtelbund, Po, *Schritt.* Ich zuckte zusammen, als er eine Hand zwischen meine Beine gleiten ließ.

»Lass das, Bastard.«

»Ich bin kein Gentleman, falls du das gehofft hast. Der Slip einer Frau ist nun mal das beste Versteck für gewisse Substanzen.«

»Macht dich das an, wehrlose Mädchen gegen ihren Willen zu fingern?«, fauchte ich ihn an.

Er lachte leise an meinem Ohr. »Und dich? Ich könnte ja mal unter den Stoff fassen. Du bist vorhin schon fast zerlaufen, als du mich geblickfickt hast.«

»Bin ich nicht!«

»Du bist die schlechteste Lügnerin, die mir jemals in Betham begegnet ist.« Dieses Kompliment klang fast freundlich. Es war verwirrend. Etwas an ihm signalisierte mir, dass er mich nicht im nächsten Moment vergewaltigen würde, und trotzdem war ich mir bewusst, dass er dazu in der Lage war.

»Du kommst mit einem halben Kilo Koks in diese Wohnung und hoffst darauf, dass Evan dir hilft?«, fragte er mich aus, während er meinen Hintern abtastete. »Warum sollte er das tun?«

»Ich wollte es nur loswerden!«, rief ich an die Wand. »Gottverdammt!«

»Und der Einzige, der dir für diese heroische Aufgabe eingefallen ist, ist die kleine Ratte Evan?«, wiederholte er knurrend. Sein gesamter Körper war an meinen gepresst, ich spürte seine starken Muskeln.

»Lass mich los, dann erzähle ich es dir vielleicht!«

»*Verkauf mich nicht für dumm*«, verlangte er. Seine Hand wanderte plötzlich zu meinem Gürtelbund. »Du weißt, dass du keine Chance gegen mich hast. Und je eher du dich mir mitteilst, desto schmerzfreier wird es für dich.«

»Und was willst du tun?«, giftete ich und drehte meinen Kopf so, dass ich ihn ansehen konnte. »Mich ficken, bis ich rede?«

Er riss den Knopf meiner Hose auf. »Gar keine schlechte Idee.«

»Scheiße!«, keuchte ich. »Such dir doch eine, die das will!«

»Oh, ich glaube, die habe ich gerade gefunden.« Seine Stimme war plötzlich nur noch ein drohendes Knurren und ich bekam jetzt doch Panik. »Aber ich stehe nicht auf willenlose Junkies, die sich mir für ihren nächsten Gratisschuss anbieten.«

Er machte einen Schritt zurück und ich drehte mich ganz zu ihm um.

Fuck.

Etwas an seinem Blick verstörte mich so sehr, dass ich nur dastehen und ihn anstarren konnte. Alles an ihm war intensiv, vor allem seine Augen, die mich mit ihrer unendlichen Schwärze zu verschlingen drohten.

»Ich bin kein willenloser Junkie«, murmelte ich, als wäre es wichtig, mich vor ihm zu verteidigen. Als wäre es wichtig, was dieser Gangster über mich dachte.

»Vögelst du Evan?«, fragte er aus heiterem Himmel, und etwas an dieser Frage klang so besitzergreifend, dass mir schummrig wurde.

»Was?«, fragte ich verwirrt.

»Ich meine, *fickst* du Evan. Bist du deswegen hierhergekommen, zu ihm? Bedeutet er dir etwas?«

»Verdammt, nein!«

»Und du ihm?«

»Bestimmt nicht!«

»Wie bedauerlich.« Er verschränkte die Arme vor der Brust, lehnte sich an die Wand gegenüber und betrachtete mich, als ob er sich fragte, welche meiner Organe ihm am meisten Geld auf dem Schwarzmarkt einbrachten.

Dann trat er wieder vor, fuhr damit fort, meine Beine auf weitere versteckte Drogen zu kontrollieren, als hätte unser kleiner Schlagabtausch nicht stattgefunden.

Als er auf dem Boden hockend zu mir nach oben sah, preschte das Blut nur so durch meine Venen und ich konnte tatsächlich nicht anders, als seinen Anblick … heiß zu finden.

Fuck.

Fuck, fuck, fuck.

Meine Hormone waren doch völlig bescheuert, wenn sie ausgerechnet jetzt jegliches Adrenalin in sexuelle Anspannung umwandelten, oder?

»Kein Blickfick, hm?« Mister ›Besser, du weißt nicht, wie ich heiße‹ schmunzelte, tastete meine Füße ab, richtete sich wieder auf und griff an mein Kinn, was nicht gerade dafür sorgte, dass seine Anziehung auf mich abnahm. »Wenn deine Quelle nicht enden will wie Evan, sagst du mir jetzt besser, woher du das Pulver hast.«

Ich blieb stumm. Sein Atem streifte meine Lippen, und ich fragte mich unwillkürlich, wie es wohl wäre, ihn … zu …

»Florence.«

… küssen. Idiotin.

Seine Augen bohrten sich tief in meine, als würde er hoffen, so die Antwort zu erfahren. Sekunden verstrichen, die sich wie Minuten anfühlten. Dann ließ er mich wieder los, so abrupt, dass ich gegen die Wand stolperte. Er griff nach seiner Waffe, seinem Handy und steckte das Kokain in seine

Jeans. Es füllte die Tasche seiner eng sitzenden Hose komplett aus, und ein beachtliches Stück der Verpackung ragte hervor. Als er allerdings die Arme sinken ließ, verhüllte die Lederjacke den Ansatz des weißen Päckchens. Er kramte in seiner Brustinnentasche, zog eine Kippe samt Feuerzeug hervor und zündete sie sich an. Mit einem Mal war jede Anspannung von ihm gewichen. Der Qualm verdeckte sein Gesicht, nur das tiefe Schwarz seiner Augen stach hervor. Er sah mich an, ließ mich nicht los.

»Weißt du, wie viel das Zeug wert ist, sollte es echt sein?«

Ich stand an die Wand gepresst da. *Zwanzigtausend?* Doch es war besser, die Klappe zu halten und ihn reden zu lassen, bevor ich mich verriet.

»Fünfzehn Riesen. Es sind fünfzehn Riesen. Ich mache zwanzig draus. Nicht dreißig verfickte, läppische Pfund, sondern zwanzig Riesen. Davon kannst du eine ganze Weile leben, wenn du es nicht sofort verprasst. Du musst mir nur sagen, wer deine Quelle ist.«

Ich schüttelte automatisch den Kopf.

»Schön.« Er stieß mir den Rauch entgegen. »Dann finde ich es selbst heraus. Au revoir.« Er drehte sich zur Tür. *Sprach er etwa Französisch?*

»Nein!«, rief ich.

Er ging ungerührt weiter.

»Ich bin tot, wenn ich das Geld nicht zurückzahlen kann!«

Er schnaubte spöttisch.

»Du kannst mich mit deiner dämlichen Pistole auch gleich erschießen, wenn du jetzt einfach gehst!«

Er zögerte. Hielt ihn mein Schicksal etwa davon ab, zu gehen? »Wer bist du?«, fragte er nachdenklich. »Wieso kommst du mit einem ganzen Päckchen Koks zu Evan, einer kleinen Ratte, der mehr selbst kifft als verkauft? Du hast das Zeug irgendwo gestohlen. Sag mir einfach von wo, gib das Geld zurück, wackle mit deinem grandiosen Hintern und alles wird gut.«

»Hast du gerade meinen Hintern als grandios bezeichnet?«, fragte ich ungläubig. Möglicherweise wurde ich so was wie rot. Unpassend, *deswegen* nervös zu werden. Weil ein Killer mir Komplimente machte.

Robin Hood lächelte nachsichtig. »Wie viele Tage hast du noch bis zu deinem sicheren Tod?«

»Keine Ahnung?« Woher sollte ich wissen, wann Nikes Kontakte die Kohle sehen wollten? Morgen? Jetzt gleich? Vielleicht hatten sie ihn aus seinem Zimmer in Schottland gezerrt, schlimmer noch, vielleicht wartete er bereits zusammengeschlagen und blutend zu Hause auf mich …

»Du bist nur durch einen Zufall an das Koks geraten, das ist uns beiden klar. Überleg dir, wie viel du singen willst, bis morgen Abend. Ich kaufe dir das Paket nicht blind ab, aber wir können uns einigen, wenn dein Leben daran hängt. Du findest mich im *Royal Black*. Es wird eine Weile dauern, bis du dich zu mir durchgefragt hast. Erwähn an den richtigen Stellen einfach den Namen Florence. Und, *Baby?*«

Ich zuckte zusammen. *Würde er mich jetzt immer so nennen?*

»Trag das langweiligste Outfit, das du finden kannst.« Er aschte mitten auf den Fußboden ab. »Ich habe eine chronisch eifersüchtige Freundin, die dir deine hübschen Augen auskratzt, wenn du mich noch einmal so mit ihnen … ausziehst. Verstehen wir uns?«

Meine Kinnlade fiel vor Fassungslosigkeit nach unten. »Keine Angst, du überheblicher Arsch.«

Er grinste breiter. »Schon viel besser.« Dieses Mal bekam er die Tür ohne Schwierigkeiten auf und verschwand viel zu schnell in dem matten Sonnenlicht dahinter.

Ich sah ihm nach, noch immer bewegungsunfähig. Ich war das Kokain losgeworden. An einen völlig Fremden. Er hatte mit seiner Waffe gewunken und mir Stoff im Wert von fünfzehntausend Pfund abgenommen. Verdammter Scheiß!

Vielleicht sollte ich ihm doch hinterher? Wer wusste denn schon, ob er morgen im *Royal Black* war? Mein Körper stieß sich wie von selbst von der Wand ab, bevor ich den Entschluss richtig gefasst hatte. Ich hechtete zur Tür, riss sie auf und ging auf den Flur. Niemand war zu sehen. Rechts nicht, links nicht, dabei waren die Flure ewig lang. Selbst wenn er gerannt wäre, müsste ich seine Silhouette irgendwo erkennen. Ich beugte mich über die Brüstung, aber natürlich war er auch nicht in einem tieferen Stockwerk.

Wie hätte er so schnell dorthin kommen sollen?

Er schien wie verschwunden, vom grauen Beton verschluckt. Als wäre er niemals da gewesen – oder als würde er diese Gegend gut genug kennen, um sich zwischen den Sozialbauten verstecken zu können. *Wer war er?*

Und was zur Hölle sollte ich tun, wenn ich es nicht herausfand?

IM WAHREN LEBEN
HOCKT SICH EIN FROSCH
BEIM FICK AUF DAS
WEIBCHEN UND LÄSST
SICH VON IHR DURCH DIE
GEGEND SCHLEPPEN.

Froschkönig

FLORENCE

Jeder in Betham kannte die Antwort auf Schlaflosigkeit und lebensbedrohliche Probleme: Gras, Alkohol und dämliche Videoclips, über die man erst dann lachen konnte, wenn man die zwei ersten Dinge intus hatte.

»Gib her.«

Nur widerwillig reichte ich den Joint an Andrew weiter, der wie immer an solchen Abenden vor meinem Computer am Schreibtisch saß und die Clips auswählte. Kaum hatte er gezogen, verteilte er Asche auf meiner Tastatur, weil er zu dämlich war, den Spliff rechtzeitig zum Aschenbecher zu bewegen. Er lachte laut los, weil irgendein bescheuerter Amerikaner seinen Hintern in die Kamera hielt und nicht besonders schlaue Witze dazu brachte. *Mehr Alkohol.*

»Du bist schlecht drauf.«

Ich warf Lucas einen genervten Blick zu, als er nach der Flasche Rum griff, damit ich sie nicht erreichen konnte.

»Küss mich, dann geht es dir besser.«

»Ich werde dich nicht küssen, nachdem du mit Grace rumgemacht hast. Sie ist so was wie meine Freundin! Ein Wunder, dass sie sich überhaupt auf so einen Idioten wie dich einlässt.« Lucas war ein hervorragender Fußabtreter für mein

Leben, das an einem dünnen Seil hing. Und zudem noch hoch in der Luft, absolut rettungslos hing ich über einem Abgrund.

»Na, was sind das denn für nette Worte, hm?«, versuchte er mich zu ärgern und hielt die Flasche höher, als ich nach ihr greifen wollte. Ich ließ mich nicht von diesem Sack abhalten, mich zu betrinken, startete also ein Handgemenge, musste dafür seinem Körper näher kommen und wurde prompt von ihm auf seinen Schoß gezogen.

»Lucas!«, fauchte ich, doch er nutzte die Gelegenheit aus, um seine Lippen an meinen Hals zu legen.

»Warum so zurückhaltend?«, raunte er.

Er war so bestimmend und fordernd, dass ich lachen musste. Ja, ich war kurz davor, den Widerstand aufzugeben und mich auf ihn einzulassen, denn *mich* störte es nicht, wenn er eine Freundin hatte. Wer sich auf Lucas einließ, war selbst schuld. Grace sowieso. Wie oft hatte ich sie vor ihm gewarnt? Man musste damit leben, dass Lucas promiskuitiv war und nicht wusste, wie man Monogamie buchstabierte. Dafür war er gut im Bett, einer der wenigen, der permanent ein funktionierendes Kondom mit sich trug – und es auch benutzen konnte, ohne schlaff zu werden.

Seine Lippen wanderten tiefer. »Weißt du noch, was du nach der letzten Party zu mir gesagt hast? Als du so besoffen warst?«

»Ich war nicht betrunken«, hielt ich dagegen und ließ seine Küsse zu. Sie waren eine gute Ablenkung. Vielleicht wäre Sex mit ihm auch eine gute Ablenkung. Das ziehende Gefühl in meinem Schritt begleitete mich seit gestern Morgen und ich wollte es dringend loswerden. Ich schloss für einen Moment die Augen und stellte mir vor, wie wir ins Bad gingen und es trieben. Sein Kopf zwischen meinen Schenkeln, sein Schwanz prall und hart, wie er tief in mich hineinglitt und mich mit harten Stößen ausfüllte. Zwei schwarze Augen, die mich dabei verlangend musterten, ein zynisches

Lächeln – fuck! Ich sah nicht Lucas, sondern *ihn* vor mir! *Wieso konnte ich nicht aufhören, an diesen Kerl zu denken?*

»Doch, warst du«, murmelte Lucas und holte mich dankenswerterweise in die Realität zurück. »Du hast mir davon erzählt, wie sehr es dich anturnen würde, wenn gleich zwei Schwänze dich ficken, erinnerst du dich nicht?« *Das habe ich gesagt? Ich muss wirklich sehr betrunken gewesen sein, wenn ich Lucas meine Fantasien anvertraut habe.* »Tja, ich hab nur einen, aber so eine wie du hat immer Lust.« Er packte fester zu. »Komm schon, Süße, ich weiß, dass du den Sex mit mir vermisst …«

»Wenn sie was an dir vermisst, ist das dein Mundgeruch, du Idiot!«, rief Vic vom Bett aus, die seit gefühlt zwei Stunden mit ihrem Date für heute Abend chattete. Mir war gar nicht bewusst gewesen, dass sie noch etwas um sich herum mitbekam.

»Du hast doch keine Ahnung von meinem Mundgeruch, Bitch!«, rief Lucas und ich machte mich von ihm frei, da er kurz vergaß, die Flasche Rum von mir wegzuhalten.

Er fluchte, griff nach mir, doch ich war längst aufgesprungen und fort.

Das waren meine Freunde. Die Freunde, die man anrief, wenn man gezwungen war, ins *Royal Black* zu gehen. Die Freunde, die genauso wie man selbst niemals etwas aus ihrem Leben machen würden. In zehn Jahren würde mein Zimmer noch genauso aussehen wie heute, dieselben Leute darin, dieselben langweiligen Popsongs, dieselben lahmen Witze. Und selbst Nike, den ich vor all diesen Dingen beschützen wollte, war schneller in den Dunstkreis aus Verbrechen und Kriminalität geraten, als ich es hätte vorhersehen können.

Ich hasste diese Gegend. Ich hasste dieses Zimmer, meinen billigen, versifften Teppichboden, mein Leben zwischen Überstunden und Doppelschichten. Ich wollte all das vergessen und nicht einmal das Gras half mir heute Abend dabei.

»Müssen wa' da nicht eigentlich Eintritt blechen?«, grummelte Andrew vom Schreibtischstuhl aus, ohne sich zu uns umzusehen.

»Die lassen dich da eh nicht rein«, sagte Vic abfällig und ließ ihren Blick über Andrews Körper gleiten. Sie saß am Bettende gegen die Wand gelehnt, die Beine zu einem Schneidersitz verschränkt. Vic trug die Haare schwarz gefärbt und wirkte damit durch ihre helle Haut wie ein Emo. Andrew hingegen war bronzefarben so wie ich und fast so breit gebaut wie mein Dad, weswegen er tatsächlich schlechte Chancen hatte, in den Club zu kommen. Ein Wunder, dass mein klappriger Schreibtischstuhl nicht unter Andrews Gewicht zusammenbrach. Seine braunen Augen hatten etwas Glubschartiges und seine Lippen waren besonders breit und dick. Außerdem investierte er so gut wie keinen Penny in Klamotten und sah dementsprechend aus. Sie würden ihn niemals ins *Royal Black* lassen.

»Dann lasst uns doch woanders hingehen«, murrte er.

»Es ist Montagabend und die Queen ist tot, du Idiot!«, keifte Vic. »Da hat nichts anderes auf, wo man hingehen könnte. Die haben doch diese zehntägige Sperre bis zu ihrem Begräbnis über so gut wie jeden Club verhängt. Nicht mal Cartoons laufen im Fernsehen.«

»Nur das *Royal Black* hat auf …«, sagte ich nachdenklich mehr zu mir selbst als zu den anderen.

»Das *Royal Black* ist wie die City of London«, erklärte Lucas. »Ein eigener Staat mit eigenen Gesetzen.« Er lächelte mich von der Seite an und legte eine Hand auf mein Knie. »Warst du nicht das letzte Mal mit deinem Ex dort? Diesem Evan?«

Ich wollte nicht daran denken, was mir das letzte Mal in diesem Club widerfahren war, also zuckte ich nur die Achseln und setzte zu einer ausweichenden Erwiderung an, gerade als die Tür aufschwang.

Lucas zog seine Hand panisch von meinem Knie zurück.

Selbst Vic sah auf. »Oh, hi, Grace.«

»Shit«, fluchte Lucas. Sie hatte die Berührung gesehen und ihre Augen funkelten wütend. »Babe, was machst du denn hier? Ich dachte, wir treffen uns bei dir zu Hause?«

»Du hast nicht mehr zurückgerufen«, warf sie ihm vor.

»Und wer hat dich reingelassen?«, wich er aus.

»Ist doch egal!«, keifte sie und dann ging es los. »Du rufst nie zurück und willst mich gar nicht dabeihaben, wenn ihr ausgeht! Immer ist irgendetwas anderes wichtiger und dann hast du …«

Ich floh vor dem Streit auf den Balkon. Meine Balkontür gab ein gefährliches Knarren von sich, als ich sie hinter mir schloss. Ich brauchte Ruhe. Ruhe vor Lucas, der sich komplett danebenbenahm. Ruhe vor Vic und Andrew, die miteinander über sein Outfit stritten, Ruhe vor Grace, der ich schon vor Wochen gesagt hatte, dass sie sich auf einen wie Lucas nicht einlassen sollte. Sie war die Tochter eines Politikers des Viertels und wir waren die einzigen zwei Mädels aus Betham gewesen, die zur Privatschule gegangen waren. Jetzt kam sie häufiger vorbei, um mich wegen Lucas auszufragen. *Egal, was ich ihr sagte, sie hörte nicht auf mich …*

Ich zündete mir eine Zigarette an und ließ den Blick über die Siedlung schweifen. Nachts mochte ich die Aussicht. Es herrschte Stille, wenn nicht gerade jemand stritt oder betrunken auf etwas einschlug. Der Straßenverkehr und die Polizeisirenen wurden von den Hochhausschluchten verschluckt und die winzigen Fenster der tausend Sozialwohnungen schimmerten wie unförmige Sterne.

Ja, nachts waren der viele Beton, die Verwahrlosung und der Verfall nicht zu sehen. Dafür konnte man in die schräg gegenüberliegenden Wohnungen blicken und die Bewohner dabei beobachten, wie sie ähnlich wie ich nichts mit ihrem freien Montagabend anzufangen wussten. Die meisten glotzten Fernsehen und machten sich nicht einmal die Mühe, die Vorhänge zuzuziehen – wenn sie denn welche hatten.

Links von mir ragte ein Hochhaus in die Höhe, dessen Fenstergeschichten noch unterhaltsamer waren. Ich stand hier regelmäßig, lehnte meine Arme auf die Brüstung und fragte mich, wieso wir uns alle damit abgefunden hatten, zu der unteren Klasse Mensch zu gehören. *Wie kam ich hier raus?*

Irgendwo rief jemand betrunken: »The Queen is dead! Long live the King!« Die ganze Stadt war seit Samstag verändert. Außerhalb von Betham herrschte an vielen Straßenecken bedrückendes Schweigen. Jede Fahne hing auf Halbmast, die Kirchenglocken waren verstummt. *So viel Aufwand wegen einer uralten Frau, die verreckt war.*

Die Balkontür glitt auf, doch es war nur ein Windzug und ich stieß sie mit dem Fuß wieder zu. Ich war erstaunlich ruhig dafür, dass ich keine Ahnung hatte, was jetzt geschehen würde. Vielleicht hätte ich das Koks einfach in Nikes Zimmer lassen sollen. Darauf warten sollen, dass es irgendjemand abholte. Wer auch immer meinem kleinen Bruder das Paket gegeben hatte, sie würden doch nicht erwarten, dass er es innerhalb von ein paar Tagen verkaufte?

Weswegen war ich dann überhaupt so in Panik geraten? Ich hätte auf keinen Fall mit dem halben Kilo losziehen sollen. Auch Evan hätte sich dazu entscheiden können, es mir einfach abzunehmen. *Was war in mich gefahren? Warum hatte ich meinen Kopf verloren?*

Klar, ich hatte das Kokain loswerden wollen, um nicht damit erwischt zu werden, aber jetzt war ich es losgeworden und nicht die Polizei war länger mein Problem.

Nervös zog ich an meiner Kippe. Ich hatte alles nur schlimmer gemacht. Viel schlimmer. So schlimm, dass mir gar keine andere Wahl blieb, als diesem Mr Gangster nachzulaufen. Was, wenn er mich zusammenschlagen ließ, bis ich ihm erzählte, dass ich das Zeug in dem Zimmer meines Bruders gefunden hatte?

Er würde so oder so an diese Info kommen, solche Typen wie er kamen *immer* an solche Infos.

Fuck! Fuck, Fuck, Fuck! Was jetzt?

Eine Bewegung in meinem Augenwinkel und ein leises Geräusch, als würde etwas fallen, ließen mich aufhorchen und ich drehte meinen Kopf nach rechts.

Ein Schatten auf dem Dach unserer Nachbarn, dann war er wieder fort. *Was?* Ich musste mich getäuscht haben, aber war das nicht ein Mensch gewesen …?

Auf dem Dach? Hier bei mir? Die Dealer! O Gott. Ich fuhr viel zu spät an die Hauswand zurück und atmete panisch durch. Tränen stiegen mir in die Augen und ich presste sie zusammen, da ich irrationalerweise erwartete, der Typ würde vom Dach springen und mich packen. Aber es geschah nichts.

Alles blieb ruhig.

Mit zittrigen Fingern warf ich die Zigarette fort und zwang mich dazu, ruhig zu bleiben.

Ich war nicht der Typ für Drogengeschäfte. Meine Freunde hingegen schon. In ihren Klassenzimmern wurde damals nicht gelernt, es wurde gedealt, sie waren nur zur Schule gegangen, um neuen Stoff zu kaufen. Sie könnten mir weiterhelfen, mir sagen, wie lange es normalerweise brauchte, bis jemand wie Nike, der ab sofort Schulden in Höhe von 15.000 Pfund hatte, auf dem Parkplatz vom Supermarkt aufgefunden wurde.

Tot.

Ich schluckte schwer. Das war nicht nur so eine Story, das passierte hier. Die Szene war rau, die Straße noch viel rauer.

Vielleicht blieb uns am Ende nur eine Möglichkeit: dass wir fliehen. Nike und ich. Vielleicht wäre das eine Chance.

Als ich zurück ins Zimmer trat, öffnete sich ein weiteres Mal die Tür.

Mein Stiefvater. Ich sah noch, wie Lucas die Flasche Rum

schnell unter meinem Bett verschwinden ließ und Andrew ein paar kräftige Schlucke seines Bieres nahm, bevor Raymond auf die Idee kommen konnte, es an seiner Stelle leerzutrinken.

»Nabend«, grunzte mein Dad, den ich in Ermangelung eines richtigen Vaters so nannte, und schob sich schwerfällig Richtung Bett. Vic rutschte zur Seite, sodass er sich auf die Bettkante fallen lassen konnte. Wenn Andrew so etwas wie breit war, war Raymond eine Tonne. Eine ewig alkoholisierte Tonne, aber friedlich. »Habt ihr was für den alten Herrn übrig?«

»Nope, Mr Reids, aber Sie können mal ziehen, wenn Sie wollen.« Lucas hielt ihm den Joint hin. Er saß noch immer an mein Bett gelehnt. Grace neben ihm, die Arme schmollend vor der Brust verschränkt. Sie warf mir böse Blicke zu. Aber hey! Ich konnte doch am wenigsten etwas dafür, dass ihr neuer Lover so ein Loser war und eigentlich mich wollte. Nur, dass ich keine Beziehungen mehr einging, seitdem Evan mich verarscht hatte. Ja, das war sechs Jahre her, aber ich brauchte keinen Freund, keine Verpflichtungen. Wenn ich einen Kerl zum Reden haben wollte, hatte ich Andrew. Für Sex meistens Lucas. Kein Grund, zu glauben, man könnte mehr von ihnen erwarten oder gar eine Zukunft mit ihnen planen.

Raymond winkte mit seiner riesigen Pranke dankend ab. »Danke, Lucas, aber ich mag das Zeug nicht auf leeren Magen.« *Aber saufen auf leeren Magen, das geht, was?*

Ich lehnte mich an die Fensterscheibe in meinem Rücken. »Dad …« Es war ihm wichtig, dass ich ihn mit ›Dad‹ ansprach, sonst war er schwer beleidigt. Ich mochte ihn und tat ihm diesen Gefallen, da er trotz Sauferei meine Mutter, Nike und mich in Ruhe ließ und damit besser als neunzig Prozent der anderen Väter dieses Blocks war. »Wolltest du heute nicht eigentlich Darts spielen gehen?«

Ich wollte Raymond nicht loswerden, darum ging es mir

nicht. Mein Stiefvater war in Ordnung, man hielt es auch gemeinsam in einem Zimmer mit ihm aus, aber Darts spielen wäre etwas für seine Arterien, das er dringend gebrauchen könnte. Allein der Weg in den Pub war für seinen Körper ein Marathon. Ich befürchtete, dass er, wenn er sich nicht bald etwas mäßigte, an einem Herzanfall sterben würde. Und ich befürchtete außerdem, dass meine eh schon labile Mutter ohne ihn nicht existieren könnte. Und auf keinen Fall wollte ich riskieren, dass Nike als Waise endete. Schließlich hatte er vergleichsweise Glück mit seinen Eltern gehabt. Es stand in meiner Verantwortung, mich darum zu kümmern, dass sie wenigstens seinen Abschluss miterleben können würden.

»Stewart hat abgesagt«, grunzte Raymond desinteressiert und betrachtete traurig seine fast leere Flasche Bier. »Ihr könnt mir doch nicht wirklich erzählen, dass ihr keinen Alk mehr habt.«

»Ehrlich, Mr Reids!«, beteuerte Andrew, bevor Lucas etwas sagen konnte. Er drehte sich dafür sogar extra von dem Computerbildschirm weg. »Heute ist Montag, da trinken wir doch nicht.«

Mein Stiefvater nahm diese Information träge auf und nickte anschließend zustimmend. »Ihr macht es richtig, ihr macht es richtig …«

Nichtsdestotrotz blieb er sitzen, was uns insofern störte, dass wir nicht weitertrinken konnten. Mein Zimmer war ein guter Treffpunkt. Bis auf Andrew konnte sich niemand von uns eine eigene Wohnung leisten und sein Ein-Zimmer-Apartment war so dreckig, dass man es darin nicht aushielt. Außerdem hatten meine Eltern nichts gegen Besuch. Etwas, das ich ihnen hoch anrechnete. Wir kamen gut miteinander aus. Indem wir uns ignorierten.

»Florence?« Meine Mutter riss mich aus den Gedanken. »Kommst du mal?«

»Was ist los?«, fragte Lucas beunruhigt, der es von meiner Mutter nicht gewöhnt war, dass sie nach mir rief. Die meiste

Zeit über herrschte gähnendes Desinteresse auf beiden Seiten. Da verstand ich mich mit meinem Stiefvater besser, mit dem konnte ich mich wenigstens über Fußball unterhalten.

»Hier ist irgendwer!«, rief sie noch einmal, also stieß ich mich vom Fenster ab, durchquerte mein Zimmer und stand kurz darauf bei ihr im Wohnzimmer. Unsere Wohnung war nicht groß, hatte dafür aber zwei Balkone und neben der winzigen Wohnküche drei weitere Zimmer, sodass jeder seine Ruhe haben konnte, wenn er wollte. Die Wohnküche schloss ohne Flur direkt an die Haustür an, eine zweckmäßige Theke trennte den Wohn- vom Kochbereich. Manchmal dachte ich darüber nach, dass diese Wohnung tatsächlich nett geschnitten war, klein, praktisch und doch irgendwie groß genug für vier Köpfe. Wären da nicht die vergilbten Wände, der muffige Geruch durch die schlechte Belüftung und die Gitter vor den Fenstern, die Einbrecher nicht würden abhalten können. Ja, doch, ohne all diese Minuspunkte war mein Zuhause nett.

Nicht viel schäbiger als andere.

»Da ist die ganze Zeit jemand vor der Tür. Der will doch zu dir, oder? Kannst du ihn mal bitte reinholen?« Meine Mutter stand am Herd und blätterte die Angebote der Zeitungen durch. Ihr ungekämmtes Haar hing wirr um ihr blasses Gesicht und sie trug einen abgetragenen, locker gebundenen Bademantel über ihrem fleckigen Jogginganzug.

»Ich erwarte aber niemanden«, informierte ich sie und ging zur Tür.

»Da ist aber wer«, hielt sie mürrisch dagegen und blätterte weiter. Das Umblättern des Papiers mischte sich akustisch mit dem ewigen Gerede aus dem Fernseher und ich spürte, wie mir das Gras langsam zu Kopf stieg. Ich linste an dem Vorhang vorbei durch das kleine Fenster in der Haustür nach draußen, sah aber niemanden. In Anbetracht der Tatsache, dass grundlos Kokain in Nikes Zimmer aufgetaucht war, fühlte es sich nicht besonders klug an, die Tür zu öffnen.

Doch dann klingelte es.

Ich fuhr dermaßen erschrocken zurück, dass ich mit dem Fuß gegen das Sofa stieß und zischend fluchen musste. *Okay. Eine Klingel. Du hast ein Sichtfenster. Stell dich nicht so an!*

»Na, endlich klingelt der«, sagte meine Mutter lamentierend und ignorierte meine Nervosität. »Stand eine Ewigkeit in einer Ecke, hinten bei den Junemans. Ist wohl schüchtern, oder was?« Sie schlug das Werbeblatt zu, tauschte ihren Bademantel gegen ihre verschlissene Jeansjacke und verstaute ihr Portemonnaie darin. Sie band ihre fettigen, blond gesträhnten Haare zu einem Zopf, bevor sie eine Einkaufstasche aus dem Vorratsschrank neben dem Kühlschrank holte. »Dein Vater will Bier, was soll ich dir mitbringen?«

»Mum …«

»Nichts?« Sie überging meinen unausgesprochenen Einwand. Wir hatten uns eigentlich darauf geeinigt, dass Raymond, wenn er abends Bier haben wollte, selbst zu gehen hatte. Cholesterin und so. Aber meine Mutter ignorierte die Gesundheit seines Körpers völlig und unterstützte ihn in seinem ungesunden Lebensstil noch. Seit sie wieder arbeiten ging, hatten die beiden genug Geld für Bier und Kippen und ihren Premium-TV-Zugang, um sich Sport anzusehen, den sie nie treiben würden. »Ich muss auch noch bei den Bancrofts vorbei«, nuschelte Mum. Vermutlich hatte sie ein schlechtes Gewissen, aber sie würde es niemals zugeben. »Warum öffnest du nicht die Tür?«

»Mum, nein!«

Sie hatte schon nach der Türklinke gegriffen. Ich fürchtete das Schlimmste, doch alles blieb ruhig. Was brachte mir all das Weed, wenn ich mich nicht langsam beruhigte?

»Was'n das?« Meine Mum hielt stutzend inne und starrte auf das Fußgitter vor unserer Haustür. Ich öffnete die Tür so weit, dass ich sehen konnte, was sie meinte, und mein Herz schlug augenblicklich ein paar Takte schneller.

Zwei Flaschen. Jeweils in diese schicken, eigens dafür gedachten Geschenktüten eingepackt, die edler wirkten als jede Verpackung, die ich jemals in diesem Teil Londons gesehen hatte. Goldenes Stecknadelmuster über glänzendem Schwarz. Daran ein Brief.

Meine Mutter brachte kein Wort hervor. Vermutlich überschlugen sich ihre Gedanken, da das, was sie sah, nicht in das Bild passte von dem, was sie sonst auf dem Boden vor unserer Wohnung vorfand. Im besten Fall stand dort mal eine Mülltüte verloren herum. Sie war aber auch schon einmal über eine Alkoholleiche gestiegen, als sie zur Arbeit musste. Ich sprang zügig an ihr vorbei, bückte mich und hob die zwei Geschenktüten an ihren vergoldeten Kordeln hoch.

»Nur einer vom Bellagio«, murmelte ich und stellte sie auf dem Sofa ab, sodass die Lehne sie vor den Blicken meiner Mum verbarg.

»Was sollst du damit tun?«, fragte sie misstrauisch. »Hast du dafür was bezahlt?«

»Ich soll sie einem Gast vorbeibringen«, erfand ich schnell. »Du weißt schon, Stammgast.«

Meine Mutter schluckte die Lüge, es blieb ihr gar nichts anderes übrig. Alles andere hätte in ihren Ohren noch verrückter geklungen, die Wahrheit sowieso.

»Aha«, machte sie nach zwei weiteren stillen Sekunden, dann ging sie durch den Türrahmen und zog die Haustür wortlos hinter sich zu.

Hoffentlich lauerte ihr in der Dunkelheit niemand auf ... Seit wann machte ich mir solche Sorgen?

Vielleicht, seitdem ich nicht mehr wusste, in was die Reids dank Nike verstrickt waren. Mit zittrigen Fingern löste ich den goldenen Briefumschlag von der Geschenktüte und öffnete ihn.

Ein Zettel und eine Spielkarte waren enthalten.

Pikkönig.

Der schwarze König ist dein Ticket.
Denk an dein Versprechen, Cinderella!

D. P.

Der billige Wein ist für deinen Stiefvater. Du erkennst ihn an der Jahreszahl.

Was zum allergrößten Shit war das denn? Ich wendete die Karte mehrmals. Vier-, fünfmal. Der Typ hatte mir zwei Weinflaschen vor die Tür gestellt und möglicherweise high wie sonst was eine Nachricht geschrieben. Der hatte sie doch nicht mehr alle. Cinderella? Schwarzer König? Ticket? Für was hielt er sich? *Wie verrückt war er?*

Doch der Hohn in meinen Gedanken wich einem eigenartigen Gefühl der Beklemmung. Woher wusste er, dass mein Stiefvater trank? Woher wusste er überhaupt, dass Raymond mein Stiefvater war? Wie schnell hatte er diese Dinge über mich in Erfahrung gebracht?

Und welches Versprechen meinte er? Doch nicht etwa, dass ich ihm alles über Nike erzählte? Das würde ich nicht tun. Das hatte ich ihm auch nicht versprochen.

Meinte er etwa, dass ich mich in Lumpen kleiden sollte, damit seine Freundin …? Ich schluckte hart. Befürchtete er wirklich, ich könnte seiner Freundin irgendwie imponieren? Fand er mich etwa … attraktiv?

Scheiße. Zu dem beklemmenden Gefühl in meinem Nacken schlich sich ein gefährliches Kribbeln, das sich in einer Gänsehaut auf meinen Armen äußerte. Ich dachte an seine dunklen Augen, an seine selbstverständliche Art, eine Waffe in der Hand zu drehen, als wäre sie nichts weiter als ein Spielzeug.

Mein Herz klopfte schnell und kräftig in meiner Brust und ich konnte mir nichts von all den Vorkommnissen erklären. Ich holte beide Weinflaschen hervor und verglich die Jahreszahlen. 2010 und 1996. Wie teuer mochte so ein alter Wein sein? Wollte er mich locken?

Ich suchte die Umgebung ab, doch von dem Unbekannten, der sich angeblich bei den Junemans im Schatten ihrer Haustür herumgedrückt hatte, keine Spur. Dann sah ich an mir herunter. Ja, ich hatte mich einigermaßen ordentlich angezogen. Eben so, wie man sich anzog, wenn man vorhatte, im *Royal Black* aufzukreuzen.

Ein knappes Kleid, Heels, tiefer Ausschnitt.

Sollte ich tatsächlich darauf verzichten, diesen überheblichen Robin Hood aus der Reserve zu locken, indem ich mir Leggings und einen Pullover anzog?

Seinetwegen wäre ich beinahe gestorben. *Seinetwegen würde ich bald sterben, wenn die Leute, denen Nike das Drogengeld schuldete, hier aufkreuzten und erfuhren, dass irgendein weißer Unbekannter mir das Kokain abgenommen hatte.*

Ich hätte nie gedacht, dass mir in diesem Loch aus Londoner Vorstadt einmal jemand begegnen würde, der Wein mit nebulösen Nachrichten verschickte.

Und auch wenn ich eigentlich Angst haben und vorsichtig sein sollte, konnte ich nicht umhin, das alles hier ein kleines bisschen spannend zu finden.

Es war ein Spiel, zu dem er mich einlud. Durfte ich setzen?

ICH SPIELE ZWAR
GERNE MIT DEM FEUER,
ABER DESWEGEN WIRST
DU MEINEN NAMEN
NOCH LANGE NICHT
ERFAHREN.

Rumpelstilzchen

DER PRINZ

Die Türen krachten auf. Drei Männer und ein Häufchen Elend, das ihnen blutend hinterherkroch, kamen herein. Davies allen voran. Er grinste breit, als hätte er mir einen persönlichen Präsentkorb zurechtgemacht, der so groß war, dass er ihn an einer Fessel hinter sich herziehen musste.

Jasmine rückte wie auf einen Befehl hin von mir ab und ich schloss meine Jeans.

»Sorry, dass ich den Blowjob für Euren hochwohlgeborenen Schwanz unterbreche, Your Glorious Majesty, aber wir haben Arbeit.« Davies stieß dem gebückt laufenden Mann mit seinem Springerstiefel in den Hintern, woraufhin dieser nach vorne stolperte und unglücklich auf seinem Kinn aufschlug. Blut spritzte über meinen Boden und versaute den blauen Teppich, der letzte Woche erst gereinigt wurde.

Ich seufzte auf, zog meinen Stuhl vor meinen Schreibtisch, nachdem Jasmine sich stumm zurückgezogen hatte, und griff nach meinem Klappspiegel und der metallenen Kreditkarte. »Was habe ich dir zu meinem Teppich und zu Folterungen gesagt, Davies?«, fragte ich ihn, während ich die dünne Line zusammenschob. Ich war fünf Nächte wach und es würde eine weitere werden.

»Das Foltern habe ich hinter mir, Hoheit, ich lerne aus meinen Fehlern.«

Ich hob eine Braue, ohne aufzusehen. »Das wäre mir neu.«

»Mit Verlaub, Sir«, begann er unterwürfig und ließ seine Stimme besonders schleimerisch klingen. Davies war in Höchstform. »Aber das bisschen Blut werdet Ihr schon verkraften, wenn ich verkünde, *wen genau* ich gerade in dieses abtrünnige Büro der Londoner Unterwelt verfrachtet habe.«

»Sprich Klartext«, befahl ich, bevor ich mich hinunterbeugte und die Line einzog. Meine Schleimhäute reagierten fast nicht mehr auf das wachhaltende Gift und ich befürchtete, ich würde noch ein paar weitere Tage darauf angewiesen sein. Es war Zeit, den Konsum kontrollieren zu lassen, ich brauchte einen Arzt.

»Okay, Mann.« Davies trat näher und baute sich wie eine massive Wand vor mir auf. Eine Narbe teilte seine rechte Augenbraue und zog sich entlang seiner Wange hinunter, was seinem Gesichtsausdruck einen bedrohlichen Ausdruck verlieh. Sein übriges Gesicht war trotz der gefährlichen Arbeit, die er täglich für mich verrichtete, verschont geblieben. Er sah immer noch aus wie der amerikanische Soldat, als den ich ihn kennengelernt hatte. Kurz geschorenes Haar, Muskeln so dick und fest wie ein Kaminrohr, Strenge im Auftreten und Gang. Das Salutieren lag ihm im Blut. Das Abschlachten auch. Er räusperte sich. »Dann eben in Londoner Gossensprache. Hinter mir kniet Mr ›Ich verteil Drogen an zehnjährige Kids, weil ich mir anschließend einen auf ihre Babyfaces runterholen kann‹. Genial, oder? Wo ich den wieder aufgegabelt habe? Aber stell dir vor, er ist auch *der* Kontaktmann der kolumbianischen Fickergemeinschaft, die ihr gepanschtes Zeug vor *unseren tadellos funktionierenden* Augen über die Grenze schmuggeln konnte. Und wenn wir ihn knacken, knacken wir auch den kolumbianischen Code. Und glaub mir, Hoheit, wir werden ihn knacken.«

»Ich verstehe nicht ganz, warum du ihn mir zeigst«, sagte ich müde und strich mein Shirt glatt.

Davies öffnete beleidigt den Mund und brauchte einen Moment, um sich eine passende Erwiderung einfallen zu lassen. »Er ist mein Geschenk an dich, Mylord! Ich dachte, du bräuchtest einen Beweis meiner Liebe!« Seine Stimme war hoch und triefte nur so vor aufgesetzter Arschkriecherei.

»Ein Geschenk wäre es, wenn du mir den Code der kolumbianischen Fickergemeinschaft – auf einem Papier –«, ich erwähnte es extra, letztes Mal erhielt ich das Passwort zu einem Bankkonto auf einem Fetzen Haut, »auf meinen Schreibtisch gelegt hättest. Ohne dämliche Sprüche und ohne meinen Drei-Sterne-Shania-verspätet-sich-Blowjob zu stören.«

Er fasste sich pikiert ans Herz. »Ich bin zutiefst beleidigt. Auf *Papier*? All meine ausgefeilte Psychokiste liegt vor dir ausgebreitet auf dem blutbespritzten Teppich und ich soll *Papierkram ausfüllen?*«

Manchmal fand ich ihn witzig, heute hätte ich vor Müdigkeit und Anspannung einfach nur brüllen können. »Verpiss dich einfach.«

Die zwei Männer in Davies Rücken wichen zurück zur Tür, doch Davies blieb vor mir stehen. Er runzelte nachdenklich die Stirn, dann hob er die Hand und seine Männer packten ohne weitere Nachfrage den gebeutelten Pädophilen an seiner Fessel um den Hals und schleiften ihn hinaus. Erst als die Tür in Davies' Rücken zufiel, ließ er die Hand wieder sinken.

»Schlecht geschlafen?« Jetzt, da er kein Publikum mehr hatte, klang seine Stimme normal. Jasmine war auf seinen Wink hin ebenfalls aus dem Raum verschwunden.

»Gar nicht.«

»Du verheimlichst mir etwas«, erkannte er richtigerweise und nahm die erste Stufe zu dem Podest, auf dem mein

Schreibtisch stand. »Ich wusste nicht, dass du das überhaupt kannst. Mir etwas verheimlichen.«

Ich musste mich zwingen, nicht spöttisch zu lächeln. Niemand war eingeweiht. *Absolut niemand, nicht einmal Davies.* Ich wahrte mein Pseudonym selbst vor ihm, denn ich wusste, dass er sich von mir verraten fühlen würde, wenn er wüsste, wer ich wirklich war. *Das konnte ich nicht riskieren.* »Das Wissen würde dich töten und leider bist du dennoch der Einzige, der mir helfen kann.« *Na ja, mein Geheimnis würde ihn nicht direkt töten. Ich würde ihn töten müssen. Es käme in etwa auf dasselbe hinaus.*

»Du meinst wegen dieser Kleinen?«, fragte er und senkte die Stimme. Er trat noch näher. »Hast du sie gefickt? Deswegen der ganze Überwachungstanz?«

Ich sah ihn emotionslos an. »Sie trug ein halbes Kilo kolumbianisches Koks bei sich, *deswegen* der ganze Überwachungstanz.«

»Das ist das, was du deinen Leuten erzählt hast«, flüsterte er verschwörerisch und sah sich zu beiden Seiten um, ob die Türen wirklich verschlossen waren. »Ist es Shania?« Er grinste plötzlich. »Alec, sie kann mich nicht töten. Das ist eine Hassliebe zwischen uns, das wäre, als würde sie ihren Bruder töten. Du kannst es mir also sagen.«

Ich stieß mich mit dem Drehstuhl vom Schreibtisch ab und streckte die Beine aus. Mein Büro – ich nannte es treffenderweise *Thronsaal* – bestand aus einem riesigen gläsernen Schreibtisch, einem antiken Stuhl mit hoher Lehne, einer langen Tischtafel mit 12 Plätzen, ein paar schweren Vorhängen und dem schweineteuren Teppich, der viel zu häufig von Davies' Opfern mit Blut bespritzt wurde und den ich in Schottland hatte mitgehen lassen. Es war ein Akt gewesen, ihn hier nach Betham zu kriegen. »Du und Shania?«, fragte ich und spielte mit meiner Kreditkarte, an der noch Kokain haftete. »Seit wann?«

»Seitdem sie deine Lohnkonten in die Finger bekommen hat, ich habe mich eingeschleimt.«

»Und so schnell wird aus gegenseitigem Verachten Geschwisterliebe. Wo wären wir ohne das Geld?« Ich konnte ein Gähnen nicht unterdrücken. Ich brauchte dringend Schlaf. Shania – die Frau an der Seite des *Dark Prince* – und Davies – der Mann an der Seite des *Dark Prince* – konnten sich auf den Tod nicht ausstehen. Aber Davies war gerissen. Er fand immer Wege, seinen Sold zu erhöhen. Auch wenn er sein Geld selten ausgab. Er besaß vollen Zugriff auf alles, was mir in Betham gehörte. Meine Autos, die Wohnungen, Drogen …

Sein Besitz beschränkte sich auf einen bescheidenen Kleiderschrank, eine beeindruckende Messersammlung und ein prall gefülltes Konto.

Vielleicht hatte er ja vor, sich irgendwann auf eine teure, ferne Insel abzusetzen und seinen Lebensabend zu genießen. Ich glaubte allerdings nicht, dass er das tun würde, solange ich am Leben war. Und das war ich hoffentlich noch eine Weile, wenn ich aus Florence herausbekam, wohin Evan verschwunden war.

»Ohne das Geld wärst du nicht hier und ich wäre auch nicht hier«, antwortete Davies geistreich und lehnte sich mit seinem Oberschenkel an die Schreibtischplatte. Die Arme voreinander verschränkt, sein Blick intensiv. »Wer würde sich den ganzen Scheiß antun, wenn nichts dabei rausspringt? Es ist toll, einen Pädophilen zu schnappen und ihm ein bisschen wehzutun. Aber würdest *du* dein Leben jeden Tag aufs Spiel setzen, wenn Geld keine Rolle spielen würde?«

Er hat ja keine Ahnung.

»Wo warst du?«

Shit, er fing an zu bohren. »Ein bisschen fliegen, den Kopf freikriegen, du kennst das sicher.«

»Ernsthaft.« Er legte eine Kunstpause ein und zwang mich so, ihn anzusehen. Davies hatte meine Größe und fast doppelt so breite Schultern. Seine Augen waren stechend grün, aber etwas schmal, sodass er immer eine Spur wachsamer als andere wirkte. Wenn er grinste, entstanden Grübchen in seinen Wangen, was besonders irritierend war, denn er grinste fast nie aus Freude. Er trug grundsätzlich eine schwarze Jeans, breite, hohe Stiefel und ein schwarzes, leicht zu enges Shirt, das seine protzigen Oberarme zur Schau stellte. Diese Zusammenstellung trug er im Sommer wie im Winter, selbst wenn es regnete. Manchmal wechselten die Zustände seiner Jeans von zerrissen zu zerstört, und auch die T-Shirts hatten ab und an andere Aufdrucke, auf die man wegen seiner zahlreichen Tattoos eh nicht achtete. »Du weißt, ich habe dich das noch *nie* gefragt …«, erinnerte er mich sorgsam. Wenn man nur seine Stimme hörte, hätte man denken können, er arbeitete bei einem Telefonservice und man würde glatt alles bei ihm kaufen, so gut war seine Überzeugungskraft. »Aber du siehst aus, als hättest du die letzten vier Nächte in einem Kaninchenstall übernachtet, und du stinkst auch danach, daher: Bist du sicher, dass dein treuer Diener nicht erfahren muss, wo du dich aufgehalten hast?«

»Ich habe recherchiert, nichts weiter.«

»Und dabei bist du diesem Mädchen über den Weg gelaufen?«, fragte er grinsend.

»Ja«, antwortete ich knapp und hielt seinem Blick stand. Ich war ganz einfach zu erschöpft, um wegzusehen. Am liebsten wäre es mir, er könnte meine Gedanken lesen, dann wäre vieles so viel einfacher. Die zwei Tage in den dreckigsten Teilen Londons. Inkognito in den heruntergekommensten Wohnungen, schließlich Evans versiffte Höhle in Betham. Zum krönenden Abschluss ein Mädchen aus Betham, die in etwas hineingeraten war, von dem sie offenbar keine Ahnung hatte. Davies war mein engster Vertrauter, derjenige, mit dem ich sogar die Frauen teilen konnte, ohne mich für etwas rechtfertigen zu müssen. Ich würde mein Leben in seine Hand geben und er das seine in meine. Aber wenn ich ihm verriet, weshalb ich Evan suchte, würde er in *mir* den

Verräter sehen. Damit stünde alles, was wir uns aufgebaut hatten, auf dem Spiel.

Ich konnte das nicht tun. Er würde es auch nicht.

»Jaa?«, hakte er gedehnt nach.

»Sie heißt Florence.« Ich musste schmunzeln, als ich an sie zurückdachte. Ich war gespannt, wie sie reagieren würde, wenn sie heute zu mir käme. Wäre sie verängstigt? Wusste sie, was D. P. bedeutete? Oder blendete sie die Nachricht aus?

Im Grunde war sie ein ganz normales Mädchen, das Londons Gosse eben so hervorbrachte, aber etwas an ihr ließ mich auch jetzt noch nicht los. Was würde nötig sein, um mehr über sie zu erfahren? Wenn sie tatsächlich nicht bestechlich war – so wie es gestern wirkte –, musste ich ihr Vertrauen gewinnen. »Ich habe ihr eine Karte geschrieben.«

Davies ließ pfeifend Luft durch seine Zähne entweichen. Im Gegensatz zu vielen anderen meiner Leute waren diese vorhanden, gerade und hellweiß. »Shania wird dich töten.«

»Ich muss diese Florence dazu bekommen, mir zu erzählen, was sie weiß.«

»Ich habe die Kleine gesehen. Walker hat mir Bilder gezeigt. Sie hat einen geilen Arsch und noch geilere Titten. Shania wird dich töten.«

Ich verdrehte nur die Augen. »Du kümmerst dich um deinen –« Mein Handy gab einen surrenden Ton von sich und Davies und ich schauten gleichzeitig darauf.

WALKER

Sie kommt.

»– kolumbianischen Helden.« Ich rückte meine Jeans zurecht. »Und ich habe Sex.«

Davies beugte sich über meinen Schreibtisch und bewegte die Maus. Der Bildschirm leuchtete auf und die Sicherheitskameras kamen zum Vorschein. Shania verschwand gerade aus dem Bild des VIP-Einganges und tauchte neben einer Bar wieder auf. »Tatsache, Walker warnt dich, bevor dein Weib kommt. Ich dachte, er meinte die kleine Sexbombe aus der Gosse.«

»Er warnt mich nicht, er kündigt Shania an. Ich gebe zu, nicht ganz so charmant, wie es mein Stil wäre. Würdest du dich dann endlich zurück in deinen Dungeon verkriechen? Und verkneif dir diese Sprüche, sollte dir Florence über den Weg laufen. Ich will ihr Vertrauen.«

»Und ich will sie kennenlernen«, sagte er gedankenverloren und suchte mit der Maus die Bilder des Clubs ab. »Sie ist noch nicht da.«

»Sie wird kommen.«

»Hm.« Er richtete sich wieder auf und hängte die Daumen in seinen Gürtel. Von schräg oben musterte er mich, als ahnte er zum ersten Mal, dass ich ihm etwas wirklich Großes verschwieg. »Warum bist du dir so sicher? Wenn es dieser Florence wichtig wäre, ihr Koks zurückzubekommen, wäre sie längst hier. Stattdessen trödelt sie herum, als würde sie etwas aushecken. Nur weil jemand saubere Facebookkonten hat, ist er nicht gleich das weißeste Schaf des Universums.« Er wartete auf eine Antwort, doch mich interessierte Florence' Warum nicht. Wenn sie nicht kommen würde, könnten wir uns noch früh genug darum kümmern. »Und da es vermutlich dein Plan ist«, ergänzte Davies lächelnd, »mich mit der Drecksarbeit vorzuschicken, falls etwas schiefläuft, kümmere ich mich lieber gleich darum, dass sie kooperiert. Ich hole sie ab.«

»Tu, was du nicht lassen kannst.« Meine Stimme war locker, aber ich war mir nicht sicher, ob ich Davies und sein sadistisches Gehirn auf Florence loslassen sollte. *Will ich ihr Vertrauen oder will ich ihre Furcht? – Was interessiert mich irgendein verdammtes Girl aus Betham?* »Die Limousine steht in der Tiefgarage.« Ich lehnte mich zurück. »Fahr vorsichtig.«

»Ha, ha«, machte er abfällig, bevor er sich umdrehte und mit einem Sprung die Stufen zurück auf die Ebene nahm. Mein Schreibtisch, der dazugehörige Stuhl und 'mein Thron' standen im Raum erhöht auf einem betonierten Podest. »In eine Limousine steigt so eine wie sie niemals ein.«

Stimmt. Ganz abgesehen davon, dass man zu Fuß schneller bei ihr war und das Auto noch auf dem Weg zu ihr beschmiert und beschädigt werden würde.

Was hatte Davies vor?

Würde er Florence ganz lassen oder sie genauso blutig hier hereinschleifen wie sein Opfer zuvor? Und warum würde es mich stören, wenn er sich für Letzteres entschied? Florence war ein ganz normales, armes Mädchen aus der Londoner Vorstadt. Bedeutungslos. Langweilig. Nichtssagend. Das musste ich mir vor Augen halten. Denn noch gefährlicher als mein Geheimnis waren Gefühle. Nichts und niemand durfte mir jemals etwas bedeuten. Sonst wäre ich angreifbar.

Der Dark Prince hatte keine Schwächen.

Niemals.

DU WILLST
NICHT BLUTEN?
DANN GIB MIR
KEINE NADEL.

Dornröschen

DER DIENER

Ich verbarg mich wie ein geschmeidiger Kater in den Schatten der Hauseingänge und steuerte die Wohnung an, in der Florence nach Aussage von Walker wohnte. Walker war unser IT-Spezialist. Und ein Stalker. Er bekam alles über jeden heraus, ohne jemals sein mickriges Büro verlassen zu müssen. Meine Augen suchten wachsam den höhergelegten Fußgängerweg ab, es war still. Mondlos, dreckig, verkommen. So, wie ich es liebte.

Eine leichte Brise kühlte meine ständig zu warme Haut. Durch den vielen Kraftsport und die delikaten Angelegenheiten, die mich den Tag über so beschäftigten, hatte ich das Gefühl, mein Körper stünde permanent unter Feuer. Nun, vielleicht kam ich auch direkt aus der Hölle. Andere würden so etwas über mich denken.

Ich ließ meine Fingerknöchel knacken und wartete. Im Hintergrund stand Harrison und beobachtete das Haus. Man sah von hier, dass er bis zu den Zähnen bewaffnet war, sollte irgendein Südamerikaner es wagen, sich der Wohnung zu nähern. Die Rückseite wurde von Frank überwacht. Mit einem Scharfschützengewehr. Ob der Kleinen bewusst war, wie sehr sich der Dark Prince um sie sorgte?

Um sie oder … um das, was sie vor ihm verbarg.

Florence – was nebenbei erwähnt ein fucking angenehmer Name war – wohnte bei ihren Eltern zu Hause. Mit ihrem Stiefvater Raymond, ihrer Mutter Cynthia und ihrem Bruder Nike. Bis auf sie waren alle in ihrer Familie blond und weiß. Wo Florence' Vater abgeblieben war, wusste ich noch nicht. Fakt war, dass Florence' Tante, die Schwester ihres Vaters, ihr das Schulgeld für eine Privatschule im benachbarten Viertel bezahlt hatte. Vielleicht aus einem schlechten Gewissen heraus, weil ihr Bruder das Mädchen allein gelassen hatte? Vielleicht aus Zuneigung? Merkwürdig, dass Florence trotz ihrer guten Noten nichts aus sich gemacht hatte. Was hielt sie davon ab? Solche wie sie konnten studieren, wenn sie denn unbedingt wollten. Warum arbeitete sie dann sechs Tage die Woche bei diesem Italiener Bellagio in Croydon? Was tat sie mit dem Geld?

Ich wartete eine Gruppe betrunkener Arbeiter ab, die gerade vom Pub nach Hause torkelten, dann ging ich lockeren Schrittes auf die Haustür zu. Ich hatte mir von Alec einen viel zu engen hellgrauen Kapuzenpulli geborgt, den dieser trug, wenn er inkognito durch London ziehen wollte. Ich brauchte ihn, um so meine zahlreichen Tattoos zu verbergen. Ich wusste genau, was nötig war, um vertrauenserweckend zu wirken. Viel zu genau.

Bevor ich allerdings klingeln konnte, hörte ich Stimmen hinter der Haustür und ich verschwand leichtfüßig in einer Nische neben der Wohnung. Die Sozialbauten hier waren verwinkelt angelegt. Wer sich nicht auskannte, verlief sich. Es gab drei Stockwerke und weitere Souterrainwohnungen, alle durch rechteckige, in Beton eingefasste Gehwege verbunden, die sich meistens oberhalb der Straße befanden und dadurch mehrere Unterführungen bildeten. Florence lebte mit der Familie Reids auf Ebene zwei, die über eine Brücke mit den anderen Häuserblöcken, Wohnungen und Hochhäusern verbunden war. Im Erdgeschoss, und damit in der Nähe der Straße, wohnte man nur, wenn man ein Auto hatte und auch sichergehen konnte, dass man es behielt. Die oberen Wohnungen, teilweise durch rostige Wendeltreppen mit dem Untergeschoss verbunden, waren beliebter. Man hatte mehr Licht, und sollte es zufälligerweise einmal nicht regnen, auch Sonne.

Ich hatte mich erst an das Labyrinth aus Stein und Beton gewöhnen müssen. England und London waren in meiner Vorstellung prunkvolle Gegenden gewesen, in denen einer wie ich leicht Arbeit fand, ohne Papiere vorzeigen zu müssen. Ich hatte mich getäuscht. London war nicht besser als New York oder Paris und auch nicht besser als Moskau. Als wäre es das Schicksal dieser Welt, dass sich in jeder Megastadt ein Ort des Abschaums entwickelte, als wäre es Gesetz. Reich neben arm. In all diesen Metropolen glich der Unterschied zwischen den Klassen einem bitteren Gestank in der Luft, der nie ganz verschwand.

Ich war froh, hier im Slum zu wohnen, und die reiche Schicht dafür bestrafen zu können, dass ich es tat. Es hatte etwas Befriedigendes, ich war glücklich.

Die Haustür ging auf und falsches Lachen drang an meine Ohren.

Jemand rief der Gruppe von drinnen etwas hinterher, eine Männerstimme. »Ja, Dad!«, antwortete eines der Mädchen. Das musste sie sein.

Ich zog mich weiter zurück und verschmolz mit der Dunkelheit um mich herum.

»Wie viel kostet denn der Eintritt nun?«, grunzte ein breiter, dunkler Typ und kramte in seinen ausgeleierten Jeans nach Geld.

»Du kommst eh nicht rein«, seufzte eine andere und hakte sich bei ihren zwei Freundinnen unter. Sie kamen direkt auf mich zu, und mit jedem Schritt, den sie machten, bemerkte ich, wie betrunken sie waren.

Rechts außen ging Florence. Sie musste es sein, denn ihre Haut war heller als die des Mädchens ganz links, aber längst nicht so hell wie die der Schwarzhaarigen in der Mitte. Victoria. Wenn mein Gedächtnis mich nicht täuschte. Ich hatte vorhin die gesammelten Social-Media-Facts überflogen. Das Bild der Schwarzhaarigen war sofort in meinem Kopf hängen geblieben, denn ihre Profilbilder bestanden hauptsächlich aus großen, geweiteten Augen und Titten.

Die drei jungen Frauen – sie waren höchstens zwanzig – hielten inne, weil ihre zwei männlichen Freunde sich Zeit ließen, zu folgen. Jeder von ihnen war mit seinem Smartphone beschäftigt. Keine Zeit, sich zu beeilen. »Sollen wir etwa ohne euch gehen?« Florence. Ihre Stimme zitterte nervös und ja, ihr Name allein war verdammt geil. Hörte man selten. Florence, Florence, dachte ich summend und wartete darauf, dass sie weiterging und ins Licht trat.

»Ich will nur wissen, wie viel das kostet«, grummelte der Dicke, der andere Typ sah gar nicht auf. Er schien sich wenig für seine Umgebung zu interessieren und war in sein Handy vertieft.

Victoria stöhnte auf und zerrte ihre Freundinnen weiter. »Auf die können wir lange warten.«

Ich spannte meinen Körper an, sodass mich nicht die kleinste Bewegung verriet, und wartete in einer Häusernische auf den Auftritt der drei Frauen, die sich mit stöckelnden Schritten einer Straßenlaterne auf der Hochebene näherten. Und dieser Auftritt hatte es in sich.

Ganz links lief die Unbekannte – hieß sie nicht Grace? Sie war nichts Besonderes, eine Braut aus Betham wie jede andere, tiefer Ausschnitt, künstlich aufgetakelt, extra aufgemalte Lippen. Sie wirkte, als versuche sie nur, schlampig zu sein. Ganz im Gegensatz zu ihrer Freundin Victoria. Diese war ebenso billig wie auf ihren Fotos und überraschte mich nicht. Eine gute Fotze für eine Nacht, die einiges mit sich machen lassen würde, nur um zu gefallen. Süchtig nach jedem Fetzen Aufmerksamkeit, das ihr jemand gab. Ihr Outfit reichte gerade mal bis über den Arsch, das Top war kaum vorhanden, ihre schwarzen, dünnen Haare trug sie offen. Sie war schlank, aber im Grunde hatte sie nichts.

Florence hingegen …

Ich brauchte eine Weile, um ihr Auftreten zu erfassen, als sie in den Kegel der Straßenlaterne trat. Ich hatte sie heute Morgen beim Auskundschaften der Gegend schon einmal von weitem durch ihr Fenster gesehen. Nur ihren Körper, nicht dieses Gesicht. Nicht diese Haare und nicht diese Augen.

Es gab wenige schöne Frauen in diesem Viertel, aber sie gehörte dazu. Obwohl ihre Stimme vorhin nervös geklungen hatte, war ihr Schritt bestimmt. Sie trug Chucks und ein geschlossenes Kleid, das knapp oberhalb ihrer Knie endete. Im Gegensatz zu ihren zwei Freundinnen wirkte sie dadurch nicht billig, sondern verdammt sexy. Jede ihrer Rundungen wurde zwar unter dem Stoff verborgen, aber durch das enge Kleid perfekt in Szene gesetzt. Sie ging an mir vorbei, verschwand kurz hinter Victoria und der anderen und war dann wieder sichtbar. Das Kleid zeigte an ihrem Rücken viel nackte Haut. Sie trug keinen BH, dennoch waren ihre Brüste rund und prall. Shit.

Ich musste mich stark zusammenreißen, sonst hätte ich sie beinahe allen Plänen des Dark Prince' zum Trotz entführt. Diese Frau war verdammt geil! Und sie hatte sich dermaßen in Szene gesetzt, dass sie es nicht überleben würde, wenn sie mit diesem Outfit in Alecs Büro auftauchte. Chucks hin oder her. Shania war eifersüchtig und ließ fremde, schöne Frauen in ihrem Königreich nicht zu. Und auch wenn Shania sich nicht verstecken musste, gegen diese bronzefarbene Schönheit hatte sie verloren.

Fuck. Ich spürte, wie sich mein Schwanz regte, und das, obwohl ich nie an Sex mit Frauen dachte, die etwas mit dem Job zu tun hatten. Florence *war* mein verdammter Job. Aber für sie würde ich eine Ausnahme machen.

So viel stand fest.

Ich folgte der Gruppe in einigem Abstand, lauschte ihren Gesprächen und versuchte mir darüber klar zu werden, in welcher Beziehung sie zueinander standen. Die beiden Männer der Gruppe kamen ebenfalls aus Betham. Einer der beiden, Andrew, schien ein guter Freund von Florence zu sein, sie foppte ihn ständig mit lockeren Sprüchen. Der andere starrte ihr beim Gehen ständig auf den Arsch, ein möglicher Lover, obwohl er eigentlich mit dieser Grace zusammen war. Neben Victoria, die von allen Vic genannt wurde, und Florence die dritte Frau der Runde.

Sie unterhielten sich über nichts von Belang und mir fiel es immer schwerer, mir vorzustellen, dass ausgerechnet Florence Drogen im Wert von fünfzehntausend Pfund mit sich herumgetragen haben sollte.

Bis Grace die Hand ihres Kerls mit einem gestellten Lachen losließ und sich Florence näherte. Sie hielt sie zurück und die beiden lösten sich ein Stück von der Gruppe.

Scheiße. Ich konnte nicht nähertreten, wenn ich nicht Gefahr laufen wollte, das Gespräch durch meine Anwesenheit zu stören. Ich entschied mich daher kurzerhand, im Rücken der Leute seitlich über das Geländer des Hochgehwegs zu springen und mich gleichzeitig am Geländer festzuhalten. So hangelte ich mich drei Meter über der leeren Straße entlang und konnte mich den zwei Frauen nähern. Mich kostete es kaum Anstrengung, meinen Körper zu halten, und mein Atem blieb unhörbar.

»… mit meinem Vater gesprochen«, sagte Grace gerade, als ich den Bereich neben ihren Füßen erreichte. Wenn sie sich über die Brüstung lehnten, könnten sie mich sehen. Taten sie es nicht, blieb ich unsichtbar. Und potenzielle Fußgänger auf der Erdgeschossebene wunderte hier eh nichts. »Er sagte, dass das schon öfter passiert ist. Es kommt immer auf die Akte an, aber eine wie du …«

»Eine wie ich wirkt eben verdächtig.« Florence klang herrlich spöttisch. Selbst ihre Stimme war schwungvoll, seidig und melodisch. »Also können die sich einfach wie Götter benehmen und nur weil sie nicht in Betham wohnen, dürfen sie ihre Kinder schlagen und ich muss zur Strafe in den Knast?«

Ich horchte auf.

»Nicht in den Knast«, wich Grace zögernd aus. »Mein Dad sagt, es werden Sozialstunden ...«

»Wow! Müll einsammeln und Graffitis übermalen! Tun Sie etwas vollkommen Sinnloses in diesem Drecksloch von Stadt für die Allgemeinheit.«

»Wenn sie dir nichts nachweisen können, werden es vielleicht nur zehn Stunden oder so ...«

Florence schnaubte. »Nur zehn Stunden, dafür dass ich helfen wollte.«

Was hatte sie ausgefressen? Ich schwang mich einen Meter weiter und blieb in Hörweite.

»Kriege ich einen Eintrag?«, fragte Florence.

»Wo?«

»Im Criminal Record? Im Vorstrafenregister?«

»Hm, ich weiß nicht ... Soll ich noch mal fragen?«

Grace klang so hohl und naiv, dass es mich nervte. Wie überlebte eine wie sie in Betham?

Ich wollte mich gerade weiterhangeln, da hörte ich die Sirene. Fuck! Eine Polizeistreife bog am Straßenende zwischen zwei Hochhäusern um die Ecke und fuhr direkt auf mich zu. Die Cops interessierten sich natürlich dafür, warum ich hier Seilkünste veranstaltete. Es blieb mir nichts anderes übrig, als meine Beine anzuziehen und mich unter dem fünfzig Zentimeter breiten Betonvorsprung zu verstecken. Es war riskant, aber ich musste unbedingt Florence' Antwort hören. Also hangelte ich mich wie ein Salamander verkehrt herum unter dem Hochweg entlang, auch wenn es fast unmöglich war, mit meinen Fingern in den viel zu schmalen Betonritzen Halt zu finden. Mir brach der Schweiß aus. Der Dark Prince war in diesem Kletterkram so viel besser als ich.

»Zehn Stunden sind doch nicht soo viel, oder?«

»Dafür, dass ich meinen Klavierschüler beschützen wollte? Er wurde geschlagen, Grace! Ich habe die Striemen an seinem Nacken gesehen, er saß neben mir und hätte beinahe geheult während der Stunde. Was sollte ich denn tun? Und dann dreht die Familie es einfach um und zeigt mich wegen Diebstahl an, als ich es bei der Polizei gemeldet habe.« Klavierschüler?

»Du solltest aufhören, dich in Sachen einzumischen, die dich nichts angehen.«

Für ein paar Sekunden herrschte Schweigen. Die Polizeistreife hatte ihre Sirene ausgeschaltet und rauschte unter mir vorbei, ohne mich zu bemerken.

»Du glaubst mir nicht.« Florence' Stimme hatte sich verändert.

»Ich ... also ...«

»Du denkst, ich hätte diese Bonzen tatsächlich beklaut? Ist das dein Ernst, Grace?«

»Florence, du hast doch schon mal ...«

»Und von wem hast du das aufgeschnappt? Von Lucas? Unterhaltet ihr euch beim Ficken über meine Vergehen, oder was? Nur weil sein Vater ein bestechlicher Cop ist, weiß er gar nichts, Grace. Okay? Nichts über mich und schon gar nichts über meinen Schüler, der in der Scheiße stecken bleibt, weil nichts geschieht, außer dass ich Sozialstunden leisten muss! Verstehst du? Der ist zwölf! Wie kann es sein, dass selbst du denkst, ich sei dämlich genug, um mir mein Leben für ein bisschen Cash zu versauen. Bitte ... Grace, glaub mir. Ich habe damals in der Apotheke ein Medikament für Nike gebraucht und hatte kein Geld. Was sollte ich denn machen? Das ist Jahre her.«

Grace hatte sich einschüchtern lassen, ihre Antwort war nur ein Murmeln, das ich nicht verstand. Ich hatte eh genug gehört. Dankbar ließ ich los und federte den Fall auf den Asphalt mit einer Vierpunktlandung ab.

»Was war das?!«, kreischte Grace erschrocken auf.

Doch als sie und Florence sich über die Brüstung beugten, um nachzusehen, woher das Geräusch eines fallenden Körpers gekommen war, war ich schon im Schatten verschwunden.

Es hatte sich gelohnt. Florence hatte mir viel mehr offenbart, als ihre Social-Media-Konten hatten hergeben können. Der Dark Prince müsste ihr nur zeigen, wer er war, und sie würde ihm aus der Hand fressen.

Er würde ihr gefallen. Und das war ein riesiger Vorteil.

BÖSE MÄDCHEN
HÄLT AUCH NACH
MITTERNACHT KEIN
ZAUBER ZURÜCK.

Cinderella

FLORENCE

»Ich weiß nicht, zu wem ich will, klar?« Langsam zerfraß mir meine Ungeduld die Nerven. Ich konnte nicht mehr. Ich musste da jetzt rein, ich musste jetzt diesem Verrückten unter die Augen treten, ich wollte sicherstellen, dass mein Plan funktionierte. »Der Typ hat mir nur gesagt, diese Karte wäre ein Ticket.«

»Eine alte Spielkarte.« Die zwei Türsteher des Seiteneingangs zum *Royal Black* warfen sich höhnische Blicke zu. Zwei Türsteher, zwei Schränke, keine Möglichkeit, an ihnen vorbeizuschlüpfen. »Da kann ja jeder eine ausgraben. Was soll daran ein Ticket sein?«

»Stellt euch einfach in der Reihe an, Ladys.« Schrank zwei schenkte uns ein fauliges Grinsen und kontrollierte den Umfang unserer Brüste. »Wir lassen euch durch. Aber ihr müsst warten.«

»Ich warte ganz bestimmt keine zwei Stunden!«, fauchte ich ihn an. Wozu hatte ich diese dämliche Karte bekommen, wenn sie mir nicht weiterhalf? »Es ist etwas Geschäftliches.«

Aus dem höhnischen Blick wurde ein schmieriges Lächeln. »Nutten nehmen den Hintereingang.«

Ich starrte ihn an.

»*Was* hat er gerade gesagt?« Vic war sofort zur Stelle und

funkelte Mr Kleiderschrank wütend an. Mir hatte es die Sprache verschlagen, weil ich es ihm nicht einmal verübeln konnte, dass er mir so etwas an den Kopf warf. ›*Es ist etwas Geschäftliches*‹? War ich denn völlig bescheuert geworden? »Meine Freundin wurde eingeladen, du Wichser! Habt ihr keine Gästeliste?«

»Lass das.« Ich zog Vic zurück.

Die zwei Türsteher verschränkten die Arme vor der Brust und bauten sich auf. »*Wie* hast du mich gerade genannt?«, fragte der eine.

»Sie meinte es nicht so«, versuchte ich uns zu retten und raunte Vic ins Ohr: »Was fällt dir ein?«

»Er hat dich Nutte genannt!«

»Könnt ihr euch nicht einfach hinten anstellen?«, murrte jemand aus der Reihe hinter uns. »Warum nehmt ihr euch so wichtig? Ihr seid Kinder.«

»Ich bin verdammt noch mal zwanzig, klar?!« Vic fuhr zu ihm herum und ließ ihre Wut an dem Kerl aus. Sofort entstand ein hitziger Schlagabtausch, der hauptsächlich aus Beleidigungen bestand. Lucas kam ihr zu Hilfe und dann stritten fünf gleichzeitig.

Das konnte ich so gar nicht gebrauchen.

Die Türsteher veränderten ihre Haltung, ihre Gesichter wurden zu unnachgiebigem Granit, und wenn ich meine Freunde nicht bald dazu brachte, ihre Klappen zu halten, würde mich hier heute Abend niemand mehr reinlassen.

Ich wich zurück und fasste Vic am Arm, die mich allerdings sofort abschüttelte. Immer mehr Leute stiegen in das hitzige Gespräch ein. Bald würden sie das Absperrband niederreißen und sich an die Gurgel gehen. Es war eben keine gute Idee, in diesem Viertel so zu tun, als wäre man etwas Besseres. – Vor allem dann, wenn man es nicht war.

Einer der Türsteher griff nach meinem Handgelenk und zerrte mich an sich heran, damit ich ihn hören konnte, obwohl alles um uns herum keifte und tobte. »Pfeif deine Freunde zurück und verpiss dich, sonst gibt es mächtig Ärger.« Sein Griff schmerzte.

Was sollte ich sagen?! *Ich muss aber rein? Mir wurden Drogen abgenommen? Ich brauche Hilfe?* Wenn ich diesen Robin Hood nicht treffen konnte, machte es auch keinen Unterschied mehr, ob mich die Türsteher gleich erledigten oder ich noch ein paar Tage Aufschub bekam.

»Hast du mich verstanden?!«, brummte er drohend. Seine Hand grub sich in meine Haut. An jedem einzelnen seiner Finger steckte ein fetter Ring, der vermutlich dafür sorgen sollte, schmerzhafte Spuren bei seinem Gegner zu hinterlassen.

Ich sah ihm ins Gesicht. Seine Augen kannten kein Erbarmen, egal, was ich sagte, ich hatte verloren. Er würde mich niemals durchlassen. Schon gar nicht mit Vic, die jetzt vom zweiten Türsteher weggeschafft wurde. Ein Handgemenge entstand. Kreischende Stimmen, in meinem Kopf angstvolle Stille.

Was sollte ich tun?

Jemand räusperte sich hinter mir und der Typ ließ mich los. »Gibt es … ein Problem?«

Die Stimme klang wohltuend, fast freundlich, doch in ihr schwang eine Schärfe mit, die mir direkt unter die Haut fuhr.

»Di-diese Gru-gruppe hier.« Mr Türsteher wich zurück, in seinen Augen spiegelte sich Furcht. Er hatte Schiss. *Jemand wie er?* Ich drehte mich herum und war erstaunt, einen Kerl vor mir stehen zu haben, der viel jünger war als der Bulle vor der Tür und trotzdem mindestens genauso angsteinflößend wirkte. »Die Kleine wollte sich, wollte sich … also vordrängeln.«

Der Typ hinter mir verengte die Augen. »Wenn du deinen Job behalten willst, hör gefälligst auf, wie ein Baby zu stottern.«

Der Türsteher verstummte. Die Angst in seinen Augen blieb.

»Wieso muss man solchen Affenhirnen wie euch alles zehnmal sagen? Ist doch klar, dass die Lady zu *ihm* will.«

»Das hat sie nicht gesagt«, verteidigte sich der Bulle. Nur ich – und vielleicht der Unbekannte – bemerkte, wie seine Finger nervös zuckten. »Sie hat mir nur diese Karte gezeigt, Davies.«

Der Typ neben mir trat vor und riss ihm den Pikkönig aus der Hand. »Du bist ein riesiges sabberndes Baby, Earl. Verpiss dich nach drinnen und hol Charly raus.«

Earl öffnete den Mund für einen Widerspruch, überlegte es sich anders und verzog sich. Erst jetzt bemerkte ich, wie alles um uns herum durch das Auftreten dieses Muskelpakets namens *Davies* still geworden war. Selbst Vic hatte ihren Mund versiegelt und Lucas war gar nicht mehr zu sehen.

»Dein Name ist Florence, richtig?«

Ich drehte mich zu diesem Davies um, dessen Stimme überraschend samten war. Etwas, das im krassen Gegensatz zu seinem Äußeren stand. Er trug einen grauen, unscheinbaren Kapuzenpullover, die Ärmel hochgekrempelt, sodass die zahlreichen, schwarzen Tattoos auf seinen Unterarmen aufblitzten. Seine Schultern waren breit, seine Armmuskeln einschüchternd. Doch das wirklich Angsteinflößende an seinem Auftreten war sein Gesicht. Das milchige Licht der Straßenlaterne zeichnete Schatten, sodass nur seine grünen, schmalen Augen und die feine Narbe, die sich von seiner Stirn über die Wange bis zum Hals durchzog, hervorstachen. Ein Lächeln zog sich über seine dünnen Lippen. Seine Eckzähne waren spitz, wie die eines Raubtieres.

»Ja.«

»Das hättest du einfach sagen müssen«, erklärte er freundlich, doch seine Augen blieben wachsam und gefährlich. Eine Gänsehaut kroch meinen Rücken hinauf. Dieser

Typ, der nicht viel älter war als ich selbst, brauchte keine Waffe, kein Messer, nicht einmal einen Schlagring, um bedrohlich zu wirken. Er drehte seinen Opfern den Hals mit bloßen Händen um, wenn er wollte. Keine Ahnung, wie ich jetzt darauf kam, aber genau danach sah er aus. »Für die Straßenhunde, die diesen Eingang bewachen, ist ein Pikkönig ohne Pokertisch wertlos. Du hättest zum Haupteingang gehen müssen. Da hätte man die Karte erkannt.« Ob er hören konnte, wie mein Herzschlag sich beschleunigte? »Also warum gehst du nicht einfach hinein?« Er vollführte eine galante Armbewegung, die etwas Edles an sich hatte und nicht zu seinem grauen Hoodie, den schwarzen Jeans und den Springerstiefeln passte. Seine Haut war hell und die dunkelblonden Haare kurzgeschoren, sodass nichts die markanten Züge seines Gesichts verdeckte. »Ich führe dich direkt zu ihm.«

»Und was ist mit meinen Freunden?« Im Augenwinkel sah ich, wie Vic, Grace und Andrew neben der Schlange warteten, angespannt, jederzeit bereit, mich von dem Kerl wegzuziehen, der selbst einen Türsteher einschüchterte. Meine Freunde waren es nicht von mir gewöhnt, dass mich solche Typen ansprachen, gar beim Namen kannten. Es hatte sie gewundert, dass ich sie gebeten hatte, ausgerechnet heute, an einem Montag, auszugehen – und dann auch noch ins *Royal Black*, dem düstersten und exzessivsten Club ganz Südlondons. Und jetzt wurde ich hofiert?

»Die bleiben draußen«, erklärte Davies charmant. Etwas in seiner Stimme duldete keine Widerworte und vermutlich hatte sich die Welt schon daran gewöhnt, sich ihm nicht zu widersetzen.

Aber das war keine Option. Ich reckte mein Kinn. »Nein.«

Er hob eine Braue. Nicht ganz so höhnisch wie die Türsteher vorhin, eher überrascht. Etwas anderes loderte in seinen Augen auf, etwas, das sich als heiße Glut in meinen Magen absetzte, obwohl ich nicht wusste, warum. »Es ist erstaunlich, dass du glaubst, du befändest dich in einer Situation, in der du verhandeln könntest«, sagte er so leise, dass niemand außer mir ihn hörte. Er reichte mir den Pikkönig zurück und ich nahm ihn mit schwitzigen Fingern entgegen. »Eine Karte. Einmal Eintritt«, er beugte sich dicht an mein Ohr, sodass mir sein Geruch nach Deo und Aftershave in die Nase stieg, »Wenn du sie nicht haben willst, kannst du sie verschenken. Es gibt so viele Frauen, die sich darum reißen würden, eine zu bekommen. Und die fünfzehntausend Pfund behalten wir gerne, mach dir da keine Sorgen.«

Ich begann vor Wut zu zittern. »Er hat mich mit einer Waffe bedroht«, zischte ich zurück. Vic warf mir hinter Davies' Rücken misstrauische Blicke zu, doch auch ich sprach so leise, dass uns niemand hören konnte. Schon gar nicht die Leute in der Reihe, die nach und nach hineingelassen wurden und unser Gespräch komplett ignorierten. Dieser Davies wusste offenbar Bescheid, also könnte ich ihn auch daran erinnern, in welcher Lage ich mich befand. »Dieser Typ in Evans Wohnung war grob. Er war ein riesengroßes, brutales Arschloch. Wenn du glaubst, ich wäre so dumm, allein in diesen Club zu gehen, wo mich sonst etwas erwarten kann, dann täuschst du dich.«

Davies lachte leise und nahm etwas Abstand, um mir ins Gesicht sehen zu können. Seine Mundwinkel waren zu einem ironischen Lächeln verzogen. »Und du glaubst wirklich, der Sohn eines Cops, die Tochter eines Politikers und eine kleine Bitch, deren Vokabular aus ›Wichser‹ und ›Hurensohn‹ besteht, könnten dich vor einem wie mir beschützen?«

Shit. Ich musste meinem Körper unter einigem Kraftaufwand befehlen, ruhig zu bleiben.

»Du kannst mir vertrauen«, ergänzte er. »Es wird dir nichts passieren.« Aus *seinem* Mund klangen diese Sätze so lächerlich, dass sich meine Anspannung in ein leises Lachen verwandelte.

»Wenn mir nichts passieren wird«, erwiderte ich und verschränkte die Arme vor meiner Brust. Nach außen wirkte ich tough. Innerlich bekam ich Panik. »Dann kannst du sie auch mit reinlassen. Vertrauensfördernde Maßnahmen, letztendlich wollt ihr doch etwas von mir, oder nicht?«

Er stutzte.

»Oder nicht?«, wiederholte ich scharf. »Du bist vielleicht gut darin, den aufgeblasenen Muskelprotz zu spielen, aber da drin kann mich alles erwarten, da sterbe ich lieber woanders, danke. Auch wenn dieser Wer-auch-immer-er-Ist mir das Zeug abnehmen konnte, als wäre ich ein schwaches Dummchen, weiß ich ganz genau, in welche Gebäude man sich lieber nur mit Begleitung begibt. Oder …« Ich hob die Brauen, als ich daran zurückdachte, welcher Name auf der Karte gestanden hatte. »Warst du es, der mir den Brief geschickt hat? D. P.? Steht das für Davies?«

Er sah mich für eine Sekunde schweigend an und ich hatte wirklich keine Ahnung, was jetzt passieren würde. Wollte er mich in den Club schleifen? Gegen seine Kraft hatte ich keine Chance. Aber er streckte mir nur die Hand entgegen und schenkte mir ein breites, offenes Grinsen. »Lee. Lee Davies. Nicht ganz der, den du suchst.«

Ich zögerte, bevor ich seine Hand ergriff. Im selben Moment winkte er Vic und den zwei anderen, die um sie herum versammelt standen, ohne sich zu ihnen umzusehen. »Geht durch, alle Getränke gehen aufs Haus.«

Etwas in meinem Magen begann vor neuer Zuversicht zu kribbeln.

»Du beeindruckst mich ein bisschen, Florence«, sagte Davies und hauchte mir einen Kuss auf die Hand, gerade als Grace und Vic vorbei waren, sodass es niemand sonst sah. Sein Blick von unten nach oben herauf war nicht minder angsteinflößend als zuvor. »So was passiert nicht oft.«

Wir wurden gefilzt. Nicht auf Drogen, Drogen waren den Betreibern des *Royal Blacks* egal. Es ging um Waffen. Um Munition. Messer, Gift. Als die über dreißigjährige Frau endlich von mir abließ, fühlte ich mich nackt, obwohl ich mich nicht hatte ausziehen müssen.

Davies hatte man ohne Überprüfung durchgehen lassen. Zu wem auch immer ich wollte, zu wem auch immer er mich führte, dieser Robin Hood musste einer der ganz großen Gangster sein.

Aber das hatte ich ja schon in Evans Wohnung geahnt.

Seitdem ich das letzte Mal hier gewesen war, hatte sich einiges verändert. Das *Royal Black* machte seinem Namen alle Ehre, denn es schillerte und schimmerte wie ein teurer Club in Chelsea, behielt aber den rustikalen Charme Bethams durch die blanken Betonwände. Es war ein Szeneclub im Außenseiterviertel, selbst Touristen kamen hierher. Gut möglich, dass die Stadt von offizieller Seite alles im Club kontrollierte, denn wie war es sonst zu erklären, dass jede Art von Drogen beinahe offen herumlag, ohne dass jemand eine Razzia befürchtete? Wenn man die richtigen Codewörter kannte – und es nötig hatte –, konnte man das Zeug selbst an der Bar bestellen.

Es gab drei Dancefloors. Der größte spielte Elektro und House. An nahezu jeder Wand befand sich eine Bar und selbst die Türen waren mit Spiegeln behangen. Man fühlte sich wie in einem Labyrinth, in dem man sich verirrte und es genoss. Vom Hörensagen wusste ich, dass das *Royal Black* mittlerweile streng war. Strenger als alle anderen Clubs Londons. Jeder einzelne Gast wurde wie in einem Casino überwacht. Wurde jemand ausfallend, flog er raus, war jemand zu betrunken, flog er schneller. Gleichzeitig sorgte man dafür, dass sich sämtliche Anwesenden auf einem ausgelassenen Niveau befanden, nicht nur um sie dazu zu bringen, ihr Geld in Drinks einzutauschen, auch um für diese spezielle Atmosphäre zu sorgen.

Eine Party, die einen mitriss und alle seine Sorgen vergessen ließ.

Auch an einem Montagabend war das *Royal Black* voll. *Wie sollte ich Mr Secret hier finden?*

»Geile Mucke, oder?!«, schrie mir Vic ins Ohr und wandte sich in die Richtung, aus der R&B-Rap zu uns dröhnte. Ich wollte den anderen folgen, doch im selben Moment schloss sich eine Hand um meinen Arm und hielt mich zurück.

Diese Hand war erstaunlich warm und trotzdem fühlte es sich so an, als würde meine Haut darunter gefrieren.

»Lass sie tanzen. Du bist aus einem anderen Grund hier.« Die samtene Stimme drang von hinten in mein Ohr und vernebelte meine Sinne. Ich verlor mich im Rauschen des Clubs, in der Menschenmasse, der lauten Musik … es schien, als wäre nur noch Davies real. Und ausgerechnet er war der Gefährlichste von allen. Eine Erinnerung drückte sich in mein Gedächtnis. Mein erster Drink, ein Fremder, Masken. Waffen und Gewalt. Es war ein Fehler, hierherzukommen, ich sollte sofort verschwinden!

Doch Davies trat neben mich und versperrte meinen Fluchtweg. Er nickte zu einer Empore, die durch eine Wendeltreppe mit dem Dancefloor verbunden war. »Du wirst erwartet.«

Ich presste meine Lippen aufeinander, damit sie nicht vor Nervosität zu zittern begannen. *Stark sein! Heute bist du älter als damals. Du weißt, was dich erwartet. Du wirst dich nicht benutzen lassen.*

»Kannst du alleine gehen?« Davies betrachtete meine Haltung und ich bemerkte zu spät, dass ich mich geradezu in seinen Griff fallen gelassen hatte.

»Natürlich«, blaffte ich, machte mich von ihm los und stolzierte vor. Mir wurde übel. Vor Angst. Und das Wissen, dass sein grüner, wachsamer Blick an meinem Rücken geheftet war und jeden meiner Schritte verfolgte, machte dieses

Gefühl nicht besser. Wenn ich schon vor ihm so viel Schiss hatte, wie sollte ich dann dem weißen Schönling mit seiner Pistole die Stirn bieten können?

Es blieb zum Glück nicht allzu viel Zeit, darüber nachzudenken. Ich erreichte die Treppe, stieg sie nach oben, ging durch eine Glastür und wurde augenblicklich von Ruhe empfangen. Schallisoliertes Glas. Für einen Moment reagierte ich erleichtert.

Bis ich bemerkte, dass ich so das rauschende Blut in meinen Ohren noch stärker wahrnahm.

Als ich mich umdrehte, musste ich feststellen, dass Davies mir nicht gefolgt war. Dabei hatte ich gerade noch das Gefühl gehabt, er stünde direkt hinter mir.

Und nun? Ich umklammerte leicht hilflos die Karte in meiner Hand und verfluchte meinen Bruder, dass er mich überhaupt in eine solche Lage gebracht hatte. Vic war ihm vermutlich sogar dankbar, sollte sie jemals erfahren, was der wahre Grund des heutigen Abends war. Ihr hatte ich nur erzählt, dass mich ein Gast des Bellagios auf die Gästeliste gesetzt hatte, um den Club mit Frauen zu füllen. Sie hatte diese Lüge ohne großes Wenn und Aber geschluckt. Vic war keine Frau für Wenn und Abers. Sie freute sich bestimmt, die teuren Getränke nicht selbst bezahlen zu müssen und machte sich keine Sorgen.

Ich umrundete die gesamte Halle auf dieser Empore und passierte dabei einige Türen, die nicht danach aussahen, als könne man sie öffnen. Auf der gegenüberliegenden Seite bemerkte ich einen weiteren Türsteher hinter einem goldenen Absperrseil und meine Instinkte verrieten mir, dass er mit einem Pikkönig etwas würde anfangen können.

Als ich näher trat, brachte er sich in Position und ließ seinen Blick einmal prüfend über mein Outfit gleiten.

Dann schüttelte er den Kopf, bevor ich ihn überhaupt erreichte und ihm die Karte zeigen konnte.

»Keine Chance.«

»Was?«, fragte ich verdutzt. »Aber …« Ich zog die Karte hervor, doch er warf nicht einmal einen Blick darauf.

»Frauen haben keinen Zutritt, wenn sie nicht auf der Liste stehen.«

»Florence!«, rief ich. »Ich stehe bestimmt auf irgendeiner Liste.«

Sein Kopf bewegte sich noch immer. »Nein.«

»Dieser D. P. hat mir eine Nachricht und Wein geschickt, okay?!« Langsam wurde es mir zu viel. Ja, er hatte in Evans Wohnung angekündigt, dass es dauern würde, bis ich mich zu ihm durchgefragt hatte, aber warum wurde mir der Weg zu ihm so nervenaufreibend schwer gemacht? Wollte er mich zermürben? Sehen, wie belastbar ich war? Was für ein Arschloch. Nein, noch schlimmer. Ein menschenverachtender, aufgeblasener Hurensohn, der seine düstere Vergangenheit ausgerechnet an mir auslassen musste. »Er sagte, ich käme rein.«

»Aber ganz bestimmt nicht so.« Seine Augen wanderten noch einmal über meine Kleidung. Prüfend, nicht lüstern. Ich wusste nicht wieso, aber seine Art war mir fast sympathisch. Noch nie hatte mich ein Mann gemustert, ohne dass ich das Gefühl bekommen hätte, er würde seinen Schwanz in eine meiner Öffnungen schieben wollen. – Außer vielleicht Andrew. Andrew vielleicht. »Es gibt Regeln, wenn du zum *Dark Prince* willst. Er wird sie dir erläutert haben. Die Karte sagt nur, welche Priorität dein Anliegen hat. Aber trotzdem musst du dich an die Auflagen halten.«

Ich starrte ihn an. So gestochen sprachen für gewöhnlich nur Lehrer und die hatte ich nun schon gut zwei Jahre nicht vor mir gehabt. Es klang merkwürdig in meinen Ohren, fremd. Beinahe hätte ich ein paar der Vokabeln verlernt. »Also wie sonst?«, fragte ich ihn genervt. Warum hatte Davies mich nicht vorgewarnt? Kannte er die Regeln gar nicht? Wo war ich hier bloß hineingeraten, wer spielte mit wem und wann unterlag ich nur einem Trick?

»Gar nicht. Komm morgen wieder.«

»Nein!«, fauchte ich und wollte mich gerade auf eine geistreiche Diskussion mit diesem Kerl einlassen, der zwar Muskeln besaß, die jeden Mann zu Hackfleisch verarbeiten konnten, aber auch ganze, englische Sätze hervorbrachte, da glitt die Tür hinter ihm wie von Geisterhand auf.

Der Mann warf erst der Tür, dann mir einen irritierten Blick zu und trat schließlich zur Seite.

»Heißt das …«, fragte ich unsicher.

Er nickte. »Du darfst durch.«

»Und … was wird mich dahinter erwarten?«

»Du bist doch gekommen, um das zu erfahren, oder?«

Ich schluckte. »Ja.«

Der Türsteher murmelte etwas Unverständliches und trat zur Seite, damit ich die Tür ganz öffnen konnte.

Der Raum dahinter war hell und wirkte klinisch. Still. Meine Knie fühlten sich merkwürdig weich an, als ich eintrat und die Tür hinter mir ins Schloss fiel.

Ich befand mich in einem erleuchteten, gefliesten Gang. Die Wände waren weißglänzend tapeziert, die Decke bestand aus nacktem Beton. Geschmackvolle Kronleuchter hingen dort, die nicht hierherzupassen schienen. An der Wand standen zwei mit rotem Samt überzogene Sofas. Dies hier war nicht die VIP-Lounge, in der ich vor Jahren war, aber die Räume hatten große Ähnlichkeiten. Das Innerste vom Innersten dieses Clubs.

An der Wand hingen Spiegel – so wie überall sonst im *Royal Black*, doch hier hingen sie so hoch und schräg, dass ich darin nur meine Chucks gespiegelt sah.

Sie waren in opulenten Goldrahmen eingefasst, als würde der Raum zu einem Schloss gehören, nicht zu einer Diskothek. Einige Türen gingen von dem Flur ab.

Eine davon war mit rotem Leder überzogen und größer als die anderen.

Mir brauchte niemand zu sagen, hinter welcher ich den Typ würde treffen können, zu dem ich wollte. Ich schritt auf die wuchtige Tür zu.

Meine Schritte; das lauteste Geräusch. Man hörte ganz entfernt das Wummern des Clubs – und nur dann, wenn man sich darauf konzentrierte.

Ich kam der Tür näher. Den Pikkönig fest umklammert. Ein Ticket. Er war mein Ticket in eine Welt, die mir bis gestern fremd gewesen war. Ich wollte mich nie in den Dreck einmischen, der mich seit meiner Geburt umgab. Ich wollte raus aus Betham und ich war so naiv gewesen, zu glauben, dass ich es würde schaffen können.

Aber als schwarze Frau schaffte man es nicht so einfach. Wenn man einen Bruder hatte und die einzige Person war, die sich um ihn sorgte, erst recht nicht.

Ich erreichte die Tür, atmete tief durch und blickte mich ein letztes Mal im leeren Flur um. Dabei registrierte ich die Kameras über meinem Kopf. Zwei kleine Bullaugen, die mich wie steife Insekten verfolgten.

Ich drehte den Knauf.

Was mich dahinter erwartete, ließ mich für einen Moment verstört innehalten.

Ein Teppich führte von meinen Chucks aus bis zur anderen Seite des Raumes. Er war blau. Und schmal. Er führte direkt zu einem hochlehnigen Sessel, der auf einem Podest stand. Ein Podest, das sich mit einer geschwungenen Linie von links nach rechts durch den Raum zog.

Der Sessel wirkte wie ein Thron.

Die Decke war niedrig. Grelles Halogenlicht erfüllte den gesamten Saal. Vor den kahlen Betonwänden hingen dunkle Stoffe, aber es gab keine Fenster.

Neben dem dunkelblauen Samtsessel, der mit edlem Holz

an der Armlehne und den Füßen verziert war, stand ein Schreibtisch aus Glas, auf dem ein iMac thronte. Auf der anderen Seite befand sich ein langes, altmodisches Sofa und links von mir ein großer, weißer Tisch mit mindestens zehn Stühlen.

Ich hatte mich noch nie zuvor in so einer Art Raum befunden. Selbst das Bellagio, in dem ich für Nikes Schulgeld kellnerte, war nicht so teuer eingerichtet. Obwohl es einer der besten Italiener des Stadtviertels war und zahlreiche Touristen kamen, um dort zu essen.

Nein. Die Mischung aus grobem Beton und feinen Stoffen, der Sessel auf dem Podest, der Teppich ... es hatte etwas von einem modernen Thronsaal. *Wie kam ich auf diesen Vergleich?*

Langsam ging ich auf den Schreibtisch zu. Wer hatte mich hereingelassen? Warum war niemand hier?

Meine Schuhe, noch immer das einzige Geräusch. Eine Treppenstufe. Die zweite Treppenstufe. Ich befand mich vor dem Desktop, auf dem der Bildschirmschoner ablief. Ein Blumenfeld, eine Raubkatze, eisige Berge.

Niemand war mit mir im Raum.

Kein Ton war zu hören.

Die Party vergessen.

Warum auch immer ich es tat, eine kindliche Neugier hielt mich dazu an, meinen Arm auszustrecken und die Maus zu bewegen. Der Bildschirmschoner verschwand und zwölf Kamerabilder kamen zum Vorschein. Der Eingang des Clubs. Die Dancehall. Der Türsteher vor dem goldenen Absperrband, der dunkel tapezierte Flur.

»Manchmal sitze ich davor und sehe ihnen zu.«

Es war, als ob jemand mit einem langen Finger über meinen Nacken streichen würde, so fest und wirklich wirkte der Schauer, der mich durchfuhr.

»Es ist jedes Mal faszinierend, zu sehen, wie aus einem

einzelnen Menschen zusammen mit anderen eine wogende Masse wird. Eine Welle aus Köpfen und Körpern, von der man mitgerissen wird, weil *ich* das so will.« Der Dark Prince, ich ging davon aus, dass er es war, um den alle so ein großes Theater machten, lehnte an der kahlen Betonwand neben der einzigen anderen Tür im Raum, die Arme locker vor der Brust verschränkt. Sein Blick setzte mir zu und ich blieb wie erstarrt stehen. Unsicher, was jetzt passieren würde. Wie würde er vorgehen, wenn ich ihm Nikes Namen nicht verriet?

Der ›Dark Prince‹ löste sich von der Wand und schlenderte auf mich zu. »Ich habe schon darauf gewartet, dich heute Abend wiederzusehen, Florence.« Die Art, wie er meinen Namen betonte, setzte mir zu. Als wäre ich plötzlich wieder das schüchterne Mädchen von damals, das stolz gewesen war, in den Club und an einen Drink zu kommen. Und es schien mir, als würde *er* sein wahres Gesicht noch immer im Schatten verbergen.

Wer war er? Wollte ich es erfahren?

»Damals, als wir uns das erste Mal begegnet sind, warst du unschuldig. Jetzt stehst du hier, dealst mit Kokain und willst mir nicht einmal verraten, für wen du es vertickst. Sollte ich mir die Schuld daran geben? Dass du auf die … ›falsche Bahn‹ geraten bist?« Er nahm die zwei Stufen zu mir herauf und blieb erst vor mir stehen, als wir uns beinahe schon berührten. Seine Augen: Schwarze Opale, die mich intensiv betrachteten. Die Rötungen darin waren noch deutlich zu sehen, aber er roch frischer, war rasiert und ja – sein betörender Duft war mir mittlerweile vertraut. »Und aus dem unschuldigen Mädchen ist ein Schwan geworden«, sagte er sanft.

Auf meiner Haut stellten sich die Härchen auf, mich fröstelte es. »Ich will einfach nur das Geld –«

»Schsch«, machte er und legte mir einen Finger auf die Lippen. Die Haut in meinem Gesicht, die er berührte, loderte auf. Fast hätte ich gewimmert. *Wieso? Vor Angst? Vor Lust?* »Gewöhn dich an den Gedanken, dass in diesem Raum ich bestimme, was du willst.«

»Scheiße«, keuchte ich gegen seinen Finger. Das war das Wort, das mir zu diesem Moment einfiel.

Er lächelte. »Du hast dich nicht an unsere Vereinbarung gehalten.« Seine Stimme war nunmehr ein brodelndes Summen. Er beugte sich vor. Nicht zu meinen Lippen, nein, sondern an meinen Hals. »Und glaub mir, ich habe ein paar zu viele Nächte nicht geschlafen, um dir widerstehen zu können.«

Ich wusste keine Erwiderung, mein Gehirn war wie leergefegt. Er trug seine Lederjacke, das enge Shirt darunter und wie gestern Morgen eine Jeans. Ich hatte mit allem gerechnet, aber nicht damit, dass er mir so nahe kommen würde.

Er hielt dicht vor meiner Halsbeuge inne und atmete dagegen. Die Luft erzeugte ein brennendes Prickeln auf meiner Haut. Obwohl mich meine Instinkte anschrien, ihn von mir zu stoßen, blieb ich stehen. Ich wollte wissen, was er als nächstes tat. »Ich könnte dich jetzt packen und ficken. Hier noch auf dem Schreibtisch oder auf meinem Thron …« Einer seiner Finger glitt an meiner Taille mein schwarzes Kleid entlang und erzeugte ein widersprüchliches Ziehen in meinem Magen. »Bist du deswegen hier?«

Ich war hier, damit weder Nike noch ich von einer Gang erstochen wurden, aber er schien diese Tatsache vergessen zu haben. »Ja.«

Er schloss die Augen und seufzte tief. »Sollen wir wirklich so tun, als würde ich dir das glauben?« Seine Hand wanderte höher und ich sehnte mich plötzlich danach, dass er meine Brust berührte, doch er strich unterhalb meiner Achsel entlang und wanderte hoch zu meinem Rücken. Dann packte er mich plötzlich hart und zog mich mit einem kräftigen Ruck an sich, sodass ich gegen seine Brust stieß. Seine Lippen berührten mein Ohr, mein Atem ging stoßweise, seine Umarmung war schützend und fest. »Aber das würde die Welt nicht besser machen und nur dafür bin ich hier«, flüsterte er eindringlich.

Mein Herz pochte so laut, dass es sicherlich von den kahlen Wänden widerhallte, und dann tat ich etwas sehr Dummes. Keine Ahnung, wieso. Es machte keinen Sinn. Dennoch drehte ich meinen Kopf zu seinen Lippen. Entschied mich dazu, ihn küssen zu wollen, um zu erfahren, wie es war, auf die Gefahr hin, dass es mich einnehmen und niemals wieder loslassen würde, und –

»Genug!« Eine herrische, weibliche Stimme fegte durch den Raum und der Dark Prince griff hart an mein Kinn und hielt mich von sich. In seinen Augen war etwas entflammt, Neugier gepaart mit Spott, gepaart mit dunklem Verlangen. Auch jetzt war ich vollkommen gefangen von ihnen, obwohl diese Stimme zeterte.

»Wer ist das?«

Der Dark Prince schwieg.

Hinter ihm war eine Frau aufgetaucht. Dunkle Haut, schillernde Ohrringe, ein rotes, lacklederähnliches Kleid, das ihre weibliche Figur neiderregend betonte. Sie trug rote High Heels und kam auf uns zu, als wäre der Weg vor ihr ein Laufsteg. Allein ihr Anblick sorgte für ein Minus an Sympathiepunkten in meinem Kopf.

»Ich lasse dir fünf Sekunden Zeit, zu verschwinden«, erklärte Mr ›Geheimnisvoll‹ mir freundlich, bevor er galant herumfuhr und mit großen Schritten auf sie zuging. »Du hast dich wieder angezogen, Baby?«, fragte er schmeichelnd. »Warum?«

Sie verschränkte die Arme vor der Brust und ließ mich nicht aus den Augen. »Sie hat kein Recht, hier zu sein.«

»Doch, das hat sie«, hielt der Dark Prince dagegen, erreichte seine Tussi und zog sie an ihrer Taille bestimmend zu sich heran. *So wie mich gerade.* »Ich weiß, dass du es genießt, allen zeigen zu können, dass du zu mir gehörst. Mir … gehörst.«

Oha, ernsthaft jetzt?

»Wirklich, ich …« Sie versuchte, sich zu sträuben, doch er legte eine Hand an ihren Hals und hielt ihren Kopf fest, bevor er sich vorbeugte und sie küsste. Ich sah es nur von schräg hinten, aber es war definitiv einer dieser echten Küsse. Geschlossene Augen, heißer Atem, die Lust auf geilen Sex. Es stellte etwas mit meiner Magensäure an, dass er sie küssen musste. Das machte ihn verdammt unsexy. *Hatte er sie mit mir betrügen wollen? Was spielte er für ein krankes Spiel?*

Als er den Reißverschluss ihres Kleides hinunterzog, sie sich wand und lachte und sein Kuss immer heißer und drängender wurde, revidierte ich diesen Gedanken. Spätestens, als er plötzlich sein T-Shirt am Bund fasste und nach oben zog, wollte ich nur noch eines.

Dass er nicht sie, sondern mich nahm. Fuck!

Der schwarzhaarige Typ, der mir ein halbes Kilo Kokain abgenommen hatte, wirkte mit einem Mal nicht mehr wie ein Gangster, sondern zärtlich und leidenschaftlich. Er wusste genau, was er tat.

Als er mit seinen Händen unter ihr Kleid glitt, öffnete seine Freundin wieder die Augen und blickte mir direkt ins Gesicht.

Ja, ich bin auch noch hier. Denkst du, ich gehe, riskiere Nikes und mein Leben, nur weil er kurz davor ist, dir seinen Schwanz reinzustecken?

»Sie hat einen Pikkönig!« Ihre Stimme war ein Keifen. Eines der hässlicheren Sorte, selbst Vic klang niemals so. Dabei war ihr Äußerliches wirklich hübsch, hübsch und kurvig, und sie gehörte zu denjenigen Frauen, die haben konnten, wen sie wollten, und bekamen, was auch immer sie sich wünschten. Sie machte im Gegensatz zu mir etwas richtig. »Alec?!«

›*Alec*‹? Endlich ein Name, aber weder ein D noch ein P.

›Dark Prince‹ musste sein Deckname sein, mit dem er unterzeichnet hatte.

Alec ließ sie langsam los und drehte sich um. Obwohl er einige Meter entfernt stand, konnte ich sehen, wie sein Blick ähnlich wie der des Türstehers vorhin über mein Outfit glitt, hin zu dem Pikkönig in meiner Hand, den ich noch immer umklammert hielt. Und dann wurde mir klar, dass ich vollkommen falschgelegen hatte. Was auch immer dieser Brief zu bedeuten hatte – sollte er ihn überhaupt selbst geschrieben haben –, es war keine Einladung gewesen, mit ihm zu spielen. Es war kein Hinweis darauf gewesen, dass er in irgendeiner Art interessiert an mir war. Er hatte den Spruch ernst gemeint. Ich hätte in einem Sack kommen müssen, damit ich seine Freundin, die ihm offensichtlich etwas bedeutete, nicht in Rage brachte.

»Sie hat eine Karte in der Hand.« Seine Freundin kniff die Augen zusammen. »Wieso hat *sie* eine Karte in ihrer Hand?«

»Wie ich es dir schon sagte, ist sie das Mädchen aus Betham mit dem Kokain, Shania, und daher sehr wichtig«, erklärte der Dark Prince unbeeindruckt und kam auf mich zu. Ich wich zurück. Alles an ihm hatte sich verändert. War er eben noch einnehmend gewesen, flößte er mir jetzt Angst ein. »Ich wollte nur sehen, auf welche Art ich ihr Vertrauen gewinnen kann.«

»Wir haben Regeln«, erinnerte Shania ihn von oben herab. »Wenn sie schon eine Karte bekommen hat, wieso hat sie niemand über die Regeln informiert?«

»Ich fürchte, sie hält sich nicht gerne an welche.«

»Schick sie weg.« *Ich gehe, sobald ich meine Drogen oder das Geld zurückhabe.* »Sie denkt womöglich, du hättest sie eben nicht nur an dich gezogen, damit sie dir etwas erzählt.«

»Es scheint so.« Er kam näher.

Ich spürte den Schreibtisch in meinem Rücken, so weit war ich zurückgewichen. Fuck.

»Vielleicht hättest du uns nicht unterbrechen sollen, dann

wäre ich jetzt weiter und hätte Informationen.« Ein feines Lächeln, das Aufblitzen seiner Augen, das nur ich sehen konnte. Als würde er zwinkern. Wollte er mir etwa bedeuten, dass er von seiner Freundin genauso wenig hielt wie ich von ihr?

Nein, ich muss mich täuschen. Eben habe ich noch etwas ganz anderes gedacht. Dieser Typ verwirrt mich absichtlich. Das ist es.

»Du musst doch nur Davies auf sie loslassen, dann erfahren wir die Antwort«, antwortete sie schnippisch.

»Ja, vielleicht sollte ich das tun …« Mr Mach-meine-Freundin-nicht-eifersüchtig sah nicht mehr danach aus, als ob er mit mir reden wollte. Nein, seine Augen waren tiefschwarz wie sein chaotisches Haar und ohne jedes Mitgefühl. Er betrachtete mich wie … eine schmutzige Fliege, die auf seinem Essen gelandet war und nicht mehr rechtzeitig davon loskam. Zu allem Übel war er oberkörperfrei. Ziemlich oberkörperfrei. Ich presste die Lippen aufeinander, bevor ich auf die Idee kam, sie mit der Zunge zu befeuchten. Mein Mund wurde trocken.

Der Oberkörper des Dark Prince' war perfekt. Ich hatte bisher gedacht, dass solche Muskeln gephotoshopped seien, aber das war ein Irrtum. Der Beweis kam auf mich zu. Über seinem rechten, makellos durchtrainierten Oberarm und die gestählte Brust zog sich ein Tattoo. Ein Löwe, der aus einzelnen Schleifen und Verzierungen bestand. Die Mähne war zerfetzt und auf seinem Kopf saß eine Art Krone. Dieselbe Krone, wie sie auf den Wandvorhängen zu sehen war. Vielleicht hatte ich noch nie ein solch beeindruckendes Tattoo gesehen. Vielleicht hatte ich sowieso noch nie einen Kerl in natura gesehen, der so gut aussah. Ähm. Und vielleicht hatte ich noch nie so viele gute Gründe, Angst zu haben.

»Geh.« Er erreichte mich. Seine Stimme war dunkel. Seine Augen noch immer gerötet, er bekam wenig Schlaf. »Ich weiß nicht, warum du noch immer da herumstehst.«

Ich tat es weiterhin. Ich konnte nicht gehen, wohin sollte

ich? Offenbar war dieser Kerl nicht halb so ein Monster, wie ich angenommen hatte, sonst hätte er seine Freundin nicht zärtlich geküsst – ihr zugehört – und er würde ihr auch jetzt nicht den Gefallen tun, auf sie zu hören. »Du hast mich eingeladen, jetzt bin ich da.«

»Du hast dich nicht an unsere Vereinbarung gehalten«, sagte er langsam, wie man zu einem kleinen Kind sprach. »Also warum sollte ich es?«

Ich warf seiner Freundin einen kurzen Blick zu. Sie stand mit verschränkten Armen neben dem Podest auf dem blauen Teppich und sah gebieterisch zu mir hoch. *Ich mag sie nicht.* »Du schickst mich fort und willst nicht hören, was ich zu sagen habe, nur weil ich hübscher als deine Freundin bin?« *Shit.* Hatte ich das gerade gesagt?

Alecs Augen weiteten sich leicht, sein Mund ging auf. Aber die Antwort kam nicht von ihm.

»*Was* hat sie gerade gesagt?«

Ich setzte nach. Ich konnte nicht anders, diese Frau inspirierte mich. Ihm konnte es doch nicht tatsächlich darum gehen, dass ich das falsche Outfit trug? »Ich trage Chucks und ein normales Kleid«, erklärte ich trocken, »mit einem noch langweiligeren Outfit wäre ich im *Royal Black* unangenehm aufgefallen. Und Auffallen ist so gar nicht mein Stil, verstehst du? Ich könnte mich ja verschleiern, wenn das deinem Schwanz hilft, sich zurückzuhalten.«

Er lachte auf, seine Freundin schrie. Im nächsten Moment wurde ich grob herumgerissen, so hart, dass mein gesamter Arm schmerzte und ich wehklagend stöhnen musste. Er schleifte mich durch den Raum, riss die Tür auf, seine dunkle Stimme an meinem Ohr. »Es freut mich sehr, dass du trotz allem zu Scherzen aufgelegt bist – ich bin es nicht. Wenn du glaubst, in meinem Leben ginge es um nicht viel mehr als meinen Schwanz und Fotzen wie dich, hast du dich sehr in mir getäuscht.« Er stieß mich durch die Tür, sodass ich mit

den Knien auf die harten Fliesen fiel und ein weiterer Schmerz meinen Körper durchfuhr. »Verzieh dich.«

Ich drehte mich zu ihm um, Tränen standen mir in den Augen. Er blickte wie ein düsterer Schatten auf mich herab und ich bildete mir ein, dass er zögerte, bevor er die schwere, schallisolierte Tür zurück in ihre Angeln schmiss – und mich am Boden zurückließ.

ECHTE TAUBEN
KACKEN DIR AUF
DEN BODEN UND
FRESSEN DIE GUTEN
KÖRNER SELBST.

Cinderella

FLORENCE

Das war ja großartig gelaufen. Meine Knie trugen Schrammen, meine Schulter schmerzte. Ich fühlte mich misshandelt und benutzt, obwohl bisher kaum etwas geschehen war. Klar, dieser Möchtegern-Prinz hatte sein Revier markiert, aber es hätte mich viel schlimmer treffen können. Wo war Vic? Warum vermisste sie mich nicht? Rief nicht an?

Ich versuchte, sie zu erreichen, aber mein Handy baute in diesem Loch keine Verbindung auf. Die Tür, durch die ich gekommen war, blieb verschlossen, die Tür am Ende des Ganges, hinter der sich der Saal des ›Dark Prince‹ befand, ebenfalls.

Bestimmt beobachtete *er* mich, warum sonst waren hier Kameras? Er beobachtete mich und genoss es, dass ich litt. Was für ein Idiot.

Aber hieß das im Umkehrschluss nicht, dass ich ihm etwas beweisen musste? Dass ich meinen Mut nicht verlor, nicht aufgab, nur weil er mit seinem tätowierten, perfekten Oberkörper und seinen vielen Muskeln so viel stärker war als ich?

Vielleicht fickte er aber auch seine Freundin und scherte sich einen Dreck um mich. Ein weiterer Grund, die Gelegenheit zu nutzen und sich umzusehen. Was blieb mir anderes übrig?

Ich wandte mich von der ledernen Tür ab, hinter der sein Saal lag, und ging nach links. Die ersten zwei Türen waren verschlossen, die dritte ließ sich öffnen. Dahinter lag ein Schlafzimmer. Im Inneren des Gebäudes. Keine Fenster, dafür gemusterte Tapete an den Wänden, und selbst die Decke war schwarz gestrichen. Ein teures Boxspringbett, ein schlichter, schwarzer Schrank, ein Couchtisch, der als Ablagefläche für verschieden große Boxen genutzt wurde, und ein offenes Schuhregal, das allerdings leer war. Wer auch immer hier schlief – und es wunderte mich, dass es einen solchen Raum überhaupt im *Royal Black* gab – wohnte auch hier. Eine weitere Tür führte in ein Bad. Alles war ordentlich. Die Armaturen teuer, der Spiegelschrank über dem Waschbecken sauber, ein paar Duschutensilien lagen aufgereiht daneben, wie in einem Hotel. Hier wurde professionell geputzt. Was auch bedeutete, dass sich die Bewohner für Hygiene zu interessieren schienen. Ich fuhr mit meinem Finger über den steinernen Waschtisch und befühlte das Material. War das etwa Marmor …?

Eine zweite Tür ging von dem Badezimmer ab und ich öffnete auch diese. Zuerst empfing mich Dunkelheit, dann grelle Blitze, und ich glaubte, ich hätte zurück in die Diskothek gefunden, aber der Lärm dieser blieb aus.

Stattdessen stand ich in einem weiteren, dunklen Schlafzimmer, das wesentlich größer war als das zuvor, und konnte von hier aus die gesamte Party überblicken.

Eine Wand des Raumes, der so groß war wie unsere gesamte Wohnung, war vollständig verglast. Es musste ein Spiegelglas sein, durch das man nur von der einen Seite hindurchsehen konnte, denn es zeigte direkt ins Herzstück des Clubs. Ich ging staunend auf die Glasfront zu. Die Party so von oben beobachten zu können, ohne dabei gesehen zu werden, war befremdlich und irgendwie aufregend. Die Musik drang nur leise durch das dicke Glas, auch wenn man den Bass mit aller Deutlichkeit im Magen spürte. Ich ging die

Wand entlang, auf der Suche nach Vic, Andrew oder sonst irgendjemandem, der mir helfen konnte, aber vermutlich tanzten sie auf dem zweiten Floor und vermissten mich nicht.

Enttäuscht ließ ich mich an der kahlen Betonwand nieder, die an das riesige Fenster angrenzte, und ließ meine Gedanken schweifen.

Was sollte ich jetzt tun?

Wenn ich ehrlich war, hatte ich keine Ahnung. Es fiel mir niemand ein, den ich hätte einweihen und der mir hätte Tipps geben können.

Jetzt rächte es sich, dass ich in meinem bisherigen Leben mit Drogendeals nichts am Hut haben wollte.

Das größte Problem war, dass Nike erst am Freitag zurückkam und ich ihn bis dahin nicht würde erreichen können – außer ich schrieb ihm einen Brief. Es herrschte striktes Handyverbot in seinem Internat. Außerdem wollte ich diese Angelegenheit sowieso nicht am Telefon klären. Klar, ich hätte behaupten können, dass Nikes Vater Raymond todkrank im Bett liegt und er unverzüglich nach Hause kommen musste – aber mir war es viel lieber, wenn Nike weit weg war, während ich versuchte, die Sache ohne ihn zu klären.

Was, wenn alles ganz anders war? Wenn Nike sich freiwillig dazu entschieden hatte, zu dealen? Was, wenn das schon seit Jahren so lief? Und ich nie etwas davon gewusst hatte? Was, wenn ich erfahren musste, dass mein jüngerer Bruder so tief in allem drinsteckte, dass er auch mit meiner Hilfe nicht mehr herausfand?

Feststellen zu müssen, dass er mich angelogen hatte, würde mir das Herz brechen. Noch hoffte ich darauf, dass sich alles aufklären ließe. Ich wusste zwar nicht, wie es sich aufklären lassen könnte, dass er ein halbes Kilo Kokain in seinem Zimmer versteckt hatte, aber vielleicht …

Ich zuckte vor Schreck zusammen, als sich ein Schatten über den Boden bewegte.

So grob, wie mich der ›Dark Prince‹ vorhin gepackt hatte, so schmerzhaft konnte es jetzt werden, wenn er mich hier fand.

Oder aber einer seiner Türsteher warf mich raus, und auch die würden nicht besonders zärtlich mit mir umgehen.

Doch der Schatten am Boden schrumpfte, anstatt zu wachsen, und verwandelte sich einen Atemzug später zu einem Kater, der an mir vorbeischlich und schnurrte.

»Hi«, murmelte ich beruhigt. Seine Ohren zuckten und er drehte sich vor mir geschmeidig im Kreis. »Ist es dir hier nicht zu laut, hm? Und die Typen, die hier wohnen, sind bestimmt keine Katzenfreunde, oder?«

Er schnurrte, kam auf mich zu und schlich um meine Füße.

»Wäre mir neu, wenn dieses Mistviech einem antworten würde.«

Mein Herzschlag polterte los, eine Tür fiel zu. Schritte. Ich wollte mich gar nicht zu ihm umsehen, ich hatte Angst. *Ja, wirklich.*

»Es gibt niemanden in dieser Welt, der sich mir widersetzt, außer diesem verlausten Dreckskater und dir. Ihr werdet bestimmt beste Freunde.«

Der ›Dark Prince‹ kam neben mir durch die Tür, trat sie mit seinem Fuß zu und öffnete im Gehen eine Flasche Wein. Er drehte den Korkenzieher tief in den Korken und zog ihn spielerisch hervor. Dann warf er ihn samt Öffner achtlos hinter sich in die Ecke und setzte die Flasche an seine Lippen. Er steuerte auf einen von zwei Sesseln zu, die vor der Fensterfront standen, und trank dabei, ohne die Flasche zwischendurch abzusetzen. Er hatte sich ein einfaches, anthrazitfarbenes Sweatshirt übergezogen, aber es war, als hätte sich der Anblick seiner Muskeln und des Tattoos in meine Netzhaut gebrannt. Als er den Sessel erreichte, war die Weinflasche bereits zu einem guten Drittel leer. Er nahm sie herunter und hielt sie mir hin.

Ich sah von unten zu ihm herauf und sagte nichts. Die Erinnerung daran, wie er mich, als ich noch wesentlich jünger gewesen war, ausgenutzt hatte, flammte plötzlich in mir auf. Er hatte keine Skrupel gezeigt, mich für seine Sache zu benutzen. Jetzt würde er sie auch nicht haben.

Genervt schüttelte er den Kopf, stellte die Flasche mit einem lauten Klacken auf dem Beistelltisch ab und ließ sich schwerfällig in den Sessel nieder. Dann folgte eine schnelle Armbewegung und etwas flog durch die Luft. »Fang.«

»Was?!«, fuhr ich ihn perplex an, da landete der Schlüsselbund schon vor meinen Füßen und traf den Schwanz des Katers, der wütend fauchte und Richtung Himmelbett verschwand. »Schließ die Tür.«

»Was? Wieso?«

»Verdammte Scheiße!« Sein Brüllen hallte von den Wänden wider und ich presste mich ganz automatisch näher an die Wand. »Tu es doch einfach!«, setzte er etwas ruhiger nach und fuhr sich angespannt durchs schwarze Haar. »Schließ ab! Willst du, dass Shania hereinschneit, während wir reden? Es ist der Schlüssel mit dem schwarzen Ring. Du wirst ja wohl eine Tür abschließen können.«

»Was hast du vor?«, fragte ich nervös. *Er wollte plötzlich nicht gestört werden? War es klug, sich mit diesem Typen gemeinsam einzusperren?*

»Ich will dich kreuz und quer durch diesen Raum ficken, warum sollte ich sonst meinen Schlüssel nach dem Drecksvieh werfen, hm?« Er nahm noch einen Schluck Wein und ließ seinen Blick über die Party gleiten.

Ich regte mich nicht. Allein, dass ich mich in seinem Schlafzimmer befand, war mehr als irritierend, und vielleicht hatte er seine Freundin und mein Drogenproblem bereits vergessen, aber ich wollte vor allem eines; das Geld oder Antworten. Mich mit ihm einzuschließen, hatte etwas Befremdliches, es passte nicht hierher.

Ein zweifaches Klicken durchbrach die Stille und ich

stellte ungläubig fest, dass er seine Waffe hervorgeholt und durchgeladen hatte. Er hielt sie in seiner Hand, bedachte sie mit einem interessierten Blick und richtete sie dann auf mich. Sein Gesicht war ausdruckslos. Was er damit verdeutlichen wollte, war nur zu verständlich.

»Wichser«, zischte ich, griff nach dem Schlüssel und stand auf.

Er lachte. »Kennt so ein schlaues Mädchen wie du nicht auch noch andere Wörter?«

»Was denn?«, fragte ich zickig, suchte den schwarz eingefassten Schlüssel aus seinem Bund heraus und ging zur Tür. »Für einen arroganten Arsch wie dich, der eine Waffe braucht, um sich geiler zu fühlen, ist ›Wichser‹ doch das einzig richtige Wort. Vermutlich stehst du vor den zahlreichen Spiegeln in diesem Club und guckst dir selbst beim Abspritzen zu, weil du nur vor dir selbst einen hochkriegst.«

Ein Knall krachte ohrenbetäubend durch den Raum, etwas zersprang. Der Kater miaute wehklagend und schoss aus einer Ecke hervor.

Es war zu schnell passiert und trotzdem setzte sich der Schock in meinen Nacken und meine Finger zitterten. *Nur Show. Es war nur Show.* »Was sollte das jetzt?« Ich fuhr herum.

Er lächelte böse. »Ich habe nur auf die Begründung gewartet, auf den Kater schießen zu können. Hatte nichts mit dir zu tun. Schließ die Tür.«

Ich zog stark die Luft ein und hielt mich mit einer Erwiderung zurück. An dieses aufgeblasene Arschloch war alles verloren. Ich drehte mich um und stocherte mit dem Schlüssel Richtung Schloss. Diesmal zitterten meine Finger vor Wut.

»Bist du auf einem Trip?«

»Was?«, fragte ich abwesend, bekam den Schlüssel endlich ins Schloss und drehte ihn herum.

»Du hast keine Angst. Warum nicht?«

»Weil du ein aufgebl-« Ich verschluckte mich. Tief durchatmen. Herumdrehen. Ihm die Stirn bieten.

»Aufgeblasen? Ich?« Er lächelte breiter. Seine Zähne glänzten gerade und weiß, als hätte er sie richten und bleachen lassen. Dieser ganze Typ glich einem Model aus Photoshop. Die wilden, schwarzen Haare waren kaum frisiert und doch wirkten sie so, als ob ein Grafiker sie designt hätte. Seine Gesichtszüge waren fein gezeichnet. Die Nase gerade, die Lippen geschwungen, die Augenbrauen perfekt gerundet. »Meinst du, es stünde mir nicht zu, etwas von mir zu halten?«

»Was?« Ich blieb schlecht gelaunt an der Tür stehen. Was sollte ich jetzt tun? Über das Koks sprechen? Würde er überhaupt darauf eingehen?

»Setz dich.« Als ich mich nicht bewegte, nickte er zu der Waffe, die auf seiner Armlehne lag. »Ich bin nicht aufgeblasen, du bist ganz einfach fasziniert von mir. Und nicht ich möchte mir stundenlang beim Onanieren zusehen, sondern du.«

»Träum weiter.«

»*Beweg deinen Arsch hierher*«, sagte er drohend und ich setzte mich widerwillig in Bewegung. »Wein?«, fragte er gespielt freundlich, als ich ihn erreichte.

»Nein danke«, zischte ich.

»Gut, bleibt mehr für mich.« Er setzte die Flasche wieder an. Ein Wunder, dass er überhaupt noch klar sprechen konnte, so müde wie seine Augen aussahen und so viel Wein, wie er trank. »Wie hat dir der 1996er geschmeckt?«

»Habe ihn nicht probiert.«

»Hast ihn vertickt, ja?«, fragte er grinsend.

»Habe es vor, richtig.« Ich wurde stinkwütend. Kurz dachte ich sogar darüber nach, einfach nach der Waffe zu greifen und sie auf ihn zu richten. So ein aufgeblasener Arsch war mir noch nie untergekommen. Woher nahm er all seine

Arroganz? Nur weil er besser aussah als andere? … Wesentlich besser? Wurde man dann so? Ein riesiges Baby?

»Setz dich«, bot er mir abermals an, und bevor er wieder auf dumme Ideen kam, gehorchte ich. Der zweite Sessel stand seinem schräg gegenüber und ich rückte darauf so weit wie möglich von ihm fort. »Warum hast du keine Angst?«

»Warum sollte ich?«, fragte ich schnippisch.

»Jede andere hätte sie.«

»Du wirst mich nicht erschießen und wenn doch, bin ich eh tot und es braucht mich nicht zu interessieren. Außerdem gehe ich davon aus, bald sowieso zu sterben, weil irgendjemand sein Kokain wieder haben will und ich es ihm nicht zurückgeben kann. Geschweige denn das Geld, was man damit einnehmen könnte.«

»Aber was ist mit deiner Familie?«, fragte er und klang sogar eine Spur einfühlsam. »Wird dich niemand vermissen?«

»Vermisst man dich nicht?« Die beste Art der Verteidigung waren bei diesem Vollidioten Gegenfragen.

Er hob die Brauen. Seine Augen lagen dunkel da, seine helle Haut wurde von dem matten, bläulichen Licht in Szene gesetzt. »Doch. Ganz England wäre zutiefst erschüttert, würde ich sterben. Aber ich begebe mich ja auch nicht in Situationen, die gefährlich für mich werden könnten.«

»Du dealst mit Drogen und dir gehört das *Royal Black*«, erinnerte ich ihn sarkastisch.

»Wie kommst du darauf?«, fragte er ehrlich interessiert.

Darauf wusste ich keine gute Antwort. Die Hinweise sprachen eben dafür. »Wofür steht D. P.?«

»Das hast du noch nicht herausgefunden?« Er lächelte.

»Dark Prince. Wundert mich, dass du dich mit einem Namen abgibst, der unter dem König steht.«

»Ja …«, seufzte er gedankenverloren und strich mit dem Finger über den Lauf der Pistole. »Eine Jugendsünde. Jetzt ist der Name etabliert und er steht für all die Macht, die ich habe. Außerdem will man einen König immer stürzen, ein Prinz lebt unbehelligt.«

Aha, ein Philosoph. »Und dein richtiger Name ist Alec? Hättest nicht so ein großes Geheimnis darum machen müssen. Ist ein ganz normaler Name.«

Er ignorierte meine Worte völlig. »Woher hast du das Koks?«

»Warum interessiert dich das? Es kommt sehr wahrscheinlich aus Südamerika. Mexiko. Weiß nicht.«

»Kommst du auch daher?«, fragte er forschend.

»Aus Mexiko?«

»Deine Haut ist zu dunkel für eine Mexikanerin.«

»Deine ist zu weiß für Betham.«

Sein Lächeln wuchs. Und auch seine dunklen Augen waren für einen Moment ein wenig freundlich. »Weshalb bist du hierhergekommen?«, fragte er. Seine Stimme hatte sich verändert. Sie war weicher, voller Interesse. »Wenn du mir doch nicht sagen willst, was ich wissen muss.«

»Ich wollte nicht, aber dann stand auf einem Zettel, den du mir zukommen ließest, etwas mit ›Cinderella‹ und ich witterte meine Chance.« Keine Ahnung, warum ich das jetzt sagte. Wieso hielt ich mich nicht an meinen Plan?

»Du willst also eine Prinzessin werden?« Der Dark Prince klang ehrlich interessiert, als würden wir ein Bewerbungsgespräch führen und ich über meine zukünftigen Pläne reden.

»Ich will eigentlich einen Deal.« Meine Finger verschränkten sich nervös ineinander.

»Ich bin kein Dealer.« Seine Iriden loderten.

»Nicht?«

Er schüttelte den Kopf. »Vielleicht mache ich eine Ausnahme. Was für einen Deal?«

»Ich wollte die Drogen Evan verkaufen. Er sollte sie … verticken oder was man damit eben so macht.«

Mr Geheimnisvoll schwieg.

Ich biss mir auf die Unterlippe. Was ich vorzuschlagen

hatte, war sicherlich reiner Irrsinn, und er würde mich auslachen. Aber was blieb mir übrig? »Ich habe keine Ahnung vom Dealen.«

»Ist mir aufgefallen, ja.« Etwas an seiner Ausstrahlung machte mich zunehmend nervöser. Dabei war er nur wenige Jahre älter als ich. *Oder vielleicht lag es daran?*

»Wir sind aneinandergeraten, du hast mir die Drogen abgenommen, Glück für dich. Pech für mich, denn ich stehe jetzt bei Leuten in der Kreide, bei denen ich nicht in der Kreide stehen möchte –«

»Welche Leute?« Ein Versuch von ihm, es doch noch aus mir herauszukitzeln, aber er musste verstanden haben, dass ich freiwillig nichts sagen würde.

»Ich brauche das Geld zurück.«

»Verständlich«, sagte er lächelnd. »Aber nicht möglich. Wenn ich es dir gebe, dann stehst du bei mir in der Kreide, denn ich kann dein gepanschtes Zeug nicht weiterverkaufen, verstehen wir uns?«

Ich nickte. Dass ich in seiner Schuld stehen würde, hatte ich einerseits befürchtet und andererseits deckte es sich mit meinem Plan. Trotzdem wollte ich vorher noch etwas anderes versuchen.

»Also wenn man überhaupt von Schuld reden kann«, verteidigte ich mich und hoffte, an seine Ehre appellieren zu können. *Sagte er nicht etwas davon, dass er kein Dieb sei?* »Schließlich hast du es mir geklaut und woher soll ich wissen, dass du es nicht doch noch vertickst und damit Gewinn machst, eigentlich gehört es mir und es ist ganz schön –«

»*Wen* willst du schützen?«, fragte er weiter. Sein dunkler Blick bohrte sich in meinen und ich musste wegsehen. »Florence.«

Ich zuckte zusammen. Ja, ich hatte vergessen, dass er meinen Namen kannte.

»Wenn dir dieser Mensch am Herzen liegt, dann solltest du mir vertrauen.«

»Gib mir das Geld und ich werde die Schuld abarbeiten.« Ich ging nicht auf ihn ein. »Ich arbeite für … euch. Oder wer auch immer ihr seid. Solange bis ich die … Schulden wieder raus habe.«

Er schwieg einen Moment. Ich wusste nicht einmal, ob er nachdachte oder gelangweilt war. Ich wusste gar nichts. »Du willst für mich arbeiten?«

»Ja.«

Über seinem Auge entstand eine einzelne Falte. »Obwohl du nichts vom Dealen verstehst?«

»Ich kann schreiben. Korrektes Englisch. Und rechnen. Ich war wirklich ausgezeichnet in Mathe. Damit kann ich mehr als neunzig Prozent deiner Leute.«

»Mathe«, wiederholte er tonlos.

Ich wurde immer nervöser. »Auch ein Kartell braucht eine Art Buchhaltung, oder? Zum Geldwaschen und so?«

Der Dark Prince begann breit zu grinsen. »Doch, schon. Wir haben viel Papierkram zu erledigen. Listen russischer Waffenhändler. Ellenlange Codes der Regierungsfirewalls und kolumbianische Schmuggelrouten. Und sehr wichtige Briefe an Polizeibehörden. Ich habe in Islington ein ganzes Bürogebäude nur für diese Angelegenheiten. Da möchtest du also anfangen?«

»Ein Bürogebäude?«, wiederholte ich perplex.

»Und wie lange glaubst du, wirst du für die fünfzehntausend Pfund arbeiten wollen, die du mir dann ›schuldest‹? Zwei Jahre?«

»Du machst dich über mich lustig.« Scham fraß sich durch meinen Magen. Ich wollte weg.

Er grinste breiter. »Ein wenig, ja. Es ist wirklich bezaubernd, dass du mir so einen Schwachsinn vorschlägst, wo ich doch noch nicht einmal weiß, wer deine Quelle ist. Ich soll dir also auch noch die Türen zu all meinen Insidergeheimnissen öffnen, damit du sie weitergeben kannst?«

»Ich will nichts weitergeben!«, verteidigte ich mich.

»Schon klar, und wer sagt mir, dass das stimmt?« Sein Lächeln wurde bitter und er sah zurück zur Party. »Deal abgelehnt.«

Frustriert griff ich nach der Flasche Wein. Ich musste ganz dringend das Gefühl loswerden, mich gerade in Grund und Boden blamiert zu haben. Als ich mich vorstreckte und nach der Flasche griff, zuckte er nicht einmal mit der Wimper, obwohl seine Pistole keine zwei Handlängen von meinen Fingern entfernt lag. *Warum hatte* er *keine Angst?* Ich nahm die Flasche und setzte sie zügig an meine Lippen. Ich hatte gelogen, ich wollte die Flasche Wein, die er mir geschenkt hatte, nicht verkaufen. Aber probiert hatte ich sie auch nicht. Wein vertrug sich mit den meisten anderen Alkoholsorten nicht und ich wollte klar bleiben. *Bis jetzt.*

Ich trank ein paar zu viele Schlucke von dem Gesöff, das, dem Etikett nach zu urteilen, mein Monatsgehalt beim Bellagio wert war, und bemerkte zu spät, dass mich der Dark Prince musterte. Nannte ich ihn nun wirklich in Gedanken ›Dark Prince‹? Oder sollte ich ihn Alec nennen?

Es fühlte sich befremdlich an, in ihm einen normalen Menschen zu sehen, der einen gewöhnlichen Vornamen trug.

Schließlich besaß er noch immer fünfzehntausend Pfund, die eigentlich mir gehörten. *Wie kam ich nur an sie heran?* »Warum hast du mir diesen Brief geschrieben?«, fragte ich mit klarer Stimme. »Und wenn es so wichtig war, dass deine Freundin nicht eifersüchtig wird … wo ist sie dann jetzt?«

Er sah mich an und antwortete nicht. Dieser Kerl war zu undurchschaubar, woher sollte ich wissen, wie weit ich gehen konnte?

Oder anders … meine Würde hatte ich eben bereits verloren. Was konnte mir noch geschehen?

»Ich bin nicht die Einzige, die fasziniert ist.« Ich sprach sachlich, schlug meine Beine dabei allerdings anzüglich übereinander. »Du hast gehofft, ich würde mich dir widersetzen.

Nur aus diesem Grund hast du mir die Nachricht geschrieben, um mich herauszufordern.«

Hinter seiner Miene blieben seine wahren Emotionen verschlossen. »Du irrst dich.«

Okay. Alles oder nichts. »Ich glaube nicht, nein«, erwiderte ich nonchalant, strich mir eine Strähne beiseite und stand sehr bedacht auf. Sein Blick lag auf mir, er fixierte mich. Meine weibliche Intuition ließ mich auf ihn zugehen, die Schritte sinnlich, der Hüftschwung weich. Ich stellte die Flasche auf dem Tischchen ab und ließ mir dafür Zeit. Zeit, in der er unbeobachtet meinen Körper mit seinen Augen erkunden konnte. Dann lächelte ich zweideutig, richtete mich wieder auf, ging einen weiteren Schritt und setzte mich zu ihm auf die Lehne.

Er sah mich an. Dunkle, schwarze Iriden, gerötete Ränder, chaotisches Haar. Nur rasiert hatte er sich. Und auch das stand ihm ohnegleichen.

»Du wolltest mich also herlocken?«, fragte ich dunkel.

Er behielt seine Hände bei sich, sagte kein Wort.

»Deswegen sollte ich die Tür abschließen?« Ich strich mein Kleid unterhalb meiner Brüste glatt und streckte meinen rechten Arm nach seinen Haaren aus. Er bewegte sich nicht, sah ausschließlich zu mir hoch. Ich konnte nicht einmal erahnen, was in seinem Kopf vor sich ging, als ich in seine Haare griff und sie zärtlich mit meinen Fingern zerteilte. »Gefalle ich dir denn?«, fragte ich leise und näherte mich seinem Kopf.

»Ja«, gab er rauchig von sich, hob seine Hände und legte sie auf meine Hüften. Er zog mich an sich, sodass ich meine Hand auf seiner Schulter abstützen musste, hielt mich aber gleichzeitig auf Abstand. Mein Kopf schwebte nun über seinem und wir atmeten uns ins Gesicht. In seinen Augen funkelte das Begehren, eine Neugierde und noch etwas anderes, das mich fast zurückschrecken ließ. Ein Schmerz, eine Enttäuschung, etwas, das nicht zu den einfachen Trieben passte, die ein Mann in einer solchen Situation normalerweise hatte.

Ich wusste nicht, ob ich ihn küssen sollte, auch wenn es vielleicht eine Möglichkeit wäre, mich aus meiner Misere zu befreien, aber ich hatte Angst, dass ich mich dann vergaß. Seine Lippen standen leicht offen, sein Atem roch gut und ich spürte eine Sehnsucht in mir aufkommen, die nicht an diese Stelle gehörte.

Auch er wartete auf etwas, vielleicht darauf, dass ich noch weitergehen würde. Ich strich mit meiner linken Hand seinen Arm entlang, was sich trotz des Sweatshirts über seiner Haut ungemein gut anfühlte, und näherte mich seinen Lippen. Meine Hand erreichte die Armlehne, mein Atem traf den seinen, ich spürte die Pistole unter meinen Fingerkuppen, nahm seinen Geruch in mir auf und umschloss den Lauf mit meiner Hand. Genau in diesem Moment krachte eine Tür auf und ich wurde gleichzeitig grob von ihm gestoßen. Ich flog nach hinten, zu Boden, stieß mir den Kopf an dem Tisch und spürte kühle Flüssigkeit meine Waden entlangrinnen.

»Verdammt!«, fluchte jemand laut.

Der Dark Prince stand über mir. Die Pistole in seiner Hand, auf mich gerichtet, seine Augen gefüllt mit reinem Hohn.

»Verdammte Scheiße, was sollte das?!«, brüllte die Stimme hinter mir.

Ich kroch rückwärts über den Boden davon, wollte, so schnell es ging, Abstand gewinnen. Der Blick des Dark Prince sah tatsächlich so aus, als ob er darüber nachdächte, abzudrücken. Der Lauf zeigte direkt auf mein Herz.

»Du dachtest, ich lasse mich einfach so erschießen?«, fragte er ruhig.

»Alec!«, donnerte die Stimme, kam näher. Die Person stürmte auf den Dark Prince zu. Muskulöser Rücken, breite Schultern, viele Tattoos. Davies. Er griff, ungeachtet der Waffe in der Hand des Prinzen, an seinen Kragen und zerrte ihn vor sein Gesicht. Ich nutzte die Gelegenheit und wich weiter zurück.

»Das war verdammt knapp!«, brüllte Davies. »Was tust du hier? Was sollte das?«

»Lass. Mich. Los.«

Davies gehorchte sofort und der Dark Prince strich sein Shirt mit der freien Hand glatt.

»Es ist nichts passiert«, erklärte er.

»Es war verdammt knapp!«, donnerte Davies. »Weißt du, was im Club los ist? Du hättest Carl niemals hereinlassen dürfen. Warum hast du das getan? *Nachts?* Er versucht Leute im Club aufzuwiegeln, unter dem Vorwand, dass du ihm eine Karte gegeben hättest. Und du lässt dich beinahe von einer Bethamschlampe abknallen? Ist das dein Ernst?«

Ich begann zu zittern. *Konnte ich fliehen?*

»Ich wollte nur herausfinden, wie weit sie gehen würde«, sagte er achselzuckend. Alecs Blick ließ mich nicht los. Ich glaubte plötzlich, dass es tatsächlich gefährlich war, seinen wahren Namen zu kennen. Erst Shania, dann Davies. Der Dark Prince hatte es darauf angelegt, dass ich tief in sein Kaninchenloch hineinfand. Jetzt saß ich in der Falle. »Ich musste sehen, was sie vorhat. Ich war neugierig.«

»WARUM?« Davies gestikulierte herrisch mit seinen Armen. Es war eine merkwürdige Konstellation, die beiden Männer auf diese Art vor mir zu sehen. Es wirkte so, als würde Davies sich um den Prinzen Sorgen machen. Wie ein Bruder sich Sorgen machte … wie ich mir Sorgen machen würde. »Was hast du davon? Seit wann beschäftigst du dich mit so einem verfickten Scheiß und irgendeiner dämlichen Bitch?«

Der Dark Prince hingegen blieb ruhig, fast trotzig. Er verschränkte die Arme vor der Brust. »Fessel sie.«

Davies schnaubte. Er war wirklich in Rage. »Shania ist –«

»Fessel sie«, wiederholte der Prinz und mein Blut gefror. Ich robbte auf dem Boden weiter Richtung Tür. Der Wein,

der mir über die Beine gekippt war, zog sich wie eine Blutspur ausgehend von meinen Chucks über den Boden.

Für einen Moment herrschte Schweigen. Davies, der mit dem Rücken zu mir stand, Alec, der ihm stumm ins Gesicht blickte. Verständigten sie sich ohne Worte?

»Du bist unvorsichtig geworden«, erkannte Davies und ich sah von hinten, wie sein Kiefer arbeitete. Ich kam gar nicht auf die Idee, zu fliehen. Sie hätten mich sowieso wieder eingeholt. Vielleicht wollte ich auch sehen, was als Nächstes geschah. Wer waren diese beiden Männer? Worum ging es hier? »Du bist mir zu wichtig, als dass ich zulassen könnte, dass du dein Leben an eine Schlampe aus der Gosse verlierst.«

»Sie hätte nicht auf mich geschossen.« Kein Blick zu mir, als wäre ich gar nicht mehr anwesend.

Davies machte einen Schritt auf ihn zu. »Ich habe vier Tage gebraucht, um diesen kolumbianischen Fickerfreund aufzutreiben«, sagte er knurrend. »Er ist der Schlüssel zu einem Netz, das wir finden wollten, und anstatt dich damit auseinanderzusetzen, machst du 'ne Weile Urlaub, kommst zurück und schreibst plötzlich einer Chick aus der Gosse romantische Briefchen? Ohne jemanden einzuweihen? Warum? *Sag es mir.*«

Der Prinz blieb unbeeindruckt. »Nein.«

Davies starker Rücken spannte sich an. Wollte er etwa auf Alec losgehen? Doch als er wieder sprach, klang seine Stimme samtweich wie vorhin im Club. »Ich soll sie fesseln?«

Der Prinz schmunzelte und nickte. »Keiner kann das so gut wie du.«

»Ehrenwertes Kompliment, Chef, und woran soll ich das Mädchen befestigen? Am Sesselbein?« Er klang abfällig.

»Am Bett.«

Ein schrecklicher Schauer durchfuhr meine Brust.

Ich hörte, wie Davies Luft durch die Zähne presste. Es

hatte etwas von einem anerkennenden Pfeifen, dann sah ich ihn nicken und er drehte sich zu mir um.

Ich schüttelte den Kopf und rutschte über den Boden zurück. »Bitte …« Ans Bett? Scheiße!

Er lachte auf. Der Prinz hinter ihm wirkte verschlossen, seine Augen waren kalt. *Scheiße. Was hatten sie vor?!* »›Bitte‹ was?«, fragte Davies freundlich, machte zwei große Schritte und war bei mir.

Ich war zu erstarrt, um zu fliehen, zu ungläubig, um zu realisieren, was mir nun bevorstand. Ich hatte keine Chance, absolut gar keine. Angst strich über meine Glieder und ich fühlte mich bereits jetzt nackt und ausgeliefert. »Das könnt ihr nicht machen«, brachte ich atemlos hervor.

Davies bückte sich. Er griff hart an mein Kinn, sodass es höllisch schmerzte, und zog mich zu sich hoch. Er war stark. Viel, viel, viel zu stark. »Okay, Beauty, vielleicht hast du es noch nicht begriffen, aber wir können eine ganze Menge. Und normalerweise breche ich Leuten, die auch nur daran denken, den Dark Prince anzugreifen, die Körperteile, mit denen sie es versuchen wollten. Zum Beispiel deine hübsche Hand, mit der du so brav Klavier spielen kannst.«

»Sie kann Klavier spielen?« Alec klang interessiert.

»Du bleibst liegen.« Davies stieß mich zurück auf den Boden, sodass mein Kopf hart aufschlug. Ich schrie vor Schmerz und kniff die Augen zusammen. »Bis ich zurückkomme. Ich würde dir sehr empfehlen, auf das zu hören, was ich dir sage. *Er* mag geduldig sein, Spiele sind für ihn sein Unterhaltungsprogramm, *mich* hingegen bringt man besser nicht dazu, meine ungeduldige Ader auszuleben. Verstehen wir uns, *Beauty*?«

Ich presste die Lippen aufeinander und schwieg. Ich hatte Angst, ja, aber ich empfand auch ebenso viel Wut über die Erniedrigung, der ich ausgesetzt war. Dabei hatten *sie* mir Drogen abgenommen, im Wert von mehreren tausend Pfund und *ich* war diejenige, die am wenigsten etwas dafür konnte, überhaupt in ihren Besitz gelangt zu sein. Und jetzt wollten sie mich ans Bett fesseln und sonst etwas mit mir anstellen?

Ich hasste Arschlöcher! Ich hasste Menschen, die sich nahmen, was sie wollten, ohne Rücksicht auf Verluste, ich hasste diese ganze beschissene Welt, die so ein Verhalten überhaupt hervorbrachte.

Ich hörte Davies mit seinen schweren Springerstiefeln durch den Raum gehen, hörte, wie er eine Tür öffnete und kurz verschwand. Ich blieb am Boden liegen, zitterte. Selbst wenn sie sich an mir vergehen wollen würden, entschloss ich, dass es mich kaltlassen würde. Es war nur Sex, Schwänze und ein paar Dinge, die ich normalerweise nicht tun würde. Aber es hatte keine Chance, mich zu brechen. Ich würde es überstehen, ich war stark. Jede Prostituierte machte die Beine für Geld breit, das stand mir vermutlich sowieso bevor, wenn ich irgendwo auf die Schnelle fünfzehntausend Pfund auftreiben wollte.

Die Schritte kamen zurück und sorgten dafür, dass mein Herz in der Geschwindigkeit der polternden Schuhe schlug. Ich öffnete die Augen und sah gerade noch, wie Davies nach meinen Handgelenken griff, dann wurde ich so grob von ihm herumgezogen, dass mir der Atem wegblieb.

Gottverdammt! Ich wand mich aus Reflex, wehrte mich automatisch, aber es half nichts. Davies zerrte mich brutal zum Bett und zog mich darauf, als wäre ich eine leichte Puppe.

Er umschloss mein rechtes Handgelenk mit einem Seil und befestigte dieses an den Metallstreben des Bettes. Ich versuchte zu entkommen. Auch wenn es sinnlos war, wollte mein Körper sich nicht damit abfinden, ausgeliefert zu sein.

»Halt still«, knurrte Davies und drückte mich zurück aufs Bett. Seine Hand auf meiner Brust, auf meinem trabenden Herz. Seine grünen Augen funkelten, sein Blick war düster.

Ich wollte flehen und tat es doch nicht. Wir sahen uns an und ich begriff, dass ich keine Chance hatte. Niemals haben würde, weshalb ich alle Anspannung verlor und in die weichen Kissen zurücksank.

Er lächelte und griff nach meiner noch freien Hand. »Viel besser.«

Davies fesselte auch diese mittels eines kurzen Seiles ans Bett, sodass ich mit ausgebreiteten Armen unter ihm lag. Dann wich er vorerst zurück, ohne mich zu berühren, und stellte sich links neben das Bett, während Alec sich nach rechts stellte. Das Himmelbett war königlich, definitiv. Dunkle Samtbezüge, Stoffe, die sich über die Stangen spannten und dünne Streben, an die meine Hände gefesselt waren. Bei dem Gedanken daran, dass ich vermutlich an dem Ort lag, an dem der Dark Prince Sex hatte …

»Wir sollten ihre Schuhe ausziehen«, sagte Alec und ließ seine Augen ungeniert über meinen Körper wandern. »Sie versaut mit dem Wein an ihren Chucks mein Laken.«

»Ich will nichts sagen, Chef, aber das würde ich nach dem Theater so oder so in die Reinigung geben.« Davies hatte seine Arme verschränkt und sich an den Bettpfosten gelehnt. Die beiden Männer könnten unterschiedlicher nicht aussehen, obwohl sie sich von ihrem Machteinfluss und ihrer Dominanz her ähnelten. Davies wirkte etwas gedrungen, sein Gesicht war breit.

Seine Muskeln waren wesentlich ausgeprägter als die von Alec, und sein Blick hatte etwas immerwährend Ironisches.

Alec hingegen konnte, so wie jetzt, vollkommen ernst schauen. Seine Art von Lächeln war feinsinniger, dünner. Außerdem wurde sein Gesicht nicht von einer Narbe durchzogen und, nun ja, während Davies zu den Männern gehörte, die Stärke, Brutalität und Durchsetzungskraft ausstrahlten, demonstrierte Alec hingegen Macht, Dominanz und allgemeine Überlegenheit.

Beide zusammen bedeuteten meinen Tod.

»Ganz hübsch, oder?«

Mein Herz zog sich bei Alecs Worten zusammen.

Davies deutete ein leichtes Nicken an. »Hat was.«

»Siehst du, wie sich ihre Brust hebt und senkt? Sie sieht fast so aus, als würde sie sich wünschen, dass wir sie ficken.«

Davies' Augen blieben hart. »Wir könnten es tun.«

Alec beugte sich vor und streckte seine Hand nach meinem Schritt aus. Ich zuckte nervös zusammen, regte mich ansonsten aber nicht. »Es würde ihr definitiv gefallen. Sie traut sich nur noch nicht, es zuzugeben.« Ich wimmerte, als er mit seinen Fingern die Innenseite meiner Schenkel berührte, und ich konnte tatsächlich nicht sagen, ob ich Angst oder vielmehr so etwas wie Neugierde verspürte. Diese beiden Männer waren unverschämt attraktiv, ich hätte sie, wenn sich mir die Gelegenheit dazu geboten und ich nicht ein halbes Kilo Kokain in dem Zimmer meines Bruders gefunden hätte, definitiv angegraben, wären sie mir unten als Fremde auf der Party begegnet. Natürlich hatte ich gegen aufgetakelte Frauen wie diese Shania keine Chance, aber ich hätte es versucht. Diese Typen versprachen eine heiße Nacht und würden mich niemals auf eine Beziehung festnageln wollen.

Genau das, was ich normalerweise suchte.

Aber diese Situation hier war anders. Ich tat nichts hiervon freiwillig und es wurde über mich bestimmt. Die fremde Hand in meinem Schritt, mochte sie mir noch so gut gefallen, hatte keine Berechtigung, dort zu sein, solange ich es nicht wollte.

Doch ehe ich darüber nachdenken konnte, wie ich sie wieder loswurde, zog der Dark Prince an meinem hochgerutschten Kleid und schob dieses zurück über meine Beine, um meinen Slip zu verbergen. Genau das Gegenteil von dem, was ich erwartet hatte. »Sie hatte tatsächlich keine Skrupel, nach der Waffe zu greifen.« Alec nahm seine Hand zurück.

»Hatte ich wohl, du arroganter Arsch!«, zischte ich.

Davies lachte leise.

Ich funkelte ihn wütend an, was ihn nur dazu brachte,

noch breiter zu grinsen. »Was wollt ihr? Warum fesselt ihr mich? Ihr glaubt, dass ich euch alles sage, wenn ihr eure Schwänze rausholt, ist das euer Ernst?«

»Einen Versuch wäre es wert«, sagte der Dark Prince grinsend und lehnte sich ebenfalls an den Bettpfosten.

Beide Männer sahen jetzt lüstern auf mich herab und ich fühlte mich zunehmend unwohler.

»Ihr seid eingebildete Wichser. Mit einem gewaltigen Egoproblem, wenn ihr denkt, ihr müsst eine Frau zwingen, weil eure Erbseneier sonst keine haben will.«

Sie lachten beide.

»Sie ist niedlich«, sagte Davies.

»In der Tat«, antwortete Alec.

Ich zog probeweise an meinen Fesseln, aber es brachte mir natürlich nichts. »Wer seid ihr?«, fragte ich fordernd. Diese beiden Möchtegernwichser waren doch keine normalen Drogendealer. Viel zu jung und der Schwarzhaarige viel zu gut aussehend. Und ihm sollte das *Royal Black* gehören? Was war das hier für ein Zimmer? Wohnte er hier? Tatsächlich? Und der Thronsaal? Wer nahm ihn denn mit so einem bekloppten Zimmer ernst? Blauer Teppich, opulenter Sessel und lange Vorhänge an den Wänden?! Wie lächerlich!

»Weißt du, sie muss wirklich grün sein, wenn sie so gar keine Ahnung hat, wer du bist.«

»Ja«, sagte Alec langsam. Er wirkte nachdenklich. »Gut behütet aufgewachsen, wenn man bedenkt, in welchem Teil Londons wir uns befinden.«

»Selbst ihr kleiner Pisser von einem Lover ist sofort geflohen, als er mich gesehen hat. Aber Privatschulen, die Leute vom Bellagio … sie hat das gut hingekriegt, sich rauszuhalten.«

»Nie Drogen genommen?«, fragte Alec interessiert. »Woher kommen sonst die guten Noten? Alles reiner Fleiß? Nie schwach geworden? Und Evan? Wenigstens wusstest du, dass er nicht nur mit Amphetaminen und Cannabis dealt, sonst wärst du wohl nicht zu ihm gegangen.«

»Lasst mich einfach frei!«, zischte ich.

»Sie hat Stress«, fing Davies an und sah fast bewundernd auf meine Hände, die ich verzweifelt aus den Fesseln zu winden versuchte. Den lüsternen Blick eines Mannes, der sich den allerletzten Scheiß ausdachte, kannte ich nur zu gut. Meistens war es Vic, die solche Typen anschleppte, aber noch nie war jemand so schlimm wie Davies gewesen. Seine Miene triefte geradezu vor anzüglichen Schweinereien und ich wollte auf keinen Fall wissen, was er in seiner Fantasie gerade mit mir tat. Glaubte ich. Oder doch?

Ein bisschen vielleicht?

Scheiße. *Hör auf!*, ermahnte ich mich in Gedanken.

»Hat den Dad ihres Klavierschülers verpfeifen wollen und wurde prompt als Diebin angezeigt.«

»Wirklich?«, fragte Alec nachdenklich. »Wieso erfahre ich das erst jetzt?«

»Ist ganz frisch, gab noch nichts dazu digital. Die Bullen wollten diese Woche mal bei ihr vorbeischneien. Aber mehr habe ich nicht herausfinden können, weil ich mir überlegt habe, welches Stück Haut ich Mr ›Das *Royal Black* ist eigentlich mein Reich‹ aka Carl Ashford als erstes abziehe.« Er lächelte, als würde er gerne daran denken. »Schäbige Ratte.«

»Er hat Leute aufgewiegelt?« Alecs Blick blieb auf mir ruhen.

Davies zuckte nur die Achseln. »Hast du etwas anderes erwartet?«

»Wollt ihr mir Angst machen?«, fauchte ich. »Was für jämmerliche Typen seid ihr, dass ihr eine Frau foltern wollt?«

Davies schmunzelte. »Wir sollten ihr etwas von meinen Messertricks zeigen, sie wird sofort singen.«

»Oder vor Erregung umkommen«, ergänzte Alec süffisant und warf seinem Freund einen bedeutungsvollen Blick zu.

Davies' Miene wurde verträumt. »Oder das …«

»Und? Wie ist das so?«, fragte Alec. Seine Stimmlage veränderte sich, wurde gleichgültiger. »Ausgeliefert, auf meinem Bett. Der größte Sadist nach Jack the Ripper an meiner Seite ...«

»Jack ist ein sehr schöner Name«, schwadronierte Davies vor sich hin. »Sollte ich einmal in Bedrängnis kommen, werde ich mich so nennen.«

»Musst du nicht höllische Angst haben?«, fragte Alec weiter, ohne aufzusehen. Er betrachtete desinteressiert seine Fingernägel. »Der Sex könnte dir ja noch gefallen. Anfangs. Aber irgendwann wird es schmerzhaft, ganz bestimmt. Narben, die deine Seele nie vergessen wird ... Wunden, die Davies Handschrift tragen. Du bist uns vollkommen ausgeliefert, wir könnten dich benutzen und zu Tode quälen und du weißt, dass es niemanden stören würde.«

Ich glaubte ihm nicht. Etwas in mir wehrte sich dagegen, ihm zu glauben. War es sein Äußeres? Ließ ich mich davon blenden?

»Sie hat noch immer keine Angst«, erkannte Davies blasiert. »Sie ist unverschämt hübsch und fordert uns trotzdem heraus. Ich kann verstehen, wieso du das auskosten willst.«

»Ich koste nichts aus.« Alec steckte die Hände in die Taschen seiner schwarzen Jeans und schwieg.

Ich schluckte. »Und warum tut ihr es nicht einfach?«

»Was?«, fragte er nachdenklich.

Davies verstand und hob die Brauen.

»Ihr habt euren Spaß mit mir, danach gebt ihr mir das Geld, das *mir gehört*, und ich verschwinde und wir werden uns nie wiedersehen und ich werde auch niemandem etwas sagen. Und wenn doch, wisst ihr ja, wo ich wohne.«

»Ich liebe sie«, sagte Davies schwärmerisch. Seine Augen glänzten.

Alec ignorierte ihn. »Du bietest uns an, dich zu vögeln und dir dafür fünfzehntausend Pfund zu zahlen, obwohl wir das auch ziemlich kostenlos bekommen könnten?«

Ich kratzte meinen gesamten Charme zusammen und lächelte ihn an. »Wenn ich freiwillig mitmache, macht es mehr Spaß.«

Davies lachte laut auf und fuhr sich anschließend über den Mund.

»Dir vielleicht«, antwortete Alec trocken.

»Oder ihr bindet mich los und wir reden wie Erwachsene«, zischte ich wütend und verspürte sehr große Lust, nach einem von beiden zu treten, auch wenn ich sie nicht erreichen würde.

»Wie konnte ich nur davon ausgehen, dass es einer wie dir imponieren würde, wenn zwei Typen dich ans Bett fesseln. Wen auch immer du zu schützen versuchst, ich hoffe, er verdient deinen Eifer.« Alec stieß sich mit der Schulter vom Bettrahmen ab, drehte sich um und ging.

»Wo willst du jetzt hin!«, schrie ich ihm hinterher. »Du kannst mich doch nicht einfach hier liegen lassen, fuck!«

Er reagierte nicht und ging unbeirrt weiter.

Davies hatte nicht viel mehr für mich übrig als sein beeindrucktes und zugleich ironisch wirkendes Lächeln. Ich warf den Kopf zurück und stöhnte wütend auf. Solche zwei Idioten! Merkten sie denn nicht, dass ich mit all dem Scheiß nichts zu tun haben wollte? Was brachte es ihnen, mich festzuhalten? Ich würde nichts verraten. Ich würde nicht ›singen‹. Und wenn sie mir die dämliche Kehle aufschnitten.

Ein Schatten, der durchs Zimmer glitt, ließ mich wieder aufsehen. Alec hatte an der gegenüberliegenden Wand ein altmodisches Bild zur Seite gedreht, sodass es wie in einem Gangsterfilm aufschwang. Und dahinter befand sich tatsächlich ein Safe. Ein riesiger Safe, der bei seiner Hüfte begann und bis zu seinem Kopf reichte. Er gab den Zahlencode ein, öffnete die Tür und griff nach etwas.

Meine Kinnlade fiel. Auch wenn ich einige Meter von dem Safe entfernt lag, konnte ich die Mengen an Bargeld, Kokain und Gold ausmachen. Mehr Gold und Schmuck als alles andere.

Scheiße. Wer war er?!

Er schloss die Tür wieder, klappte das Bild davor, kam zurück. Er warf mir das Bündel Bargeld auf die Matratze zwischen meine Beine. »Fünfzehntausend. Aber glaub nicht, dass du es behalten kannst. Wir werden dich auf Schritt und Tritt überwachen, selbst aufs Klo wird dir jemand folgen, bis hinein in die Kabine, falls nötig. Wem auch immer du es übergeben wirst, wir werden es früher erfahren als du selbst. Dein Kokain war gepanschte Scheiße. Etwas, das in ganz England nicht toleriert wird. Du wirst nicht einen Penny daran verdienen und wer immer es dir gegeben hat, erst recht nicht. Hast du noch irgendwelche Fragen? Ach ja.« Er sah wieder gelangweilt auf seine Hand. »Mein Angebot steht noch. Solltest du dich entscheiden, es uns leichter zu machen, bist du aus dem Schneider. Wir sind nicht die Typen, die dich aufs Bett fesseln und vergewaltigen, nur weil wir es können. Auch wenn du dir das wünschen würdest. Sorry. Ich fasse dich auch nicht an und ich brauche deine billigen Anmachen nicht. Wenn du auf so etwas«, er wedelte einmal gleichgültig mit der Hand durch die Luft, »stehst, solltest du dich vielleicht als Edelhure versuchen. Davies vermittelt dich gerne.«

Ich starrte ihn an, aber er ließ sich nicht einmal dazu herab, mich anzusehen.

»Ich schicke jemanden zum Ausgang. Du kriegst einen Chip.« Er wandte sich ab.

Davies blieb, wo er war.

»Was für einen Chip?«, fragte ich beunruhigt.

Als Alec nicht antwortete, räusperte Davies sich leise. »Deine Fußfessel. Bis die Sache geklärt ist, bleibst du in London. Bevor du gehst, wird man sie dir am Ausgang geben.«

»›Fußfessel‹?!«, wiederholte ich ungläubig.

Er beugte sich vor und griff an meine Hand. Viel langsamer als zuvor löste er die Fesseln. »Es ist so schade«, murmelte er leise und hielt mein rechtes Handgelenk noch fest, um es zu betrachten, »dass er zu sehr damit beschäftigt ist, seiner Freundin zu gefallen, oder? Wir hätten eine Menge Spaß haben können.«

Ich riss meine Hand aus seinem Griff. »Deine Definition von Spaß möchte ich nicht kennenlernen.«

»Sicher?« Davies blieb neben dem Bett stehen, während ich mich aufsetzte und versuchte, seinen Knoten von der zweiten Fessel zu lösen.

»Ja, ziemlich sicher«, fluchte ich und brauchte geschlagene fünf Minuten, um die Fessel zu öffnen. Davies half mir nicht, er sagte nichts. Worüber auch immer er nachdachte, ich wollte es nicht wissen.

Als ich endlich frei war, griff ich nach dem Geld, rutschte vom Bett, ignorierte meine noch immer vom Wein durchtränkten Chucks und hetzte Richtung Tür.

Wieder spürte ich seinen Blick auf meinem Rücken. Doch als ich mich umdrehte, bevor ich das Zimmer verließ, war er nicht mehr zu sehen. Verschwunden, verschluckt.

Nur der Kater saß auf dem königlichen Himmelbett und sah mir nach.

Wo war ich hier nur gelandet?

DU NENNST
ES TUGEND.
ICH NENNE
ES TOD.

Hans im Glück

DER PRINZ

Ich wusste, dass ich meinen Körper an seine Grenzen trieb. Ich verlangte ihm alles ab. Ich ging weiter, viel weiter als sonst. Niemand hielt mich davon ab, es gab niemanden, der das konnte.

Mein Blick verirrte sich im Gang, die Helligkeit drückte sie nieder, Emotionen zerrten mich zurück und irgendwo da war ein viel zu langer Tunnel der Dunkelheit, der mich einnehmen und nicht mehr gehen lassen wollte.

So kämpfte ich mich vorwärts, kämpfte gegen den Drang an, die Wirkung des Weins mit noch mehr Kokain zu unterdrücken. Kämpfte dagegen an, noch hier und jetzt gleich gegen die Wand zu sinken und in einen tiefen Schlaf zu fallen.

Stattdessen ging ich durch den Flur auf mein Büro zu, erwartete Ruhe dahinter und wurde nicht belohnt.

Das Bild in dem Raum, den ich zugleich lieben und hassen gelernt hatte, ließ mich wünschen, dass ich im Flur zusammengebrochen wäre. Jetzt konnte ich mir diese Blöße nicht mehr geben, durfte keine Menschlichkeit zulassen.

Die Art der Regierung hier unten war rau. Ein Fehler und man entzog mir die Macht, die ich mir mit harter Arbeit aufgebaut hatte.

»Da bist du ja endlich!« Shania lag auf meinem thronartigen Sessel, den Rücken an der einen Lehne, die Beine über der anderen. Ihre High Heels schwangen hin und her und sorgten für eine schmerzhafte Reflexion in meinen Augen. Drei, vier ihrer Leute standen mitten im Raum, ein weiterer saß auf einem kurzlehnigen Stuhl, gekrümmt, die Hände in seinem Rücken mit einer Handschelle gefesselt. Carl.

Er lächelte. »Oh, der Prinz ist erschienen.«

»Was macht er hier?«, fragte ich und bemühte mich, meine Stimme gleichgültig klingen zu lassen. Dabei hätte ich am liebsten jedem einzelnen von Shanias Männern eine Kugel in den Nacken gejagt, da sie es wagten, den Typen überhaupt in die Nähe meines Saales zu bringen, ohne auf meinen Befehl zu warten.

Ich wollte mit Carl unter vier Augen sprechen.

Unter vier!

Verdammt.

Stattdessen hatte Shania ihn fesseln und in mein Büro schleifen lassen, um ihm ihre Macht zu demonstrieren.

Ich wusste nicht, über welche Tatsache ich lieber gekotzt hätte. Am ehesten wohl auf Shanias glänzende Schuhe.

»Ich entscheide, was mit ihm geschehen soll«, verkündete sie herrisch. Shania hielt eine Strähne ihres Haares um einen Finger gewickelt und kaute Kaugummi. Sie war die hohlste Fotze, die ich jemals gefickt hatte. Leider musste ich sie aushalten, denn ihr Vater spielte eine wichtige Rolle in meinem Machtgefüge, und ihn als Verbündeten zu verlieren, würde das Kartenhaus des *Dark Prince* instabil werden lassen. Auch wenn ich es nicht gern tat, ich duldete, dass Shania sich als Königin aufspielte, obwohl sie nur eine meiner vielen Marionetten war. »Er hat sich unten nicht gerade freundlich mit den Leuten unterhalten, weißt du?« Shania räkelte sich und fühlte sich offensichtlich unfassbar geil dabei.

»Und warum brauchst du dafür so lange?«, fragte ich genervt.

»Für was?«, fragte sie.

»Dafür, zu entscheiden, ›was mit ihm geschehen soll‹.«

Ich kompensierte ihre Dämlichkeit häufig mit Sex. Heute war mir die Lust darauf vergangen. Vielleicht lag es daran, dass ich kurz davor gewesen war, Florence zu ficken. Shania wäre nur eine blasse Alternative. Es würde sich nicht halb so gut anfühlen.

Fuck.

Hatte ich das gerade wirklich gedacht?

Florence entwickelte sich zu einer echten Gefahr.

Ich konnte nicht wegen irgendeines dahergelaufenen hübschen Mädchens aufhören, Shania zu vögeln. Desinteressiert hielt ich auf meinen Schreibtisch zu, ohne genau zu wissen, was ich da wollte. »Lasst mich mit Carl allein. Und löst seine Fesseln.« Ich entschied mich für das einzig Vernünftige in dieser Situation und es überraschte mich selbst; ich griff nach einer Flasche Wasser, die in einem Kasten neben meinem Schreibtisch stand, öffnete sie und trank. Im Augenwinkel sah ich, dass Shania mich beobachtete, den Mund dabei kauend wie ein Kamel bewegte und vermutlich in ihrer üblichen Geschwindigkeit mitdachte. Ich ahnte, dass ich auch heute Abend nicht darauf zu hoffen brauchte, sie würde etwas tun, das mir weiterhalf.

Carl und ich waren keine Freunde geworden. Und dennoch vertraute ich ihm – gewissermaßen. Er würde mich niemals anlügen. Deshalb musste ich in Erfahrung bringen, was er über Evan und mich wusste. Auch wenn ich ihn damit möglicherweise erst dazu brachte, nachzuforschen, worum es mir ging.

Carl hatte es mir nie verziehen, dass ich ihm das *Royal Black* vor Jahren abgenommen hatte. Aber der Club war einfach zu perfekt als Standort. Mitten im Slum. Mitten zwischen den Gangs. Mitten in den Drogenrouten. Mitten am Puls der Armut.

Würde er die Gelegenheit nutzen, sich an mir zu rächen? Oder war er so klug, am Leben bleiben zu wollen?

Es war eine merkwürdige Stille im Raum eingekehrt, als

hätten sie meinen Befehl nicht verstanden. *Waren sie begriffsstutzig, oder was?!* Als mein Blick über die vier Männer glitt, die hinter Carls Stuhl standen, wichen sie zurück und auch Shania unterband erstaunlicherweise ihr Schmatzen.

»*Lasst mich mit Carl allein. Sofort*«, wiederholte ich.

Sie reagierten endlich und verließen den Raum. Shania wusste, dass ich auch sie gemeint hatte, aber sie ließ es sich nicht nehmen, ganz gemächlich aufzustehen und mit einem provokativen Hüftschwung davonzustöckeln.

Dann waren wir allein.

»Ich suche Evan«, kam ich sofort zum Punkt. »Hast du ihn gesehen?«

Carl legte den Kopf schief und betrachtete mich mit einem irren Grinsen. »Den kleinen Dealer, dem man nicht trauen kann? Hat mich zehn Riesen gekostet. Vor ein paar Monaten. Ich hätte ihn ja getötet, aber er gehörte zu dir, und wer wäre ich, wenn ich an deiner Stelle in Betham über jemanden richte?«

»Hast du ihn gesehen oder nicht?«

Carl hob die Brauen. »Nö.«

»Ist das die Wahrheit?«

»Möglicherweise. Noch sehe ich keinen Grund, weshalb ich dir helfen sollte, falls ich es könnte.«

»Der Grund ist, dass du nicht stirbst.«

»Ha, ha, ha!«

Toll. Bald nahm mich niemand mehr für voll. Ich war kurz davor, nach meiner *Smith & Wesson* zu greifen und ihn abzuknallen, aber das hätte ich schon vor fünf Jahren erledigt, wenn er mir nicht noch hätte nützen können. Ich sollte mein lädiertes, schlafloses Gehirn keine wichtigen Entscheidungen treffen lassen.

»Warum suchst du Evan?«, fragte Carl neugierig. Der alte Mann war wie Unkraut. Er verging einfach nicht. Dabei pflegte er garantiert keinen gesunden Lebensstil und seine

Wangen waren vom vielen Meth-Missbrauch eingefallen und schattig.

Ich hatte keine Zeit mehr für den Scheiß. Ohne auf Carls bohrende Frage einzugehen, fasste ich einen riskanten Entschluss. Über meinen Computer rief ich Shanias Männer zurück.

»Bringt ihn zu Davies.« Ich musste mir noch eine Lüge einfallen lassen, weshalb ich Evan suchte, aber Davies könnte aus Carl herausbekommen, ob dieser etwas über Evans Verbleib wusste.

»Davies? Du willst mich foltern lassen? Du? Mich? Nach all den Jahren unserer großartigen Freundschaft?«

»Erraten«, antwortete ich freundlich.

»Nein, nein, nein, nein!«, rief er plötzlich. »Ich weiß nicht, wohin *genau* dein Dealerfreund verschwunden ist, aber er hat England auf jeden Fall verlassen!«

»Aha.«

Auf meine Worte lachte Carl irre und ein wenig verzweifelt, als ihn einer der Männer, der einen ganzen Kopf kleiner war als er, vom Stuhl stieß und Richtung Tür bugsierte. Er ließ sich bereitwillig abführen, lachte und schrie, immer abwechselnd. Sein irres Verhalten schnürte mir die Kehle zu. *Wusste er längst, warum ich Evan suchte?*

Kurz bevor die Männer und Carl die Tür erreichten, hielt ich sie mit einer Handbewegung zurück.

Ich sah dem alten Mann hinterher, und fragte mich, an welchem Punkt seines Lebens er wahnsinnig geworden war. Ich hatte ihn heute Abend eingeladen, aber es war ein Fehler gewesen, es überhaupt zu tun.

Seine Augen trafen die meinen, und sein Grinsen wuchs, als er erkannte, dass ich einen Fehler gemacht hatte. Carl würde in ganz London verbreiten, dass ich Evan suchte. Und das würde Fragen aufwerfen. Ich brauchte eine gute Story.

Eine wasserdichte Story.

Wieso musste ich Evan unbedingt finden?

Einen unbedeutenden Dealer, eine kleine Ratte, die für mich ein paar Leute ausspioniert hatte. Eigentlich war er ein Niemand.

Was hatte er getan? Wieso war er mir wichtig?

So oder so: Niemand durfte ihn vor mir aufgreifen. Sobald Evan wusste, dass er nichts mehr zu verlieren hatte, würde er allen sagen, was bisher nur er wusste: wer der *Dark Prince* wirklich war.

Wer *ich* wirklich war.

Carl hatte seine Augen und Ohren überall. Er musste mir helfen, Evan zu finden. Aber er musste auch mein Gefangener bleiben, bis die Sache erledigt war.

»Planänderung: Werft ihn ins Loch. Bis ich habe, was ich will.« Carl war nichts weiter als eine Gefahr, ein Wahnsinniger, der mein Leben und damit alles gefährdete, was ich aufgebaut hatte.

»Du willst mich ins Loch werfen?!«, sagte er leise. Sein Grinsen war eingefroren, seine Miene voller Angst. »Das ist schlimmer als die Folter durch Davies!«

Ich drehte den Verschluss zurück auf die Flasche. »Schafft ihn fort.«

»Das wagst du nicht!«, brüllte er, bevor er hart durch die Tür gestoßen wurde und Shanias Männer mit ihm im Flur verschwanden. Ich hörte Carl noch auf dem Gang lamentieren, bis die Tür dankenswerterweise in ihr Schloss fiel. *Fuck. Der Dark Prince folterte keine Unschuldigen. Bisher jedenfalls nicht.*

»Wer war das Girl?« Auch Shania war zurückgekommen und stöckelte jetzt auf mich zu.

»Das habe ich dir schon gesagt«, erinnerte ich sie, holte meine Waffe hervor und überprüfte, ob ich sie vorhin im Eifer des Gefechts wieder gesichert hatte. Ich musste schmunzeln, als ich daran dachte, wie mutig Florence versucht hatte, sie mir zu entwenden.

»Warum hat sie so eine alberne Spielkarte bekommen,

hm?«

»Das ist wirklich eine bittere Unverschämtheit, oder?«, fragte ich lächelnd und drehte mich zu Shania um. Ich war gefährlich kurz davor, sie zu triezen, und das war etwas, das ich lieber bleiben lassen sollte. *Ich brauchte sie noch. Ich brauchte sie, verdammt!*

»Selbst *ich* habe noch nie einen König bekommen. Schon gar nicht einen schwarzen.« Sie kaute ihr Kaugummi, doch ihre Augen hatten sich verengt.

»Es ist nur eine Spielkarte«, erwiderte ich schulterzuckend und steckte die Waffe zurück.

»Ja, aber du verteilst diese Dinger immer mit komischen Notizen, um die Leute auf deine Seite zu ziehen. So wie mich damals. Also, warum bekommt sie einen *König*?!«

»Es ist nur eine verfickte Karte!«, brüllte ich. Verdammte. Scheiße. Ich fuhr herum und fixierte sie. »Los, setz dich auf den Boden.«

Shania riss die Brauen in die Höhe. Es war ewig her, dass ich sie angeschrien hatte.

»Hörst du schlecht?«, knurrte ich.

Sie gab ihr Kaugummikauen auf. Ich ging auf sie zu, ließ die Flasche zu Boden fallen und griff schließlich hart an ihr Kinn. Es war wie ein Zucken auf der Netzhaut, das meinem Gehirn für einen Moment vorspielte, ich würde nicht ihre dunkle Haut, sondern die von Florence in der Hand halten. Nicht diese überschminkten Lippen, sondern die einer Frau, die ein lange vergessenes Interesse in mir weckte …

»Spuck das Kaugummi aus«, befahl ich leise.

Shanias braune Augen wurden groß. Sie war es nicht von mir gewohnt, dass ich ihr gegenüber so hart wurde, was daran lag, dass es bisher keinen Nutzen für mich hatte. Es hatte auch jetzt keinen Nutzen.

Außer der Tatsache, dass ich die Begegnung mit einer beeindruckenden Schönheit irgendwie kompensieren musste.

»Hörst du schlecht?«, wiederholte ich ohne Ton in der Stimme.

Sie griff sich wortlos an die Lippen, holte ihr Kaugummi hervor und sah mich weiter an. Währenddessen hatte ich meinen Gürtel geöffnet. Ich griff an meinen Schwanz. Nikotin. Ethanol. Kokain. Florence. Es war ein krasser Cocktail, der sich in mir ballte, und es würde guttun, Shania dazu zu bringen, mir Erleichterung zu verschaffen.

Es gab eine Regel zwischen uns. Sie duldete Blowjobs mit anderen, solange sie fort war und sie die Frauen bestimmen konnte. Das Gefühl, sich besser und erhabener zu fühlen als andere, trieb sie an und machte sie berechenbar. Etwas, das ich von meiner Familie gewohnt war und es in diesem Raum daher gut akzeptieren konnte. Solange sie bekam, was sie von mir wollte – Treue und das Befolgen ihrer Regeln, wenn ich nachts hier war –, bekam ich, was ich von *ihr* wollte. Solange ich sie fickte, stellte sie ihren Vater ruhig und ermöglichte mir zusätzlich den Zugang zu den Vierteln Londons, in denen ein weißer Typ wie ich wenig Chancen hatte. Es war ein guter Tausch. Sie war wichtig für mich.

Bisher hatten mir ihre Regeln nichts bedeutet. Was, wenn sich das änderte?

Was, wenn ich Florence *haben musste* und Shania davon Wind bekam?

»Geh tiefer und schieb ihn dir in den Mund.« *Los, mach schon, Mädchen, mein Geduldsfaden ist so dünn wie der einer Seidenspinne.*

Sie schürzte ihre Lippen, bevor sie auf den Boden sank und vor mir kniete. Dann öffnete sie den Mund und ich drückte ihr meine Spitze zwischen die Lippen.

Sofort war ich gezwungen, die Augen zu schließen. Mein Vorstellungsvermögen war greifbar, es spornte mich an. Was, wenn wir Florence dazu gebracht hätten, sich uns hinzugeben? Davies, wie er sie von hinten nahm, ihre Lippen, wie sie sich fest und lustvoll um meinen Schwanz wölbten …

Die Augen, die mich so sehr hassen konnten, von grenzenloser Lust erfüllt, ihr Flehen, sie noch tiefer, noch heftiger zu nehmen, bis sie nicht mehr wusste, wer sie war …

Ihre Locken in meiner Hand, wild und seidig, ihren Kopf, den ich damit dominant kontrollierte. Sie wand sich in unseren Griffen und bettelte mich sehnsüchtig an, dass ich mich in ihr ergießen sollte. Sie stöhnte kehlig, während ich in ihr kam, und verabschiedete sich gleichzeitig durch Davies' feste Stöße in ein Paradies …

Fuck. Ich brauchte einen Moment, um zurückzufinden, als ich die Augen aufriss.

Shania schluckte meinen Samen und gab seufzende Geräusche von sich. Natürlich erwartete sie jetzt, dass ich sie fickte.

Aber mich trieb es ganz woanders hin.

Ich löste mich grob. »Ich gehe tanzen.«

»Tanzen?«, fragte Shania erstaunt und wischte sich verwirrt den Mund. »Wieso?«

Ich schenkte ihr ein ironisches Lächeln, das sie nicht würde deuten können, bevor ich mich Richtung Tür wandte, und meine Hose im Gehen schloss. »War ein Scherz, bleib hier und bewach das Zimmer.«

Was ich tat, war falsch. Ich brauchte Schlaf, kein schönes, fremdes, viel zu naives Mädchen, das mich davon abhielt, das Richtige zu tun. Wenn ich es dämlich anstellte, würde ich Shania verlieren, und selbst Davies würde das verurteilen. Ohne sie hätten wir ein paar Probleme mehr.

Und doch war ich noch nie so kurz davor, genau das aufzugeben. Lag es am fehlenden Schlaf? Oder daran, dass der Tod mir ins Gesicht lächelte und ich plötzlich das Bedürfnis empfand, ein letztes Mal zu leben?

Das *Royal Black* hatte mich von Anfang an in seinen Bann gezogen. Ich kam hierher und begegnete zum ersten Mal dem Abgrund, in dem ein viel zu großer Teil Londons versank. Es war mein erster Kontakt zu Drogen, zu Waffen, zu leichten Mädchen, zu Gewalt, zur Szene generell gewesen, und ich hatte nicht lange gezögert, als es sich anbot, es zu übernehmen. ›Kaufen‹ wäre dafür wohl der falsche Begriff, auch wenn ich mehrere Millionen hatte investieren müssen.

Der Vorteil in meinem eigenen Club; man erkannte mich nicht, wenn ich es nicht wollte, weil ich niemanden hereinließ, der es tat. So auch heute Abend. Ich hatte gut selektiert, als ob ich geahnt hätte, dass ich nach unten gehen wollen würde. Mein Blick glitt ohne mein Zutun über die Menge auf der Suche nach langem, schwarzem, gelocktem Haar und einem ebenso schwarzen Kleid. Sie war noch nicht weit, da der Zugang zur ersten Etage neben der Bar lag und damit überfüllt war, und sie noch immer bei der Treppe stand und nicht vorankam.

Ich schob mich an einer Reihe männlicher Schranke vorbei, trat hinter die Bar, holte zwei Bierflaschen hervor und winkte einem meiner Männer im Raum, dass er Florence aufhalten sollte, bis ich sie erreichte. Ein einfaches Nicken reichte, meine Leute waren top trainiert.

Es dauerte tatsächlich ein paar Minuten, in denen Florence ohne ihr Wissen nicht weitergelassen wurde. Ein künstlicher Stau, ein paar zickige, ungeduldige Rufe, dann erreichte ich sie und drückte ihr die geöffnete Flasche Bier in die Hand.

»Du kannst noch nicht gehen, Baby.« Ich inhalierte ihren Duft und spürte ein unermessliches Verlangen danach, sie zu berühren. Sie könnte zurück in mein Bett kommen … vielleicht ging es mir nicht einmal um Sex. Vielleicht würde es mir reichen, wenn sie dalag und mir das Gefühl gab, dass ich den Hass verdiente, den sie mir entgegenbrachte.

»Nenn mich nicht ›Baby‹«, zischte sie und nahm die Bierflasche mit spitzen Fingern entgegen. Ihr Nacken hatte sich verspannt, als ich an sie herangetreten war. Ich stand nah, dicht an ihrem Rücken, meine Lippen kurz vor ihrem Ohr. Etwas faszinierte mich an dieser Frau. Es lag ganz sicher an meinem Schlafmangel, dem durch das Koks deutlich übersteigerten Sexualtrieb und meiner allgemeinen Ahnung, dass ich über einem Abgrund schwebte und nichts dagegen unternehmen konnte.

»Du wolltest, dass ich dich so nenne, erinnerst du dich? Ziemlich unbritisch, aber für dich mache ich gerne eine Ausnahme. Nimm deine Kreolen heraus.«

Sie rührte sich nicht. *Wie viel Angst müsste ich ihr noch einjagen, damit sie mir endlich gehorchte?!*

»Tu. Es.«

»Du bist so ein Scheißwichser!«, fluchte sie laut und griff sich ans rechte Ohr. Ich verstand sie einwandfrei, obwohl die Musik um uns herum dröhnte und die Meute sich drängte und tanzte. Wir waren einer der wenigen Clubs, die geöffnet hatten. Niemand in diesem Raum scherte sich um den Tod der Queen. Ich schon gar nicht.

Sie legte ihre Ohrringe wutschnaubend in meine offene Hand, die ich ihr hinhielt.

»Und jetzt?!«, schrie sie. Ihre Augen waren eine reine Herausforderung. Als wäre sie gerade nicht auf meinem Bett gefesselt worden. Sie war aggressiv, nicht kleinzukriegen. In gewisser Weise reagierten wir ähnlich auf den scheinbar unausweichlichen Tod.

Sie glaubte, ihr Leben wäre vorbei, jetzt, da sie in irgendeine Drogengeschichte hineingeraten war. Ich hingegen fürchtete, Evan würde mich jeden Moment verraten. Auch wenn es ihr nicht bewusst war, wir ähnelten uns. Statt ängstlich klein beizugeben, forderten wir das Schicksal heraus.

Ich öffnete meine zweite Hand und hielt ihr den Inhalt hin. Natürlich öffnete sich Florence' Mund vor Erstaunen.

Damit hatte sie nicht gerechnet, und sie überrascht zu haben, gefiel mir.

»Was soll ich damit?«, fragte sie und bemühte sich, abweisend zu klingen.

Ich nahm einen der Steine zwischen die Finger, öffnete den Verschluss und strich ihre Haare vor ihrer Wange beiseite. Sie erstarrte unter meinen Berührungen, ihre Brust bebte. Hatte ich diese Wirkung auf sie? Oder was verängstigte sie so sehr an einem Diamanten?

»Es ist dein Ticket zu ständigem Schutz. Deine ›Fußfessel‹. Du glaubst es vielleicht noch nicht, aber es kann dir nichts Besseres passieren, als von mir beobachtet zu werden. Davies und ich wissen, dass du nicht freiwillig da hineingeraten bist, nur wie genau, das wissen wir noch nicht. Wenn du es nicht sagen willst, müssen wir es eben herausfinden.« Meine Finger berührten ihr Ohrläppchen und sie zuckte zusammen. Ich schob die filigrane Spitze durch ihr Ohrloch und verschloss es mit dem besonderen Mechanismus dieses Wunderwerks aus Technik. »Du solltest auf die Diamanten achtgeben, denn sobald sich die Ohrringe öffnen, wissen wir Bescheid. Kannst du mir folgen?«

Florence schüttelte fast zaghaft den Kopf, sie verstand wirklich nicht. Woher sollte sie auch wissen, dass sich in den Ohrringen ein winziger, vollausgestatteter Überwachungsapparat befand? Normalerweise gab ich einer wie ihr eine gewöhnliche Fußfessel. Aber heute Nacht war alles anders. Es hatte mit gestern Morgen begonnen und mit den Weinflaschen heute Nachmittag nicht aufgehört.

»Behalt sie einfach an, Tag und Nacht«, raunte ich in ihr Ohr, stellte mich um sie herum und steckte ihr den zweiten Diamanten an. Sie sah mir direkt ins Gesicht, als ich den Ohrring befestigte. Ihre Augen braun und klar, ihr Mund sinnlich verschlossen. Noch immer herausfordernd, noch immer anklagend. »Warum schaust du so unzufrieden?«, fragte ich zynisch grinsend und nutzte die Gelegenheit, ihre warme Wange noch eine Sekunde länger zu berühren. »Diamanten, Bargeld en masse, du kannst dich nicht beschweren.«

Sie schwieg. Ich würde nur zu gerne wissen, worüber sie nachdachte. Versuchte sie, die Vorfälle des Abends zusammenzubringen? Davies, meinen Saal und das Schlafzimmer und all das große Ganze, von dem sie niemals etwas verstehen würde.

Sie konnte es lange versuchen.

»Geh tanzen.«

Sie hob eine Braue.

»Wir machen dein teures Geschenk scharf, das dauert fünfzehn Minuten. In der Zeit tu so, als wärst du aus reiner Partylaune hier, und geh tanzen.«

»Hier?«, fragte sie und beugte sich dafür an mein Ohr. Sie stand noch immer nah. Anders war eine Verständigung nicht möglich.

»Ja. Natürlich.« Was für eine dämliche Frage. *Warum konnte sie nicht einfach tun, was ich von ihr verlangte?*

»Ich tanze nur zu Black.« Sie blieb stehen.

»Wie bitte?«

»Ich tanze nur zu Black«, wiederholte sie rufend, als würden wir ein wenig Disco-Small-Talk halten.

Zu Black? Das war nicht ihr Ernst. »Was für ein Schwachsinn«, knurrte ich. »Ich tanze doch auch nicht nur zu Klassik.« Ich öffnete meine Jacke und ließ den Lauf der Pistole aufblitzen. »Du scheinst vergessen zu haben, wer hier die Befehle erteilt.«

Sie blieb unbeeindruckt. Vielleicht stand sie dermaßen unter Schock, dass sie nur mit Trotz reagieren konnte. Vielleicht wusste sie auch instinktiv, dass ich ihr nichts antun würde.

Nur woher?

Wir lieferten uns ein Blickduell und ich war kurz davor, aufzugeben. Sollte sie sich doch in ihrer Sturheit üben, das nächste Mal würde sie jemand dafür töten und ich war nicht daran interessiert, eine kleine Schlampe zu erziehen. Zu müde, zu angespannt, mit zu vielen anderen Dingen beschäftigt. Dann aber bemerkte ich in den Augenwinkeln, wie sich jemand oben auf der Empore bewegte. Shania, die versuchte, die Treppen herunterzukommen. Ihre Augen waren eng wie Schlitze, eine echte Schlange, die mich versuchen würde, einzuwickeln, indem sie mich daran erinnerte, wie wertvoll sie für mich war. *Scheiß drauf. Vielleicht brauchte sie eine Erinnerung daran, dass ich ohne sie noch immer mächtig genug war, sie ohne mich aber nicht.*

Und Davies, auf der anderen Seite des verglasten Rundgangs. Die Hände jeweils zu beiden Seiten auf das Geländer gestützt, ein stummes Lächeln auf den Lippen, das ich trotz Dunkelheit und Entfernung erkannte.

Er wusste, dass ich neugierig geworden war.

So wie er.

»Komm mit.« Ich griff nach Florence' Hand und zog sie bestimmend Richtung Tanzfläche. Dabei nickte ich Davies zu, der zu grinsen begann und verstand, sein Handy zückte und dem DJ einen Befehl gab. Ein paar der Anwesenden wichen zurück, man machte uns Platz. Was auch daran lag, dass ein paar der Türsteher Leute zur Seite zogen.

»Was soll das jetzt?«, schrie Florence über die Musik hinweg.

Ich zog sie weiter. Ihre Hand in meiner, ein eigenartiges Gefühl.

Mitten unter der größten der vier Discokugeln blieb ich stehen und zog Florence an mich. Der DJ heizte die Menge gerade zu einem Höhepunkt an, man riss die Hände neben uns in die Luft, ich legte ihre linke auf meine Schulter, die rechte hielt ich fest. Sie sah nicht danach aus, als würde sie es wollen, aber sie ließ es geschehen.

»Und jetzt tanzen wir?«, rief sie spöttisch, gerade in dem Moment, als der DJ einen Break einlegte, sodass jeder hören konnte, was sie sagte.

»Ja«, sagte ich lächelnd, zog sie mit einer schnellen Drehung an meine Brust und wartete darauf, dass die ersten Gitarrenklänge die Halle erfüllten. Meine DJs waren gut, die Menge tobte, und doch war der Remix von ›Hijo de la Luna‹ beinahe zu klassisch, um im *Royal Black* aufgelegt zu werden. »Weißt du, worüber die Frau singt?«

Florence schüttelte den Kopf. Sie fügte sich ganz automatisch meinem vorgegebenen Schritt, als hätte sie vergessen, dass sie sich eigentlich verweigern wollte.

»Eine Außenseiterin träumt von einem Mann.« Ich war ein zu guter Tänzer, Florence hatte keine Chance. Ich drehte sie von mir weg, zog sie an mich. Und immer dann, wenn ich ihrem Ohr mit meinen Lippen nahe kam, begann ich zu sprechen. »Sie wendet sich mit ihrem Wunsch an den Mond am Himmel. Er gibt nach.« Ich sah ihre Augen fragend aufblitzen, hielt ihre rechte Hand fest und ging schwungvoll um sie herum. »Sie verspricht dem Mond ihr erstes Kind«, raunte ich in ihr Ohr. Ihre Härchen stellten sich elektrisiert unter meinen Lippen auf. »Im Austausch gegen einen Mann. Und der Mond hält sich an sein Versprechen.« Der DJ legte einen tiefen Bass unter den Remix und es wurde zunehmend schwieriger, den Takt des Walzers zu halten. »Sie bekommt den Mann, sie bekommt ihr erstes Kind.«

»Und weiter?« Ich las es eher an ihren Lippen ab, als dass ich sie verstand.

Ich wartete auf den nächsten Break und führte sie eine Weile weiter durch die Masse. Niemand hier hatte eine Ahnung vom klassischen Tanz, auch nicht Florence, obwohl sie erstaunlich widerstandslos die Kontrolle abgegeben hatte. Als ich allerdings nicht mehr antwortete, entzog sie sich meinem Griff, stellte sich dicht an mich heran und legte ihre Hände auf meine Brust.

»Und weiter?« Ihre Lippen standen leicht offen, ihr Blick war neugierig, aber auch devot.

Ich streckte meine Hand nach ihrer Wange aus und streichelte mit meinem Daumen darüber. Eine neue Welle der Müdigkeit überkam mich.

»Das Kind war blass wie der Mond«, antwortete ich rau, zu leise, sie konnte mich nicht hören. Ich beugte mich vor.

»Was?«, schrie sie.

Ich wusste nicht, wieso ich ihr diese Geschichte erzählte. Es ging um Hautfarben, aber eigentlich störte mich an diesem Lied nur, dass man es auf Hochzeiten spielte. »Weiß. Das Kind des Mondes war weiß!«, rief ich über die Musik hinweg. »Der Mann tötete seine Frau, weil er sich betrogen fühlte. Sie starb und so liegt das mutterlose Kind auf einem Berg, und wenn es weint, formt sich der Mond zu einer Wiege, um es zu trösten …« Ich zog sie an mich und fuhr mit meinem Daumen über ihre Lippen. Ich konnte sie bereits unter meinen schmecken, ihren nackten, in Bronze getauchten Körper unter meinem sehen und es nicht erwarten, bis ich sie bekam. Dann spürte ich einen ziehenden Schmerz in meinem Schritt und zuckte zusammen.

»Jesus Christ!«, fluchte ich. Verdammtes Miststück! Bevor ich nach ihr greifen konnte, war sie fort.

»Fick deine Freundin!«, schrie sie durch die Menge, verschwand hinter einer Gruppe Drogenjunkies und wurde verschluckt. Alles, was ich noch von ihr sehen konnte, war ihr ausgestreckter Mittelfinger.

Ich stöhnte auf. Fotze. Sie konnte mich mal.

UND WENN ES
DIE WÖLFE SIND,
DIE MICH VOR DEM
BIEST RETTEN?

Die Schöne und das Biest

FLORENCE

Ich versuchte den gesamten Tag über so zu tun, als wäre gestern Nacht nicht das Geringste geschehen. Ich versuchte es nicht nur. Niemand durfte jemals erfahren, was mir Montagnacht im *Royal Black* widerfahren war. Niemand durfte erfahren, *wen* ich dort getroffen hatte. Auch wenn ich am liebsten jeden um mich herum gefragt hätte, ob er schon einmal etwas von dem ›Dark Prince‹ gehört hatte, hielt ich meine Klappe.

Leider war mein Verfolgungswahn kein Wahn, sondern bittere Realität. Mehrere Gäste des Bellagio waren nur meinetwegen gekommen. Das ahnte ich anfangs und dann wurde es mir klar, als mich einer von ihnen zwar unaufhörlich beobachtete, aber dabei meine weibliche Figur nicht einmal *registrierte,* so wie andere gaffende Kunden das normalerweise taten. Draußen gingen vermehrt düstere Gestalten entlang und auf dem Hinterhof hatte jemand aus reiner Sinnlosigkeit heraus begonnen, eine alte Wand weiß zu streichen. Er ließ sich dabei Zeit, war immer da, wenn ich Müll hinausbringen musste oder eine Zigarettenpause machte, und nur ich sah die Waffe, die sich unter seiner Malerjacke abzeichnete, weil ich darauf achtete.

Aber den ganzen Tag über kam niemand auf mich zu, wollte Geld oder Drogen von mir oder belangte mich irgendwie sonst. Ich war kurz davor, in Nikes Internat anzurufen, aber ich konnte es mir nicht erlauben, die Internatsleitung anzulügen, indem ich behauptete, Raymond sei schwer erkrankt, denn mit der neuen Anzeige am Hacken stand der gute Ruf der Reids eh schon auf dem Spiel. Außerdem hörte der Dark Prince bestimmt sowieso alles ab, was ich sagte.

Oder war das Show? Hatte er durch Zufall erfahren, dass Raymond nur mein Stiefvater und ich auf einer Privatschule war? Ich wusste nicht, ob er nur so getan hatte, als könnte er sich einfach so in Facebookprofile hacken, und ob es mir half, darüber nachzudenken.

Im Grunde konnte ich fast froh sein, von ihm ›beschützt‹ zu werden. Denn es klang danach, als ob er wissen würde, dass ich mehr oder weniger unschuldig war. Ich hoffte nur, dass Nike es auch war. Irgendwie …

Als ich meine Doppelschicht beendete, fühlte es sich fast vertraut an, verfolgt zu werden. Normalerweise waren meine Schritte die einzigen auf dem Weg vom Bellagio zurück zu unserer Wohnung. Acht Uhr, ein Dienstagabend. Ich ging eine Abkürzung durch eine Unterführung, stieg dann Treppen hinauf zur ersten Ebene und musste gut fünfzehn Minuten geradeaus laufen. Teilweise über Brücken, teilweise durch Hochhausschluchten hindurch. Und obwohl ich niemanden sah, wusste ich, dass jemand *da war*.

Ich zwang mich dazu, nicht permanent nach hinten zu sehen und meinen Schritt nicht zu beschleunigen. Alles, was verdächtig wirkte, nicht selbstbewusst, sondern schwach, bot nicht nur Alecs und Davies' Leuten eine Angriffsfläche. Eine Frau, die so aussah, als würde sie vor jemandem oder etwas fliehen, war ein herrliches Opfer für Männer, die nach einem suchten. Für richtige Loser. Mit Messern und Waffen und generell stärkeren Fäusten – nein. Wenn einem nichts passieren sollte, ging man aufrecht wie eine Frau, die wusste, dass sie unangreifbar war. Sollte ihr etwas geschehen, würde sich eine Bande finden, die sie rächte. Selbst wenn das nicht stimmte. Man musste so tun, als ob. Das waren die Regeln, nach denen man hier lebte.

Als sich etwas um mein Handgelenk schloss, zuckte ich allerdings doch zusammen und konnte auch einen Aufschrei nicht unterdrücken.

»Fuck!« Ich schüttelte die Hand von mir und fuhr herum. »Scheiße, Lucas!«

Er starrte mich überrascht an. »Was hast du?«

»Du hast mich im Dunkeln angegrabscht, was soll das?!«

Er zuckte unbeteiligt die Schultern. »Wollte dich nicht rufen, weißt schon, Grace wohnt hier um die Ecke.«

»Na und?!« Mein Herz hatte wild zu schlagen begonnen und ich schaffte es kaum, mich zu beruhigen. *Sei stark.* »Kein Grund, mich festzuhalten.«

»Seit wann bist du denn so schreckhaft?«, fragte er grinsend und nickte zu einer Unterführung als Zeichen, dass wir dort weiterreden sollten. Eine typische Betonkreuzung, eine dunkle Gasse unter Wohnungen hindurch, die mit Graffiti zugesprayt war, aber ausnahmsweise nicht von Pennern oder Urinierenden bevölkert wurde. »Wir müssen reden.«

»Lucas, ich habe eine Zwölf-Stunden-Schicht hinter mir, ich will nicht reden.« *Mit ihm schon gar nicht.* »Warum gehst du nicht zu Grace und hast deinen Spaß? Wir sehen uns am Wochenende.«

»Ich komme gerade von ihr«, erklärte er achselzuckend, ging voran und hielt an, als er den Schatten der Unterführung erreichte. »Wusste ja, dass du Schluss hast und wollte dich abfangen.«

»Und? Hat sie dir verboten, dass du mit mir sprichst, oder was?«

Er blieb teilnahmslos. Ganz sicher hatte er gerade Sex gehabt und daher war sein Ego besonders aufgeblasen. »Nee, Quatsch. Aber sie lässt sich öfter vögeln, wenn sie glaubt, sie sei die Einzige, du weißt schon.«

Mein Leben wurde von Wichsern bevölkert. »Schön.« Ich wollte an ihm vorbeigehen.

»Wart mal«, er griff ein weiteres Mal nach meiner Hand, »du bist mir eine Erklärung schuldig.«

Ich lachte spöttisch auf. »Ich bin eher Gott eine Erklärung schuldig als dir.«

»Was sind das für Ohrringe?« Er griff an mein Ohrläppchen und ich war gezwungen, stehen zu bleiben, aus Angst, sie würden sich lösen, sollte er daran festhalten und ich einen Schritt zurücktreten. Ich hatte keine Ahnung, was dann geschehen würde, aber nachdem ich nun wusste, wie irre Alec und sein Kumpan Davies waren, traute ich ihnen alles zu.

»Irgendwelche Ohrringe, Luke«, zischte ich genervt. »Kannst du die Finger, die gerade noch in Grace' Pussy steckten, bitte aus meinem Gesicht nehmen?«

Er hörte nicht auf mich. »Die sehen so echt aus.«

»Mhm? Du kannst doch noch nicht mal Kush von Haze unterscheiden.«

»Gras ist Gras, aber das ist kein Plastik, ich seh das.«

»Du bist so ein Idiot!« Ich griff an seine Hand und zog sie herunter. »Wenn ich dich beraten soll, mit welchem Schmuck du Grace rumkriegst, vergiss es.«

Er lächelte plötzlich schalkhaft. »Du bist eifersüchtig.«

O Gott. Auf so etwas hochgradig Bescheuertes konnte auch nur ein Typ kommen. »Ja. Kann ich jetzt nach Hause gehen?«

»Was hast du mit Lee Davies am Hut?« Seine Miene änderte sich schlagartig, eine Mischung aus Härte und Sorge.

»Ich hab Lee Davies ganz sicher nicht am Hut. Wer soll das sein?«

»Der Typ, der dich vorm *Royal Black* angequatscht hat. Der hat dich reingelassen, oder? Warum? Woher kennst du ihn?«

»Woher kennst *du* ihn?«, fragte ich aufhorchend.

Lucas umfasste meinen Oberarm und zog mich näher an

sich heran. »Hast du ihm was dafür gegeben, dass er euch reingelassen hat?«

»Wohin bist du eigentlich verschwunden? Du bist gar nicht erst reingekommen, oder? Hattest du Angst, dass man dich nicht durchlässt?«, fragte ich säuselnd.

»Ich kenne diesen Typen«, erwiderte er scharf. *Aha.* Ich hörte ganz genau zu, wirkte dabei aber gelangweilt. »Ich will jetzt wissen, was du mit ihm zu tun hast, okay? Weich nicht meinen Fragen aus, ich weiß genau, dass du schlauer bist, als du immer tust. Ich kenn dich nach unserem Sex.«

Ich verdrehte die Augen.

»Wenn du in so ner bestimmten Stimmung bist und es nicht zurückhalten kannst, dich über das Viertel und den ganzen Asi-Scheiß auszulassen. Du hast doch so 'ne Schnepfe wie Vic nur zur Freundin, damit jeder denkt, du seist so strohdoof wie sie. Aber das bist du nicht. Also wo steckst du drin? Hast du uns die ganze Zeit belogen? He?«

»Alter …«, sagte ich genervt und versuchte, mich aus seinem Griff zu winden. *Warum packten mich die Typen in den letzten Tagen ständig an?* »Was willst du?!«

»Wissen, warum Lee Davies dich ins *Royal Black* lässt. Arbeitest du für die?«

»Ich weiß nicht mal, wer das ist, okay!«

Sein Griff wurde fester, sein Atem traf meine Haut. »Lüg mich nicht an.«

»Idiot!«, zischte ich. Er tat mir weh. Ich hätte nicht gedacht, dass es einmal Lucas sein würde, der mir wehtat. »Lass mich sofort los oder ich zerschneid dir deine Eier, verdammt!«

Diese Drohung brachte ihn nur noch mehr in Rage. Er zog mich herum, presste mich an die Betonwand und positionierte sein Knie zwischen meinem Schritt, sodass ich keine Chance hatte, mich zu wehren. »Warum weichst du der Frage aus?«, knurrte er wütend. »Was hat der Typ zu dir gesagt? He? Was wollte er von dir? Erinner dich!«

Ich versiegelte meine Lippen. Ein Klares: *So schon gar nicht, Freundchen.*

Aber was auch immer Lucas mit Davies zu tun hatte, es machte ihm anscheinend so viel Angst, dass er seine guten Manieren vergaß und mich hart am Kragen packte. Ich wog tatsächlich ein paar Kilo zu wenig, die Typen schubsten mich rum, als wäre ich eine leblose Puppe.

Mir kam nur eine Sache in den Sinn, die mir in dieser Situation weiterhelfen konnte. »Er ist mein Freund.«

»Was?!«, keuchte Lucas und lockerte augenblicklich seinen Griff. »Wie Freund? Dein … d-dein … ›*Freund*‹?«

»Was hältst du davon, sie loszulassen?«, meldete sich eine ganz andere Stimme zu Wort.

Blut glitt wie Feuer durch meine Adern.

»Und wer bist du?«, fragte Lucas angriffslustig, ließ mich tatsächlich los und baute sich vor mir auf. Ich konnte nicht glauben, wer gerade im Eingang der Unterführung aufgetaucht war. Vermutlich bildete ich ihn mir ein und Lucas reagierte auf jemand anderen. »Was mischt sich so 'ne weiße Fresse wie du in Angelegenheiten ein, die ihn nichts angehen, he?«

»Ich fürchte, diese zwei Fragen kann ich dir nicht ehrlich beantworten.« Alec hielt lächelnd seine Hände in den Taschen. Es sah aus, als würde keine Gefahr von ihm ausgehen, aber ich wusste nur zu gut, dass dieser Anblick täuschte. »Würdest du dich dann bitte verziehen?«

»Du hast sie ja wohl nicht mehr alle!«, rief Lucas und straffte seine Schultern. Er war ein paar Kilo schwerer und etwas breiter als der Prinz, nur würde ihm die körperliche Überlegenheit nichts nutzen. »Was spielst du dich hier so auf, he?«

»Das ganze Leben ist ein Spiel«, antwortete Alec geheimnisvoll, holte sich eine Zigarette hervor und zündete sie an. »Mir hat ein Vogel gezwitschert, dass du Leuten Geld schuldest, denen du nichts schulden willst, *Lucas*, soll ich dir da vielleicht weiterhelfen?«

»Was?!«, knurrte Lucas.

Es war im Grunde der richtige Moment, einfach abzuhauen. Sollte Lucas sich doch mit dem Typen, der sich *Dark Prince* nannte und nicht dafür schämte, herumplagen, es war mir so was von egal. Hauptsache ich kam früh ins Bett, meine Schicht morgen begann um sieben. Aber als ich mich abwenden wollte, schon bereit, mich von der Wand abzustoßen, damit ich besonders schnell entkam, sah ich die zwei Gestalten, die am anderen Ende der Unterführung warteten.

Shit. Natürlich hatte Alec eine Falle für uns vorbereitet. Und Lucas, der mit dem Rücken zu mir und auch zu den zwei Männern stand, hatte es noch nicht begriffen.

»Ich weiß nicht, woher du kommst, Weißfresse, aber normalerweise reißen Leute wie du in diesem Viertel den Mund nicht so weit auf, *verstehst du*?«

Alec rauchte ungerührt weiter. »Tue ich ja auch nicht. Im Gegensatz zu dir bleibe ich freundlich und höflich.«

»Du bist ein ganz schön aufgeblasener Möchtegernweltretter, was?«, fragte Lucas grinsend. Normalerweise war er nicht so mutig. »Geh doch lieber ein bisschen Graffiti abwischen, wenn du was Gutes tun willst –«

»Gibt es hier ein Problem?« Die zwei Typen erreichten uns. Sie hatten Davies' Statur, trugen schwarze Jacken, schwarze Kapuzen und schwarze Schuhe.

Lucas wich sofort zurück. Die feige Sau stellte sich nicht einmal vor mich, sondern zu mir an die Wand, sodass ich mich näher an den Typen befand als er.

Idiot.

»Hat der Kerl euch gerade beleidigt?«, fragten sie uns. Etwas Aggressives schwang in ihrer Ausstrahlung mit.

Lucas schwieg, Alec grinste und rauchte, ich wollte nur so schnell wie möglich weg.

»Ich hasse es, wenn kleine Bonzenkinder sich aufspielen«,

knurrte der eine von ihnen und sein gewaltbereiter Blick glitt zu Alec.

»Und der gehört zu der Sorte, von denen man sich in Brixton längst entledigt hat«, erkannte der andere.

Lucas begriff, dass die zwei auf seiner Seite waren, wirkte ungemein erleichtert und stieg mit ein. »Ne ganz schöne Wichsfresse, oder? Glaubte, mir irgendetwas erzählen zu können.«

Ich verkniff mir einen hämischen Kommentar. Es sah danach aus, als planten die drei, sich gegen Alec zu verbünden. Alec hingegen blieb ungerührt und schaute rauchend zu.

»Und jetzt steht er immer noch da und wartet darauf, dass wir ihm klar machen, wo sein Platz ist.«

»Nicht hier.«

»Jo, hier auf keinen Fall.« Die zwei gingen weiter auf ihn zu. Es bahnte sich eine typische Bandenprügelei an, in die sich kein vernünftiger Kerl verwickeln ließ – denn sie waren grundsätzlich sinnlos, zumeist tödlich und führten daher zu nichts. Doch Alec blieb stehen, als wollte er die beiden dunklen Gestalten herausfordern, und rauchte stumm. Er wirkte ausgeschlafen, weniger zermürbt.

Seine Augen waren auf die zwei Männer gerichtet, dann aber fing er meinen Blick ein. Das feine Lächeln zog sich wie gestern Abend über seine Lippen und er nickte mir unmerklich zu.

Etwas loderte in meinem Magen auf und ich verkniff mir eine weitere Bemerkung. *Er war mir also gefolgt? Und jetzt mischte er sich in mein Leben ein? Warum?*

»Er scheint uns nicht zu verstehen, Piet.«

»Jo, ist ein bisschen begriffsstutzig, was.«

»Oder er weiß nicht, was wir mit ihm tun werden, wenn er sich nicht langsam verpisst.«

Die Typen glitten wie Schatten auf Alec zu, der sich in einer Rauchwolke verhüllte und locker abaschte. Lucas, der normalerweise längst geflohen wäre, blieb wie ein Voyeur neben mir stehen. Und ich tat es ihm gleich.

Ich wollte wissen, ob Alec einen Plan verfolgte oder schlicht lebensmüde war, und ich erhielt die Antwort nur zwei Atemzüge später.

Piet, der mir und Lucas am nächsten stand, streckte seine Arme aus und ging auf Alec zu, um ihn zu schubsen. Was dann aber stattdessen geschah, ging für meine Augen fast zu schnell.

Alec riss ihn am Kragen zu sich heran, die Zigarette glühend in seiner Hand, und gab ihm eine Kopfnuss. Ein dumpfer Schlag, Piet stöhnte und ging zu Boden. *Einfach so.*

Mein Herzschlag begann zu rasen, so viel Härte hatte ich von Alec nicht erwartet. Lucas neben mir war erstarrt.

Piets Kumpel stürzte sich mit einem Wutschrei von hinten auf Alec, umschlang ihn mit seinen Armen. Und es schien, als könnte der Prinz sich nicht befreien. Er griff an den Arm des Möchtegerngangsters, versuchte zu entkommen und schaffte es gerade mal, ihn näher an die Hauswand zu ziehen.

»Du miese Ratte«, zischte der Typ in Alecs Ohr und riss ihn stärker zurück, versuchte, ihn zu würgen.

Ich wollte eingreifen, wollte etwas dagegen tun, dass Alec verletzt wurde, und dieser Impuls ärgerte mich besonders. Wenn ihm etwas geschah, konnte ich davon nur profitieren, schließlich gäbe es dann niemanden mehr, der sich dafür interessierte, was mit Nikes Schulden geschah. Fünfzehntausend Pfund gehörten mir. Ich würde nicht mehr verfolgt werden, ich wäre frei.

Alec hatte seinen Gegner so weit an die Wand gezogen, dass er sie mit den Füßen erreichen konnte. Was ausweglos aussah, wurde im nächsten Moment zu einem genialen Trick. Wie in einem Stuntfilm lief Alec die Wand nach oben, befreite sich so aus dem Griff des Typen, überschlug ihn mit einem wendigen Salto, war plötzlich hinter ihm und trat ihm in den

Rücken, sodass sein Gegner überrumpelt gegen die Betonwand fiel und hart mit dem Kopf aufschlug.

Alec steckte sich die Zigarette zurück in den Mund. Er war nicht einmal außer Atem. »Nenn mich noch einmal Ratte, Ratte.«

Meine Kinnlade war nach unten geklappt. Ich wollte nicht beeindruckt sein und war es doch.

Im nächsten Moment blitzte etwas auf und ich konnte nichts dagegen tun, dass ich laut schrie. Aber es war zu spät, shit!

Piet hatte ein Messer gezogen, vom Boden aus Richtung Alecs Fuß gestoßen und ihn an der Ferse getroffen. Der Dark Prince zuckte zusammen, hielt sich aufrecht und trat seinem Widersacher mit dem anderen Fuß ins Gesicht und dabei das Messer aus dessen Hand.

Alec fluchte. Piet blieb reglos am Boden liegen.

Als sich sein Kumpan regte und an der Wand herumdrehte, brüllte Alec ihn an. »Verschwinde!«

Das ließ der sich nicht zweimal sagen. Er sprang auf. Erst jetzt bemerkte ich, dass Lucas nicht mehr neben mir war.

Während der eine von den zwei Typen, der noch aufrecht gehen konnte, sich so schnell wie möglich aufrappelte und aus dem Tunnel verschwand, hatte Lucas sich auf das Messer gestürzt. Er hielt es schon in der Hand, bereit, auf Alec zuzustürzen, als er mitten in der Bewegung stoppte.

Angst spiegelte sich in seinem dunklen Gesicht, seine Augen geweitet.

»Es ist ganz einfach. Lass es fallen, lauf, so schnell du kannst, und hoffe darauf, dass ich dein Gesicht vergesse und wir uns nie wieder begegnen.«

Alec hatte seine Waffe gezogen und hielt sie auf Lucas' Kopf gerichtet.

»Hör auf ihn, Lucas«, ermahnte ich ihn, da er wie paralysiert schien.

Erst durch meinen Zuspruch reagierte er. Er ließ das

Messer fallen, warf noch einmal einen Blick auf den Typen am Boden, dann drehte er sich um und floh. Ohne mich anzusehen, er ließ mich einfach zurück.

Stille. Merkwürdigerweise verspürte ich keine Angst. Der *Dark Prince* hatte mich beschützt, richtig?

Alec steckte seine Pistole zurück, sein Lächeln schmerzverzerrt. Er sank plötzlich zu Boden und griff sich ans Bein. Sein Fuß blutete, seine Sneakers blutgetränkt.

»Fuck.« Das kam von mir. Einen verletzten Prinzen konnte ich so gar nicht gebrauchen! Ich sah mich nach Lucas um, der gerade in der Ferne den Punkt passiert hatte, an dem ich jetzt eigentlich sein sollte, und bewegte mich doch nicht. »Du hättest dich nicht einmischen sollen!« Jetzt war er meinetwegen verletzt? So eine Scheiße!

Alec lachte auf. »Nein, hätte ich nicht.«

»Wieso hast du nicht gleich deine Waffe gezogen, hm?« Ich verschränkte die Arme vor der Brust, damit ich nicht auf die Idee kam, zu ihm auf den Boden zu stürzen und seine Wunde zu begutachten. *Er war der Feind.* Heldenhaftes Retten hin oder her.

»Es gibt Regeln. Ein Kampf ohne Waffen bleibt einer.«

»Das ist so ein Quatsch!«, fluchte ich.

Alec lächelte zu mir hoch. Er musste wirklich Schmerzen haben. Seine Stirn lag in Falten, sein Atem ging zischend. Er konnte nicht von allein aufstehen.

»Niemand hält sich in diesem Viertel an irgendeinen Ehrenkodex. Warum du?«

»Wenn wir alle immer sofort aufeinander schießen, haben wir nichts davon«, erklärte er milde, zog allerdings kurz darauf scharf die Luft ein.

»Warum bist du mir überhaupt gefolgt?« Ich ging nicht auf ihn ein, denn seine Erklärung gefiel mir zu sehr, und ich wollte es vermeiden, dass er Sympathiepunkte bei mir sammelte. »Hat jemand wie du nicht Besseres zu tun?«

»Nein, wie kommst du darauf?« Alec hatte das eine Bein

angewinkelt, das verletzte streckte er aus und hielt es mit beiden Händen fest.

Ich hob spöttisch eine Braue.

»Ja, in Ordnung«, lenkte er keuchend ein und schloss für einen Moment die Augen. »Ich bin dir aus reiner Neugier gefolgt. Die Dächer helfen mir, den Kopf freizukriegen, und es hat Spaß gemacht, dich zu beobachten, weil nur ich erkenne, wie unwohl du dich fühlst, obwohl meine Leute dir alle Sicherheit geben, die du nur haben könntest.«

»Und wo sind deine Leute jetzt?«, fragte ich anklagend.

»Ich habe sie weggeschickt, weil ich so dumm war, mich bei dir und deinem Loserlover einmischen zu wollen.« Sein Blick durchbohrte mich. »Kannst du mir vielleicht aufhelfen oder wie stellst du dir das vor?«

»Ich –« Ach, verflucht. Was brachte es mir, mich dagegen zu wehren, wie sonst auch menschlich zu sein? Ich löste die Verschränkung meiner Arme, ging um den k. o. geschlagenen Piet herum und hockte mich vor Alecs Fuß. Man konnte keine Wunde sehen, denn das Blut war verschmiert und überall. »Warum bist du alleine hier?«, fragte ich beunruhigt. Der Dark Prince brauchte ein Krankenhaus, vielleicht war eine Sehne durchtrennt. Wie sollte ich ihm dabei helfen?

»Wollte dich ganz für mich«, presste Alec schmerzerfüllt hervor.

Seine Worte setzten sich in meinen Magen. *Wieso sagte er so etwas?* »Ich wäre auch alleine mit Lucas fertiggeworden«, erklärte ich Alecs Fuß. Ich fürchtete mich davor, aufzusehen. In diese Augen zu sehen, die mich nicht mehr losließen und zu einem Mann gehörten, von dem ich mich fernhalten musste. »Ich weiß, wie ich mit jemandem wie Lucas fertig werde.«

»Scheiße.«

»Was?« Jetzt sah ich doch auf.

Er grinste, wenn auch nur halb aufrichtig. Die restlichen seiner Gesichtsmuskeln waren damit beschäftigt, seinen

Schmerz widerzuspiegeln. »Jedes Mädchen Londons wäre schlichtweg froh, wenn jemand wie ich sie rettet, und du machst mir noch Vorwürfe? Du hast mir übrigens noch immer nicht aufgeholfen.«

»Ich sollte dich liegen lassen«, wisperte ich. »Das weißt du.«

Der Prinz verdrehte die Augen. »Nimm mir vorher die Waffe ab, sonst schieße ich aus lauter Frust noch auf dich. Warum tust du nie das, was ich dir sage?«

Ich zuckte die Achseln. »Ist nicht mein Stil.«

Er grinste breiter. »Bring mich zu dir nach Hause.«

»Nein!«, keuchte ich. »Warum sollte ich?«

»Bitte«, sagte er ungewohnt weich und setzte einen treuseligen Blick auf. »Ich brauche sauberes Wasser, einen Verband und all das unnötige Zeug, das ihr hoffentlich in einem Erste-Hilfe-Kasten vorrätig habt. Ich kann unmöglich so in ein Krankenhaus, die Polizei stellt Fragen, man kennt mich dort und so weiter ...«

»Du hättest dich raushalten sollen, dann wärst du jetzt nicht verletzt.«

»Du hättest deinem Ex nicht in die Unterführung folgen sollen, dann hätte ich dich nicht retten müssen.«

»Er ist nicht mein Ex! Du hättest mich niemals ins *Royal Black* einladen sollen, auf diese blödsinnige Art mit der Spielkarte! Das war alles viel zu verdächtig. Jetzt denken meine Freunde sonst was über mich!«

»Du hättest niemals mit einem halben Kilo Koks vor Evans Tür auftauchen sollen«, hielt er dagegen. Seine Mundwinkel zuckten.

Ich blieb stur. »Du hättest es mir nicht abnehmen sollen.«

»Jetzt hilf mir verdammt noch mal auf!«, zischte er.

Ich presste die Zähne wütend aufeinander, überwand mich und griff an seine Unterarme. Er brauchte nicht viel Hilfe, denn er konnte sich mit seinem gesunden Fuß abstützen und kam zügig in den Stand. Dann versuchte er, seinen Fuß zu belasten, und knickte um. Er fiel gegen mich und ich stützte ihn automatisch.

»Danke.«

Der Prinz legte einen Arm um mich und grinste mich von der Seite her an. Am liebsten hätte ich ihm eine geknallt, so anzüglich wirkte er. Ich unterdrückte allerdings jede Wut und fügte mich meinem Schicksal. Ich traute es ihm zu, dass er sich an mir rächen würde, sollte ich ihn liegen lassen. Und wenn er nur in meine Richtung schoss, um irgendeine Katze zu treffen. Darauf konnte ich verzichten und vielleicht hatte es auch Vorteile, wenn jemand wie er in meiner Schuld stand.

»Na, geh schon.«

»Hör auf, mir Befehle zu erteilen!«, murmelte ich wütend. »Es ist schwer genug, dich zu halten.« Sein halbes Gewicht lag auf meiner Schulter und er war verdammt nah. Er roch nicht nach Schweiß, nicht nach Schlaflosigkeit. Sondern gepflegt und wie ein Schönling eben roch, nach diesem einen, teuren Parfum. Wir machten gemeinsam einen Schritt. Er zog seinen verletzten Fuß hinter sich her. Noch einen. »Lassen wir ihn einfach liegen?«, fragte ich mit Blick auf Piet. Alec hatte seine Nase blutig getreten, der Typ atmete ruhig, die Augen geschlossen. Vermutlich war er ohnmächtig.

»Weiß vor Schwarz. Du kannst ihn ja gleich nach mir holen und aufpäppeln.«

So ein Arsch! Ich versuchte, mich aus seiner Umarmung zu winden, doch Alec hielt mich fest. »Ich will dir nicht helfen!«, zischte ich wütend.

»Baby, ich habe einen *Witz* gemacht, okay?«

»Einen rassistischen Witz.«

»Ja, um zu zeigen, dass für mich der Unterschied zwischen Hautfarben nur ein Witz ist. Bedeutungslos. Verstehst du das nicht?«

Ich dachte über seine Worte nach, während er sich weiterschleppte und mich so mit sich zog. »Sein Kumpel wird schon noch zurückkommen und nach ihm sehen, sobald wir weg sind.« Drei weitere Schritte und wir verließen die Unterführung. Alec blickte sich um, niemand war zu sehen. »Oder auch nicht.«

Ich schwieg. Bis zu meiner Wohnung waren es fünf Minuten, in diesem Tempo fünfzehn. Alec tat mir leid, er musste wahnsinnige Schmerzen haben. Auch wenn er vorgab, es wäre alles cool.

Ich dachte an seinen Salto zurück und die Leichtigkeit, mit der er Piet bewusstlos gekriegt hatte. »Bist du Kampfsportler?«, fragte ich nach einer Weile.

Wir zogen eine feine Blutspur hinter uns her.

»Ich glaube, ich bin vieles, aber kein Kampfsportler. Ich weiß mich zu verteidigen. Mehr nicht.«

»Aber du bist so agil … Das musst du doch trainiert haben.«

»Ja. Ich benutze für gewöhnlich keine Gehwege, um mich durch die Stadt zu bewegen. Für mich ist es eine kreative Fortbewegungsmethode, kein Sport. Warum so interessiert?«

Ich ließ mir Zeit mit der Antwort. Auch, weil es langsam anstrengend wurde, ihn zu stützen. Mir kam es so vor, als genieße er die Nähe. Und als ich mit meiner Hand an seinem Handgelenk abrutschte, griff er nach, sodass unsere Hände sich an meiner Schulter verschränkten. Ich versuchte es als praktische Maßnahme abzutun, aber dafür fühlte es sich zu gut an. *Mist.* Er hatte doch eine Freundin, oder? Warum tat er dann so, als wären wir zwei Teenies, die sich über Berührungen näherkamen? »Wo hast du es gelernt?«, versuchte ich mich weiter abzulenken. Die Haut seiner Hand in meiner fühlte sich zu gut an … Sein Körper zu sexy. Ich mochte es, dass er plötzlich schwach war, auf mich angewiesen. Er versuchte, es mit seiner Ironie wettzumachen, aber wir wussten beide, dass ich ihn bei nur einem falschen Wort sofort liegen lassen und mich aus dem Staub machen würde. Das gab mir ein neues Machtgefühl, das sich zu dem Prickeln unter meine Haut setzte.

Alecs Atem ging stoßweise. Es musste für ihn noch anstrengender sein als für mich, sich so voranzuschleppen. »Ich habe es in Paris gelernt.«

Ich stutzte. »Ist das eine ehrliche Antwort?«

»Wenn du es lernen willst, geh nach Paris. Ehrliche Antwort.« Er sah stur geradeaus. »Wie weit ist es noch?«

»Kannst du Französisch?«

»Ich kann auf Französisch fluchen, Baby, ja.« Er blieb stehen. Meine Haustür war bereits in Sicht. »Du wohnst bei deinen Eltern.« In seiner Stimme schwang Missbilligung mit.

»Na und?« Das tat so ungefähr jeder Unter-Fünfundzwanzigjährige in diesem Viertel. Wer konnte sich schon eine eigene Wohnung leisten?

»Sie dürfen mich nicht sehen.«

»Das hättest du dir vorher überlegen sollen«, sagte ich genervt. »Bei deinem Aussehen werden sie nicht viele Fragen stellen, glaub mir.«

Alec lächelte zynisch. Ich sah es in meinen Augenwinkeln, denn ich vermied es weiterhin, ihn direkt anzusehen, gerade weil er *so nah* war. »Bei meinem *Aussehen*? Was stimmt damit nicht? Ich seh genauso abgefuckt aus wie ihr anderen.«

»Tust du nicht!«, zischte ich und zog ihn weiter. Er hatte mich gerade indirekt beleidigt. Wie konnte jemand so aufgeblasen sein? »Soll ich dir nun helfen, oder nicht? Mir wäre es auch lieber, du würdest Davies anrufen und herbestellen. Er scheint mir jemand zu sein, der sich mit Schnittverletzungen auskennt.«

Alec lachte auf. »Stimmt, aber er ist nicht hier.« Er folgte meinem Ziehen und wir näherten uns allmählich meiner Haustür. »Deine Eltern werden sich nicht wundern, wenn jemand mit einem blutenden Fuß von dir in ihre Wohnung gezerrt wird? Wirklich?«

»Wundern vielleicht, aber sie denken nicht gerne über Dinge nach, die nicht in ihre Realität passen.« Wir erreichten meine Haustür und ich ließ Alec neben einer Eisenstange stehen, die den Gang der oberen Etage stützte, sodass er sich daran festhalten konnte. Ich kramte meinen Schlüssel hervor und ging auf die Haustür zu. Der dichte Vorhang, der normalerweise vor dem vergitterten Fenster in der Haustür hing, war beiseite gerutscht und so konnte ich hineinsehen. Raymond saß vor dem Fernseher, meine Mutter stand in der Küche und spülte Geschirr. Plötzlich war mir die Vorstellung, Alec in mein Zuhause zu lassen, furchtbar unangenehm. Das Wohnzimmer war ranzig und klein. Auch wenn ich mit Nike gemeinsam dafür sorgte, dass es einigermaßen ordentlich war, sah man an den veralteten Möbeln, dem dreckigen Teppich und den schief hängenden Bildern, dass niemand von uns wirklich Zeit hatte, sich um den Zustand der Einrichtung zu kümmern. Die Küche war mit Nahrungsmitteln, dem Toaster, einer alten Kaffeemaschine, den Zeitungscoupons und halbleeren Einkaufstüten zugestellt, sodass kaum Platz zum Kochen blieb. Auf dem Esstisch herrschte ein einziges Chaos aus geöffneten Briefen, alten Zeitungen, Raymonds Pizzaschachtel von heute Mittag, zwei alten Computern, die er längst repariert haben wollte, und unsauberem Geschirr. Eine alte Blumenvase mit Plastikblumen darin verschlimmerte den Anblick und ich wusste, dass mein eigenes Zimmer nicht viel hübscher war.

Heruntergekommen, schäbig. Nichts im Vergleich zu dem edlen Schlafzimmer im *Royal Black*, dem hohen Himmelbett mit den samtenen Vorhängen, den teuren Sesseln, den vergoldeten Kronleuchtern und der ordentlich angebrachten Tapete.

Nein. Ich wollte ihn nicht zu mir hereinlassen.

»Hast du deinen Schlüssel vergessen?« Alecs Stimme klang belustigt. Er hielt sich mit einem Arm an der Stange fest, das verletzte Bein unbelastet.

»Ich hole den Erste-Hilfe-Koffer einfach heraus«, schlug ich kleinlaut vor. *Schämte ich mich? Vor ihm?*

»Warum?«

»Dann sehen sie dich nicht. Hast du doch selbst vorgeschlagen.«

Mit hochgezogener Augenbraue beäugte er mich skeptisch. »Ich brauche sauberes Wasser. Lenk sie ab, dir wird schon was einfallen.«

Ich schüttelte den Kopf, ohne ihn anzusehen.

»Du schämst dich?«, fragte er plötzlich einfühlsam.

Ich presste die Lippen aufeinander.

»Wieso schämt sich eine wie du vor mir?« Es schien, als würde ihn diese Tatsache wirklich verwundern. »Denkst du, ich weiß nicht, wie es ist, in einem Council Estate zu leben? Vom Staat sozial unterstützt, dennoch jeder Hoffnung beraubt? Ich bin hier, um das zu verändern.«

»Du dealst mit Drogen und besitzt den umsatzstärksten Club ganz Südlondons«, erinnerte ich ihn. »Du veränderst gar nichts.«

»Ich *deale* nicht mit Drogen. Ich *behalte* diese Umsätze nicht.« Er stieß ein weiteres Mal zischend Luft durch seine Zähne. Vor Schmerz. »Ich *verändere* alles.« Was wollte er damit andeuten? »Gott, Baby!«, knurrte er. »Gib ihnen das hier.«

»Was?«

Er holte eine Rolle Scheine aus seiner Brusttasche hervor.

»Schieb es ihnen zu, bezahl sie, was weiß ich.« Er wurde ungeduldig, und wenn er ungeduldig und arrogant wurde, konnte ich ihn wieder hassen.

Ich riss ihm die Scheine aus der Hand. Ohne sie durchzugehen, wusste ich, dass er mir mehrere hundert Pfund gegeben hatte. *Peanuts. Für jemanden wie ihn.* »Ich hasse dich«, murmelte ich leise, sehr leise. Vielleicht hasste ich noch viel mehr das Geld, mit dem ich mich bestechen ließ. Aber natürlich dachte ich nicht weiter darüber nach, mich ihm zu verweigern, sondern öffnete die Tür und huschte durch den Spalt. Raymond sah nicht einmal auf.

»Mum«, ich ging um die Küchentheke herum. »Ein

Freund von der Schule ist in einen Glassplitter getreten, wäre es für dich in Ordnung, wenn er …?«

»Ein Freund von der Schule?«, fragte sie abwesend. »Warum geht er nicht zu sich nach Hause?«

»Es ist ein wenig weit, er gibt hier seit seinem Abschluss Nachhilfe. Ehrenamtlich, du weißt schon.«

»Aha.« Sie hörte gar nicht zu. Also steckte ich ihr einfach einen Hundertpfundschein zwischen ihre Zeitschriften und murmelte: »Vom Bellagio, ein Bonus«, bevor ich mich abwandte, zurück zur Tür ging und Alec hereinwinkte.

Er wirkte zufrieden, als er sich von der Eisenstange abstieß und auf unsere Haustür zuhumpelte, was er nur deshalb schaffte, weil er sich an der Hauswand abstützte.

»Du warst auf meiner Schule und gibst hier in der Gegend Nachhilfe«, raunte ich ihm zu.

Er nickte. »Du bist ja doch gut darin, Geschichten zu erfinden«, flüsterte er zurück und kam dafür meinem Ohr noch näher als zuvor.

Gänsehaut breitete sich auf meinen Armen aus. Wenn er erst einmal in mein Zimmer kam, wie schnell würde er wieder gehen …? Wollte ich … dass er ging?

Ich versuchte, all diese Gefühle beiseitezuschieben, und half ihm durch die Tür. Raymond sah auch jetzt nicht auf. Meine Mutter hingegen warf uns kurze Blicke zu, bevor sie sich zwang, wegzusehen.

Auch ihr dürfte auf den ersten Blick auffallen, dass Alec nicht hierhergehörte. Vielleicht schämte sie sich tief in ihrem Inneren ähnlich wie ich für den Zustand der Wohnung, auch wenn sie niemals darüber sprechen könnte. Sie hatte verlernt, ehrlich zu sich selbst zu sein.

Die Blutspur von Alecs Schuh war mittlerweile versiegt, sodass ich wenigstens nicht den Boden hinter ihm wischen musste. Ich half ihm so unauffällig wie möglich in mein Zimmer und auf mein Bett.

Stöhnend ließ er sich nieder und mir blieb keine andere

Wahl, als ihn alleine zu lassen, um nach einem Verbandskasten zu suchen.

Das Wissen, ausgerechnet ihn in meinem Zimmer zu haben, machte mich nervös und beim Durchsuchen der vollgestellten Fächer im Spiegelschrank warf ich zig Dosen und Fläschchen um, bevor ich den Erste-Hilfe-Koffer fand. Scheiße auch. Hatte er mich nicht gestern Abend noch auf sein Bett fesseln lassen? Mich grob aus seinem ›Saal‹ geworfen, nur um im Anschluss mit mir zu tanzen? Wieso hatte er mich zum Tanzen aufgefordert? Warum hatte er sich zu mir nach unten gebeugt? Er wollte mich doch küssen, oder? Ein Spiel? Ein Spiel, das ich nicht durchschaute und dessen ich ganz sicher kein Teil sein wollte?

Zu viele Fragen, zu wenige Antworten, und jetzt saß dieser Freak in meinem Zimmer, als hätte er es darauf angelegt. Ich griff zornig nach dem Koffer und hinterließ ein Chaos im Bad, das mich nicht störte.

Wieso war er hier? Was wollte er von mir?

Als ich zurück in mein Zimmer kam, lag er halb auf meinem Bett, den Kopf an die Wand gestützt, die Augen geschlossen, die Hände auf der Brust gefaltet. Seine Beine hingen über der Bettkante, das gesunde Bein wippte.

»Du hast Geschwister?«

Ich zuckte zusammen. Zum Glück konnte er meine Reaktion nicht sehen. Ich legte den Koffer auf dem Bett ab und öffnete ihn. »Einen Bruder.«

»Nike.«

»Ja.«

»Das ist der Name einer griechischen Göttin.«

Ich antwortete nicht und setzte mich neben ihn.

»Aber das weiß in dieser Gegend natürlich niemand.« Er öffnete die Augen wieder. Jetzt im Licht sah ich abermals, wie dunkel sie waren. »Du erwartest wirklich von mir, dass ich das selbst mache, oder?«

»Was meinst du?« Dann schaltete ich und schnaubte

spöttisch. »Erwartest *du* wirklich, dass ich mich jetzt wie eine Krankenschwester vor dich hocke? Verarztet dich normalerweise deine Freundin, ja? Wischt dir den aufgeblasenen Hintern ab? Wie fühlt sich das eigentlich an, wenn man so große Arschbacken hat, sitzt sich doch bestimmt unbequem, oder?«

Er seufzte leise und richtete sich schwungvoll auf. »Ich mach's selbst, danke.« Beinahe blind griff er in den aufgeklappten Erste-Hilfe-Koffer, holte ein Desinfektionstuch heraus und öffnete die Packung mit einem reißenden Geräusch. Er zog seinen Sneaker aus, warf ihn achtlos auf den Boden und schob seine blutdurchtränkte Socke so weit hinunter, dass er die Wunde erreichen konnte. Der Schnitt ging nicht besonders tief, es blutete nicht einmal mehr. Warum hatte er dann solche Schmerzen beim Laufen?

Ich saß unbeteiligt daneben, während ich ihm dabei zusah, wie er die Wunde reinigte und schließlich mit einem Verband umwickelte. Erst als er fertig war, griff ich hilfsbereit nach einem Klebeband und heftete es auf den Verband, damit dieser nicht zerfiel, während er das Ende festhielt.

»Danke«, sagte er ruhig.

Wir schwiegen. Vielleicht sah er mich an, ich schaute konsequent zu Boden.

Mein Zimmer war klein und bestand nicht aus viel mehr als meinem schmalen Bett, dem Schreibtisch mit einem Regalaufsatz, einem kleinen Nachttisch und meiner Kommode für meine Kleidung. Ich hatte Vorhänge, aber ich zog sie nur selten zu.

»Hier wohnst du?«, fragte er unnötigerweise. Seine Stimme war weich.

»Dumme Frage, oder.«

»Warum siehst du mich nicht an?«

Ich verdrehte die Augen und hob meinen Kopf.

Er lächelte und ich hasste ihn dafür. Für seine weißen, perfekten, geraden Zähne. Für sein dunkles, wildes, perfektes

Haar. Für seine ebenen Züge, seine glatte, makellose Haut, sein ewig spöttisches Lächeln.

»Du hast heute eine Doppelschicht im Bellagio gemacht. Warum?«

»Nicht jeder hat einen Safe voll Gold.«

»Aber eine Doppelschicht? Wofür gibst du dein Geld aus? Du könntest studieren. Dir einen besseren Job suchen. Warum tust du es nicht?«

»Was willst du jetzt von mir?«

Seine Augen glänzten interessiert. »Ich will dich verstehen.«

»Und was an mir verstehst du nicht? Es gibt keine besseren Jobs. Ein Studium ist teuer. Meine Eltern können das Schulgeld für meinen Bruder nicht bezahlen. Ich bin nicht egoistisch und lasse ihn im Stich.«

»Du bezahlst sein Schulgeld?«

Ich zögerte. »Ja.«

»Er bedeutet dir viel.«

»Bedeutet dir irgendjemand etwas?«

Er ging nicht darauf ein. »Wer hat dir das Klavierspielen beigebracht?«

»Warum willst du das alles wissen?«

Alec schwieg und wartete.

Es war ein innerer Impuls, ihm diese Frage zu beantworten. Selten, dass jemand offen Interesse an Dingen zeigte, die mir wichtig waren. »Ich habe in der Schule geübt und es mir selbst beigebracht. In der Aula stand ein Flügel und nach der Schule …«

»Wolltest du Pianistin werden?«

Ich kniff die Augen zusammen. »Wolltest du Gangster werden?«

Er lachte und schüttelte leicht den Kopf. »Und du? Deine Weste ist auch nicht so rein, wie man hört. Warum hast du damals in der Apotheke geklaut?«

Fuck, er wusste echt alles über mich. »Nike hatte ein Attest. Es hätte mich nur ein paar Pfund Aufpreis gekostet, aber die wollte ich sparen. Ich war jung und blöd genug, dabei erwischt zu werden. Ich bereue es, denn jetzt denkt man über mich, ich wäre eine Diebin. Ende der Geschichte.«

»Ich lasse das aus deiner Akte entfernen«, erklärte er sachlich. »Dann kommt die Polizei auch nicht mehr auf die Idee, dein Zimmer durchsuchen zu wollen.«

»Ich will nicht, dass du mir hilfst!«

»Zu spät«, grinste er. »Um den Vater deines Klavierschülers hat sich heute Davies gekümmert.«

»Was meinst du damit?«, fragte ich fassungslos. »Was hat er ...«

Er unterbrach mich. »Was wirst du tun, wenn dein Bruder die Schule abgeschlossen hat? Wirst du ewig seine Mutter spielen? Was ist mit deinem Leben? Wann ziehst du los und holst es dir zurück?«

»Hör auf, so zu reden!«

»Lass mich dir helfen.«

»Ich will dein Schwarzgeld nicht!«

Er grinste breiter. »Dann lasse ich es vorher versteuern, wenn dir das so wichtig ist.«

Ich biss mir auf die Lippe. Warum redete er so mit mir? Warum versuchte er, ›nett‹ zu sein?

»Du willst doch viel mehr als das hier«, erkannte er ruhig und ließ seinen Blick durch mein Zimmer gleiten. »Du willst mehr.«

»Ich weiß nicht, ob du Familie hast, aber ich werde meine nicht im Stich lassen.«

Seine Augen wanderten zurück in meine und die Wärme darin setzte mir zu. »Ja, in diesem Punkt unterscheiden wir uns wohl.«

»Du hast keine ...?«, hakte ich nach.

»Keine, die eine Tochter und Schwester wie dich verdienen.«

Wieder fiel mir keine Antwort darauf ein. Etwas in mir

verlangte danach, ihm näherzukommen. Zu wissen, wie es wäre, ihn zu berühren. Aber ich traute mich nicht. Wie damals vor fünf Jahren im Club. Wie damals empfand ich so etwas wie Scheu.

»Wer hat dir die Drogen gegeben?«, fragte er dunkel. Als hätte er geahnt, dass ich wegsehen wollte, hob er seine Hand und legte einen Finger an meine Wange, damit ich ihn weiter ansah. »Florence. Mir geht es nicht um dich. Auch nicht um diejenigen, die das Zeug verkaufen. Es geht mir um die Schmuggler, um die Panscher, um diejenigen, die das Kokain strecken, damit sie mehr Profit rausschlagen können.«

»Warum?«

Er streichelte ganz leicht über meine Haut. »Es ist meine Aufgabe, dafür zu sorgen, dass niemand an dem Leid armer Leute verdient. Ich bin der König. Und die Leute, die hier und in den anderen Bezirken leben, sind mein Volk.«

»Und natürlich ist der König weiß.« Das war das Erste, das mir dazu einfiel.

»Es tut mir auch leid, dass ihr einen Unterschied zwischen den Hautfarben macht«, erwiderte er achselzuckend. »Für mich ist jemand, der verarscht wird, jemand, der verarscht wird, egal ob derjenige aus Indien, Somalia, England …«

»Jaja, schon gut!« Ich hielt seine Ich-bin-so-geil-du-willst-es-nur-nicht-wahrhaben-Art nicht aus. »Du vertickst die Drogen selbst, darum geht es dir. Tu nicht so, als würdest du glauben, ich sei zu doof, um das zu verstehen. Du willst keine zweite Bande neben deinem Was-auch-immer-Hofstaat haben, du willst die alleinige Macht. Jede Droge soll über dich fließen, damit nur du daran verdienst. Mir ist das klar, okay? Aber ich kann dir nicht helfen, ich weiß nichts, das dir helfen könnte.«

»Irgendwoher musst du das Zeug doch haben?«, sagte er eindringlich.

»Und diese Leute werden irgendwann zu mir kommen und die fünfzehntausend Pfund verlangen. Und dann wirst du sie dir greifen und es ist mir herzlich egal, was mit ihnen geschieht. Aber bitte hör auf, so zu tun, als würdest du ein höheres Ziel verfolgen, das ist lächerlich.«

»Es ist wahr.« Er sah überhaupt nicht danach aus, als würde er Witze machen.

»Dann ist es eben eine lächerliche Wahrheit. Hast du Erfolg damit? Sind die Leute jetzt glücklicher, weil die Drogen, die du ihnen gibst, nicht gepanscht sind?«

»Du liest wohl keine Nachrichten? Ist dir nicht aufgefallen, dass die Kriminalitätsrate zurückgegangen ist? Ist dir nicht aufgefallen, dass die Schulen sicherer geworden sind, es weniger Messerstechereien und weniger Junkies gibt, die sich mit einem falschen Schuss in den Tod schicken?«

»Meine Mum hat die Sun abonniert. Der gleiche Scheiß wie immer.«

»Gute Schlagzeilen verkaufen sich nicht«, ergänzte er milde lächelnd. »Ich weiß, dass du jemanden schützen willst«, sagte er sanft. »Und ich verspreche dir, ich werde ihm allen Schutz geben. Aber das können wir nur, wenn wir wissen, vor wem wir ihn beschützen müssen.«

»Warum sollte ich dir trauen?«, fragte ich schwach.

»Weil du es schon von Anfang an tust.« Er beugte sich vor.

Scheiße.

Kam näher. Das war der Moment, in dem ich ihm wie gestern einen Tritt geben sollte, um ihm zu verdeutlichen, dass ich nichts von ihm wollte. Aber wollte ich es nicht viel zu sehr?

Er hielt mit seinen Lippen kurz vor meinen inne. Die Lider halb geschlossen. Er hatte lange Wimpern, die das Schwarze seiner Augen noch verstärkten. »Erinnerst du dich an unseren ersten Kuss? Hast du dich nie gefragt, warum ich das *Royal Black* übernommen habe, hast du dich nie gefragt, wer ich bin? Und nie wieder etwas über mich gehört?«

»Ich habe es verdrängt.«

»So wie du dein ganzes Leben hier verdrängst?«, fragte er

und sprach damit eine Wahrheit aus, die mich zutiefst verletzte. *Er hatte recht.* »Und was ist, wenn ich dir sage, dass ich hier bin, damit du nie wieder etwas verdrängen musst?«

»Wie willst du das anstellen?«

Er schloss die Augen und schwieg. Mein Herzschlag beschleunigte sich und noch immer schrie mein Kopf, dass ich ihn von mir stoßen sollte. Es war das einzige Geräusch in dieser Stille. Dann packte mich der Dark Prince plötzlich, drückte mich aufs Bett und hielt mich fest in seinem Arm, während er seinen Körper an meinen drückte. Er war mir nah, so intim wie in Evans Wohnung, nur dass jetzt nichts Feindliches von ihm ausging. Hatte ich ihn am Sonntag auf dem falschen Fuß erwischt?

Alec strich mir durch meine Locken und sah mir lange in die Augen.

Ich wollte ihm eine Beleidigung an den Kopf werfen, einen Spruch, aber ich war so hilflos wie das junge Mädchen damals, das in seine Fänge geraten war. Seine Ausstrahlung nahm mich ein, plötzlich fühlte ich mich verbunden und ich wusste selbst nicht wieso.

»Einer meiner Scharfschützen beobachtet uns.« Er schloss die Augen und weitete seine Lippen zu einem närrischen Lächeln. »Verdammt, warum ziehst du auch nicht die Vorhänge zu?«

»Ahm.« Ich konnte nicht folgen. »Wer beobachtet uns?«

»Solange du uns nicht einmal einen kleinen Hinweis gibst, woher das Kokain kommt, kann alles möglich sein. Mir ist dein Leben zu wichtig, um dich diesen Leuten auszuliefern, also ließ ich ihn positionieren.« Er lächelte breiter und schlug die Augen wieder auf. »Und ich kann es mir noch immer nicht leisten, dass irgendjemand meiner Leute sieht, wie ich meine Freundin betrüge. Vertraust du mir dennoch?«

Ich lachte spöttisch – und verletzt. Shit. Seine Freundin. Er hatte eine Freundin. Fast hätte ich ihm vorgeschlagen, er könne einfach mit ihr Schluss machen. *Einfach.* Etwas verriet mir, dass nichts in Alecs Leben *einfach* geschah.

Trotzdem hielt er mich weiter in seinem Arm und musterte aufmerksam mein Gesicht. Er wartete auf eine Antwort. Vertraute ich ihm?

Ich war so kurz davor, viel zu kurz. Aber wie hatte er mich so weit bekommen? Am Sonntag noch hätte er mich erschießen können, ich hätte Nike niemals verraten. Und auch am Montagabend hatte er sich alles andere als vertrauenserweckend verhalten. Und nur weil er sich verletzen ließ, um mir zu helfen, und jetzt weich und gefühlvoll tat, wollte ich ihm mein Geheimnis anvertrauen?

Er griff nach meiner Hand und verschränkte unsere Finger. Diese Geste war so viel intimer und wertvoller als gefühlloser Sex. *Warum tat er es dann, wenn er doch eine Freundin hatte?* »Tu es einfach«, raunte er samten. »Vertrau mir.«

Gott. Ich verfiel seinem Charme. Ja, das tat ich. Obwohl es mir schwerfiel, löste ich meine Hand aus seiner und wand mich aus seinem Arm. Sofort fühlte ich mich weniger vollkommen, als würde ich jemanden verlieren, der mir viel bedeutet hatte. »Geh jetzt.«

»Nein.«

»Ich sagte, geh!«, fauchte ich. »Ich will jemanden wie dich nicht hierhaben! Das kann alles Probleme für mich bedeuten und dein Schutz ist mir so was von scheißegal, sieh dich an! Du bist darauf angewiesen, dass *ich* dir helfe, wo sind deine treuen Anhänger jetzt? Ich vertraue dir nicht und ich will dir nicht vertrauen, und ich will auch nicht, dass –«

Er zog kräftig an meinem Unterarm, sodass ich umkippte, direkt auf seine Brust. Ich fluchte, aber er legte seinen Arm um mich, hielt mich fest. Eingekeilt lag ich auf ihm, mein Gesicht nah vor seinem. Ich wollte schreien und fluchen und ihn am liebsten anspucken, weil ich auf keinen Fall wollte, dass ich ihm verfiel, aber bis auf das Herz in meiner Brust, das losgaloppierte, geschah nichts. Alec hielt mein Handgelenk fest und sein Blick hing an meinen Lippen.

Nein, drängte eine Stimme in mir. *Tu es nicht. Lass es nicht zu.*

»Küss mich. Wenigstens kurz, bevor dieser Zauber vorbei ist.«

»Vergiss es«, zischte ich.

Er grinste. »Dann darf ich wohl auch nicht bei dir schlafen?«

»Nein!« *Was sollte das jetzt? Ich dachte, er durfte nicht gesehen werden?*

»Auch das schlägst du aus?«, fragte er gespielt verwundert. *Vielleicht wollte er mich einfach ärgern.* »Schade, dass du so ein Schwächling bist. Vielleicht hättest du mich nur an die Wand klatschen brauchen und aus mir wäre ein echter Prinz geworden.«

Er zitierte ein Märchen? Er war vielleicht einfach nur geisteskrank! »Du bist schon einer, bei dir ist alle Hoffnung verloren.«

Er neigte seinen Kopf lachend zurück in seinen Nacken und zog mich noch einmal fester zu sich heran. Sein Atem traf meine Haut, seine Augen glühten. »In Ordnung, Prinzessin.« Er ließ mich urplötzlich los und schubste mich leicht von sich. Nur so weit, dass er aufstehen konnte. Er beugte sich vor, zog sich seinen Schuh über, dann stand er auf.

Auf beide Beine. Ohne Probleme.

»Es ist dein Bruder, nicht wahr?« Er richtete seine Jacke und ich starrte ihn an.

»Du hast mich verarscht.«

»Natürlich. Du hast das Koks bei ihm im Zimmer gefunden. Die Polizei wollte eine Razzia bei dir machen, weil du angeblich bei der Familie deines Klavierschülers geklaut hast. Daher bist du auch in sein Zimmer gegangen, hast es herrichten wollen, ein bisschen in seinen Sachen gekramt, damit bloß nichts herumlag, das an Diebesgut erinnert, und dabei eine Packung Koks gefunden. Du wusstest auf Anhieb, was es war, ohne jemals damit in Berührung gekommen zu sein, und bist zu dem einzigen Dealer, den du kanntest, Evan, um es loszuwerden. Weil es dein Bruder war, wolltest du uns partout nicht anvertrauen, woher du das Zeug hattest. Und weil dieser auf ein strenges Internat in Schottland geht, konntest du ihn nicht fragen, wie du dich am besten verhalten sollst, damit es nicht auf ihn zurückfällt und er so schnell wie möglich wieder aus der Scheiße rauskommt. Und du hast recht, du weißt nichts, das uns weiterhelfen könnte, denn obwohl du das Geld hast, kommt niemand auf dich zu. Nur Nike kann uns sagen, von wem er das Zeug hat und wieso es in seinem Zimmer herumlag.«

»Du bist so ein Wichser!«, schrie ich wütend. Ich sollte aufstehen und ihm eine knallen, aber natürlich würde er das nicht zulassen. Blieb nur der Arzneikoffer, den ich ihm an den Kopf hätte werfen können, damit er echte Schmerzen empfand. Sein Humpeln war nur Show? Die Verletzung Theater? Und was hatte er jetzt mit Nike vor? *Shit!* »Was sollte das alles? Wolltest du so tun, als wärst du schwach, damit ich dir sage, was du hören willst?«

»Ein wenig, ja«, gestand er geradeheraus. »Deswegen kam mir der kleine Kampf in der Unterführung wie gerufen und ich bin eingeschritten. Im Grunde hast du dich verraten, als ich nach deinen Geschwistern fragte und gerade eben, als du mich beleidigt hast. Bis dahin war es reine Spekulation, aber ich lag richtig. Nike ist der Einzige, um den du dich in deinem Leben sorgst. Es gibt niemand anderen. Auf Facebook nicht, in deinem Handy nicht, selbst deine Eltern sind dir gleichgültig. Aber für Nike gehst du arbeiten. Für ihn sparst du Geld, ihm bezahlst du die Privatschule. Es hätte uns viel früher auffallen sollen, dass es nur einen Menschen in deinem Leben gibt, den du nicht verraten würdest.« Er machte eine Kunstpause und ich hätte ihn am liebsten getötet. »Und das ist dein Bruder. Soll ich ihm etwas von dir ausrichten?«

»Was habt ihr vor?!«, rief ich panisch. Der Fehler war vermutlich, dass ich noch immer auf meinem Bett saß und viel kleiner war als er. Er stand über mir und bestimmte über mein Schicksal.

»Wir fahren nach Schottland.«

Ich schüttelte fassungslos den Kopf. »Nein.«

»Doch. Die Zeit drängt.« Er ging zur Tür. Er humpelte nicht einmal. »Ich hatte ja gehofft, du würdest es mir von dir aus sagen, dann hätten wir Freunde werden können, das hat immer Vorteile, aber so habe ich es auch erfahren.«

»Ich komme mit.«

»Hm?« Er hielt mit der Hand über dem Türknauf inne.

Okay, ich wusste nicht, was ich da vorschlug. »Nach Schottland.«

Er lachte. »Was?«

»Ich will mitkommen, ich will selbst mit ihm spre-« Ich hielt mitten im Satz inne. War das eine gute Idee? Nein, war es nicht. Ich musste arbeiten. Ich hatte Verpflichtungen. Und ich konnte Nike so oder so nicht vor Alecs Leuten beschützen. Ich hatte verloren, es war aussichtslos.

»Du kannst gerne mitkommen.« Der Dark Prince lächelte milde. »Du scheinst endlich begriffen zu haben, worum es uns geht. Nicht um deinen Bruder, sondern um die Gangs dahinter. Wenn du mitkommst und ihn selbst fragst, wird er uns schneller vertrauen. Es ist einfacher, weniger schmerzhaft und so weiter.«

»*Weniger* schmerzhaft?«, rief ich spitz. O Gott! In was hatte ich ihn nur hineingezogen!

»Ein Scherz!«, erinnerte mich Alec, als wäre ich minderbemittelt. »Ich muss privat eh nach Schottland, es fügt sich.« Nach einem kurzen Zögern streckte er mir die Hand entgegen. Da mein Zimmer so klein war, berührte er mich dadurch beinahe. »Komm mit. Es wird dir gefallen. Du wirst Davies gefallen. Und ich kann besser schlafen, wenn ich weiß, dass ich dich nicht in der Stadt zurücklasse, ohne zu wissen, wo ihr zwei reingeraten seid. Das Letzte, das ich will, ist, deinem Bruder Angst einzujagen, aber ich muss auch an die höheren Ziele denken. Wenn du mitkommst, profitieren wir alle davon. Und ich verspreche dir, ich ziehe Nike aus seinen Schulden raus, ich bin jemand, der das kann. Vertraust du mir?«

Ich schüttelte wie selbstverständlich den Kopf, doch er hielt mir seine Hand weiter hin.

»Das solltest du auch nicht. Aber ich dachte, ich frage trotzdem einmal nach.«

WENN ICH SIEBEN
MENSCHEN TÖTE,
NENNST DU MICH
DANN TAPFER?

Das tapfere Schneiderlein

DER PRINZ

Sie hatte keine Ahnung, wie kurz davor ich gewesen war, alles zu zerstören, nur um sie zu spüren. Um sie küssen zu können, um ihre nackte Haut unter meinen Händen fühlen zu können, um sie tief zu ficken, und ihr Zimmer, mochte es noch so klein und schäbig sein, bis zum Morgen nicht mehr zu verlassen.

Wäre mir nicht rechtzeitig klar geworden, dass Frank auch in jenem Moment zu uns hereinsah, besonders da ich mich gemeinsam mit ihr im Raum befand, hätte ich es getan. Ich wusste nicht warum, es ergab für mich keinen Sinn und doch hätte ich es riskiert.

Ob ihr klar war, wie gefährlich es war, mich ständig so zu reizen, dass ich gar nicht anders konnte, als sie verführen zu wollen? Verfluchte Scheiße!

Ich stieß die Türen zur First Suite krachend auf. Das Diamond war ein teurer Puff, gefüllt mit Edelhuren, den jedes meiner Stadtviertel brauchte. Es war die leichteste, schnellste und lukrativste Art, Männern ihre Geheimnisse zu entlocken. Jede einzelne Frau arbeitete für mich und horchte ihre Kunden aus. Während sie sich ficken ließ oder die anderen Praktiken vollführte, die das Haus anbot. Moralisch verwerflich?

Die meisten hatten ihren Spaß dabei, die anderen sahen es wie einen Job.

Während ich das Diamond hielt, als wäre es meine kostbarste Waffe, sorgte ich dafür, dass immer mehr Billigbordelle zerschlagen wurden. Den Männern dieser Stadt ihren schnellen Fünfzig-Pfund-Fick zu rauben, war ein gefährlicher Schritt und man musste ihn gründlich kontrollieren. Das war mein Kampf gegen das wirkliche Elend.

Davies hielt nicht einmal inne, als er mich kommen sah. Wenn er frei hatte – und das geschah nicht oft – verbrachte er seinen Abend an diesem Ort. Er bezahlte nichts. Die Frauen ließen sich kostenlos von ihm ficken, sie standen ganz einfach drauf. Da er im *Royal Black* wohnte, musste er mit ihnen ausweichen. An diesen Ort.

Das Zimmer glich einem düsteren, königlichen Saal. Das Holz war dunkel, die roten Samtvorhänge vor den nicht vorhandenen Fenstern edel und schwer. Gedämpftes Licht an den Wänden, künstliche Kronleuchter, dunkles Parkett und ein gewaltiges Bett.

Eine der drei anwesenden Frauen hockte auf allen Vieren vor Davies, trug die Augen verbunden, ein ledernes Halsband, war an den Händen gefesselt, und ließ sich von ihm in den Arsch ficken. Sie stöhnte kehlig, ihre Haut zeigte Striemen von den Peitschen, die hier auslagen. Eine weitere streichelte Davies' nackte Brust und liebkoste seine schwitzige Haut mit Küssen. Sie richtete sich auf, als sie mich kommen sah. Ebenso wie die dritte, die neben dem Bett auf dem Boden gesessen hatte. Ihre Augen waren weder verbunden, noch waren sie gefesselt. Ein Dom, drei Subs.

Diese Art von Sexspiel würde ich nie verstehen. Sobald sie den Raum verließen, wären sie wieder ebenbürtig. Wie konnte ich meine Dominanz allein aufs Schlafzimmer begrenzen? Und was war das schon für eine Art von Unterwerfung, für die man Safewords benötigte? Entweder ganz. Oder gar nicht.

Alle drei Frauen waren schlank, üppig ausgestattet und blond. Sie sahen sich sehr ähnlich und sie glichen all den anderen, die ich in der Nähe von Davies' Schwanz bereits gesehen hatte. Für ihn galt das simple Prinzip: aufgeblasene Titten, dick gespritzte Lippen, viel Make-up und meistens blondes Haar. Weshalb er auf Florence noch gieriger hinabgesehen hatte als ich, blieb mir schleierhaft. Vielleicht hatte ich mich in ihm getäuscht und es gab einen Kern in ihm, der sich nicht nur mit der Oberfläche beschäftigte.

»Du wirkst so angespannt«, sagte eine der Frauen, die mich jetzt erreichte, und strich mit festem Druck meinen Arm entlang. Ja, im Massieren waren sie ungeschlagen. »Ich heiße Maisie. Und das neben dir ist Lilly.«

»Mir sind eure Namen wirklich scheißegal. Davies?«

Die Frau vor ihm rückte irritiert nach vorn, doch er zog sie kraftvoll zu sich heran und gab ihr einen klatschenden Schlag mit der offenen Handfläche auf ihren Hintern. »Wer sagt dir, dass du abrücken darfst, he?«

»Es tut mir leid, Sir«, wimmerte sie.

Er stieß kräftiger zu und konzentrierte sich allein auf den Fick. Ich wollte ihm nicht vorwerfen, primitiv zu sein. Dennoch ärgerte es mich, dass er es wagte, Sex über mich zu stellen. Ein Übel, mit dem ich mich aus Freundschaft zufrieden gab.

»Was wünschst du dir von uns?«, fragte Maisie rauchig und glitt mit ihrer Zunge an meinem Ohr entlang. »Soll ich dir einen blasen?«

Lilly glitt mit ihren zarten Händen an meinen Schwanz und stöhnte süßlich auf, als sie ihn erfühlte.

»Oder möchtest du, dass wir dich massieren?«

Mein Blick glitt zu den Peitschen an der Wand.

»Wir können uns auch selbst küssen und streicheln …«

Das zischende Leder zu hören und jemanden dafür büßen zu lassen, dass ich irgendeinem wildfremden Mädchen aus dem Slum zu verfallen drohte, war womöglich nicht die schlechteste Idee. Ich sah das Auspeitschen nicht als sexuelle Befriedigung an. Es war ein niederes Gefühl, reine Wut, die ich an einer Frau ausließ, die sich, warum auch immer, danach sehnte.

Niemals könnte ich es bei Florence tun, dafür war sie zu stolz und zu stark. Ich wollte sie auf eine andere Art vor mir sehen. Sie sollte niemals ihr Gesicht dabei verlieren. Fuck! Schon wieder diese Gedanken!

»Du kannst uns auch vögeln«, flüsterte Maisie. Die zwei Frauen bedeckten mich mittlerweile wie eine zweite Haut mit ihren nackten Oberkörpern, Händen, Armen und Lippen. »Wir werden es Shania nicht verraten …«

Sex. Es war alles, woran diese Menschheit dachte. Essen, Fernsehen, Sex. Und auch ich wurde hart bei dem Gedanken, was Florence in diesem Raum tun würde, wenn ich ihr freie Hand ließe. Würde sie die Peitschen ausprobieren wollen? Würde sie mich bitten, sie ans Bett zu fesseln oder wäre sie unberechenbar und würde mit mir spielen, bis ich sie letztendlich dazu brachte, sich mir zu ergeben …?

Verdammt! Solche Gedanken hatten mich nie beherrscht. Frauen waren eine Nebensache gewesen, Shania reine Investition. Davies mochte sich mit Nutten umgeben, ich ließ maximal Jasmine an meine Eier, wenn ich angespannt war. Shania war mir zu wertvoll, als dass ich sie für irgendeine Pussy betrügen würde. London lag in meiner Hand und doch konnte ich nicht aufhören, an Florence zu denken.

Woher war sie gekommen und was an ihr befiel mich so intensiv?

»Lasst mich los«, sagte ich drohend und die zwei Weiber wichen von mir, gerade als Davies sich zum Höhepunkt fickte. Als er fertig war, sah er endlich auf. Er grinste.

»Chef.«

»Zieh dich an, wir fahren nach Schottland.« Ich überprüfte mein Smartphone und den Routenplaner. Wir würden in neun Stunden dort sein. Das Schloss lag nicht weit entfernt von Glasgow. Ich könnte dort stehlen, es wäre kein Problem. Eine nette Ablenkung. »Und ihr verschwindet.« Damit meinte ich die Frauen.

»Schottland, Sir?«, fragte Davies wenig begeistert und zog sich aus seiner Sub zurück.

Ich wartete, bis wir allein waren, bevor ich antwortete. Die folgende Wendung würde ihm gefallen. »Wir besuchen Florence' Bruder Nike. Er geht auf ein Internat in Schottland und von ihm stammt das Kokain.«

Davies hob die Brauen. »Was?«

»Er hatte Schulferien und ist Sonntagmorgen zurückgefahren. Eine Stunde später hat Florence in seinem Zimmer das Zeug gefunden. Vielleicht sollte ihr kleiner Bruder das Koks auch einfach nur sicher verwahren? Wer würde schon so viel davon bei einem Fünfzehnjährigen vermuten? Die Wahrheit erfahren wir nur, wenn wir ihn fragen.«

»Wie habt Ihr das wieder rausgekriegt, Hoheit? Ich nehme mal an, dass du die Kleine nicht gefoltert hast?«

»Charme.«

Davies grinste. Ja, damit hatten wir beide nicht gerechnet. Ein Minderjähriger mit einem Barren Kokain? Ein guter Grund, hinzufahren und ihn direkt zu fragen, auch wenn das nur ein Vorwand von mir war. Ich musste jemanden in Schottland besuchen und ich durfte mein eigentliches Ziel, Evan zu finden, nicht aus den Augen verlieren. Carl hatte gemeint, Evan hätte England verlassen. Da er nicht einfach in einen Flieger steigen konnte, war damit vielleicht Schottland gemeint? Ich würde vor Florence und Davies so tun, als ginge es mir nur um einen guten Fick und ihren kleinen Bruder, obwohl ich gleichzeitig meine eigenen Pläne verfolgte. Ein Schachzug.

Nur, war es wirklich ratsam, Florence mitzunehmen? Oder war es sogar nötig, damit ich bekam, was ich wollte – sie –, und sie mich im Anschluss gedanklich nicht weiter gefangen hielt?

Vielleicht musste ich dafür sorgen, dass sie mich hasste. Wenn sie das tat, lief ich keine Gefahr, ihr nahezukommen. Sie sollte in mir nicht mehr sehen als den Arsch, der Spielchen mit ihr spielte.

Sollte Davies doch seinen Spaß mit ihr haben. Es war so verdammt wichtig, dass ich meinem Verlangen nicht nachgab …

Ich wusste, dass mich dieser Entschluss an meine Grenzen treiben würde, aber ich durfte nicht zulassen, dass eine wie sie meine Pläne durchkreuzte.

Was, wenn ich Evan nicht fand? Vielleicht brauchte ich dann Shania und ihre Zuneigung mehr als jemals sonst, wenn ich nicht von meinen eigenen Leuten erschossen werden wollte.

Es war riskant. Eine Gratwanderung. Etwas, das mich bereits jetzt aufs Äußerste überspannte. Ich musste Evan finden. Ich musste meine Krone behalten. Ich musste Florence haben.

Bald und unbedingt.

DIE BRUST IN KETTEN, DAS HERZ AUS STAHL.

Froschkönig oder der eiserne Heinrich

DER DIENER

»Okay, fick dich, Alec, wir nehmen sie auf keinen Fall mit!« Ich rauchte meinen zweiten Spliff an diesem Abend und hatte mehrere gute Gründe, die stoische Prinzessin, an der sich Seine Hochwohlgeborene Hoheit aufgeilen wollte, in Londons Dreck zurückzulassen. Schottland, meinetwegen. Callander, was noch einmal eine Stunde nördlich von Glasgow lag; kein Problem. Aber ein Girl mit auf eine solch wichtige Mission zu nehmen? No way.

»Seit wann bestimmst du über die Passagiere?«, fragte Alec müde und strich sich über die Augen. Er trug einen Verband am Fuß, schien aber unverletzt. »Florence macht alles einfacher. Ihr Bruder ist fünfzehn. Der wird vielleicht gar nicht *verstehen,* dass er uns vertrauen muss. Sie wird ihn überzeugen, uns alles über das Kokain zu sagen, was wir wissen müssen.«

»Das war dein Plan«, erkannte ich missmutig. »Von Anfang an. Du wolltest sie dazu bringen, dass sie freiwillig mit uns kommt, und du hast es geschafft. Hast du so getan, als hättest du dich verletzt, damit sie dir aus der Hand frisst?« Bedeutungsschwanger zeigte ich auf seinen verbundenen Knöchel. »Wie lange weißt du schon, dass es ihr Bruder ist? Hast du in den letzten zwei Tagen eigentlich über etwas anderes nachgedacht als über diese kleine Göre?«

»Hör auf, infrage zu stellen, was ich tue!«, schnauzte Alec mich an. Wir standen in der Tiefgarage. Es ging darum, mit welchem Auto wir fahren würden, und während ich für eines der älteren, unauffälligen Modelle war, hatte sich Seine Hoheit für den neuen Jaguar entschieden. Er brauchte mir nichts vorzumachen, mir war klar, wem Alec imponieren wollte. »Wir brauchen ihr Vertrauen«, sagte Alec. »Du wirst schon sehen, dass aus dem kleinen Pisser nichts rauszukriegen ist, sollten wir ohne Florence dort aufkreuzen.«

»Ich fahr allein. Ich krieg ihn schon zum Singen.« Normalerweise verweigerte ich mich nicht. Aber in den letzten Tagen war Alec verändert gewesen, gereizter, risikofreudiger und absolut falsch fokussiert. Anstatt sich um seine aufgescheuchte Freundin zu kümmern, turnte er auf Bethams Dächern herum, um Florence zu beobachten. Anstatt zu schlafen und tagsüber wie sonst auch nach Kensington zu fahren, blieb er im *Royal Black* verschanzt und ließ niemanden zu sich herein.

»Und was, wenn du es nicht schaffst?«, fuhr Alec mich missgelaunt an. Er holte sich eine Zigarette hervor. »Deine Foltermethoden in allen Ehren, Davies, er ist minderjährig und dir sind die Hände gebunden. Oder willst du plötzlich eine Ausnahme machen? Das kann genauso gut nach hinten losgehen. Außerdem kenne ich ein interessantes Objekt in Schottland. Ich brauche Urlaub. Ich habe Lust, die Kleine zu ficken. Es passt mir gerade besonders gut, Ende der Diskussion.«

Ich verengte die Augen, aber es half mir weder dabei, Alec besser zu durchschauen, noch ihn umzustimmen. Also bückte ich mich, holte den Wagenschlüssel, der auf dem Hinterreifen gelegen hatte, hervor und öffnete den Jaguar.

»Ich bin stoned«, sagte ich. »Ich sollte nicht fahren. Normalerweise habe ich heute frei. Der einzige Tag, an dem wir das *Royal Black* schließen.«

»Wem erzählst du das?«, fragte Alec hinter mir. Seine

Stimme triefte vor Hohn. Manchmal war er unausstehlich und doch war es einer der Gründe, weshalb ich loyal zu ihm hielt. Auch Alec besaß Fehler. Auch der mächtigste Mann, für den ich jemals gearbeitet hatte, besaß Fehler. »Dein Konto müsste längst platzen«, säuselte Alec. »Wenn du nicht länger für mich arbeiten willst, hält dich niemand davon ab.«

War es noch Arbeit? Ich stieg in den Wagen und schnallte mich an. Der Jaguar schnurrte wie eine Katze unter mir auf, die Lichter der Armatur erleuchteten in sanften Farben und beruhigten mich. Ich wusste, dass Alec einen Grund suchte, mich zu erniedrigen, um von seinem Problem abzulenken. Ich hatte den Dark Prince erst ein Mal so erlebt, und das war gut sieben Monate her. Alec war für mehrere Tage verschwunden, untergetaucht, länger als sonst. Als er wiederkam, wirkte er verändert. Zwar gesund, aber mit einer Laune, die Leute zum Zerschießen brachte. Sein Führungsstil geriet nun schon ein zweites Mal außer Kontrolle. Vielleicht war es eine gute Idee, ihn von London wegzubringen, bevor er sich zu einer Entscheidung hinreißen ließ, die er bereuen würde.

Doch etwas an seinem Verhalten störte mich und ich befürchtete, dass der Dark Prince dieses Mal länger brauchen würde, um wieder normal zu werden. Im Gegensatz zum letzten Mal wirkte er dauerhaft angespannt. Seine Augen waren häufig gerötet und er kokste täglich. Etwas, das er zuvor zu vermeiden gewusst hatte. Er behandelte Shania wie Dreck, ließ keine Bittsteller zu sich und erteilte nur die nötigsten Befehle. Ich wollte meinem Freund helfen, aber ich kam nicht darauf, was überhaupt sein Problem war.

Und vielleicht war ich in Freundschaften schlicht kein Ass.

Die hintere Tür des Jaguars ging auf und Alec ließ sich schwerfällig auf den Rücksitz fallen. Die halb aufgerauchte Zigarette warf er fort. »Du parkst das Auto in der Maltom Street. Dann holst du sie über ihren Balkon raus.«

Ich ließ meine Fingerknöchel knacken. Ich?

»Bestimmt hat sie es sich in der Zwischenzeit anders

überlegt. Oder sie will alleine fahren, um ihren Bruder vor uns zu beschützen. Was weiß ich. Dieses Mädchen treibt mich in den Wahnsinn. Wickle sie mit deinem Charme ein und wenn du sie dafür vögeln musst, mir ist alles recht. Am Ende der Nacht sitzt sie gefälligst hier. In meinem Auto. Und führt mich zu dem Herzen ihres Bruders, alles klar?«

»Verstanden, Chef.« Ich legte den Rückwärtsgang ein und fuhr aus der Parklücke. Ich verspürte wenig Lust, Florence etwas vorzumachen, um sie dazu zu bewegen, mit uns zu kommen. Mein Spieltrieb war ein anderer als der des Dark Prince'. Ich hielt mich nicht daran auf, unehrlich zu sein, ich sagte, was ich dachte, und verschwieg, was nötig war. Tricks und Lügen waren eine Sache, die ein Anführer beherrschen musste, nicht sein ausführendes Organ.

Andererseits war meine Neugier geweckt und ich wollte sehen, in welcher Stimmung Florence sich befand. Ließ sie sich überzeugen? Was würde nötig sein, um sie zu überreden?

Ich sah im Rückspiegel, dass Alec die Augen geschlossen hielt. Er vertraute mir, durch und durch. Und doch verschwieg er mir etwas, etwas, das so groß war, dass ich von allein nicht darauf kommen konnte.

Wenige Minuten später hielt ich in der Maltom Street. Ich ließ den Motor laufen, stieg aus und betrachtete die steile Wand unterhalb von Florence' Balkon. Der Dark Prince wäre dort ohne Weiteres hochgekommen, aber er musste ja verdammt noch mal mich vorschicken. Genervt nahm ich Anlauf und schaffte es gerade so, den Balkon von Florence' Zimmer zu erreichen. Ich hangelte mich daran hoch und stand kurz darauf vor ihrem Fenster.

Sie schien die Bewegung im Augenwinkel zu bemerken, fuhr herum und starrte mich erschrocken an. Die kleine Schönheit trug nur ein Top und einen Slip. Ihre Haare waren nass, was darauf hindeutete, dass sie frisch aus der Dusche kam. Ich musste unwillkürlich an den Freifahrtschein denken, den Alec mir erteilt hatte. Sie gefiel mir.

Als sie keine Anstalten machte, die Balkontür zu öffnen, klopfte ich gegen das Glas und winkte freundlich.

Zögernd kam sie auf mich zu und betätigte unter einiger Kraftaufwendung den Mechanismus. Ich half ihr dabei, die Scheibe zur Seite zu schieben, und sobald die Tür frei war, trat ich zu ihr ein.

Ich blickte auf sie hinab und konnte ihre Miene nicht deuten. Sie wirkte nicht wütend, eher wie eine Mischung aus neugierig und ungläubig.

Ich ließ mich zu einem Entschluss hinreißen, über den ich nicht lange nachgedacht hatte.

»Hi, Beauty.« Ich drängte sie scheinbar unbewusst Richtung Zimmerwand.

»Spielst du das weiße Pferd?«, fragte sie spöttisch. Ihr natürlich schönes Gesicht hatte sich zu einer ironischen Grimasse verzogen, was sie nicht minder ansehnlich machte.

»Ich spiele alles, was du möchtest«, sagte ich rau. Ihre Schönheit war nicht alles. Ich mochte es, dass sie so risikobereit war. Das weckte in mir den Instinkt, sie beschützen zu wollen. Vor dem Dark Prince. Vor mir selbst.

Ich sah automatisch ein Opfer in ihr. *Mein* Opfer.

Schnell umfasste ich ihr Handgelenk und drängte sie gegen die Wand. Ihr Zimmer war klein. Schäbig und klein, wie die meisten in Betham.

Florence wurde in meinem Griff steif. Ich konnte nicht anders, mit meiner anderen Hand fuhr ich ihre Taille entlang, hinunter zu ihrem Arsch.

Fuck.

Ich hätte sie noch jetzt und hier ficken können.

Einfach so.

Im Stehen.

Schnell und hart.

Bevor Florence auf die Idee kam, sich zu sträuben, beugte ich mich an ihren Hals und fuhr mit meiner Zunge über die frisch gewaschene Haut. Ich atmete sie ein, kostete sie. Zwar hatte ich heute meine Zeit nicht damit verschwendet, an sie zu denken, aber das hier ließ mich fragen, warum ich meine Zeit mit irgendwelchen Huren verschwendet hatte.

Anstatt sich zu wehren, ließ Florence es geschehen. Ja, sie reckte sich mir entgegen und atmete schwerer. Ich stimulierte ihren Hals mit Küssen und drängte meinen Schritt an sie. Etwas, das sie keuchend entgegennahm. Ich hatte mich im *Royal Black* also nicht getäuscht, sie fand mich attraktiv und konnte sich nicht dagegen wehren, dass ihr Körper nach mir verlangte.

Ich lächelte stumm an ihrer Haut, wanderte mit meiner Zunge zu ihren Ohrringen und nahm die Ohrläppchen zwischen meine Zähne. Ich schmeckte das Weißgold, den Diamanten und damit fiel mir wieder ein, dass irgendeiner von Alecs Leuten mich gerade beobachtete.

Das störte mich ziemlich.

Ich nahm Abstand.

Florence stand vor mir und rührte sich nicht. Ihre Wangen hatten sich verfärbt, ihre dunkelbraunen Augen verengt. »Was sollte das?«

Ich griff nach einer ihrer Haarsträhnen und hätte am liebsten die Diamantohrringe herausgerissen, fortgeworfen und die Kleine tief gefickt. Ein anderes Mal … Ich zwirbelte das Haar zwischen meinen Fingern. Ich spürte, dass ich hart war, aber ich konnte mein Verlangen zurückhalten. Ich war geduldiger als der Dark Prince. »Ich habe dich vermisst. Wie war dein Tag?«

»Nen Scheiß hast du!«, fauchte sie.

Ich lächelte in mich hinein. Sie hatte es eben genossen, die Kontrolle abzugeben, warum gab sie es nicht zu? »Kommst du mit?«, fragte ich sie ruhig und sah ihr in die Augen.

»Ja«, kam direkt als Antwort.

»Dann zieh dich an.« Ich trat zwei Schritte zurück.

Florence blieb an der Wand stehen und reckte herausfordernd das Kinn. Im ersten Moment fragte ich mich, womit sie mich jetzt schon wieder ärgern wollte, als ich bemerkte, dass ihre Haltung nur Show war.

Innerlich zitterte sie. Sie bebte regelrecht. Und das leider nicht vor Erregung. Bitter.

»Was hast du?«, fragte ich beunruhigt. Eine Frau, die vor Angst zitterte, obwohl ich nett zu ihr war? Ungewohnt.

Florence blieb stumm. Ihre Lippen bebten. Plötzlich sank sie an der Wand so weit nach unten, bis sie auf dem flauschigen Teppich zum Sitzen kam. Florence empfand keine Scham vor mir, obwohl sie halb nackt war. »Ich habe Angst.«

Damit kannte ich mich nicht aus.

»Dieser *Dark Prince* ist grausam. Ich traue ihm nicht. Alles, was er tut, scheint eine riesengroße Falle zu sein. Ich will, dass irgendjemand weiß, dass ich nicht ganz blind bin, wenn ich trotzdem mit euch komme.«

Sie hatte recht. »Wie kommst du darauf?«, fragte ich sanft. Ein Vorteil meiner Stimme, ich wusste um ihre Wirkung. Sie konnte sehr beruhigend sein.

»Warst du Montagabend eigentlich mit dabei?!«, rief sie wütend vom Boden aus. »Ihr seid beide riesige Monster und ich lasse mich viel zu tief in etwas verstricken, mit dem ich nie etwas zu tun haben wollte! Hast du nicht irgendwo in dir drin Menschlichkeit? Irgendetwas, das man mit Mitgefühl vergleichen könnte? Wenn ja, dann zwing mich, hier zurückzubleiben, und versprich mir, meinem Bruder nicht wehzutun. Er ist verdammte fünfzehn! Okay!«

Was sie von mir verlangte, war mehr, als ich ihr geben konnte. Ich war Soldat, Soldaten ließen sich nicht zu Handlungen aus Mitgefühl verleiten. Andererseits hatte Alec mich nie zuvor in eine vergleichbare Situation gebracht.

Ich ging auf Florence zu und hielt ihr die Hand hin. »Ich werde deinem Bruder nichts tun.«

Sie wollte sarkastisch lachen, verschluckte sich aber, als sie meinen Blick bemerkte. Scheinbar wie von einer inneren Stimme getrieben, blieb sie ernst, griff in meine Hand und ließ sich von mir in den Stand ziehen. »Wieso habe ich das Gefühl, du meinst das ehrlich?«

»Ich bin ehrlich«, flüsterte ich rau und zog sie nah an mich heran. Es war ihrer Angst und Hilflosigkeit geschuldet, dass sie besonders zutraulich und fügsam war. »Das unterscheidet mich von ihm, ich weiß.«

»Wer bist du?«, fragte sie schüchtern. »Wer ist ... er?«

»Ich bin Lee Davies, Amerikaner und Soldat«, antwortete ich grinsend. »Und er? Ich bin auch nur ein Sklave seines Willens, so wie du. Aber allein der Jaguar ist es wert, einmal aus den gewohnten Mustern auszubrechen. Es hat Vorteile, jemanden wie ihn zu kennen. Eigentlich bist du mit uns zusammen an einem der sichersten Orte des Landes. Und deinem Bruder wird nichts geschehen, solange er mit uns zusammenarbeitet.«

»Und wenn nicht?«, fragte sie bebend.

»Dann ist er vielleicht selbst schuld, oder?«

Sie schluckte schwer.

»Beauty«, murmelte ich sanft, strich durch ihr Haar und berührte zärtlich ihre Wange. Überraschenderweise schloss sie die Augen und ließ sich etwas in meine Umarmung fallen. »Jeder hat eine Last zu tragen und dem Dark Prince geht es schlicht darum, diese zu mindern. Man darf sich ihm dabei nur nicht in den Weg stellen. Er ist ungeduldig ...«

»Er ist ein lügnerisches Monster.«

Ich lachte. »Er hat auch seine guten Seiten. Du wirst in ganz London niemanden finden, der dir unverständliche Botschaften an teure Weinflaschen heftet. Er mag dich. Vielleicht ist das die einzige Sache, vor der du dich fürchten solltest.«

Florence machte ein spöttisches Geräusch und ich griff an ihr Kinn, um sie zum Schweigen zu bringen.

»Unterschätze das nicht«, sagte ich raunend und zog ihr Gesicht fest vor meines. »Wir wollen beide nicht wissen, wozu er im Stande ist, sollte er irgendwann einmal nicht das bekommen, was er haben will.«

»Es geht mir nicht um ihn«, wisperte Florence leise, griff an mein T-Shirt und zog sich die letzten Zentimeter zu mir hoch. Sie zögerte eine Sekunde, bevor sie ihre feuchten Lippen auf meine drückte und für einen Moment innehielt. Ich schmeckte sie noch, als sie sich längst wieder gelöst hatte.

»Versprich mir, dass du mich vor ihm beschützt.«

Ich musste innerlich über ihre Unverfrorenheit lächeln. Glaubte sie, ein einziger Kuss würde reichen, um mich dazu zu bewegen, den Prinzen zu verraten? Andererseits gefiel mir die Tatsache, dass ausgerechnet ich auf eine wie Florence vertrauenserweckend wirkte. Vielleicht eröffnete das noch ganz andere Möglichkeiten und am Ende hätte ich nicht nur ihr Vertrauen, sondern auch ihre Hingabe. »Ich verspreche es.«

Die Nacht war ruhig. Nachdem wir die Suburbs passiert hatten, erreichten wir schließlich den Motorway. Keine Staus. Freie Fahrt. Ein Vorteil, wenn man ein Kennzeichen angebracht hatte, das dem einer Zivilstreife entsprach.

Der Jaguar glitt ruhig und rasend schnell über den Asphalt. Ich fuhr.

Florence saß neben mir, sah nach links aus dem Fenster und wippte ab und an mit dem Knie zur Musik, wenn diese besonders smooth wurde.

Alec lag auf der Rückbank ausgestreckt – er schlief. Der Dark Prince hatte einen ungewöhnlichen Schlafrhythmus und schlief selten länger als eine halbe Stunde pro Nacht. Tagsüber bekam ich ihn eigentlich nie zu Gesicht. Eine uralte Technik ermöglichte es ihm, länger wach zu sein, weshalb er nachts das *Royal Black* kontrollieren und tagsüber seine Geschäfte erledigen konnte. Dazu gehörte Disziplin und Training. Ich genoss meinen Schlaf viel zu sehr, um darauf verzichten zu wollen, sonst hätte ich diese Technik längst erlernt.

Ich hörte Alecs Handy alle fünf Minuten aufsummen. Lautlos, nur Vibration. Ganz London fragte sich, wo der Dark Prince blieb. Man hatte sich an seine Anwesenheit gewöhnt. Die Angst vor den neuen, durch kolumbianisches Kokain angefeuerten Bandenkriegen war greifbar, man wollte Sicherheit, Befehle, und weder Alec noch ich waren da, um welche zu erteilen.

»Worüber denkst du nach?«

Ich warf Florence einen Seitenblick zu.

»Man fragt einen Mann nicht, worüber er nachdenkt, Baby«, kam murmelnd von hinten.

»Ich frag jeden Mann, was ich will, klar?« Sie gab direkt Paroli. Natürlich nahm sie es ihm übel, dass er sie bezüglich seiner Verletzung ausgetrickst hatte.

Alec schnaubte müde. »Und, Lee-Schatz? Worüber denkt dein sadistisch durchtriebenes Gehirn nach, wenn es so über die Autobahn rast? Mit vierzig Sachen über dem Limit?«

»Ich habe da einen Job, den ich auf dem Weg erledigen könnte, Chef«, antwortete ich trocken.

Alec horchte auf. »Was für einen Job?«

»Einen … Job.«

Florence drehte ihr Gesicht in meine Richtung.

»Wie lange steht das schon aus?«, fragte Alec geschäftig.

»Zu lange. Das war geplant, bevor uns kolumbianische Zwielichtigkeiten und Madam Beauty in die Quere kamen, Sir. Es wird nicht unbedingt sauber verlaufen, fürchte ich.« Ich erwiderte ihren Blick. Sie hob die Brauen.

»Die Pässe für die Kinder hast du dabei?«

»Ist das eine Frage?« Ich suchte Alecs Blick im Rückspiegel.

Er hatte sich aufgesetzt. »Gut, dann machen wir einen Abstecher nach Liverpool. Wie lang ist es noch bis zur schottischen Grenze?«

»Ein paar Stunden.«

Ich sah im Rückspiegel, wie Alec sich bewegte. Er rutschte hinter den Beifahrersitz und legte seine Hände auf Florence' Schultern, die heftig unter seiner Berührung zusammenzuckte.

»Noch böse?«, fragte er sanft.

»Lass mich los.« Sie rückte nach vorne, aber Alec hielt sie fest und zog sie zurück.

»Komm schon. Wie nennt dich Davies? Beauty? Lass es mich wiedergutmachen.«

»Ich will nicht, dass du irgendetwas gutmachst!«, flüsterte sie leise.

»Entspann dich«, raunte er in ihr Ohr. Er begann, sie zu massieren, und da er zu stark war, blieb ihr keine andere Wahl, als es zuzulassen. »Entspann dich, *Beauty*.«

»Warum schläfst du nicht einfach wieder ein?«, fragte Florence mürrisch. Sie sah stur geradeaus.

»Ich hatte genügend Schlaf, jetzt kann ich mich darum kümmern, dass es dir wieder besser geht.«

»Mir ginge es besser, wenn wir umkehren und ihr Nike in Ruhe lasst.«

Alec beugte sich zwischen die zwei Vordersitze und flüsterte Florence etwas ins Ohr. »Du weißt, dass wir das nicht tun werden. Finde dich damit ab.«

Ich warf Florence einen prüfenden Blick zu. Sie hatte sich auf die Lippe gebissen. Waren ihre Augen glasig?

»Was?«, fragte Alec mich schlecht gelaunt, der meinen skeptischen Gesichtsausdruck bemerkt haben musste.

»Du übernimmst dich.« Ich fuhr mir über das kurzgeschorene Haar. Scheiße, wollte ich Alec gerade von etwas abhalten? »Das ist nicht dein Stil. Sie will es nicht. Lass sie.«

Alec ließ sie sofort los und hob die Hände, sodass ich sie aus den Augenwinkeln sehen konnte. »Natürlich. Tun wir so, als ob wir sie beide nicht ficken wollen, ich bin ganz deiner Ansicht.«

Ich hätte gerne etwas Ironisches geantwortet, aber ich schluckte die Erwiderung herunter. »In ein paar Tagen wirst du mir danken, dass du Shania nicht betrogen hast …«

Alec lachte humorlos auf und ließ sich nach hinten fallen. »Ja, Davies! Natürlich werde ich dir danken. Ich werde den neuen König höchstpersönlich dazu überreden, dir einen Ritterschlag zu erteilen, glaub mir, das wird großartig. Halt an.«

Ich reagierte nicht.

»Halt an.«

Ich verdrehte die Augen, bremste abrupt und glitt über die mittlere Spur in eine Haltebucht. Kaum hatte ich den Jaguar zum Stillstand gebracht, stieß Alec die Tür auf und verschwand in der Dunkelheit.

Zurück blieb Stille.

»Normalerweise ist er nicht so.« Ich verspürte das unangenehme Verlangen, mich zu erklären.

»Du meinst, so gemein, arrogant und übergriffig?«, fragte Florence spöttisch und sah in die entgegengesetzte Richtung. »Ich weiß nicht mal, wie so jemand in Betham überlebt, solche wie er wurden selbst an meiner Schule in einem ganz anderen Stadtteil jeden Tag verprügelt.«

»Du wirst ihn noch von seiner besseren Seite kennenlernen.« Leider.

»Warum bist du so ernst?«, fragte Florence.

Der Kofferraum ging auf und Alec kramte lautstark in seiner Tasche herum.

»Weil er etwas vor mir verbirgt und mir versucht, Hinweise zu geben, die ich nicht zusammenführen kann«, raunte ich leise, sodass Alec mich nicht hörte. »Ich bin ein Kämpfer, kein Denker.«

»Was für Hinweise?«

Die Kofferraumtür donnerte wieder zu.

Ich setzte mich stöhnend zurück. »Karten. Wein. Ein Spiel. Vielleicht hofft er, dass ich ihn durchschaue, um ihm helfen zu können. Oder kannst du dir das erklären?«

»Du meinst das … Geschenk, das er mir vor die Tür gestellt hat?«

»Gut, hör zu.« Ich drehte mich in ihre Richtung und fokussierte die schwarze Schönheit mit meinen Augen. Alec war um den Wagen herumgegangen und breitete seine Utensilien auf der Motorhaube aus. »Er ist untergetaucht, war vier Tage verschwunden. Bis zu dem Zeitpunkt, als er dich traf. Er kam zurück und erteilte wahnwitzige Befehle, wir sollten innerhalb weniger Stunden alles über dich herausfinden. Er war vier Tage untergetaucht und kam mit dir in der Hand zurück? Da ist etwas passiert, und dass wir jetzt zu deinem Bruder fahren, nur eine Ausrede.«

Alec hatte sich die Line zusammengeschoben und beugte sich hinunter, um sie einzuziehen. Ich schaltete das Licht um auf Standlicht, aber dem Dark Prince war eh egal, wer und ob ihn jemand sah.

»Er ist normalerweise kontrolliert, zielgerichtet, wesentlich strenger. Mit sich und anderen.«

Florence hob zweifelnd eine Braue. »Vielleicht sollte er mehr schlafen und weniger koksen.«

»Vielleicht solltest du alles in der Welt dafür tun, dich von ihm fernzuhalten.«

»Bist du eifersüchtig?«, fragte sie grinsend.

Ich stutzte, dann lächelte ich breit. »Nein, ich teile gern mit ihm, aber gut, dass du das ansprichst.« Ich griff nach ihrer Hand und zog sie vor meine Lippen. Ihre dunkle Haut schimmerte wie eine Kostbarkeit zwischen meinen Fingern. »Heute Nacht habe ich andere Pläne, aber ab morgen stehe ich Ihnen zur Verfügung, Mylady.«

Sie kicherte und entzog mir die Hand. »Du meinst den ›Job‹?«

Ich hätte nicht gedacht, dass eine wie Florence würde kichern können.

Alec riss die Hintertür auf und ließ sich zurück auf die Rückbank fallen. Er dürfte mitbekommen haben, dass ich ihr

Vertrauen gewonnen hatte. Normalerweise hätte er diese Tatsache gefühlskalt hingenommen und damit geplant, aber wer wusste schon, was seit ein paar Tagen in seinem Kopf umherging?

»Ich meine diesen Job, ja«, sagte ich und fuhr wieder an. »Und wir werden sehen, ob du mich danach noch fragen willst, ob ich eifersüchtig bin.«

UND WENN
ICH DIR EINE ROSE
SCHENKE, WER
SAGT DIR, DASS SIE
NICHT ZERFÄLLT?

DER PRINZ

»Es sind Nutten!« Florence hatte die Hände in die Hüften gestemmt und echauffierte sich auf eine Art und Weise, die mir sehr gefiel. »Nutten!«

»Wem sagst du das?«, fragte ich grinsend.

»Ich weiß auch nicht!« Sie wirbelte hilflos mit einer Hand durch die Luft. Sie hatte wohl geglaubt, Davies sei irgendeiner edlen Natur und nicht simpel gestrickt und triebgesteuert.

Wie niedlich.

»So was nennt ihr also ›Job‹?«, fragte sie abfällig und nahm mich ins Visier. Sie hatte ihre restliche Scheu verloren. Vielleicht weil sie ahnte, dass sie uns ausgeliefert war, und ihr Scheu am wenigsten nutzte. »Davies läuft in einen Puff, knallt ein paar englische Weiber durch und ihr verschwindet wieder?«

Ich zuckte die Achseln und sah absolut keine Notwendigkeit, sie aufzuklären.

»Hör auf, zu grinsen!«, fauchte sie herrlich wütend und wandte sich ab.

Der Jaguar parkte direkt vor einem Bordell. Ich stand gegen die Ziegelsteinmauer gelehnt und rauchte. Florence war ausgestiegen, um sich zu beschweren.

Tja, Süße, wenn du auch nur einen Moment dachtest, meine

rechte Hand und treuester Diener würde zu irgendeinem Zeitpunkt seines Lebens dich vor andere stellen, hast du dich getäuscht.

So schade.

»Hast du Hunger?« Ich ließ es beiläufig klingen, aber im Grunde war es ein Befehl. Sie würde etwas mit mir essen, ob sie wollte oder nicht.

Florence fasste sich wie in Trance an den Bauch. Ich mochte das Outfit, das sie trug. Lockere Jeans, Chucks und ein eng anliegendes schlichtes Sweatshirt, das auf sehr nette Weise betonte, wie groß ihre Brüste und wie schlank ihr restlicher Oberkörper waren.

»Na, komm schon, Prinzessin«, sagte ich lächelnd, drückte die Zigarette aus und drehte mich von dem Puff weg. Davies würde noch ein paar Minuten beschäftigt sein – auch weil er herausfinden musste, in welches Motel wir heute Nacht fahren konnten. »Ich lade dich ein.«

»Wow«, sagte sie ironisch. Wie es wohl klang, wenn ihre Stimme einmal nicht vor Hohn triefte? Wenn sie *echt* war, nicht geschauspielert?

»Pizza?«, schlug ich vor, aber wieder war es nur reine Höflichkeit, ich hatte längst entschieden. Ich musste den Impuls unterdrücken, ihr den Arm anzubieten, und hielt ungewöhnlich viel Abstand. »Wie kommt es eigentlich, dass du auf einer Privatschule warst?«

»Hast du das noch nicht herausgefunden?«, fragte sie bissig und warf mir einen kurzen Blick zu.

»Längst.« Etwas in mir erinnerte mich daran, dass es nicht gerade ungefährlich war, sich in dieser Gegend zu bewegen. Hatte Evan mich bereits verraten? Wusste es jemand? *Wie viele Tage würde es noch dauern, bis ich erfuhr, wo er sich verbarg? Würde diese innere Unruhe je wieder vorbei sein?* »Aber da, wo ich herkomme, führt man Konversation, indem man über Dinge spricht, die einem sowieso schon bekannt sind. Und da du mir nichts von deinen dunklen Geheimnissen erzählen möchtest …«

»Ich habe keine«, behauptete sie und ging stur geradeaus. Am Ende der verfallenen Straße befand sich eine Pizzeria. Eine italienische. Sie war trotz Rotlichtviertel genießbar.

»Jeder hat welche.« Das war keine Frage. »Ich vielleicht mehr als du, es kommt immer darauf an, wie viele man sich zutraut.«

»Idiot.«

Ich mochte ihre Chucks. Ich mochte zu vieles an ihr. Dieses Haar, dieser gleitende, unbeabsichtigte Hüftschwung, ihre Lippen, allein die Größe ihres Körpers oder die schlanken Finger, die Davies' Recherche nach Klavier spielen konnten … Ah, verdammt.

»Fertig?«

Ich bemerkte zu spät, dass sie mich angrinste. »Womit?«

»Mit deinem Blickfick.« Florence zwinkerte charmant.

»Wenn du nichts dagegen hast, könnte der noch eine Weile dauern.« Davies hatte recht, indem er sagte, ich sollte auf meinen Stil achten. Mir selbst treu bleiben und Shania nicht aufs Spiel setzen. Allerdings wusste er auch nichts davon, wie nah ich dem Tod war, solange ich Evan nicht fand. Und solange mich niemand zusammen mit Florence sah … »Fuck, runter!«

Ich griff Florence fest an der Schulter und drückte sie auf die Knie. Der weiße SUV bog in unsere Straße und rauschte an uns vorbei. Scheiße! Es war eines der Kennzeichen!

»Was soll das denn?«, keuchte Florence am Boden und sah übellaunig zu mir hoch.

Ich griff an meinen Gürtel. »Los, blas mir einen.«

»Wie bitte?!«, rief sie.

Ich griff hart an ihr Kinn. »Sei leise. Tu es. Halt deine Hände davor, es muss nur so aussehen, als ob.«

»Warum denn?«, fragte sie widerspenstig, während ich meinen Gürtel öffnete.

»Einer meiner Feinde sitzt in diesem SUV dort, er darf

nicht wissen, dass du bei uns bist. Also verhalt dich wie die anderen zehn Nutten hier und fall nicht auf.«

»Du bist ein Ar-«

Jesus Christ! Diese Frau regte mich derart auf, dass ich ihr am liebsten meinen Schwanz gegen ihren Willen zwischen die Lippen gedrückt hätte, um sie zum Schweigen zu bringen. Er war schlaff, allein daran hätte sie erkennen müssen, dass ich es ernst meinte.

Ich beobachtete, wie die Männer von Shanias Vater ausstiegen und auf den Puff zugingen, in dem Davies verschwunden blieb. Womöglich hatte man ihnen mitgeteilt, dass er gekommen war, und sie wollten nun überprüfen, was mein Diener trieb. Ob sie noch mehr wussten? Hatte Shania ihrem Vater zugesteckt, dass wir in den Norden aufgebrochen waren? Ich sollte dringend mein Handy säubern lassen, am Ende hatte sie mich noch mittels App oder sonst was getrackt. Ich hielt Florence' Haare so fest, dass sie ihren Kopf nicht bewegen konnte.

»Ich könnte ihn dir abbeißen, schon klar, oder?«, nuschelte sie. Meine Spitze direkt an ihren Lippen. »Lass mich los!«

»Gleich«, versprach ich ihr und beobachtete Wilsons Männer dabei, wie sie vor dem Bordell herumstanden und sich unterhielten. Sie bemerkten mich nicht einmal. Dachten, ich sei irgendein Freier und Florence eine Hure. Das war der Plan. Solange Shania nur erfuhr, dass ich mich im Bordell mit einem Blowjob begnügt hatte, würde es sie nicht stören. Käme allerdings heraus, dass Florence uns begleitete und ich mich mit ihr unterhielt, als wäre sie mehr als eine wertlose Bitch, würde sie einen Aufstand machen, den ich nicht gebrauchen konnte. Nicht zuletzt, da ihr Vater mich nur deshalb in seinen Stadtvierteln duldete, weil ich seine Tochter vögelte und sie in meinem Thronsaal spielen ließ. Mein Blick glitt zurück zu Florence. »Wir warten, bis sie weg sind, dann kannst du aufstehen.«

»Und warum soll ich für deine Deckung sorgen, hm?«, fragte sie schnippisch. Mein Schwanz wurde langsam hart, aber noch sah das, was sie tat, nicht wie ein richtiger Blowjob aus.

»Wenn ich dich lieber den fünf Männern da hinten überlassen soll, sag es einfach. Ich denke, sie werden dich nicht lange darum bitten, einen Blowjob vorzuspielen, sondern dich gleich vergewaltigen. Deine Entscheidung.« Es war die halbe Wahrheit, aber sie wirkte.

Florence erschauderte.

»Beweg deinen Kopf vor und zurück.«

Ich hielt meine Hand so, dass niemand, der nicht genau hinsah, bemerken würde, dass mein Schwanz nicht zwischen ihren Lippen steckte. Aber anstatt zu schauspielern, rückte sie auf den Knien näher heran und nahm ihn in ihren Mund. Ungläubig sah ich ihr dabei zu, wie sie ihn zärtlich mit ihrer Zunge umfuhr. Ich wurde augenblicklich steinhart.

Scheiße, lass das, Baby. Meine Gedanken blieben stumm.

»So?«, fragte Florence rau.

»Ja.« Verdammt. Ich lockerte meinen Griff in ihrem Haar, denn ich verlor die Kontrolle. Alles, was mir blieb, war, ihre Lippen anzustarren, zwischen die sich mein Schwanz Millimeter für Millimeter schob, bis er gegen ihren Rachen stieß. *Merde.* Sie behielt ihre Hände unten, alle Bewegungen gingen von ihrem Kopf aus. Florence nahm Abstand, umfuhr die Spitze mit ihrer Zunge und schob ihn sich wieder rein.

Ich stand da wie ein dümmlicher Teenie, der zum ersten Mal einen Blowjob bekommt. Als wäre ich noch nie verführt worden. Als hätte sich mir noch nie irgendeine Frau angeboten. Das hier war anders. Es war sie. Sie, die ich nicht haben durfte. Sie, die dunkle Gelüste in mir weckte. Sie, die ich so viel lieber an meiner Seite hätte als Shania.

Florence behielt die Augen geschlossen und verausgabte sich. Mir blieb nichts anderes übrig, als es zu genießen. Kein Stöhnen, kein Laut entwich ihr. Obwohl es ein Blowjob war, obwohl er dreckig sein sollte und derbe begonnen hatte, war er intim. Keine einzige Frau auf der Straße hätte diese Gefühle in mir wecken können.

Es war ein einziger Rausch, der mich befiel, und er verstärkte sich, als sie die Augen aufschlug. Damit war es unvermeidbar, dass ich mich in ihr ergießen würde. Ich wollte ihren Mund so hart ficken, dass sie stöhnen *musste*, und gleichzeitig wollte ich nichts weiter tun, als hier zu stehen, auf sie hinabzusehen und meinen Schwanz dabei zu beobachten, wie er ein ums andere Mal zwischen ihren süßen Lippen verschwand.

Ihre Augen waren die reinste Herausforderung. Sie wollte, dass ich die Kontrolle abgab, mich von ihr beherrschen ließ, und eigentlich wollte sie doch nur, dass ich sie dominierte. Ein perfekter Blowjob bestand aus diesem Spiel. Das Kokain ließ mich alles noch viel intensiver spüren. Die kleinste Bewegung ihrer Lippen. Den weichen Mundraum. Die zärtliche Liebkosung. Das lustvolle Atmen. Wie gerne hätte ich sie jetzt hochgezogen und gegen den geschlossenen Kiosk in unserem Rücken genommen. Aber das wäre ihr nicht gerecht geworden und ich wollte nicht, dass irgendjemand außer mir hörte, wenn sie mich anflehte, sie kommen zu lassen.

Ich bemerkte zu spät, dass ich längst die Augen geschlossen hatte und viel zu nah an einem Orgasmus war, als sie sich zurückzog. Automatisch griff ich in ihr Haar, um sie in der Position festzuhalten, und öffnete die Augen. »Bleib.«

»Sie sind weg.« Ihre Stimme klang hohl, als würde sie ihre wahren Gefühle vor mir verbergen wollen. Sie nickte zum Eingang des Bordells.

Die Typen waren tatsächlich samt SUV verschwunden. Florence' Aufgabe damit erledigt.

Ich kämpfte mit mir selbst und gegen meine Überzeugungen, dann ließ ich sie los. Sie stand auf, strich sich über die Knie, um den Dreck zu entfernen und wandte sich Richtung Pizzeria. Sie hielt den Kopf gesenkt. Aus Scham?

»Pizza oder Pasta?« Ich fasste mich, schloss meine Jeans und folgte ihr, als wäre nichts geschehen. Nur noch ein paar Schritte bis zur Ecke. Im Laden hockte ein einzelner Gast, eine düstere Gestalt an der Theke, ansonsten war der Schuppen leer.

»Du lässt mir die Wahl?«, fragte sie ironisch.

»Wie unüblich von mir.« Wir erreichten den ersten Stehtisch, der vor der Pizzeria auf dem Bürgersteig stand, und ich griff nach einer Karte, um die Getränkeliste zu studieren. Der Wein war tatsächlich gut gewählt, sollten sie ihn nicht mittlerweile ausgetauscht haben.

Florence ging vor mir durch die geöffneten Flügeltüren in das kleine Restaurant, doch ich hielt sie am Arm zurück. Sie war so leicht, dass es für mich keine Schwierigkeiten bedeutete, sie festzuhalten, und ihren Körper so dicht an meinem zu spüren, gab mir erneut ein rauschendes Gefühl, das ich ganz sicher nicht dem Kokain zuschreiben konnte.

»Ich möchte, dass du weißt, dass das eben kein Trick war.« Natürlich wäre es mir lieber gewesen, wenn sie nicht aufgehört hätte, aber es sollte freiwillig geschehen. »Ich würde dich *niemals* zu etwas zwingen, das du nicht willst. Du hättest es nicht wirklich tun müssen, sie hätten uns so oder so nicht enttarnt.«

»Verstehe«, sagte sie knapp. Sie schien über etwas nachzudenken und ihre Miene wurde weich. »Du schauspielerst gerne, oder? Das Fesseln am Bett. Die Verletzung. Und jetzt das hier.« Sie zögerte, bevor sie ergänzte: »Ist deine Beziehung zu Shania auch geschauspielert?«

Ich brauchte einen Moment, um die Gefühle zu unterdrücken, die sich in mir emporbahnten. Sie war eifersüchtig und es sollte mir absolut egal sein. »Du willst die Antwort nicht hören.«

»Du liebst sie wirklich?«, fragte sie wispernd und wirkte verstört – jedenfalls glaubte ich das zu erkennen. Was war die richtige Antwort auf diese dämliche Frage?

»Ich liebe niemanden wirklich.«

»Wer bist du, Alec?« Florence' braune Augen glitten tief in meine, sodass ich mich darin verlor.

»Ich bin das Biest, dessen Rose zerfallen ist.«

»Warum habe ich das Gefühl, dass du das nicht nur sagst, weil du high bist?«, fragte sie misstrauisch.

»Ich sage das nur, weil ich high bin.« Noch immer stand sie dicht vor mir. Der Restaurantbetreiber schielte bereits zu uns herüber. »Nüchtern bin ich der kaltblütige Kriminelle, der London in Schach hält. High bin ich das hier.« Ich streckte eine Hand nach ihrer Wange aus. Ob ich gerade die Wahrheit sagte oder sie nur neu erfand, konnte ich nicht genau sagen. »Abgrundtief verloren.«

Sie zitterte leicht unter meiner Berührung. In einem Märchen wäre das der richtige Moment für den ersten Kuss. Eine schäbige Pizzeria, das Rotlichtviertel. Koks im Blut und Angst in den Gliedern. Eine reine Verzweiflungstat. Bevor es zum ›Und sie lebten niemals weiter‹ kam.

»Und warum –«, begann sie.

»Na, ihr kleinen Täubchen?« Davies.

Wir stoben auseinander, als fühlten wir uns tatsächlich bei einer Intimität erwischt. Er trat grinsend zwischen uns.

»Ich habe sehr großen Hunger und meine wundervollen, überschminkten Bitches warten nicht gern, bis ich diesen gestillt habe. Wer bestellt?«

Ich hatte große Lust, ihn wie einen Hund vor die Tür zu scheuchen. »Ich«, murmelte ich mit zusammengepressten Zähnen und ging auf den Tresen zu. Ich gab bei dem Pizzabäcker die Bestellung auf und ließ mir drei kalte Bier geben. In meinem Rücken hörte ich Florence kichern. *Ein sehr seltsames Geräusch.* Ich hatte ihren Humor für anspruchsvoller eingeschätzt, als dass jemand wie Davies sie zum Lachen bringen konnte.

Als ich mich umdrehte, sah ich gerade noch, wie er sich an ihr Ohr beugte, um ihr etwas zuzuflüstern, obwohl sie sich extra so weit weg wie möglich von ihm auf die Sitzbank gesetzt hatte. Ihr gefiel, was er sagte.

Es schien fast so, als würde sie ihm aus der Hand fressen, auch wenn er gerade aus einem Puff kam. *Oder war sie einfach nur erleichtert, dass sie nicht länger mit mir alleine war?*

»Warum hast du nicht einfach eine ganz normale Pizza bestellt?«, fragte Florence mich, als ich den Tisch erreichte und das Bier darauf abstellte. »Nein, für Mr Dark Prince dürfen es nur die besten Zutaten –«

»Sag den Namen nicht so laut«, knurrte Davies sofort und brachte sich kampfbereit in Position.

Ich lächelte. »Willst du, dass die Pizza vor schlechtem Fett und billigem Käse nur so trieft, oder willst du, dass sie *schmeckt,* Florence?«

Sie griff bestimmt nach dem Bier und warf erst Davies, dann mir einen Blick zu. »Warum darf niemand wissen, wer ihr seid?«

Ich setzte mich auf den Barhocker ihr gegenüber und überließ Davies die Erklärung.

»Rotlichtviertel«, erinnerte er sie knapp und winkte mit der Bierflasche in der Hand um sich herum. »Wenn man irgendwo in diesem Kaff außerhalb Londons seinen Namen kennt, dann hier. Die lassen uns nicht mehr gehen, wenn sie wissen, wer er ist.«

»Warum nicht?«, fragte sie flüsternd. Sie schien das Schlimmste zu befürchten und sah sich beunruhigt um.

»Sie wollen, dass ich ihnen helfe«, erklärte ich leise und betrachtete die billige Holzmaserung des Tisches. »Sie kommen in London zu mir, damit ich ihnen helfe. Und in diesem Viertel hier könnten sie mich ebenfalls gebrauchen.«

»Und wie sieht diese ›Hilfe‹ aus?«, fragte sie zweifelnd. Unsere Knie unter dem Tisch berührten sich zufällig. Doch sie tat so, als würde es sie nicht kümmern. »Du verteilst deine edlen Drogen und verdienst dir eine goldene Nase?«

Holy Shit. Sie hatte noch gar nicht begriffen, worum es hier ging.

Davies warf mir einen zweideutigen Blick zu. *Sollen wir sie aufklären?*

Und was willst du ihr sagen, du Vogel? Dass du die Nutten erledigen wirst? Auf deine sehr übertrieben sadistische Art?

Er schüttelte den Kopf.

Eben.

»Florence, Baby.« Der Restaurantbetreiber brachte uns die Pizza und ich rückte ab, um ihm Platz zu machen. Überraschenderweise lagen auf ihr echte Champignons und keine aus der Dose. »Als ich dir in Evans Wohnung Pepp anbot, war das eine Tarnung. Es tut mir furchtbar leid, dich enttäuschen zu müssen, aber ich habe noch niemals in meinem Leben wirklich gedealt.«

Davies griff nach einem Pizzastück. »Ich übrigens auch nicht«, sagte er, bevor er seinen Mund füllte und ihr zuzwinkerte.

»Woher kommt dann das ganze Kokain in deinem Safe?«, fragte sie forschend. »Ihr wollt mir weismachen, ihr habt nichts mit den Deals im *Royal Black* zu tun?«

»Nein.« Davies schüttelte mit vollem Mund den Kopf.

»Wir dealen nicht im *Royal Black*. Wir lassen dealen und geben die meisten Drogen umsonst raus.«

Florence starrte mich ungläubig an. »Warum solltet ihr das tun?«

»Beschaffungskriminalität«, erklärte ich beiläufig und griff als Einziger nach Messer und Gabel. »Es ist ein erster Schritt, diese einzudämmen. Und bei uns bekommen sie das Zeug ganz ohne Attest.«

Ihr Mund hatte sich geöffnet. »Euer Ernst? Aber das ist doch keine Lösung!«

»Natürlich nicht«, zischte ich. *Wollte sie mir erklären, was die Lösung war?* »Aber es ist immer der erste Schritt. Und jetzt *iss* etwas. Und stell nicht infrage, was ich tue. Du denkst, nur weil wir gerade freundlich sind und Davies dir seinen Schutz versprochen hat, sind wir deine Freunde. Aber deshalb sitzen wir nicht hier, verstanden? Du wirst uns zu deinem Bruder bringen und ich kann dir nur wünschen, dass er eine gute Erklärung oder ein paar Namen für uns hat.«

Florence zog ihre Schultern zusammen und begab sich in die Defensive. Ganz offensichtlich verkniff sie sich einen bissigen Kommentar und nahm sich schweigend ein Stück Pizza. *Sie empfand Angst, sobald man ihren Bruder erwähnte.*

Und wenn ich so darüber nachdachte, wusste ich nicht, ob ich ihre Reaktion, wäre sie noch so beleidigend gewesen, nicht dennoch lieber gehört hätte.

DU WACHST
AUF UND ES HAT
SICH NICHTS
VERÄNDERT.

Dornröschen

FLORENCE

»Bist du wach?«

Ich zuckte zusammen. Seit wann war ich so schreckhaft?

»Also, ja.« Ich hörte, wie Alec sich im Bett drehte. Ich lag mit dem Rücken zu ihm. »Wirst du jemals lernen, auf meine Fragen zu antworten?«

»Ich habe gar nicht geschlafen«, murmelte ich. Mein Kopf dröhnte, meine Augen waren müde, mein Körper hellwach.

»Wow.« Ich hörte den Prinzen anerkennend pfeifen. »Und wieso nicht?«

Ich blieb stumm. Ein kindlicher Wunsch in mir trieb mich nach Hause. In mein Bett. In die Arme meiner Mutter, sollte sie mich jemals in den Arm genommen haben. Ich erinnerte mich nicht. Ich verabscheute die Situation, in der ich mich befand. Die Aussichtslosigkeit, in die ich getrieben wurde. Ich brachte die zwei schlimmsten Männer, die mir in den Sinn kamen, direkt zu meinem Bruder.

Wer sagte mir denn, dass sie Nike in Ruhe lassen würden, sobald er ihnen gestanden hatte, was sie wissen wollten? Wer sagte mir, dass sie uns gehen lassen würden und uns nichts mehr geschah? Wenn nicht Alec und seine Leute hinter uns her waren, dann diejenigen, von denen die Drogen kamen. Ich hatte mich in eine Lage gebracht, aus der es kein Entkommen gab. Nur weil ich wie ein kleines, dummes Mädchen zu Evan gerannt war, um ihn um Hilfe zu bitten. Warum hatte ich das Koks nicht einfach das Klo heruntergespült? *Einfach weg mit dem Höllenzeug,* das sogar einen wie den Dark Prince in seinen Bann zog und unausstehlich machte. Obwohl er sich gestern Nacht entgegen meinen Erwartungen friedlich verhalten hatte. Nach der Dusche hatte er sich wortkarg mit einer Zeitung an den kleinen Tisch gesetzt, Wein getrunken und war anschließend mit einem einfachen »Gute Nacht, Baby« ins Bett gegangen. Ich wusste nicht, warum er darauf bestanden hatte, dass wir in einem gemeinsamen Zimmer schliefen. Genug Geld für ein drittes Zimmer in diesem heruntergekommen Motel besaß er ja.

Die zwei Einzelbetten standen eine Beinlänge auseinander und Seine Hoheit hatte so getan, als wäre ich gar nicht da. Vielleicht ging Alecs Kontrollsucht so weit, dass er wissen wollte, ob ich schlief. Was ich nicht getan hatte.

»Ich gehe davon aus, dass du mir nicht mehr antworten wirst?«, fragte er etwas gelangweilt.

Ich drehte mich zu ihm um. Vielleicht konnte momentan mein Blick mehr sagen als noch so viele Worte, aber er hatte schon nach seinem Handy gegriffen und wischte mit dem Daumen auf dem Display herum.

Kurz darauf nahm er das Handy ans Ohr.

Alec zwinkerte. Etwas an dem Blick, den er mir zuwarf, ließ abermals das Feuer in meiner Brust züngeln und ich fragte mich, wie es sein konnte, dass ich in seiner Nähe irgendetwas anderes als Hass empfand.

Er legte einen Finger auf die Lippen, um mir zu bedeuten, dass ich still sein sollte. Dabei lächelte er – zweideutig. Und es wunderte mich plötzlich, dass er tatsächlich fünf Stunden neben mir geschlafen hatte, ohne zuvor einen einzigen anzüglichen Kommentar von sich zu geben. Das Kokain machte aus ihm einen Mann mit drei Gesichtern. Es gab den brutalen, genervten Alec, der zügig seine Interessen durchsetzte, dann gab es den geheimnisumwobenen, zweideutige Anspielungen machenden jungen Mann, der mir merkwürdige Botschaften schrieb und mich ansah, als würde ich ihm gefallen, und dann gab es da noch diesen Prinzen, eine gereizte Natur, die sich wie ein verwöhntes Muttersöhnchen beschwerte, wenn er nicht bekam, was er wollte.

Und jetzt telefonierte er zwinkernd, ein klares Zeichen dafür, dass er mich reizen wollte, und im nächsten Moment wusste ich auch, womit.

»Hi, Liebling.«

Seine Freundin.

»Ich bin in Schottland. Ja, ich hätte mich früher melden sollen.« Seine Stimme wurde samtweich. Fast wie die von Davies. »Du weißt, was mich beschäftigt hat«, sagte er ernst, aber sein Lächeln blieb ironisch. Er lag noch immer auf dem Bett, die Haare von der kurzen Nacht zerzaust, der Bart seit Montagabend nicht mehr rasiert. »Ja, es hat mich mitgenommen und ich musste raus aus London. Überall wird man an ihren Tod erinnert. Meiner Tante? Ja, es geht ihr schlecht.« Er legte sehr viel gekünsteltes Bedauern in seine Stimme. Ob diese Shania ihm das abnahm? »Sie konnte sich gestern Morgen nicht einmal daran erinnern, dass ich schon seit einigen Tagen bei ihr bin.« Stille. Das Telefon war so leise gestellt, dass ich die Antwort seiner Freundin nicht hören konnte. »Nein, ich werde meine Mutter selbst anrufen, in ein paar Stunden. Mach dir bitte keine Sorgen.«

Ich setzte mich leicht auf. Mit wem zur Hölle sprach er?

»Du weißt, dass ich an dich denke. Sehen wir uns bei der Beisetzung, Liebste?«

Seine Stimme triefte nun vor Schmeicheleien, aber er meinte das Ganze noch immer nicht ernst. Er spielte ihr etwas vor. Und sie schluckte diesen Scheiß?

Alec warf mir bei den letzten Worten einen Blick zu. Seine dunklen Augen trafen die meinen, sein Lächeln weitete sich wie gewohnt. »Ich liebe dich auch. Bye.«

»Arsch.«

Er nahm das Telefon herunter. »Findest du, ja?«

Ich atmete einmal tief durch. Diesem Typen war nicht mehr zu helfen, keine Chance. Dieser Shania allerdings auch nicht, wenn sie sich mit so etwas abspeisen ließ. Die musste dümmer als ein Huhn sein. Gerade hatte nicht ›der Prinz‹ telefoniert, sondern ein näselnder Besserwisser, der den kleinen Finger abspreizte, wenn er trank.

Abartig!

Aber wenn sie drauf stand …

Nur, dass ich auf ihre Gefühle keine Rücksicht mehr nehmen konnte. Jetzt, nachdem ich mich dazu entschieden hatte, mit Davies und Alec auf einen Roadtrip zu gehen, erst recht nicht.

Ich stand auf und dachte daran, den Plan auszuführen, über den ich die gesamte Nacht gegrübelt hatte. Nach diesem Gespräch empfand ich besonders viel Lust dazu. »Das war also deine Freundin?«, fragte ich mit einem schmeichelnden Tonfall und ging auf sein Bett zu.

Alec legte das Handy ab und verschränkte die Arme hinter seinem Kopf. »Und das war vermutlich eine rhetorische Frage?«

»Wieso sagst du ihr, dass du sie liebst, wenn du es nicht tust?« Ich erreichte sein Bett und griff wie nebenbei nach einer Locke meines langen Haares, um sie um meinen Finger zu zwirbeln. Ich trug nur mein Top und eine Boxershorts als Schlafanzug.

»Wer sagt, dass ich sie nicht liebe?«, fragte er grinsend.

Ich ging nicht auf ihn ein und brachte die Frage einfach über die Lippen. »Willst du, dass ich dich ficke?«

Er stutzte, tatsächlich. Seine Augenbrauen wanderten in die Höhe und er brauchte einen Augenblick für die Antwort. »Ja.«

Wow. Etwas in mir geriet in Wallung und das ärgerte mich besonders. »Okay«, brachte ich hervor und blieb für einen

Moment dümmlich vor seinem Bett stehen. Scheiße, ich war irgendwie spontan darauf gekommen, ihn *so direkt* zu fragen. Und er hatte einfach ja gesagt!

Die halbe Nacht hatte ich darüber nachgedacht, ihn zu verführen, um ihn mit Sex zu manipulieren. Oder mit dessen Herauszögern. Ganz besonders gut funktionierte diese Maßnahme bei so jemandem wie Lucas. Die meisten Männer tickten gleich, auch der Dark Prince besaß einen Schwanz. Doch zu was sollte ich ihn bringen? Nike und mich gehen zu lassen? Oder Nike und mich zu beschützen? Vielleicht konnte er mir auch Geld geben. So viel, dass ich keine Doppelschichten mehr im Bellagio machen musste. Ein guter Lohn dafür, dass ich heute nicht zur Arbeit gekommen war. »Wie viel?«

Das feine Schmunzeln legte sich über Alecs Lippen. »Fick mich einfach, ohne Fragerei.«

Ich war kurz davor, kräftig zu schlucken. »Ich konnte heute nicht zur Arbeit gehen …«, wich ich aus.

»Oh, das tut mir wirklich leid für dich«, sagte er ironisch.

So. Ein. Wichser. »Ich will Geld.«

Etwas in seinen Augen veränderte sich. »Du willst, dass ich dich bezahle?«, fragte er rau.

»Du bist nicht ganz so begriffsstutzig, wie du aussiehst.«

Er musste lachen. »Ich soll dich bezahlen für etwas, das ich mit Tausenden Frauen umsonst haben kann?«

»Ich bin eben nicht wie tausend Frauen«, sagte ich sanft und schlug meine Haare zurück. Ich strich mit einem Finger über die Bettdecke neben seinem Körper. »Das weißt du.«

Das gestern Nacht in dieser Straße … Bildete nur ich mir ein, dass es für ihn irgendwie besonders gewesen war? Wie für mich?

»Wie viel willst du?«, fragte er nüchtern.

Aha. Jetzt war Verhandeln angesagt. Ich griff an seine Bettdecke und schlug sie zurück. Im Gegensatz zu mir, die nur Unterwäsche trug, hatte er einen langen Longsleeve und eine bequeme Jogginghose an, die ihm bis zu den Knöcheln reichte. Ich ließ meine Finger zu seinem Hosenbund gleiten und es überraschte mich, dass er bereits hart war. Weil ich ihn anmachte oder weil es so früh am Morgen war? Ersteres konnte ich mir kaum vorstellen – denn er hatte absolut recht, ich war nur eine von Hunderten und ich hatte seinen Schwanz bisher ja nicht einmal berührt.

Ich schob den Bund beiseite, bis hinunter zu seinen Perlen und zitterte etwas, als ich nach seinem besten Stück griff. Holy Shit.

Ich wusste ja schon, dass er groß war, aber er lag ebenso gut in der Hand wie zwischen meinen Lippen. Ich hatte mir aufgrund seines ewigen Machogehabes vorgestellt, der Prinz hätte einen ziemlich kleinen. Absolut falsch gedacht.

Ich wusste, dass Alec mich beobachtete, also ließ ich mir nichts anmerken, als ich mit meiner Hand über seine Eichel fuhr. Es dauerte noch zwei Sekunden, bis ich mich traute, zu ihm zu sehen – und sicher war, dass mein Pokerface standhielt. »Fünftausend.«

Der Prinz lachte laut. Darauf hatte ich spekuliert. Genau in diesem Moment ließ ich meine Hand schneller über seinen Schaft gleiten und er unterbrach sich abrupt. »Fünftausend Pfund?«, wiederholte er stöhnend.

»Ja.«

»Ich hätte dir nicht mal hundert –«

Ich drückte mit dem Daumen auf seine Spitze und beschleunigte das Tempo, bevor ich abrupt verlangsamte.

»Fünfhundert«, verbesserte er sich keuchend. Sein Grinsen verging ihm nicht.

»Vier.«

»Tausend.«

»Jemand wie du, dem Geld nichts bedeutet, so zurückhaltend?«, fragte ich nonchalant und beugte mich vor. »Ganz sicher, dass ich nicht weitermachen soll? Du weißt, wie gut es dir gestern gefallen hat.« *Das hatte es doch, oder?*

»Tausend oder du musst darauf warten, bis du mich anflehen wirst, dich zu ficken.«

Niemals! Ich richtete mich wieder auf. Unmöglich, jetzt aufzugeben. Auch, weil es sich anfühlen würde, als hätte ich verloren, und es dann nur fürs Geld zu tun, wäre wirklich Prostitution. Tausend Pfund waren viel, ja, und sollte er sich an die Verabredung halten, wäre es das wert, natürlich. Aber ich war keine Prostituierte. Nein, das hier war ein Spiel, und wenn er nicht bereit war, mehr zu setzen, konnte er alleine am Tisch sitzen bleiben. Ich ließ ihn los und sah zur Seite.

»Baby, tausend verfickte Pfund sind mehr, als das Bellagio oder sonst irgendein Hund dir in der ganzen Woche zahlt.«

Ich lachte spöttisch und strafte ihn mit einem abfälligen Blick. »Das ist es? Weil ich aus der Gosse komme, musst du mich ja nicht so hoch entlohnen? Ich habe den Inhalt deines Safes gesehen, du brauchst mir nichts vorzumachen.«

Er verdrehte die Augen, doch ich blieb auch die gesamte nächste Minute stur. Schließlich, nachdem er ebenfalls geschwiegen hatte, stand ich auf und ging zu meiner Reisetasche, die neben dem Tisch auf einem Stuhl lag, um mir etwas zum Anziehen herauszusuchen.

»Innenfach«, sagte Alec in meinem Rücken. »Keine Ahnung, wie viel drin ist. Es sollte reichen.«

Ich jubelte innerlich. »Wo?«

»Auf dem Sessel«, kam genervt.

Ohne mir den Sieg anmerken zu lassen, ging ich auf Alecs Tasche zu, die auf dem einzigen, heruntergekommenen Sessel des Zimmers lag. Es war eine schlichte Sporttasche, Davies hatte dieselbe gehabt. Beim Öffnen fiel mir als Erstes ein ordentlich zusammengelegter Anzug ins Auge und die Flasche des Parfums, das er sich auftrug, bevor ich nach dem Innenfach suchte, es fand und den Reißverschluss aufzog. Enthalten war sehr viel Bargeld.

Sehr viel.

Ich holte alle drei Bündel hervor und ging sie grob durch.

Fünfziger. Massig. Vielleicht keine fünftausend, vielleicht nicht mal vier, aber drei mindestens.

Scheiße. Das war sehr viel Geld.

»Ist es nicht immer wieder erstaunlich, was wir bereit sind, zu tun, wenn man uns mit Zahlen bedrucktes Papier in die Hand steckt?«

Ich fuhr herum.

Der Dark Prince lag noch immer unverändert auf dem Bett.

Mir fiel keine Erwiderung ein. Für dreitausend Pfund würde ich eine ganze Menge tun und mit jemandem zu schlafen, den ich attraktiv, wenn auch ziemlich nervig fand, war längst nicht das Schlimmste auf dieser imaginären Liste.

»Denk nicht so viel nach und blas mir einen«, verlangte er grob.

Wieder der verwöhnte Prinz, wieder das Arschloch. Aber gut. Das hier wurde der bestbezahlte Job meines Lebens, warum zierte ich mich?

Mit dem Geld in der Hand ging ich zurück zu seinem Bett. Ich sah ihm verführerisch in die Augen, als ich mich ans Fußende des Bettes setzte, das Geld darauf ablegte und ein weiteres Mal nach seiner Latte griff.

Sie war etwas kleiner geworden, aber sobald sie meine Hand spürte, zuckte sie unruhig.

»Was würde Shania tun, wenn sie hiervon wüsste?«, fragte ich mit rauchiger Stimme, beugte mich vor und fuhr mit meiner Zunge über seine Spitze.

Er lockerte die Verschränkung seiner Arme und sah mich weiter an. »Dich oder mich töten, je nachdem.«

»Wovon hängt das ab?«, fragte ich zärtlich und umrundete mit meiner Zunge seine Spitze.

»Davon, wie – Fuck.« Er stöhnte und warf seinen Kopf zurück.

»Wie gut ich bin?«, beendete ich seinen Satz. Ich konnte

kaum glauben, dass ich gerade für einen *Blowjob* dreitausend kassierte. War das real?

»Nein, es käme darauf an …« Er hielt seine Hände krampfhaft bei sich am Oberkörper. »Scheiße, mach einfach weiter.«

Ich gehorchte. Denn das hier gefiel mir ja sogar selbst auf eine Art. Langsam ließ ich seinen Schwanz zwischen meine Lippen gleiten und bewegte meinen Kopf vor und zurück. Der Prinz stöhnte und nach vier weiteren Bewegungen griff er in mein Haar, um mich zu führen.

Ich zuckte erst zusammen, aus Angst, er würde gewaltsam oder grob werden, aber der Druck auf meinen Hinterkopf war kaum spürbar, ganz sanft. Vielmehr hatte ich das Gefühl, er würde sich lustvoll in meinen Haaren verlieren, die Hände Halt suchend, sein Körper erregt. Ich dachte daran, wie es sein würde, mit ihm zu schlafen, diesem perfekten Schönling, der so viele Geheimnisse verbarg. Wäre er dominant, hart? Oder würde er mich wie bei diesem Blowjob machen lassen?

Ich bekam richtig Lust, es mit ihm zu tun. Meine Fantasie malte es sich aus, wie er über mir lag, mich umschlang, mich vollkommen umgab. Diese schwarzen Augen, wie sie meinen Blick festhielten, sein Stöhnen und harte, schnelle, berauschende Bewegungen mit diesem riesigen Schwanz.

Natürlich wurde ich feucht. Als ich spürte, wie er sich einem Höhepunkt näherte, sah ich auf.

Ich bemerkte eine Gier in seinen Augen aufblitzen und Bilder glühten in meinem Kopf, wie er mich hart von hinten nahm. Ich spürte seinen Schwanz tief in mir, sah ihn vor mir, mich küssend, leidenschaftlich, verliebt. *Warum bezahlte er mir hierfür dreitausend Pfund? Er konnte jede haben, wieso war es ihm das wert?*

Ging es ihm darum, mir etwas zu beweisen? Zu beweisen, dass ich das Geld nötig hatte und es deswegen tat?

»Ja, fick mich mit deinem vorlauten Mund zum Höhepunkt, Baby. Du machst das gut. Sehr gut.«

Baby ...

Ja, ich hatte ihm gesagt, er solle mich so nennen. Ein Scherz. Ein Insider. Bedeutungslos, für ihn. Aber ich wusste plötzlich, dass es für mich nicht bedeutungslos war. Meine glühende Mitte verriet mich. Ich wollte Sex mit ihm. Ich wollte ihm nahe sein.

Er war mir nicht egal.

Noch bevor er kam, ließ ich seine Spitze aus meinen Lippen hervorgleiten und brachte alle Selbstbeherrschung auf, um nicht zu zittern. Oder zu heulen. Gott, war das erniedrigend. Noch nie zuvor hatte ich mich so gefühlt. Ich wusste nicht einmal, woher dieser Umsturz kam, aber ich wollte mich am liebsten verkriechen.

Ein Kloß entstand in meinem Hals, ich musste mich zwingen, nicht in Tränen auszubrechen. Hatte ich mich gerade tatsächlich prostituiert? Einem Typen einen geblasen, der es nicht verdiente? Für ein paar Pfund? Ja, es waren mehr. Es waren mehr als *ein paar.*

»Was zur Hölle?«, fragte der Prinz schlecht gelaunt. »Du kannst mich nicht ein zweites Mal mit 'nem Ständer stehen lassen.«

Er redete mit mir, als wäre ich wirklich nicht mehr als eine Hure, die es ihm gefälligst besorgen sollte. Kein Geld der Welt konnte mir meine Würde zurückgeben. Ich griff nach den Pfundscheinen und warf sie ihm unwirsch auf die Brust. »Behalt es. Fick dich selbst.«

»Nein, bleib.« Er griff nach meinem Handgelenk, doch ich entzog es ihm. Gleichzeitig zog er seine Hose zurück über seinen Schwanz. »Baby, sieh mich an, nicht zu Boden.«

Ich konnte es nicht, ich wollte am liebsten, dass unsere Blicke sich nie wieder begegneten. Er hatte mich benutzt. Für ihn waren dreitausend Pfund wertlos, wie er sagte; nur Papier. Und es hatte ihm nichts ausgemacht, meine Würde, meine Weiblichkeit, meinen Willen dafür zu kaufen. Gott, das war so abartig.

»Du wolltest es …«

»Sag nichts!«, fauchte ich und stand auf. »Du bist abartig. Ich hasse Spinner wie dich, die ihre Freundin betrügen.« Jedenfalls hasste ich ihn. Warum war es mir nicht egal, so wie bei Lucas? Warum war es mir wichtig? »Und du hast recht, es ist nur Papier, kein Grund, dafür meine Würde in deinen Schwanz zu blasen.«

Er lachte belustigt, was mir noch mehr wehtat, und ich floh mit wackeligen Schritten Richtung Badezimmer. Dusche. Heißes Wasser. Dringend.

»Bleib hier!«, rief er, aber nicht befehlshaberisch, sondern bittend. »Florence!«

Kurz hielt ich inne. Ich hörte, wie er in meinem Rücken aufstand, und nur einen Augenblick später war er bei mir. Er stellte sich vor mich, so wie gestern Abend, nahm mein Gesicht in seine Hände und blickte fest in meine Augen.

»Lass mich einfach los«, flüsterte ich wütend.

»Ich will nicht, dass du dich von mir herabgesetzt fühlst«, sagte Alec, und das so einfühlsam, so sanft, dass mir noch übler wurde. Jetzt, weil es etwas mit meinem Magen anstellte, das ich nicht ertrug. »Und doch will ich es«, widersprach er sich selbst.

Ich wollte mich von ihm losreißen, aber hatte ich eine Chance?

»Ich will, dass du in mir das Arschloch siehst, das ich nicht bin«, raunte er eindringlich. Seine schwarzen Augen glühende Kohlestücke, seine Lippen schmal und ernst. »Ich will, dass du mich hasst, und ich will, dass du es mich spüren lässt. Ich kann es mir nicht erlauben, irgendetwas dabei zu empfinden, wenn du mir spontan einen bläst. Ich kann es mir nicht erlauben, dir zu gefallen, und du solltest aufhören, mir gefallen zu wollen. Du bist mehr wert. So viel mehr wert als dreitausend Pfund, jeder auf dieser Welt ist das. Ich dachte nur, dass es dir vielleicht gefällt, wenn du dafür Geld bekommst –«

»Warum sollte mir das gefallen?«, giftete ich.

»Es war dein eigener Vorschlag.«

»Weil ich komplett am Arsch bin! Du hast so viel Geld und ich … Ich weiß auch nicht, ich bin davon ausgegangen, dass du sowieso Nein sagst!«

»Es war also ein Test?«

»Keine Ahnung!«

Er seufzte. »Ich beschäftige Frauen, die es geil finden, für Sex bezahlt zu werden. Siehst du nicht, dass ich nur neugierig bin und versuche, herauszufinden, was dir gefallen könnte? Ich glaube, du weißt selbst nicht, worauf du stehst, und das macht es für mich so interessant. Ich muss zugeben, das hatte was. Ich bin machthungrig as fuck, und dich so vor mir zu sehen, ist verdammt befriedigend. Aber ich hätte dich *niemals* für einen Blowjob bezahlt, wenn es nicht dein eigener Vorschlag gewesen wäre.«

»Machthungrig, ja?«

Er legte nachdenklich den Kopf schief. »Scheint dir zu gefallen. Wenn du schlau bist, wirst du dich jetzt sofort von mir losreißen und in die Dusche fliehen, denn jede meiner Erklärungen wird womöglich dafür sorgen, dass du mich verstehst. Florence, glaub mir, ich bin sowieso schon kurz davor, dir diese läppischen drei Riesen zu schenken, einfach, weil ich weiß, dass du sie gebrauchen kannst, und genau das widerspricht meiner Vorstellung von Gerechtigkeit und dem –«

Ich riss mich von ihm los und wich zur Badezimmertür. Mein Herzschlag pochte in meinen Ohren, was er sagte, war Bullshit. Es musste welcher sein.

Erschöpft ließ er seine Arme sinken und lächelte mich müde an.

»Womit widerspricht es sich noch?«

Alec steckte die Hände in seine Jogginghose. »Es widerspricht meiner Art, Dinge zu verändern.«

»Was veränderst du denn?!«

Seine Augen hatten ihren Glanz verloren. »Ganz England.«

Ich schnaubte, doch er meinte es ernst. Todernst. So wie er vor mir stand, die Miene entspannt, die Schultern gelockert, sprach er von etwas, an das er wirklich glaubte. Wieder einmal strich ein kalter Zug über meinen Nacken, obwohl kein Fenster geöffnet war. »Zum Positiven oder zum Negativen?«, fragte ich zögernd.

Er blieb so ernst wie zuvor. »Zu etwas Neuem.«

UNTER WASSER
KANN ICH
SINGEN, ABER
NICHT ATMEN.

Arielle

FLORENCE

Das Bad hatte ein eigenes Fenster und lag als Verbindung des Motelzimmers, das vermutlich für Familien ausgelegt war, zwischen Davies' Raum und unserem. Es war heruntergekommen, bot aber genügend Platz, um sich auszubreiten. Ich drehte das Wasser voll auf.

Als ich unter die heiße Dusche trat, ging es mir besser. Zum Glück hatte ich den ganzen Scheiß abgebrochen!

Es war nur Sex. Aber wieso fühlte es sich so falsch an, dafür von ihm bezahlt zu werden? Bekam man nicht immer etwas dafür? Anerkennung, das Gefühl, geliebt zu werden, Aufmerksamkeit, Beachtung? Schlief man nicht aus ebendiesem Grund mit jemandem?

Vielleicht andere, vielleicht Vic, vielleicht Grace.

Aber ich? Ich hatte das noch nie getan. Sex war für mich noch nie ein Mittel zum Zweck gewesen. *Mein Körper gehörte mir.*

Was hatte Alec damit gemeint, dass er mir das Geld auch so geben wollte …? Waren das ehrliche Worte gewesen? Oder war er einfach nur größenwahnsinnig?

Ein Schatten bewegte sich im Raum. »Nicht erschrecken.«

Mein Herz bebte und ich drehte mich nur leicht in seine Richtung.

Davies stand mitten im Raum und zog sich lächelnd sein

Sweatshirt aus. Seine grünen Augen leuchteten intensiv. Obwohl ich nackt vor ihm stand, schämte ich mich nicht. Generell war Scham normalerweise ein Fremdwort für mich, auch wenn ich wusste, dass ich sie empfunden hätte, wäre Alec und nicht Davies hereingekommen.

»Du hast die Tür zu meinem Zimmer nicht abgeschlossen«, raunte Davies, sodass ich ihn über das Rauschen der Dusche hinweg kaum verstand. Er lehnte sich an die Ecke des Glases. Die Dusche war offen, so wie diese modernen Duschen in Nobelwohnungen oder Hotels – die man im Fernsehen zu sehen bekam. Nur war diese Ausführung hier uralt und verblasst.

»Ich habe nicht daran gedacht, abzuschließen.«

»Ist das Glück oder Zufall?«, fragte er ruhig. Er wirkte ausgeschlafen wie ein zufriedener und satt gefressener Kater.

»Ich habe euch gestern Nacht gar nicht gehört.« *Was mich sehr wundert. Was hatte er mit den zwei Frauen getan, die ihm in sein Zimmer gefolgt waren?*

Seine Augen blitzten. »Wir waren leise.«

Davies hielt die Arme vor der Brust verschränkt und ich wusste bei seinen vielen Tattoos und Muskeln gar nicht, wo ich zuerst hinsehen sollte. Dieser Mann besaß eine Menge Sex-Appeal und im Gegensatz zum Prinzen gab er nicht damit an. *Obwohl ... gab Alec damit an, oder wollte er nur, dass ich so über ihn dachte?*

»Sind sie noch da?«, fragte ich. Meine Haare verdeckten zwar meine Brüste, doch ich stand schräg zu ihm, sodass er meinen nackten Po sehen konnte. Trotzdem sah er mir ins Gesicht, nur in meine Augen.

»Die Nutten?«

Ich nickte. Die beiden Frauen, die Davies gestern in den Jaguar ›geladen‹ hatte, waren solche gewesen, wie ich sie nur zu gut aus Betham kannte. Oberflächlich und affektiert hatten sie sich an Davies geschmissen, ihn feucht geküsst und seinen Schritt bearbeitet, während ich auf dem Beifahrersitz gesessen hatte und Alec gefahren war. Von ›Don't drink and drive‹ brauchte ich der ganzen Gruppe nichts zu erzählen.

Aber warum verurteilte ich sie?

Ich war nicht viel besser. Mich hatte Alecs Geld auch gelockt. Vielleicht sollte ich weniger Verachtung für die Leute aus meinem Viertel zeigen. Sie versuchten nur zu überleben – wie ich.

»Du mochtest die beiden nicht, nicht wahr?«, fragte Davies.

»Nein.«

»Ich auch nicht«, sagte er ruhig. *Was sollte das nun schon wieder bedeuten?* »Willst du, dass ich zu dir komme?«

Meine Augen glitten zurück in sein Gesicht. Weg von den vielen schwarzen Symbolen und Bildern, die seine ausgeprägten Muskeln in Szene setzten. Ich konnte seine Miene nicht deuten.

Als ich nichts sagte, kam er auf mich zu.

Ich sollte vermutlich so etwas wie ›Nein‹ sagen, aber ich brachte es nicht über die Lippen. Davies verschaffte mir ein eigenartiges Gefühl der Sicherheit. In einem Leben, das keinerlei Sicherheit garantieren konnte.

Er hatte seine Stiefel zwar ausgezogen, trug aber noch immer die Jeans, als er zu mir unters laufende Wasser trat. Er umfasste meine nackten Schultern von hinten und legte seine Lippen auf meinen Hals.

Ich konnte gar nicht anders, ich ließ mich sofort fallen. Ein Schüttelfrost ergriff mich und alle Anspannung fiel damit von mir ab.

»Hey, Beauty«, summte er leise und streifte mit seinen Lippen meine Schultern bis hoch zu meinem Nacken. »Die Welt ist schlecht, hat dir das nie jemand gesagt?«

»Man hört ständig nur, dass wir selbst sie schlecht machen«, murmelte ich. Ich spürte seine festen Muskeln an meinem Rücken und empfand eine Geborgenheit, die absolut keinen Sinn ergab. Er war nur irgendein trainierter Kerl, der Frauen dafür bezahlte, mit ihnen zu schlafen!

»Nein«, raunte er, nahm etwas Abstand und drehte mich zu sich herum. Ein paar Wassertropfen glitten über seine feine Narbe im Gesicht und perlten auf seiner muskulösen Haut. »Sie ist so schlecht, wie *sie* sie machen.«

»Wer, sie?«, fragte ich leise.

Davies antwortete nicht, griff an mein Ohrläppchen und löste den Diamanten. Ich befürchtete, es würde irgendetwas passieren, aber alles blieb ruhig. *Hatte Alec mich ausgetrickst?*

»Er sagte, ich dürfe ihn nicht öffnen.«

»Ja, der Mechanismus löst ein elektronisches Signal aus. Aber Alecs Leute wissen ja, wo du bist, nämlich bei mir. Du kannst sie wieder reinsetzen, wenn wir nach London zurückkehren. Falls du dich unsicher fühlst.«

»Du willst mir weismachen, es ginge um Sicherheit?«

Er schloss seine Lippen, entfernte den zweiten Ohrring und trat aus der Dusche hervor, um die beiden Diamanten beim Waschtisch zu deponieren. Dann kam er zurück. »Jetzt können wir reden. Willst du wissen, was ich über unsere grandiose Welt denke?«

Ich nickte. *Ein ziemlich philosophisches Gespräch dafür, dass ich hier nackt vor ihm in der Dusche stand.* Gleichzeitig vermittelte mir Davies das Gefühl, ich könne ihm einfach alles anvertrauen. Über diese Wirkung, die seine sanften Bewegungen und seine samtene Stimme, erzeugten, war er sich sicherlich bewusst, und der Dark Prince genoss es bestimmt, dass ich seinem Handlanger ohne bestimmten Grund vertrauen wollte.

»Es gibt jemanden, der uns seit unserer Geburt erzählt, es läge in unserer Hand, was wir aus uns machen.« Davies blieb dicht vor mir stehen und ich verspürte den drängenden – und absolut irrationalen – Wunsch, von ihm in den Arm genommen zu werden. »Und jemand sagt uns, wir – und nur wir – seien schuld. An unserem Schicksal.«

»Sind wir das nicht?« Ich hatte mich selbst in diese Lage gebracht. Ich hatte selbst den Prinzen verführt und die Erniedrigung in Kauf genommen. Ich *war* schuld.

»Nein, Beauty«, raunte er. »Bist du nicht.«

Was wollte er mir sagen? Wusste er, was gerade geschehen war?

»In London sprechen wir die Sprache der Straße und waren deshalb grob zu dir. Du wirst noch erkennen, dass wir nicht immer so sind und ein viel höheres Ziel verfolgen.«

»Warum sprichst du im Plural?«, fragte ich unsicher.

Er trat noch näher, sodass meine Brüste seine Brust fast berührten. »Du weißt, warum.« Wasser rann ihm vom markanten Kinn hinab, sein Mund stand leicht offen. Seine Augen waren auf mich fixiert. Auf meine Lippen.

Als er sich zu mir herunterbeugte, schrie eine Stimme in mir, ich sollte ihn davon abhalten, mich zu berühren. Dass es falsch war. Und schlecht. Und gefährlich.

Aber diese Stimme hatte keine Macht über meinen Körper.

Gierig trafen unsere Lippen aufeinander. Ich wollte unbedingt wissen, wie es war, von diesem Mann begehrt zu werden. Als Ausgleich. Für das Chaos mit Alec nur wenige Minuten zuvor. Unsere Zungen fanden zueinander, die Lippen weit geöffnet. Er legte eine Hand auf meinen Rücken und zog mich mit einem festen Ruck an sich heran und eine vollkommen widersprüchliche, aber durchaus prickelnde Lust breitete sich in meinem Schritt aus und wanderte meinen Oberkörper hinauf.

Gott, ich wollte es.

Jeder Bereich meiner Haut, den er berührte, wollte mehr. Und nicht er war es, der mich an die vom Wasser gewärmte, geflieste Wand schob, sondern ich war es, die ihn zog.

Ich schlang meine Arme um seinen Hals und küsste ihn noch drängender. Fuck, seine Muskeln an meinem Körper zu spüren, tat etwas mit meinem Lustempfinden, das ich nicht mehr kontrollieren konnte.

»Hast du ein Kondom?«, keuchte ich an seinen Lippen und öffnete gleichzeitig seinen Gürtel.

Er griff sich in die Hosentasche und holte eines hervor. Sein Blick war grün und warm.

War er hierhergekommen und hatte das geplant?

Ohne weiter darüber nachzudenken, nahm ich ihm das Gummi aus der Hand, öffnete es und wir zogen es ihm gemeinsam über, nachdem er seine nasse Hose losgeworden war. Als ich mit der Hand über seinen Schaft fuhr, überkam mich eine Welle der Unsicherheit. Die Erinnerung an die Szene in Alecs Motelbett legte sich bitter auf meine Zunge, aber Davies ließ mir keine Zeit, um zu hadern.

Er drückte mich zurück an die Wand, hob mein rechtes Bein an, hielt es in seinem starken Griff fest und stieß sich ohne weiteres Zögern in mich vor.

Ich wollte protestieren, mich im letzten Moment doch dagegen sträuben, aber dann war es schon geschehen. Ich spürte ihn in mir und keuchte auf.

Ab diesem Moment nahm Davies keine Rücksicht auf mich. Er fickte mich gegen die Wand und ließ mich kehlig aufstöhnen. Er wusste, was er tat, und mir blieb nichts anderes übrig, als mich gehen zu lassen, seine Stöße entgegenzunehmen.

Immer wieder glitt sein Schwanz tief in meine Mitte und ich stöhnte meine Lust hinaus. Plötzlich paarten sich meine Empfindungen. Ich sah nicht nur Davies' Körper vor mir, seine atemberaubenden Tattoos, sondern auch Alecs zynisches Lächeln, wie es zwischen meiner Scham verschwand. Ich wollte von beiden Männern dominiert werden, mich beiden hingeben, aber selbstbestimmt, ohne meine Würde dabei zu verlieren. Mit diesem Gedanken in meinem Kopf, der erotischen Vorstellung, selbst für den arroganten Schönling Alec eine Begierde darzustellen und nicht zuletzt für Lee Davies, der jeder Frau Englands ein nasses Höschen bescheren konnte, wenn er wollte, näherte ich mich dem Höhepunkt. Ich glich all meine Unsicherheit mit Lust aus. Füllte das Loch in meinem Herzen mit Sex.

Wenn ich tatsächlich in der allerletzten Scheiße gelandet war, aus der es kein Entkommen gab, so hatte ich wenigstens Spaß dabei.

Während mich Davies animalisch und stark an die Wand drückte und mein Stöhnen mit jedem seiner Stöße lauter und unkontrollierter wurde, ließ ich all die Anspannung in mir fallen und gab mich meiner Lust hin. Der Orgasmus war befreiend und stark und Davies' Schwanz in meinem Gang füllte mich aus wie keiner zuvor.

Dennoch dachte ich an *ihn*. Daran, dass ich ihn ebenfalls wollte, aber ich würde mich nicht dafür bezahlen lassen. Wenn ich es schaffte, ihn zu verführen, war mir das Preis genug. Fuck! Ich stöhnte meine Lust heraus und krallte mich in Davies' starken Rücken. Wenn er so weitermachte, würde ich gleich ein weiteres Mal kommen, doch er hielt inne, nahm mit dem Oberkörper Abstand und legte seine raue Hand an mein Gesicht.

Obwohl ich Davies für einfach gestrickt und sehr männlich hielt, überraschte mich seine feinfühlige Art. »Du denkst an ihn.«

Ich schüttelte den Kopf.

»Ich kann es dir nicht verübeln, aber dann verführ mich nicht, wenn du es doch nicht willst.«

»Ich will es«, verteidigte ich mich unüberlegt und biss mir dann auf die Lippen. Scheiße, ich wollte vielleicht nicht, dass er darauf kam, worüber ich gerade nachgedacht hatte. An beide. Gleichzeitig. Himmel! War ich denn verrückt geworden?

»Du …« Davies durchschaute mich. »Du willst es? Uns zwei?«, fragte er grinsend. »Fuck … Beauty, wer hätte gedacht, dass ausgerechnet du so eine wilde Katze bist?«

Ich schnaubte auf und stieß ihn von mir. Gott, hatte ich jetzt alles verschlimmert? Nun stand ich nackt und bloßgestellt vor ihm – einem meiner Feinde – und begriff die Welt nicht mehr.

Davies seufzte, da ich unseren Fick unterbrochen hatte, und zog das Kondom ab. »Du weißt gar nicht, was ich gerade alles für dich tue.«

»Was meinst du damit?« Ich schlang die Arme um meine Brust und stellte mich zurück unters Wasser, damit ich nicht fror. Die Hitze beruhigte mich, das ziehende Gefühl in meinem Schritt blieb. Ich hätte gerne noch mehr davon gehabt. Sehr viel mehr.

Arg!

Davies hob seine durchnässte Hose an, ließ den Gürtel aber offen und sah ironisch grinsend auf. Ganz plötzlich löste sich die Peinlichkeit der Situation und ich musste lachen. Es war ein gutes Gefühl.

Er machte einen Schritt auf mich zu, und ehe ich mich dagegen wehren konnte, hatte er mich in eine feste Umarmung geschlossen. »Wir werden es wiederholen«, versprach er dicht an meinem Ohr. »Du wirst uns nicht mehr entkommen können, aber du brauchst auch keine Angst zu haben. Ich achte deine Stärke und werde dich beschützen.«

»Warum sagst du so etwas?«, fragte ich tonlos. Es klang zu gut. Wie eine paradiesische Wahrheit. Etwas, das noch niemals jemand zu mir gesagt hatte.

»Ich habe etwas im Gefühl«, raunte er so leise, dass ich ihn kaum verstand. »Du gefällst mir und ihm und du wirst Teil von uns sein.«

»Wovon ein Teil?«, fragte ich beunruhigt. *Er konnte ja wohl kaum eine klassische Beziehung meinen, oder?*

Aber er antwortete nicht und löste sich wieder, bevor er seine Hand hob und mit dem Daumen über meine bibbernde Unterlippe fuhr. »Es gibt Dinge, die nur *er* dir beantworten kann. Aber wie auch immer du das angestellt hast, Beauty, er wird dir antworten. Bleib dir selbst nur immer treu dabei.«

Wieder eine Anspielung auf den verpatzten Blowjob. Ich schluckte.

»Und jetzt zieh dich an. Ich muss duschen.«

Ich nickte, ohne Widerworte zu geben, und verließ die Dusche. Als ich nach einem Handtuch griff, sah ich zurück. Der starke Körper. Das Wasser, das über ihn rann.

Ich spürte eine Sehnsucht in mir aufkommen, die nicht allein Davies galt, und ich ahnte, dass es gefährlich war, auch nur einen Hauch in diese Richtung zu empfinden.

Wohin würde das führen?

MEIN BOGEN
IST EINE
SMITH & WESSON.
MEINE PFEILE SIND
PATRONEN.

Robin Hood

DER PRINZ

Für Oktober war der Tag erstaunlich wolkenfrei. Oder aber ich hatte einfach vergessen, dass es in England auch Gegenden gab, in denen es nicht täglich regnete.

Ich warf den Benzinkanister durch die offene Tür ins Innere des Zimmers und zückte mein Feuerzeug. Vorerst nur, um mir eine Zigarette anzuzünden.

Mit der einen Hand in der Tasche meiner Anzughose lehnte ich mich an die amerikanische Holzveranda. Das Motel hatte schon einmal bessere Zeiten gesehen – vermutlich. Die Dusche rauschte noch immer, aber wenn Davies sich an unsere Abmachung gehalten hatte, war Florence längst zurück in unserem Zimmer, um sich anzuziehen.

Die Zeit drängte. Ich musste bis zum verfickten Tee in Schottland sein und bis dahin waren es noch fünf Stunden Fahrt.

Bei meiner zweiten Zigarette wollte ich schon ungeduldig werden, da öffnete sich die Tür zu unserem Zimmer und Florence kam heraus. Sie sah sich auf dem Parkplatz um und übersah mich glatt, bis sie mich erneut fixierte und ihre Augen aufriss.

Ich musste schmunzeln und aschte hinter mir auf dem Rasen ab.

»Gott.« Sie hatte ihre Reisetasche geschultert, trug dasselbe Outfit wie gestern und wieder diese schwarzen Chucks. Meine Augen blieben an ihren Lippen hängen und ich fragte mich kurz, wieso ich es zugelassen hatte, dass sie den Blowjob abbrach. Und dann hatte ich ihr auch noch etwas davon erzählt, ich hätte es ja gar nicht so gemeint? Bullshit!

Ich wollte mehr von ihr. Zu hundert Prozent. Ich wollte sie dominieren und ihren ewigen Stolz brechen, bis sie darum bettelte, ihr mehr davon zu geben.

Mein Kopf dröhnte.

»Jetzt wird mir einiges klar.« Sie erreichte mich, die schwarzen Brauen erhoben, ihre braunen, klaren Augen mit Spott gefüllt. *Du stehst auf mich, Süße, das kannst du nicht verbergen.*

»Jetzt erst?«, fragte ich lächelnd und bot ihr eine Zigarette an.

Damit hatte sie nicht gerechnet und sie zögerte, bevor sie sich eine nahm.

Ein weiteres Mal glitt ihr Blick meinen Körper hinunter. Auch wenn ich sie erst ein paar Tage kannte, wusste ich, dass mein Auftreten sie nervös machte und einschüchterte. Ich trug schwarze, mit Spucke gereinigte Lackschuhe, eine Anzughose und ein eng anliegendes, weißes, maßgeschneidertes Hemd. Dazu die teuerste Uhr, die sich in meinem Besitz befand, und einen Siegelring.

»Feuer?« Ich bot ihr welches an und trat dafür näher. Der Sex haftete ihr an. Er machte sie gelöster, nicht mehr ganz so aggressiv wie auf der Fahrt bisher. »War's nett?«

»Was?«, fragte sie und zog den Rauch ein. Ich wusste nicht, ob sie sich ertappt fühlte oder schlicht nicht darauf kam, worauf ich anspielte.

»Der Sex mit meinem Diener. Ich trug ihm auf, er solle besonders zärtlich sein, nachdem das mit uns beiden nicht ganz so lief, wie du dir das dachtest.« Ich zwinkerte.

Sie blieb unbeeindruckt. »Ja. War nett.«

Ob sie ahnte, dass ich nur versuchte, das Arschloch zu sein? Ich hatte ihr Davies hinterhergeschickt, damit es ihr besser ging, das stimmte. Und jetzt ging es ihr besser und es hatte nicht direkt etwas mit mir zu tun, was mein Plan gewesen war. Andererseits hatte ich keinen wirklichen Grund, so selbstlos zu sein. Mit jeder weiteren Minute bereute ich es mehr, dass ich ihr gegenüber so offen geworden war. Ich hätte sie verfickt noch mal in dem Glauben lassen sollen, dass ich ein Schwein war.

Sie hätte mich so oder so gewollt. Die Gefühle, die meine Erklärungen womöglich in ihr weckten, konnte ich hingegen nicht gebrauchen.

Etwas bewegte sich im Zimmer, vor dem wir warteten. Davies dürfte jederzeit herauskommen.

»Warum bist du am Sonntag ausgerechnet zu Evan gegangen?« Wie immer hatte der kleine Verräter meinen Schlaf und meine Wachphasen beherrscht. Intensiv war ich alle Geschehnisse durchgegangen. Angefangen bei unserer Begegnung in Westminster, aufgehört bei Florence' Erscheinen in seiner Wohnung. Es war nur Zufall, oder nicht? Dass sie jetzt bei uns war und wir ihrem Bruder einen Besuch abstatteten, hatte nur etwas mit den Drogen zu tun, richtig? Ja. Nur wieso kam es mir dann so vor, als würde ich ein Detail übersehen? Wieso hatte ich das Gefühl, es würde mir weiterhelfen, wenn Florence in unserer Nähe blieb? Einbildung? Machte ich mir selbst etwas vor, um eine Begründung zu haben, sie nicht sofort in einen Zug zurück nach London zu setzen?

»Wieso fragst du das?« Sie aschte ab. »Er ist *wirklich* der einzige Dealer, den ich bis dahin persönlich kannte.«

Sie dachte immer noch, ich würde dealen? »Und das Gras, das deine Freunde und du raucht?«

Florence lachte halb spöttisch, halb amüsiert und nahm einen tiefen Zug. Der durchtriebene Blick, den sie mir zuwarf, gefiel mir. »Ja, gut. Gras ist für mich keine Droge. Ich kenne ein paar, die immer welches zu Hause haben. Die dealen aber nicht mit anderem und bieten es auch nicht auf der Straße an, sie machen das nur für Freunde und die Freunde dieser Freunde. Ein enges Netz, nichts, wo ich mit einem halben Kilo Kokain auflaufen könnte.« Ich schwieg. Das klang alles logisch und ich glaubte auch nicht, dass sie etwas vor mir verbarg. *Was war es dann?* »Und, gehst du heute in Schottland zu einem Bewerbungsgespräch, Schönling? Oder warum siehst du aus wie eine Schaufensterfigur vom Piccadilly Circus?«

»Baby«, verbesserte ich sie und warf meine Zigarette fort. Davies trat hinter ihr aus dem Motel. »Ich kaufe bestimmt nicht am Piccadilly Circus ein. Können wir?«, rief ich ihm zu.

Er nickte und ging mit großen Schritten zum Jaguar.

»Wenn du dich dann bitte zurück zur königlichen Kutsche bewegen würdest, Prinzessin.« Ich nickte zum Parkplatz, doch Florence blieb misstrauisch vor mir stehen. »Ich muss die Leichen beseitigen.«

»Die Leichen?«, keuchte sie.

Ich lachte, holte eine Packung Streichhölzer hervor und wog sie in meiner Hand.

»Alec …« Florence war erstarrt. *Begreifst du es jetzt endlich? Begreifst du, in was ich verwickelt bin und dass du aufhören musst, mit uns zu spielen?* Etwas ratterte in ihrem Kopf los und sie schielte ängstlich in die Motelwohnung. »Der Gestank nach Benzin …«

Ich machte einen Schritt auf sie zu, sodass ich fast gegen sie stieß. Sie wollte zurückweichen, doch ich umfasste ihren Oberarm und hielt sie fest. »Du steckst drin. Halt einfach die Klappe und fang an, auf mich zu hören. Je länger du es hinauszögerst, meine Befehle zu befolgen, desto länger wirst du leiden. *Geh einfach zum Wagen.*«

Doch sie konnte nicht. Sie glaubte mir nicht, dass es besser für sie war, Davies' Arbeit niemals zu sehen. Oder sie war schlicht zu neugierig.

»Was habt ihr getan?«, fragte sie bebend.

Warum gefiel es mir so sehr, wenn sie Angst hatte, und zwar nicht auf die Art, dass ich es genoss, angsteinflößend zu sein, sondern, weil es sie schwach und nahbar machte? *Warum hatte diese Frau eine solche Wirkung auf mich?* Ich würde sie heute Abend auf jeden Fall ficken müssen, es führte kein Weg daran vorbei. Wenn ich einmal wusste, wie es war, würde es mich ganz bestimmt nicht länger derart beschäftigen …

»Wir haben gearbeitet.« Ich trat zurück, zündete ein Streichholz an und warf es durch den offenen Spalt der Tür. Sofort fing das Benzin Feuer.

»Nein!«, keuchte Florence panisch und sprang zur Tür. Sie stieß sie auf, bevor ich es schaffte, sie zu packen und zurückzuzerren. Gott im Himmel, hatte ich es darauf angelegt, dass sie es sah, oder war ich schlicht zu abgelenkt gewesen?

Die zwei kalt gewordenen Frauenkörper, das Blut, das Feuer. Es würde sich als ein Albtraum in ihr Gedächtnis brennen. Aber vielleicht war es gut, wenn sie wusste, worauf sie sich einließ. Vielleicht blieb sie dadurch vernünftig und floh, bevor ich sie immer näher an mich heranließ. Vielleicht half es ihr dabei, zu erkennen, dass wir Monster waren. Jedenfalls in der einfachen Vorstellung ihres begrenzten Wissens.

Vielleicht war es besser, wenn sie Angst hatte, und sich nicht mit Spielchen und Sex übernahm. Bisher vertraute sie uns zu sehr, ließ sich regelrecht fallen, und genau das war es, was ich wollte, und es war das, was ich auf gar keinen Fall wollen *durfte*.

Sie sollte verdammt noch mal fliehen, bevor es zu spät wurde.

Nur, war es nicht längst zu spät?

Ich schleifte Florence, die sich sträubte und in meine Hand schrie, zum Jaguar. Sie war zu leicht, als dass ich Schwierigkeiten damit gehabt hätte, sie zum Wagen zu zerren, aber ihre scharfen Fingernägel, die sich in die Haut an meinem Unterarm gruben, störten mich doch.

»Geht's ein bisschen auffälliger?«, zischte ich sie an. Es war zehn Uhr morgens. Jeder konnte uns sehen, der uns sehen wollte. Das Motel lag an einer Bundesstraße, Autos fuhren vorbei. Der Besitzer war abgelenkt, dafür hatten wir durch einen Anruf gesorgt. Andere Gäste gab es nicht. *Aber trotzdem.*

»Ihr seid Mörder!«, heulte sie in meinem Griff, als ich sie grob auf die Sitzbank stieß. Sie zeterte weiter, aber ich warf die Tür knallend zu.

Ich überlegte, ob ich mich nach vorne setzen sollte, aber dann wäre es schwieriger, sie zu kontrollieren, also ging ich um den Wagen herum und setzte mich zu ihr. Davies fuhr sofort los. Das Zimmer brannte lichterloh.

Florence versuchte wild, die Tür zu öffnen, aber sie war natürlich von innen verriegelt. *Niedliche Fluchtversuche.*

»Beruhig dich.«

»Ich beruhige mich nicht!«, schrie sie. Über ihr Gesicht liefen Tränen und ich befürchtete schon, dass sie auf mich losgehen würde, aber stattdessen warf sie sich nach vorne und riss an Davies' Schulter. »Du hast mich angelogen! Du wirst Nike töten! Ihr werdet beide –«

Ich riss sie zurück, Davies vollführte einen Schlenker und warf mir einen müden Blick über den Rückspiegel zu.

War das wirklich nötig, Sir?

Sie soll wissen, mit wem sie spielt.

Er ließ die Sonnenklappe herunter und sah zur anderen Seite. Ich wusste nicht, was er dachte, aber es war mir auch egal, da ich mit einer wild gewordenen Furie zu kämpfen hatte.

Florence schmiss sich auf mich und bearbeitete meine

Brust mit Fäusten. »Du bist so ein Arsch! Lass mich einfach gehen! Das ist Freiheitsberaubung!«

Erst als es anfing, wehzutun, hielt ich ihre Hände fest, so sehr, dass sie in meinem Griff zu zittern begann. Ich war stärker als sie und ich wusste, dass ihr das einerseits imponierte. Andererseits sorgte es für noch mehr Wut in ihrem Blick.

»Ich hasse dich«, zischte sie.

»Das ist von Vorteil«, erwiderte ich und hielt sie weiter fest. Es war ihr nicht möglich, zu entkommen, und sie gab auf. Halb saß sie neben meinem Schoß, halb lagen ihre Beine auf dem Boden, verwinkelt, unbequem – aber was scherte mich das? »Vielleicht verstehst du jetzt endlich, mit wem du dich angelegt hast und wem du heute Morgen für dreitausend Pfund einen blasen wolltest. Und lässt es in Zukunft bleiben.«

Sie zischte eine Erwiderung, die ich nicht verstand, und versuchte abermals, sich freizumachen.

Keine Chance, Baby. »Weißt du, was das Erste war, das Davies über dich dachte, als er dein Gespräch mit deiner Freundin Grace belauscht hat?«

»Ich fand sie ziemlich heiß«, kam von vorne, »*das* war das Erste, was ich über Florence dachte.«

»Oh, ist er nicht nett?«, sagte ich säuselnd. Florence gab langsam ihren Kampf gegen mich auf. Kein Grund, meine Griffe zu lockern. »Er will dir *schmeicheln.* Wir lieben ihn beide für seine ehrliche Haut, oder?«

»Du Wichser.«

»Immer noch so unkreativ mit den Bezeichnungen?«, fragte ich schmunzelnd. Gott, ich hatte so unfassbare Lust, sie zu ficken, das war nicht mehr normal. Unter mir haben, stöhnend, die Lippen bettelnd, die Hände auf dem Rücken gefesselt … *Geduld.*

»Das ist nicht unkreativ, bei dir muss man nicht lange überlegen, um das Richtige zu finden.«

»Könnt ihr euch langsam anschnallen?«, fragte Davies

gleichgültig. »Da vorne ist eine ungesicherte Unfallstelle, zwei Polizeistreifen.«

»Dann schalt das Horn ein! Worauf wartest du!«, befahl ich ungeduldig. Manchmal dachte er wirklich nicht mit.

»Natürlich, Majesty. Wieso bin ich nicht gleich auf eine so riskante Idee gekommen?«, sagte er mit vor Ironie triefender Stimme, griff unter den Beifahrersitz und holte das Horn hervor. Ich sah noch, wie er bei voller Fahrt das Fenster herunterließ, um es aufs Dach zu setzen, dann widmete ich mich wieder Florence, die mittlerweile die Augen zu Schlitzen verengt und die Lippen fest aufeinandergepresst hatte.

»Was war das Erste, was er über mich dachte?«, fragte sie schließlich gegen den rauschenden Wind des geöffneten Fensters an.

Vielleicht war es tatsächlich nicht so klug, wenn wir auf dem Rücksitz miteinander kämpften, denn die Frontscheibe war nicht getönt und ich sah mindestens fünf Bullenaffen auf der Autobahn herumrennen.

Ich zog Florence nach unten und drückte sie auf meinen Schoß. Damit sie nicht auf die Idee kam, sich zu wehren, griff ich mit einer Hand an ihren Hals und überspannte ihn nach hinten. Es war ziemlich vor einer Schmerzgrenze und sie blieb daher auch relativ ruhig.

»Er sah, dass du ein gutes Herz hast. Das für die Gerechtigkeit kämpft, weil du deinem Klavierschüler geholfen hast. Eine gute Seele und all der Scheiß.«

»Schön!«, fauchte sie, ihre Augen funkelten mich an. Wieso konnte sie nicht schon jetzt nackt unter mir liegen, am Hals gefesselt? »Und da hat er sich überlegt, ich sei ein geeignetes Opfer?«

»Da hat er sich überlegt, dass ich dir imponieren werde, sobald du weißt, wofür ich kämpfe.«

»Klar«, spuckte sie. Ich empfand sehr viel Lust, den Druck auf ihren Hals zu erhöhen, aber nachher verletzte ich sie wirklich – ich hatte mich gerade nicht besonders gut im

Griff. »Du imponierst mir schon mit deiner Fünftausend-Pfund-Uhr, nicht aufgefallen?«

»Fünftausend?«, wiederholte ich rätselnd. »Die hier ist bei Weitem mehr wert.«

Sie verdrehte die Augen. »Angeber.«

Ich grinste und fuhr mit einem Daumen zärtlich über ihren Hals. »Du lenkst ab. Du hast die Wahl. Ich denke, du brauchst Davies nur zu fragen, wer diese zwei Frauen waren, die unter seinen sadistischen Aufwendungen ihr Leben lassen mussten, und warum wir keine Scheu hatten, ein ganzes Motel abzufackeln, aber je mehr du über uns erfährst, desto eher werden wir dir gefallen. Am Ende wirst du nicht mehr wissen, was richtig oder was falsch ist, und du wirst verstehen, warum ganz London zusammenbricht, wenn ich nicht mehr dort bin. Aber willst du das?«

Sie blieb stumm. Vermutlich glaubte sie mir nicht.

»Falls nicht. *Frag nicht.* Ich bin ganz bestimmt nicht nach Schottland gefahren, um deinem kleinen Hosenscheißer von einem Bruder wehzutun oder zu gefährden. Wenn er sich nicht gerade als illegaler Waffenschieber der russischen Mafia entpuppt, der für die Regierung arbeitet – was wirklich erstaunlich wäre, denn ich kenne jeden Waffenschieber, der für die Regierung arbeitet – sollte ihm nichts geschehen und selbst wenn –«, sie hatte sich auf die Lippe gebissen, weil sie offensichtlich stark dagegen ankämpfte, mir etwas an den Kopf zu knallen, das ihre Lage nur verschlimmern würde, »wird es bei einem Fünfzehnjährigen vermutlich sehr einfach sein, ihn wieder zurück auf die richtige Bahn zu bringen.«

»Oh, das klingt wirklich vertrauenserweckend«, sagte sie sarkastisch.

Wieso hatte ich plötzlich so enorme Lust, ihre Lippen zu berühren? Ich tickte nicht mehr normal. Dabei hatte ich geschlafen und nicht gekokst, vielleicht lag es daran.

Oder an meinem dröhnenden Schädel, dessen pochenden Schmerz ich seit Tagen gekonnt ignorierte.

»Wir wollen auch nicht dein Vertrauen, Baby«, sagte ich gespielt sanft, aber in mir kämpften bereits ganz andere Gefühle. Zu viele. Zu unberechenbare. Ich ließ sie abrupt los, sie rieb sich den Hals. »Glaub mir, wenn wir dein Vertrauen wollten, würdest du uns längst blind wie ein verliebtes Eichhörnchen vertrauen.«

»Mhm«, murmelte sie und setzte sich, ohne mir noch einen Blick zuzuwerfen, zurück auf ihren Platz.

»Überleg es dir einfach«, raunte ich. Vermutlich hörte sie mich nicht. Davies hatte das Horn eingeschaltet und wir fuhren verdammt schnell. »Vielleicht wäre es mir sogar lieber, wenn du nicht fragst.«

Ich fing Davies' Blick auf, als er in den Rückspiegel sah, um die Spur zu wechseln.

Wir verständigten uns ohne Worte. Wie seit einer geraumen Zeit. Er war das absolute Gegenteil von mir und doch hatten wir dasselbe Ziel.

Wir wussten beide, dass Florence zwar zögern, aber irgendwann mehr erfahren wollen würde. Und wir wussten auch, dass wir noch nie so viel Gefallen daran gefunden hatten, das Netz um eine Frau enger zu weben als jemals zuvor.

Was hatte sie nur, das uns antrieb?

DU ERKENNST EINEN GUTEN KÖNIG AN SEINEN KLEIDERN.

Des Kaisers neue Kleider

FLORENCE

»Mein Gott. Was macht er so lange da drinnen?« Ich hatte über eine Stunde geschwiegen, aber jetzt hielt ich es nicht mehr aus. Meine Wange klebte an der getönten Scheibe des Jaguars und ich starrte voller Ungeduld auf das in der Ferne liegende Anwesen, das sich hinter dem hübschen Gartenzaun erstreckte. Mit seinen Türmchen, Flaggen und Wappen sah es fast aus wie ein Schloss, aber ich hatte zu wenig Ahnung von Architektur, um das beurteilen zu können. Einen Großteil meiner Bildung hatte ich aus Schulbüchern oder dem Fernsehen. Ich hatte mich bisher keine fünfzig Meilen von London entfernt. Daher war es mir so wichtig gewesen, dass Nike das Halbstipendium im St. James Internat annahm – auch wenn ich für das Schulgeld Doppelschichten schieben musste. *Und durch einen total bescheuerten ›Zufall‹ bekam ich nun auch etwas von Schottland zu sehen.*

»Er stiehlt.« Davies hatte seine Beine quer auf dem Armaturenbrett ausgestreckt, seinen Sitz zurückgestellt, die Arme vor der Brust verschränkt und die Augen geschlossen. »Betrachte es als ein Faible.«

»Ein ziemlich dämliches Faible!« Er stahl? Mitten am Tag? Das war wieder so etwas, das nur dem Prinzen einfallen konnte. »Warum tut er das? Hat er nicht schon genügend Gold in seinem Safe?«

»Er plant die besten Raubzüge in ganz London. Das ist einer der Gründe, weshalb die Leute ihn respektieren. Diebe sehen zu ihm auf. Verbrecher hören auf seine Worte. Das hat sich rumgesprochen, dadurch ist er bei allen bekannt geworden. Jetzt hat er es vielleicht nicht mehr nötig, aber er sucht die Herausforderung.«

Ich öffnete fassungslos den Mund. »Wen raubt er denn … aus?«

»Leute, die es nicht einmal bemerken, oder Konzerne, die es sich leisten können. Vor ein paar Jahren hat er einen riesigen Autofriedhof aufgelöst. Die Neuwagen standen herum, wurden nicht verkauft, da hat er dafür gesorgt, dass man sie verschenkt.«

Ich lachte auf.

Davies' Stimme klang ebenfalls amüsiert. »Sprich ruhig aus, was du denkst.«

»Ihr seid Mörder, fackelt mal eben so ein Motel ab und verteilt Drogen, als wären es Süßigkeiten. Und jetzt willst du mir etwas von Robin Hood erzählen? Warum hast du mir heute Morgen in der Dusche nicht gesagt, was du in der Nacht davor getan hast?«

»Du hast nicht gefragt.« Seine Achseln zuckten leicht.

»Und was hätte ich fragen sollen?!«, fragte ich spöttisch. »Hast du die Nutten umgebracht, sie sind so ruhig?«

»Du hast dich von mir poppen lassen, nachdem ich gestern Nacht zwei Huren in mein Zimmer mitgenommen hatte. Ich dachte, dich kann nichts mehr schocken.«

Mein Gesicht wurde heiß. *Ja, das hatte ich getan.* Aber es war eben nur Sex.

Oder?

»Sag ruhig, was du denkst«, wiederholte er.

»Dass gerade du dich für meine Gedanken interessierst, überrascht mich.« Ich sah hinaus zum Schloss, um mich irgendwie abzulenken, doch mir wurde nur heißer. Die Atmosphäre im Wagen verdichtete sich urplötzlich, wohingegen sie die gesamte Fahrt und die letzte Stunde über eher kühl gewesen war.

»Du überraschst mich auch sehr.« Er hielt noch immer seine Augen geschlossen, jedenfalls sah es von hier so aus.

Ich wusste darauf nichts zu sagen. Was war an meinem Verhalten schon überraschend? Es gab sicherlich reichlich Frauen, die sich in meiner Lage ähnlich verhalten hätten. Nur vielleicht noch etwas dümmer und unterwürfiger. Aber was sprach schon gegen Sex? Wenn es dabei blieb und nicht in eine Richtung, die schmerzhaft und unfreiwillig war, ausartete? Wäre da nicht dieses Bild, das sich immer wieder vor mein inneres Auge schob, könnte ich damit leben.

Zwei Frauenkörper. Offene Wunden. Das Blut getrocknet. Flammen, die sie aufzehrten. In Vergessenheit geraten ließen, weil sich niemand um zwei Prostituierte aus irgendeinem Kaff scherte. Davies hatte sie getötet. Ich konnte es mir zwar kaum vorstellen, denn es passte nicht mit der Ruhe, Fürsorglichkeit und inneren Stärke zusammen, die er ausstrahlte, aber er hatte es getan.

Ich hatte einen Mörder gefickt. Und ich brauchte gar nicht nachzufragen, was die Hintergründe waren. Keine Erklärung dieser Welt könnte einen Mord rechtfertigen. Vermutlich war er einfach krank im Kopf und ich konnte froh sein, wenn ich diesen Roadtrip mit dem eingebildeten Prinzen und seinem sadistischen Lakaien überlebte.

»Hast du mit ihnen geschlafen?« Ich wusste nicht, wieso ich das jetzt fragte. Wollte ich wirklich wissen, *wie krank genau* er war?

»Ja.«

Ich schluckte hart. *Einfach ja. Hatte ich etwa heute Morgen in der Dusche insgeheim gehofft, er hätte es nicht getan?* »Warum?«

Wollte ich das wissen?

Ich sah, wie sein Mundwinkel zuckte. Er lachte auch noch darüber! Gott. »Es macht mir Spaß.«

Oh, Shit. »Leute zu quälen?«, brachte ich hervor und schaffte es, meine Stimme ruhig klingen zu lassen.

»Frauen zu quälen, bevor ich sie töte. Leute auch.«

Ein schrecklicher Schauer fuhr über meinen Rücken. Ich bekam Angst. Panische Angst. Aber ich wusste nicht, wohin ich fliehen sollte. Wir standen im Nirgendwo, da war nur dieser Zaun und eine halbe Meile entfernt das Schloss. Ob ich rechtzeitig auf mich aufmerksam machen konnte, bevor Davies …? Nein. Ich hatte keine Chance. »Wirst du mir etwas tun?«, fragte ich, auch wenn er mir garantiert nicht die Wahrheit sagen würde, ich wollte es wenigstens versuchen.

Er drehte seinen Kopf in meine Richtung. Die grünen Augen fassten mich und drangen tief in meine Brust. Wie ein Dolch. Warm und schmiegsam und tödlich. »Nicht, wenn du es nicht willst.«

»Sollte ich es wollen?«, wisperte ich fassungslos.

»Oder es nicht nötig ist.« Er senkte die Brauen und wirkte wieder gleichgültig. »Ich weiß nicht. Manche stehen drauf.«

Meine Kinnlade fiel. »Aufs Getötetwerden?!«

Er lachte auf. »Solche Leute habe ich bisher nicht getroffen«, sagte er grinsend. »Ich kann zwischen Frauen, die es wollen, Frauen, die es nicht wollen, und Frauen, die es verdient haben, unterscheiden. Ich kann nicht ganz nachvollziehen, warum du Angst hast, denn dir gegenüber war ich doch recht sanft, oder nicht?«

Ich kochte mittlerweile vor Hitze. »Bisher.«

»Wenn du nicht willst, dass sich das ändert, wird sich das nicht ändern.« Er sah wieder nach vorn.

»Außer es ist nötig«, wiederholte ich flüsternd seine Worte. Meine Hände waren klamm vor Schweiß.

»Es gibt ein paar Umgangsformen, an die du dich halten solltest, ja. So wie wir alle. Die Drogen lagen wirklich in dem

Zimmer deines Bruders, oder?« Der letzte Satz klang nicht wie eine Frage, sondern wie eine Drohung.

»Wieso fragst du das?«

»Weil es eine Falle sein könnte. Ich glaube sogar, es ist eine Falle.«

»Davies …« Es machte keinen Sinn! Es machte absolut keinen Sinn, ihn anzuflehen. Aber vielleicht lieber ihn als den gefühlskalten, arroganten Prinzen. »Du wirst ihm nichts tun, oder? Bitte, sag mir irgendwas …«

»Beauty.« Er legte den Kopf in den Nacken. »Er ist minderjährig. Ich werde ihm nichts tun, allein aus Prinzip.«

»Du hast Prinzipien.« Das klang wirklich albern.

»Tiere. Kinder. Ja.« Er regte sich und nahm die Füße von der Armatur. »Er kommt zurück.«

»Unser Prinz?«, fragte ich abfällig und sank zurück gegen die Scheibe. Als ich allerdings sah, mit was Alec den Rasen herunterstolziert kam, schreckte ich hoch und starrte ungläubig hinaus. »Holy Shit.«

»Er meinte das ernst, als er nach einem Künstler fragte, bevor er ging«, erklärte Davies unbeeindruckt.

»Ich dachte, das sei ein Codewort!« Der Dark Prince war wahnsinnig. Dieser Typ, der offenbar nur mit Drogen überlebte oder durch sie so zerstört worden war, war wahnsinnig. »Und ihn sieht keiner? Wie kann ihn keiner sehen?«

»Er wird sich als Restaurator vorgestellt haben.« Davies startete den Motor.

Alec kam, ein riesiges, antikes Bild unter den Arm geklemmt, das ihm bis zu den Knien reichte, und in der anderen Hand eine unauffällige Plastiktüte, auf den Jaguar zu und lächelte kaum merklich in die Richtung meines Fensters.

»Warum betrügt er seine Freundin?« *Fuck*. Das war die zweite Frage dieses Morgens, die ich nicht stellen durfte. Was interessierte es mich schon?

»Er betrügt sie nicht.« Kunstpause. »Noch nicht.«

»Ich habe ihn heute gehört, wie er telefoniert hat. Er lügt sie an.«

»Und warum stört es dich?«

Das ist eine sehr gute Frage!

»Sie haben ein Abkommen.«

»Wer?«

»Shania und er«, erklärte Davies. »Blowjobs. Sind im Rahmen. Es geht ihr um etwas anderes und er betrügt sie nicht, solange er seinen Schwanz nur in Münder steckt. Deswegen hat er dich gestern Abend zum Blowjob gezwungen. Hätte Shania es von den Männern ihres Vaters erfahren, hätte sie sich nicht beschwert. Sie weiß, dass sie wertvoll für ihn ist, und sie führen eine schräge Beziehung, aber sie bedeutet ihm etwas. Sonst würde er es niemals zulassen, dass sie Regeln im *Royal Black* aufstellt und bestimmt, welche Frauen ihm einen blasen dürfen und welche nicht.«

»Das klingt total verworren.«

»Es ist ein Deal. Er funktioniert für beide. Du solltest nicht dazwischengeraten. Das habe ich dir schon in deinem Zimmer gesagt. Also hör auf, dich für Sex bezahlen zu lassen. Du spielst ein verdammt gefährliches Spiel, dessen Regeln du nicht einmal kennst.«

»Mhm.« *Danke für den Tipp.* Ich sah wieder zu Alec, der das Gartentor passierte und auf den Kofferraum des Jaguars zusteuerte. Als er heute Morgen mit ihr gesprochen hatte, klang es so, als wäre Shania einfach nur dämlich. Bedeutete sie ihm wirklich etwas? Oder machte er sogar Davies etwas vor?

Ein paar Sekunden später saß Alec neben mir und zog die Tür hinter sich zu. Er sah nicht in meine Richtung und Davies fuhr direkt an.

»Du hast ein Bild geklaut. Aus einem Schloss.«

»Willst du es sehen?«, bot er freundlich an.

»Das Bild?«, wiederholte ich abfällig.

»Meinen Schwanz kennst du ja schon.« Er zwinkerte

zweideutig, bevor er sein Smartphone hervorholte und sich diesem widmete.

»Und jetzt rufst du deine Freundin an?«

»Eifersüchtig?«

»Ja, natürlich! Auf deine Freundin, auf dein Bild, auf die Uhr. Ich bin auf dein ganzes Leben eifersüchtig, du glaubst gar nicht, wie sehr.«

Er lächelte in sich hinein. »Hast du schon einmal englischen Tee getrunken? In einem Schloss? Mit einer dementen, alten Frau? Wenn ja, würdest du dich nicht trauen, irgendetwas zu sagen, das meine Laune verschlimmern könnte.«

»Na ja, das Bild war es vermutlich wert.«

Er verdrehte die Augen und schrieb eine Nachricht. »London tobt«, sagte er ruhig. Ein Hinweis an Davies.

»Willkommen zurück in der Realität, Hoheit.« Davies Stimme triefte vor falscher Unterwürfigkeit. »Ich wollte es Ihnen nicht früher sagen, Sie schienen mir zu beschäftigt. Aber ja.«

»Carl hätte mich vertreten können. Er ist zwar alt, aber er weiß, wie man den Club führt. Die Leute brauchen jemanden, der ihnen Befehle erteilt.«

»Carl hätte das *Royal Black* eher in die Luft gejagt, als dort mit Shania gemeinsame Sache zu machen. Und sie hätte es niemals geduldet, dass er die Führung übernimmt. Es gab eine Prügelei, die Leute streiten sich wegen des gepanschten Koks. Es ist Kinderkacke, Sir, aber sie brauchen dich. Sie zählen auf dich. Du hättest dich eben nicht mit der stoischen Prinzessin in diesem Jaguar, sondern mit deinen Gefolgsleuten in London auseinandersetzen müssen, um das zu klären.«

»Das hätte zu nichts geführt«, erklärte Alec gleichgültig seinem Handy. »Wenn ich zurückkehre, werde ich Carl bitten, mich zu vertreten. Er wartet nur darauf, dass ich klein beigebe nach dem, was vor fünf Jahren war. Soll er seine Genugtuung bekommen. Ich habe mich in Shania getäuscht, sie ist nicht gut genug darin, den Club zu organisieren.«

»Das *Royal Black* läuft auch ohne ihn. Ich würde mir an deiner Stelle Sorgen darum machen, woher die neue Messerlieferung kam und wie viele Jugendliche damit ausgestattet wurden.«

»Wir wissen, woher sie kamen.«

»Ist es immer dieselbe Quelle? Warum sind sie nicht totzukriegen?«

»Warum ist die Monarchie nicht totzukriegen? Es wird immer jemanden dort oben geben, der glaubt, schlauer zu sein als wir, und der glaubt, Profit daraus schlagen zu können, wenn er Drogen und Waffen in London verteilt.« Alec sah nachdenklich auf. »Trotzdem passt Nike nach wie vor nicht in dieses Muster.«

Ich verspannte mich innerlich.

»Vielleicht doch, wenn die Kolumbianer den Auftrag erhalten haben, aus ihren Mustern auszubrechen. Sie sahen, dass er auf einer Privatschule ist und gute Noten hat. Sie dachten, er sei schlau und geeignet, und sie werden ihm einiges versprochen haben.«

»Das macht keinen Sinn.«

Alec drehte den Kopf in meine Richtung, Davies sah mich über den Rückspiegel an.

»Nike würde so etwas niemals tun.«

»Das weißt du doch gar nicht«, sagte Alec. »Du glaubst, du kennst deinen Bruder besser als er dich, nur weil du ihn so sehr liebst? Er kann dich verarschen oder er glaubt, er könnte von dem Geld sein Schulgeld bezahlen, damit du weniger arbeiten musst. Das ist alles möglich. Unmöglich ist nur, dass er überhaupt an das Zeug gelangt ist. Mir ist jede kolumbianische Lieferung bekannt. Und ja, es war nicht unbedingt die schlechteste Idee, zu Evan zu gehen, denn auch er steht auf dem Verteiler.«

»Wirklich?«

»Er hätte zumindest etwas damit anfangen können, ja. Ob er damit zu mir gekommen wäre oder dich einfach getötet hätte …«

»Warum sollte er das tun?«, keuchte ich.

Alec zuckte die Achseln. Er drehte sein Smartphone nachdenklich in der Hand. »Ich kenne ihn nicht gut genug, um beurteilen zu können, wozu er in der Lage wäre. Was glaubst du?«

»Ich wusste nicht einmal, dass er wirklich mit so viel Kokain dealt!«, rief ich erschrocken. »Ich dachte, er hat höchstens ein paar Gramm bei sich zu Hause …«

»Mehr hatte er auch nicht da, stimmt.«

»Es ist mein Fehler, Chef.« Davies bog auf eine Landstraße ab und wir ließen die Allee, die zum Schloss führte, hinter uns. »Statt um den Pädophilen hätte ich mich um Evan kümmern sollen.«

»Du kannst dich nicht um ihn kümmern, denn er ist weg«, sagte Alec. Etwas an seiner Stimme verriet, dass ihn diese Tatsache immens störte. »Weiß sie nun eigentlich schon, worum es hier geht, oder tappt unsere Prinzessin noch immer im Dunkeln?«

»Dunkel ist das Stichwort.« Davies schaltete das Radio ein. »Ich dachte, ich überlasse dir den Spaß. Sie wird dir danach die Füße küssen, ich garantiere.«

»Deine Menschenkenntnis beeindruckt mich immer wieder«, murmelte Alec, bevor er das Handy wegsteckte und nach hinten in den Sitz sank. Der Jaguar war von innen besonders edel. Weiche Lederbezüge, hölzerne Armaturen und verchromte Griffe. »Fahr defensiv, ich will die eine Stunde noch schlafen.«

Keine Ahnung, was er meinte, Davies war der beste Fahrer, den ich kannte.

Die gesamte, restliche Fahrtzeit hing ich meinen Gedanken nach und wusste sie nicht mehr einzuordnen. Noch immer passte der Davies, den ich kennengelernt hatte, nicht mit dem Killer zusammen, der er offensichtlich war, und auch wenn er locker über seine sadistische Ader gesprochen hatte – Angst verspürte ich nicht mehr. *Wieso nicht?*

War er tatsächlich so gut darin, sein Opfer einzuwickeln und zu verführen, bis es nicht mehr zwischen gut und schlecht unterscheiden konnte?

Als wir das Ortseingangsschild von Callander erreichten und mir ganz plötzlich bewusst wurde, dass ich wirklich mit Nike über alles sprechen können würde, fragte ich dann doch.

»Warum habt ihr es getan?«

Alec antwortete, obwohl er sich die letzte halbe Stunde gar nicht mehr bewegt hatte, als wäre er die ganze Zeit über hellwach gewesen. »Warum fragst du das ausgerechnet jetzt, Baby?«

Ich ignorierte ihn. »Davies?«

»Sie haben Flüchtlingswaisen entführt und mit ihnen Filme gedreht, und wenn sie damit durch waren, haben sie sie nach London in einen Dungeon verfrachtet und sie verkauft.«

»Oder zur Prostitution gezwungen, je nachdem.«

»Wer?«, fragte ich und konnte nicht folgen. So etwas lief im Fernsehen, es war nicht real.

»Worüber sprechen wir gerade?«, fragte Alec genervt.

»Die … zwei …«

»Kleinen, verhurten, geldgierigen Schlampen, ja«, kam von vorne.

»Die … in deinem Zimmer …« Mit denen er geschlafen hatte?! Oder war alles eine Lüge? Ich kam nicht mehr mit.

»Ja.« Alec kramte eine Zigarette hervor und ließ das Fenster herunter. »Hübsches Städtchen, oder? Selbst hier betrauern sie den Tod der Queen, als wäre sie ihre Großmutter gewesen.«

»Und wieso … ich weiß, das ist eine dezent bescheuerte

Frage, aber warum geht ihr damit nicht einfach zur Polizei?!«, rief ich spitz.

Alec bedachte mich mit einem fragenden Blick.

Davies lachte. »Wir sind Englands Polizei, Kleines.«

»Nein, seid ihr nicht!«, schrie ich.

»Nicht so laut!«, knurrte Alec und deutete auf das offene Fenster. »Wir ersetzen die Polizei. Ist dir das noch nicht aufgefallen? Wir sind längst nicht breit genug aufgestellt, um alles verhindern zu können, was sich Englands zerstörte Hirne ausdenken können, aber das Grobe dämmen wir ein.«

Ich sah ihn fassungslos an. »Das ist ein Witz.«

»Wäre es dir lieber, wir hätten sie ganz ohne Grund und Charme gekillt?«, fragte er freundlich.

»Es gibt keine Todesstrafe in England«, brachte ich hervor. »Niemand hat es verdient zu sterben.«

»Das Leben endet tödlich, habe ich mal gehört.«

Ich hasste ihn für sein Lächeln. Wieso musste er ständig lächeln? Verstört schüttelte ich den Kopf. Ich hatte bis zuletzt die unumstößliche Wahrheit, dass Alec und Davies töteten, wenn ihnen jemand nicht gefiel, verdrängen wollen. Ja, vielleicht hatte ich sogar gehofft, die Frauen hätten Davies betäuben und ausrauben wollen und es wäre sozusagen eine übertriebene Form der Notwehr gewesen ... Was genauso schrecklich war, aber irgendwie … Was, wenn Nike …? Wenn er …?

»Wir sind da.«

Ich erwachte durch Davies' Worte aus meiner Starre und sah mich um. Wir hielten auf einem kleinen Parkplatz am Waldrand. Das große Internatsgebäude kannte ich bisher nur von Bildern. Ganz aus wuchtigem Stein gebaut ragte es imposant über uns empor. Keine Menschenseele war zu sehen.

»Ich will alleine mit ihm sprechen«, flehte ich leise. »Bitte.«

»Natürlich.« Alec sagte es, als hätte er es eh geplant. »Wir wollen ihn ja nicht gleich einschüchtern. Komm einfach mit der Info zurück, von wem er das Zeug hat.«

Ich hielt meinen Kiefer fest geschlossen, damit meine Zähne nicht zitternd aufeinanderschlugen. Wenn Nike keine passende Antwort hatte …

Als ich mich abwenden wollte, um die Tür zu öffnen, griff der Prinz nach meiner Hand und ich zuckte so heftig zusammen wie die ganze Reise über nicht. *Mein Gott, wer konnte es mir verübeln?!*

Alec lächelte beruhigend und hielt mir die Schachtel Zigaretten hin. Zögernd nahm ich mir eine heraus. Ich würde nicht rauchen, aber ich wollte einfach, dass er mich schnell wieder losließ. Er hielt meine linke Hand allerdings weiter fest und streichelte sogar sanft darüber. *Gott, wieso musste er mich auch noch berühren?!*

Durch sein schrecklich schickes Auftreten, das angegossene Hemd und die blaue Anzughose wirkte er wie ein teuflischer Vertreter, der mich gefangen nahm, bis ich ihm seine Lügen glaubte.

»Baby«, begann er sanft.

»Ich bin alles, aber nicht dein Baby.«

Er lachte und wurde wieder ernst. »Mir gefällt der Kosename mit jedem Mal mehr, wenn ich ihn ausspreche. Ich habe noch keine Frau so genannt. Aber um zurück aufs Thema zu kommen: Wir besorgen den Kindern Pässe. Sie bekommen einen neuen Namen, eine neue Identität. Ihr Geburtsland ist ab sofort England und sie kommen in das beste Heim, das ich in den letzten Jahren auftreiben konnte. Weit ab von dem, was sie ertragen mussten. Wir lassen sie nicht im Stich, nie wieder. Das Motel …«

»Wovon zum Teufel sprichst du?«, zischte ich. Ich wollte nichts hören. Ich wollte keine Entschuldigung hören, wollte mir nicht erklären lassen, dass er ›doch nicht so schlecht war‹. Er war ein Monster! Er sollte es bleiben!

»… war gut und sehr lange versichert«, erklärte er unbeirrt weiter. »Wir haben absichtlich dieses ausgewählt. Der Besitzer kann sich von der Summe das Motel wieder aufbauen lassen. Er hat sogar etwas übrig, wenn er es nicht gleich verprasst. Für seine Rente oder für seine Frau, die hat es mit dem rechten Fuß. Wenn die Krankenversicherung nicht zahlt, zahlt eben eine andere.«

Ich presste die Lippen aufeinander und zog an meiner Hand.

»Wir kämpfen auf deiner Seite«, fasste er zusammen. Seine Augen blitzten auf. »Nur mit anderen Mitteln.« Er ließ mich los.

Ich wandte mich sofort ab und stieg aus.

»Baby!«, rief er mir hinterher.

Ich stöhnte und drehte mich noch einmal zu ihm um.

Er hatte sich über die Sitzbank gebeugt und hielt mir sein Feuerzeug hin. »Grüß die Siegesgöttin von mir!«

Ich entriss ihm das Feuerzeug und knallte die Autotür zu. So eine Scheiße. Er wollte mir erzählen, dass er und sein Lakai Selbstjustiz betrieben? Und die Kinder, die unter diesen Verbrechen leiden mussten, dabei nicht vergaß?

Gott, das war fast zu kitschig für einen wie Alec. Mit gemischten Gefühlen in der Brust stapfte ich den Hang zum Internat hoch. Als ich mich noch einmal zum Jaguar umdrehte, der einsam und dunkel auf dem Parkplatz stand, bemerkte ich Davies, der ausgestiegen war, neben der Fahrertür stand und mir hinterhersah.

Als würde er etwas wittern und nur darauf warten, zu kämpfen.

UND WENN DU STIRBST, WAR ES NUR EINE GESCHICHTE.

DER DIENER

»Warum sind wir hier hochgefahren?« Ich hatte die Unterarme auf das Autodach des Jaguars gestützt und sah zum Internat hinüber. Was wir taten, passte nicht zusammen mit dem, was wir sonst getan hatten. Es war nicht mein Job, Fragen zu stellen, schon gar nicht, *infrage* zu stellen, was den Prinzen antrieb, aber etwas Unsinnigeres hatte ich schon lange nicht mehr getan.

Neun Stunden mit dem Auto nach Schottland fahren. Auf Geheiß Alecs hin ein vorlautes Girl vögeln. Ihr ewiges Gejammer ertragen müssen und nun Babysitter für ihren Bruder spielen. Das hatte nichts mit Faszination zu tun, nichts mit dunklen Gelüsten, es war einfach nur sinnfrei und dämlich.

»Es gibt Fragen, die du für gewöhnlich nicht stellst.« Der Dark Prince stand mit dem Rücken ans Auto gelehnt, rauchte und blickte entspannt in den Himmel.

»Wenigstens hatte ich meinen Spaß.« Es war eine trostlose Erkenntnis, aber sie stimmte. Ich hatte ein paar weitere Namen von meiner Liste abgehakt, ein paar weitere Kids gerettet. Aber deswegen wäre ich nie nach Schottland gefahren. Nicht, während sich in London eine neue Bande stark machte und nur auf die Lücken wartete, die der Dark Prince ihnen bot. Mir kam es so vor, als hoffte Alec geradezu darauf, angegriffen zu werden, aber auch das war mehr als untypisch für ihn. Etwas anderes beschäftigte ihn. Ein Geheimnis. Was hatte er in Evans Wohnung zu suchen gehabt? In der Wohnung eines unbedeutenden Drogendealers, eines kleinen Würstchens, eines Nichts. Warum war er dort auf Florence getroffen? Was hatte er überhaupt dort getrieben?

»Ja, Brot und Spiele für das Volk. So war es schon in Rom.« Alec aschte gedankenverloren ab.

»Warum lassen wir sie nicht einfach hier?« Ich dachte daran, wie viel Arbeit mich in London erwartete. Ich wollte keine einzige Minute Zeit mit Florence' und Alecs Spielchen verschwenden, ich hatte zu tun. Auch wenn es mich reizte, die kleine Prinzessin an ihre Grenzen zu treiben und nach meinen Vorstellungen zu ficken – all das hatte sehr viel Zeit und konnte auch noch in ein paar Wochen geschehen.

»Weil ich sie unsterblich liebe und nie wieder von ihr weichen werde.« Der Dark Prince hielt seine Augen geschlossen und säuselte gekünstelt. »Außerdem schuldet die Süße mir einen Blowjob. Wenigstens den kann ich mir holen, ohne dass du mir wegen Shania ins Gewissen redest.«

»Shania bedeutet für uns alles.« Dass ich ihm das erklären musste!

»Ich dachte, es ginge dir bei ihr nur um deine Lohnkonten.«

»Der Lohn ist mir so was von scheißegal!«, spuckte ich und verspürte enorme Lust, meinen Freund zu schütteln. War er mein Freund? Hielt der Prinz mich überhaupt für einen Freund oder war ich nichts weiter als ein dümmlicher Diener, der zu gehorchen hatte?

Ja. Ich war Soldat. Ich führte aus. Aber ich war dabei längst nicht so teilnahmslos, wie Alec das gerade wollte. Frustriert trat ich mit dem Stiefel gegen den Autoreifen. Vielleicht sollten wir es heute Nacht doch tun. Auf welche Weise wir Florence verführten, war fast schon egal. Dieser Frust musste ein Ventil finden, und wenn der Dark Prince weiter nebulös vor sich hin schwafeln wollte, würde Florence ihn vielleicht dazu erweichen, etwas preiszugeben, das uns helfen konnte.

Bisher hatten wir hier oben nichts getan, das eine Fahrt hätte rechtfertigen können. Das Bild im Kofferraum, der Schmuck in der Tüte. Das war nichts. Kein Grund.

Nike hätte auch von einem unserer Leute ausgefragt werden können.

Ich verspürte große Lust, meine innere Wut mit einem Messer in Haut zu ritzen, aber weit und breit war ja nicht mal ein geeignetes Opfer zu finden, das es verdient hätte!

Dieser Bereich von Großbritannien war ein kleines Paradies, in dem vielleicht gerade mal das Au-Pair-Mädchen aus Portugal ohne Bleibe vor die Tür gesetzt wurde. Sogar der Priester behielt seine Hände bei sich.

Nur aus Zufall ließ ich meinen Blick über die zahlreichen Fenster des Internats gleiten. Ein altes Steingemäuer, das durch neue Fenster und frisch gestrichene Balkongeländer nicht ganz so heruntergekommen war, wie es erst den Anschein gemacht hatte. Dann sah ich ihn.

Oben in einer Ecke.

»Runter, Shit!«

Ich zerrte den Dark Prince nach unten, der, trainiert auf solche Gefahrensituationen, sofort reagierte.

Ein Schuss zischte durch die Luft und schlug in den Schotter vor uns ein.

Dann ein weiterer.

»Scheiße.« Alec war aschfahl geworden und starrte auf den Boden vor seinen Füßen.

Ich schob mich vorsichtig an der Autowand nach oben und linste durchs Fenster, wobei ich meinen Hals verrenken musste. Der Schatten im Fenster war fort. Kein Scharfschütze. Schalldämpfer. Er hatte zu spät abgedrückt und mich verfehlt. Aber auch ein Laie konnte treffen, wenn er Glück hatte.

»Er ist im Gebäude«, sagte ich.

»Verfluchte Scheiße, wer ist im Gebäude?«, fragte Alec.

Ich wusste keine Antwort. Ich hatte nicht einmal eine Ahnung, obwohl ich damit gerechnet hatte. »Eine Falle. Sie.« Anders konnte es nicht sein.

»Florence?«, fragte Alec abfällig. »Die kleine Klavierlehrerin stellt uns eine Falle? Vielleicht war das nur ein Schülerstreich, Lee.«

Jetzt war der Prinz vollkommen bescheuert geworden. »Woher soll ein verdammter Internatsschüler eine Knarre haben und warum sollte er sie wahllos auf uns richten? Nein, es ist Florence. Sie hat dich dazu bekommen, ihr dein ganzes Bargeld in den Arsch zu schieben für einen Blowjob.« Meinen Oberkörper halb verrenkend beobachtete ich noch immer die Fenster. Niemand war zu sehen. »Du hast sie falsch eingeschätzt.«

Ich sah das ganz nüchtern, für Wut auf sie war jetzt keine Zeit. Ich musste mich um den Typen im Gebäude kümmern. Dabei kannte ich nicht einmal alle Ein- und Ausgänge. Wenn der Kerl darin wollte, konnte er fliehen. Doch wohin? In den Wald. So oder so würden wir ihn sehen, denn auf der anderen Seite des Internats befand sich ein Steinbruch, und bis er den hinaufgeklettert war, würde ihn irgendjemand bemerken.

Es führte trotzdem kein Weg daran vorbei, in das Gebäude einzudringen.

»Bewaffnet Euch, Majesty.«

»Ich bin bewaffnet.«

Ach ja. Etwas anderes als seine Pistole verwendete Alec nicht. Ich öffnete die Hintertür und kletterte in den Wagen, um mich so vor möglichen Schüssen zu schützen. Ich klappte den mittleren Sitz um und griff in meine Reisetasche. Ich holte zwei Glocks und meine Messer hervor, die ich heute Morgen gereinigt und wieder mitgenommen hatte, und warf Alec Munition zu, der sie geistesgegenwärtig auffing und in seiner edlen Anzughose verstaute. Alec war ein guter Schütze – er war früher öfter zur Jagd gegangen –, aber ich war noch nie auf sein Können angewiesen gewesen.

Normalerweise hatten wir immer Leute um uns, die mit uns kämpften, und Alec blieb zumeist im Hintergrund, um nicht draufzugehen.

»Wir klettern in den zweiten Stock hoch«, schlug ich vor. »Damit wird er nicht rechnen.« In Kämpfen bestimmte ich den Plan. Ich überlegte sogar, ob es nicht besser wäre, Alec ganz zurückzulassen.

»Er wird uns sehen, oder nicht?«, fragte Alec. Er hockte hinter dem Auto und sah nachdenklich erst mich, dann das Gebäude an.

»Der Winkel hinter dem Vorsprung des Seitenflügels wird uns verbergen. Er kann nur von dem Fenster im Süden auf uns zielen und wenn wir Glück haben, schießt er wieder daneben oder wird von jemandem im Gebäude entdeckt. Wir gehen durch den Flur und halten zu beiden Seiten Ausschau.« Ich steckte mir zwei meiner Messer in meine Stiefel und schlug die Jeans darüber. Ein weiterer Vorteil: Es dämmerte bereits. Wir würden das Gebäude wie Schatten erklimmen. Zum Glück war Alec darin sogar besser als ich. Manchmal bereute ich es, dass wir nicht öfter Gelegenheit dazu hatten, gemeinsam durch die Londoner Betonstadt zu ziehen. So wie am Anfang …

»Ich bin nicht in Form«, warnte Alec mich. »Ich weiß nicht, ob du es schon mitbekommen hast, aber ich bin ziemlich am Arsch –«

Klar, er hatte recht. Aber selbst zugedröhnt war Alec besser im Hauswände-Hochhangeln als ich. »Komm einfach mit.« Ich packte Alec am Kragen und zerrte ihn in den Stand. Ohne länger Zeit zu vertrödeln, knallte ich die Autotür zu und hechtete los. Der Prinz musste mir folgen, und den Schritten im Schotter nach zu urteilen, tat er es. Der Schütze war in keinem der Fenster zu sehen, und trotzdem mussten wir schnell sein, um keine Zielscheibe abzugeben.

Ich sprintete über den Parkplatz, sprang an den ersten Balkon, zog mich hoch, stieß mich mit den Stiefeln ab, landete im Stand auf dem Geländer und griff gleich nach der Decke des nächsten Stockwerks. Für mich war es leichter als gedacht, meinen Körper hochzuziehen und auch den zweiten Balkon zu erklimmen, trotzdem war Alec ein paar Sekunden früher als ich oben. Er sah sich um und zog seine Waffe.

»Wie viele sind es? Was denkst du?«

»Einer, vielleicht zwei.« Ich stellte mich dicht an die Wand und linste durch die Balkontür. Ein Schlafsaal, sechs Betten. Die Tür war verschlossen, aber das Fenster einen winzigen Spalt geöffnet. Ich schob die Klinge meines Messers in die Lücke und schaffte es, die Scheibe weiter aufzuziehen. Ich sprang seitlich durch die Öffnung und Alec folgte.

Er hatte sein Smartphone hervorgeholt und wählte eine Nummer.

»Vielleicht sprichst *du* besser mit ihm«, sagte er und reichte das Handy an mich weiter.

Ja, Alec vertraute mir in solchen Sachen durch und durch. Ich nahm das Handy entgegen. »Walker!«, rief ich gespielt fröhlich und ließ meinen Blick über die Habseligkeiten der Kinder wandern, die hier schliefen. Bücher, Hefte, Zeitschriften, Chipstüten, ein altes Kofferradio. Hier galten Regeln des letzten Jahrhunderts. »Ich wusste, du würdest dich freuen, wenn ich mich mal wieder bei dir melde.«

»Was zur Hölle treibt ihr in Schottland?«

Ich stellte mich an die Wand neben der Tür und stieß sie vorsichtig auf. Der Gang war leer. Es war vielleicht doch ein Fehler gewesen, in den zweiten Stock einzusteigen, statt unseren Feind von unten einzukeilen.

»Du hast vergessen, dass jemand wie du keine Fragen stellt. Dein Kopf wäre mit der Antwort auch völlig überfordert«, erinnerte ich ihn freundlich und setzte meinen Stiefel in den Gang. Ich brauchte mehr Leute. Viel mehr Leute. »Wir machen es kurz: Jemand hat auf uns geschossen. Wir befinden uns aber nicht gerade an einem Ort, wo andere auf einen schießen.«

»Ich kann euch nicht helfen.«

»Schick zwei Zivilstreifen zu den Landstraßen, die das Gebiet einkesseln.«

»Ich kann euch nicht helfen!«, hielt er dagegen.

»Wenn du deine kostbaren Fingerkuppen behalten willst, wirst du jetzt zwei Streifen organisieren!«, blaffte ich. »Hier gibt es einen Wald, schick einen Förster raus.«

»Den werden sie doch einfach erledigen!« Walker war eine einzige Nervensäge. Er war der Crack der Londoner Szene, knackte jedes System, besorgte uns mit einem Klick Zugang zu jeder Polizeibehörde Großbritanniens und hackte sich regelmäßig in elektronische Akten ein, um sie zu verändern, ohne eine Spur zu hinterlassen. Zwei Streifen auf die Landstraße zu schicken, ohne ihnen einen genauen Grund für ihren Einsatz zu verraten, war etwas schwieriger, aber Walker würde das hinbekommen, wenn er einmal weiter dachte als von seiner Pizza zur Tastatur. »Ich schicke doch keinen Förster in den Tod!«

»Dann warn ihn vor.«

»Ich bin dafür die falsche Adresse. Das Royal Black überfordert mich schon, mit den ständigen Waffen und letztens das mit Carl –«

»Denk an deine Finger.« Ich legte auf und reichte das Handy zurück.

»Vielleicht hätte doch lieber ich mit ihm sprechen sollen«, sagte Alec nachsichtig lächelnd.

»Er kriegt doch nie seine Zähne auseinander, wenn er mit dir sprechen muss. Nein.« Ich zog eine der Glocks aus meinem Gürtelbund am Rücken und entsicherte sie. »Ich gehe vor.«

Ich wusste, dass es äußerst riskant war, sich überhaupt durchs Gebäude zu bewegen. Hinter jeder Ecke konnte ein

Hinterhalt lauern, hinter jeder Tür konnte irgendjemand auf uns zustürmen.

»Da ist sie.«

»Was?« Ich stellte ungläubig fest, dass Alec seine Position verlassen hatte und zum Fenster gegangen war. Der gesamte Flur war zur einen Seite hin mit Fenstern durchsetzt. Dadurch war er hell und einsehbar. Er bot gar keine Deckung. Es war verdammt nochmal gefährlich, so hier rumzustehen!

»Sie spricht mit ihrem Bruder. Scheinbar. Das ist ein kleiner blonder Strohkopf.«

Ich packte Alec am Arm und zog ihn vom Fenster weg. Mit einem kurzen Blick sah ich, dass sich hinter dem Gebäude bis zum Steinbruch eine große Wiese erstreckte, auf der zwei Schulklassen Rugby spielten. »Ihr überrascht mich immer wieder mit Eurer Vernarrtheit, Hoheit.«

Alec machte sich von mir frei. »Ich sagte doch, ich bin nicht in Form.«

Ich erklärte ihm lieber nicht, dass Florence diejenige war, die uns erst in diese Lage gebracht hatte, sondern riss den Dark Prince an die Wand und brachte mich in Position. Es gab nur ein Treppenhaus in diesem Flügel und auf jedem Flur circa zwölf Räume. Darunter mussten sich auch Waschräume befinden. Wer auch immer auf uns geschossen hatte, er würde nicht hier oben auf uns warten und dabei riskieren, gefunden zu werden. »Geh zurück zum Balkon und beobachte die Ausgänge. Wenn er versucht, zu entkommen, dann vorne herum.«

»Aye.« Alec verschwand in dem Zimmer, aus dem wir gerade gekommen waren, und ich pirschte mich weiter den Flur entlang. Ich wusste, dass mich nicht jede Kugel töten würde, die mich traf, aber ich wollte es auch nicht darauf anlegen, weshalb ich jede Tür als Deckung nutzte und so nur kriechend langsam vorankam. Ein Fenster am Ende des Flures stand offen, sodass man die kreischenden Kinder von unten hören konnte.

Wer war unser Feind?

Warum hatte er auf uns gewartet?

Wie gut war er vorbereitet und was wollte er? Ging es darum, uns zu erledigen? Zu töten?

Wer hatte den Auftrag gegeben? Carl? Nein. Florence? Wahrscheinlich, aber wie hatte sie Kontakt aufnehmen können? Ihr Handy hatte ich zu Anfang der Fahrt eingesackt und ausgeschaltet und es lag auch vorhin noch in meiner Tasche. Aber sie hatte es richtig eingefädelt. Uns weichgeklopft. Gebeten, alleine mit ihrem Bruder sprechen zu können, damit uns ihr Komplize abknallen konnte. Deswegen hatte sie sich von mir ficken lassen und dem Dark Prince einen geblasen. Sie wollte, dass wir ihr verfielen. Damit wir komplett verblödet in ihre Falle tappten.

Dafür würde die Schlampe bezahlen, so viel stand fest.

Ich hatte das Treppenhaus erreicht, suchte Deckung und lauschte. Unten war etwas zu hören, aber es konnte genauso gut nur ein Schüler sein. Lautlos huschte ich durch die Tür und schlich mich durchs Treppenhaus. In der ersten Etage regte sich ein Schatten. Ich linste durch das Glas der Tür in den Flur.

Zwei Schülerinnen, die gerade aus den Waschräumen kamen und laut zu schnattern begannen.

Fuck it. Konnte ich nicht das Gebäude leerräumen? Eine Möglichkeit wäre der Feueralarm, aber ich sah nirgends die Chance, ihn auszulösen. Dafür war das Gebäude zu alt, man hatte sich vielleicht um die Standards gedrückt. So weit in Schottlands Prärie war alles möglich.

Und wenn erst mal Chaos entstand, war es noch schwieriger, unseren Schützen zu finden.

Ich durchforstete den Seitenflügel bis ins Erdgeschoss. Er war bis auf die zwei Schülerinnen leer, nicht einmal Angestellte oder Lehrer waren zu sehen. Die Schüler befanden sich vermutlich noch im Hauptgebäude oder draußen auf dem Spielfeld.

Auf mich allein gestellt war es eigentlich ein Ding der Unmöglichkeit, das Gebäude zu sichern. Trotzdem suchte ich den Keller ab. Vielleicht hatte Alec die Person längst ausgemacht und erledigt? Aber den Schuss hätte ich gehört. Der Schütze war mit einem Schalldämpfer unterwegs. Alec nicht …

Auch im Keller befanden sich auf der einen Seite durch die Hanglage Zimmer, die einzigen ohne Balkon oder tiefe Fenster. Es war verräterisch ruhig. Ich schlich, die Waffe im Anschlag, an der Wand entlang und hielt vor einer offenen Tür inne. Dahinter war es dunkler als im Flur – eine Falle.

Jetzt zählte Schnelligkeit. Ich stieß die Tür mit meinem Stiefel auf, trat in den Raum und wich sofort wieder zurück. Nichts geschah, nichts regte sich.

Ich trat vorsichtig ein, drehte mich rasend schnell zu beiden Seiten, schussbereit, doch die Waschküche war leer. Niemand versteckte sich in den Ecken, keiner zielte auf mich.

Ein unangenehmer Zug breitete sich im Raum aus und mir fiel das offen stehende Fenster auf. Ein schlanker Mensch konnte auf die Waschmaschine steigen und entkommen.

Ich ließ die Waffe sinken. Verdammt. Der unbekannte Schütze hatte sich entgegen unseren Erwartungen doch zum Garten hin davongemacht. Hatte ihn dort niemand gesehen …?

Ein anderer Gedanke kam mir und ich knirschte mit den Zähnen. Wer sagte, dass der Schütze kein Schüler war? Ich hatte vom Parkplatz aus im Fenster nichts Genaueres erkennen können. Irgendjemand unserer Feinde hätte einen Schüler mobilisieren können. Das würde auch bedeuten, dass jemand in London schon viel früher damit gerechnet hatte, dass wir hier aufkreuzen würden, denn wie hatte er sonst einen Schüler mit einem Schalldämpfer und einer Waffe ausstatten können …?

Frustriert verließ ich mit schweren Schritten den Raum.

Unter mehr als fünfhundert Jugendlichen den Richtigen auszumachen, war wie …

Ich hielt abrupt inne, als ich ein leises Stöhnen hörte. Ein Wimmern. Eine Frau.

»Du tust mir … Auuu!«

Fuck. Ich näherte mich der Tür. Ein Lehrer? Eine Vergewaltigung.

»Nicht so … doll, aaau …« Aus dem Wimmern wurde ein Heulen.

Ich drehte den Türknauf zu dem Schlafsaal, aus dem die Geräusche kamen. Sie war verschlossen.

Wieder das Keuchen, schwerer, rasselnder Atem, ein wehklagender Schrei.

Ich dachte nicht länger nach. Ich warf mich mit voller Wucht gegen die alte Tür und sie brach unter meinem Gewicht auf. Aus Reflex hatte ich mein Messer gezogen und stand einen Atemzug später mitten im Raum, bereit, dem Mann die Kehle aufzuschneiden, der sich an dem Mädchen verging.

Aber ich bedrohte keinen Mann, sondern einen Sechzehnjährigen. Der auf seiner Freundin lag. In einem der Betten, nackt.

Sie starrten mich beide an, ich starrte zurück.

»Was tut ihr hier?«, blaffte ich. Keine Spur von einer Vergewaltigung, es sah auch nicht so aus, als würde sich das Mädchen gegen den Typen wehren wollen.

Die beiden waren noch immer so erstarrt, dass sie kein Wort hervorbrachten, als hätte man sie mit der Pause-Taste eingefroren.

»Wi-wir«, stammelte der Typ schließlich.

Ich suchte den Raum ab. Auch hier sah es aus wie in allen anderen Zimmern. Bücher, Zettel, Klamotten, Unordnung. Ich schaltete. »Euer erster Fick.«

Der Junge wälzte sich endlich von seiner Auserwählten herunter, sie nickte geistesgegenwärtig.

»Und wo ist dein verschissenes Kondom, Junge?«, knurrte ich und warf einen Blick auf den bleichen, nackten Schwanz des Typen. Er hatte Akne und Ansätze von Muskeln. Und offenbar ein paar Gehirnzellen zu wenig.

»Mit Kondom war es so trocken …«, verteidigte er sich schwach. Mit angstvollen Augen starrte er auf mein Messer.

So was habe ich jetzt gebrauchen können, dachte ich ironisch und steckte das Messer weg. »Komm, steh auf.«

»Aber –«

»Tu, was er sagt, George!«, befahl seine Freundin und zog sich die Decke über ihre nackte Pussy.

Also stand George ziemlich ängstlich auf und blieb zitternd vor mir stehen.

Ich packte ihn an der Schulter und holte ihn nah vor mein Gesicht. »Weißt du, wo du herkommst?«

»Aä«, stammelte er panisch. Seine Augen weit aufgerissen. »Gibson Street, Glasgow, Sir.«

»Aus der Muschi deiner Mutter. Und wie bist du da reingekommen?«

Er wurde bleicher.

»Durch den Schwanz deines Vaters. Ist das ein verständlicher Vorgang? Wenn du irgendein Mädchen fickst, dann gefälligst mit Kondom, und wenn sie dir sagt, dass sie die Pille nimmt, fickst du sie trotzdem mit Kondom. Es gibt Krankheiten. Und auch die Pille kann nicht wirken – und glaub mir, niemand will eine Pickelfresse wie dich zum Daddy. Haben wir uns verstanden?!«

»J-ja, Sir.«

Ich holte mein Notfall-Kondom aus der Jeans hervor und drückte es dem Jungen in die schweißnasse Hand. »Ich war niemals hier. Dann habe ich euch auch niemals gesehen.«

Er nickte heftig.

»Schön.« Ich warf dem Girl einen Blick zu und überlegte, ihr vorzuschlagen, sich eine geeignetere Partie fürs erste Mal auszusuchen, aber das überstieg deutlich meine Kompetenzen. Sie war hübsch, vielleicht sollte sie einfach noch ein paar Jahre warten. Aber who the fuck cares. Ich verließ mit schweren Schritten das Zimmer und betrachtete das zerstörte Türschloss. Von der Außenseite war nichts zu sehen, also fiel es einem Lehrer vermutlich nicht einmal auf. Ich hob die Hand zum Gruß und sah in zwei bleiche, vollkommen verwirrte Gesichter, bevor ich die Tür hinter mir zuwarf und die beiden zurückließ.

Gerade rechtzeitig.

ROT WIE BLUT.
KALT WIE SCHNEE.
SCHARF WIE
SCHERBEN.
Schneewittchen

DER PRINZ

»Siehst du all diese Menschen dort? Dort, hinter ihren Fenstern, Türen und Gittern? Wenn du genau hinsiehst, was siehst du?«

»Armut.«

»Schlimmer als das.« Mein Cousin steht neben mir auf der Brüstung des Dachs. Paris. Ein warmer Sommer. Unter uns geht es vierzig Meter in den Tod. Unsere Fußspitzen ragen über den Stein, wir fürchten uns nicht. »Das ist nicht nur Armut. Ich nenne es schon gar nicht mehr ›Leben‹.«

Ich denke darüber nach, lasse seine Worte sacken. Vor uns erstreckt sich die Vorstadt von Paris. Oder auch ›Vorhölle‹, wie sie genannt wird. »Was tust du dagegen?«, frage ich schließlich.

Mein Cousin balanciert auf der schmalen Brüstung. »Ich komme öfters hierher.«

»Und was tust du?«

»Ich stehe hier auf dem Dach und sehe hinunter. Und hoffe darauf, dass irgendwann jemand aus unserer Familie den Mut hat, etwas zu verändern.«

Von hier oben hatte man den perfekten Blick. Steinbruch, Wiese mit ganz vielen, glücklichen Jugendlichen, die Zufahrtstraße, der Parkplatz, ein paar Felder und der dichte Wald. Man könnte eine Dachterrasse errichten und ich würde gerne hierherkommen. Mein Gleichgewichtssinn hielt mich auf dem schmalen Grat des Dachfirsts und wundersamerweise bemerkte mich von unten niemand. Ich stand zwar nahe dem Schatten werfenden Schornstein, war aber dennoch von allen Richtungen aus gut sichtbar.

Sollte ich abrutschen, sah es schlecht für mich aus, aber ich spürte eine Müdigkeit in mir aufkommen, die mir beinahe dazu riet.

Abstürzen, hinabfallen, alles beenden.

Ich war sehr nah am Selbstmord.

Waren das Symptome des Drogenmissbrauchs? Oder Ergebnisse der Panik, die mir jede Sekunde die Glieder stopfte?

Ich ahnte, dass ich einen Fehler begangen hatte, einen gewaltigen Denkfehler, eine Lücke, aber ich *kam einfach nicht darauf, was es war.* Evan. Florence. Nike. Der Schuss. Wo war der Schlüssel? Was war die Verbindung? Es waren nicht die Kolumbianer. Waren es die Kolumbianer? Aber dann wäre mindestens Florence nur aus Zufall dazwischengeraten. Und es fühlte sich nicht an wie ein Zufall.

Es fühlte sich an wie ein Detail, das mir entging. Ein Nachteil, wenn man vollkommen auf sich alleine gestellt war und niemand seine Fragen beantwortete.

Es konnte mich daher auch niemand davon abhalten, die meiste Zeit nicht die Umgebung, sondern Florence zu beobachten. Sie saß mit ihrem Bruder nahe des Sportplatzes auf einer Sitzbank. Sie hatte abgewartet, bis dieser mit seinem Spiel fertig war. Irgendwie schien sie nicht zu begreifen, in welcher Scheiße der Kleine steckte.

Oder aber sie hatte Angst vor der Wahrheit, die er ihr verschwiegen hatte. *Was verschwieg er ihr?*

Florence' schwarze Locken und ihre in Bronze getauchte Haut schimmerten im Sonnenlicht. Mehr konnte ich von hier oben nicht ausmachen, außer der Tatsache, dass es relativ untypisch für mich war, eine Frau so lange anzugaffen. Und dann auch noch eine, die absolut nicht ins britische Konzept eines braven Bürgers passte. Nichts gegen ihre Herkunft, aber ich hatte gehofft, ich würde irgendwann das Bedürfnis haben, eine Frau besitzen zu wollen mit der Option darauf, sie tatsächlich heiraten zu können. Denn früher oder später wäre es so weit. Ein Singleleben kam in meiner Familie nicht infrage – sollte ich nicht auffallen wollen.

Tja, Florence zu heiraten war eher keine Option. Ich machte mir da nichts vor: Ihre Eltern, ihr sozialer Stand, der verschwundene Vater und dann ihre Herkunft.

Meine Familie würde Florence niemals akzeptieren. Allein die Vorstellung. Es wäre urkomisch. Sie würden glauben, ich machte einen makabren Witz über die englische Einwanderungspolitik.

Außerdem bezweifelte ich, dass Florence sich jemals dazu herablassen würde, nur für mein Vergnügen herzuhalten. Ein Vergnügen, das ich merkwürdigerweise noch immer nicht eingefordert hatte, als würde ich darauf hoffen, dass sie sich noch gegen mich entschied …

Jemand ging vom Hauptgebäude aus auf die Gruppe Schüler zu und ich wurde aufmerksam.

Ein Lehrer rief die Schüler zusammen. Ein vereinzelter Schüler löste sich aus den Schatten der Hauswand und schloss sich dem Pulk an, der zurück in die Schule ging.

Fuck.

Selbst von hier oben sah ich, dass er älter als die anderen Jugendlichen wirkte und getrieben, als wäre er gerade gerannt.

Selten hatte mich eine solche Panik erfasst.

Evan.

Es war Evan.

Von hier oben sah er verändert aus und doch hatte ich keine Zweifel. Evan lief wie immer leicht gebeugt, als wäre er ein getretener Hund. Er war schlank, hatte aschblondes Haar und seine Kleidung passte nicht so ganz an seinen Körper. Vielleicht hatte er sich tarnen wollen: Wer wusste das schon?

Als hätte die kleine Dealerratte meinen Blick im Nacken

gespürt, drehte er sich plötzlich in meine Richtung und blickte zum Dach. Es war sofort klar, dass er mich erkannte, obwohl ich sofort einen Schritt in die Leere zurücktrat. Es musste für ihn so aussehen, als würde ich hinunterfallen. Stattdessen klammerte ich mich mit den Fingern am Dachfirst fest und stützte mich mit den Schuhen ab.

Jetzt ging es ans Katz-und-Maus-Spiel. Aber ich hatte ihn, so viel stand fest. Und: Ich musste ihn finden, bevor Davies ihm über den Weg lief. Die beiden durften sich nicht begegnen, sonst wäre mein Geheimnis sofort enthüllt.

Was zur Hölle machte Evan hier? Hatte er auf uns gewartet? Aber warum ausgerechnet hier? Mir erschien es immer naheliegender, dass Davies mit seiner Vermutung richtiggelegen und Florence uns verraten hatte.

In dieser katzenbuckelähnlichen Haltung kletterte ich seitlich über das Dach Richtung Treppenhaus. Ich sprang die zwei Meter hinunter, landete sanft auf dem Flachdach und konnte gerade noch sehen, wie er mit den Schülern Richtung Gebäude ging. Er schien sie zu kennen. Wie lange war er schon hier? Womit lockte er sie? Auf jeden Fall war das eine seiner besseren Ideen, denn so konnte ich unmöglich auf ihn schießen, ohne Gefahr zu laufen, einen Schüler zu treffen. Der Pulk aus Jugendlichen kam aufs Internatsgebäude zu. Sie würden durch den Seiteneingang und damit durch das Treppenhaus hineingehen.

Jetzt war Schnelligkeit gefragt.

Ich hangelte mich das Dach hinunter und schlüpfte durch das offene Fenster, durch das ich das Dach schon erklommen hatte, und lief nahezu lautlos die Treppen hinunter. In jedem Stockwerk hielt ich Ausschau nach Davies, aber er war nicht zu sehen.

Im Erdgeschoss angekommen, sah ich die Gruppe Schüler, wie sie sich auf mich zubewegte. Das war schlecht. Die Kids mussten dringend aus dem Weg. Ich würde Evan irgendwie von hinten angreifen müssen.

Es gab nur eine dunkle Ecke im Eingangsbereich, und die lag schräg hinter der Tür unter der Treppe. Ein hervorragendes Versteck. Ich nutzte die letzten zwei Sekunden, bevor jemand hereinkam, lief die Wand hoch, hielt mich an der länglichen Deckenlampe fest und stützte meine Füße gegen die Treppe. Ich drehte mich um, sodass mein Oberkörper Richtung Boden gerichtet war, gerade als die Tür sich öffnete.

Ein Schwall sich unterhaltender Schüler ergoss sich in den Raum.

»Boa, ich hasse Rugby, irgendwie fliege ich dabei immer auf die Fresse.«

»Ich will Sport am liebsten abwählen.«

»Mann, hab ich Hunger!«

»Jefferson hat 'n Paket mit Keksen von seiner Oma bekommen, als wäre er ein Baby!«

»Donnerstagnacht schleichen wir uns raus, ja?«

Ich zählte fünf, acht, zehn, zwölf Schüler, bis *er* endlich erschien. Ihn so nah vor mir zu sehen, sorgte für Erleichterung und Adrenalin zugleich. Jetzt musste ich ihn nur noch töten und mein Geheimnis wäre wieder sicher.

Evan war schlau. Er achtete darauf, nicht als Letzter durch die Tür zu gehen. *Ich musste ihn irgendwie dazu bekommen, alleine im Treppenhaus zurückzubleiben.*

Schweiß stand auf seiner Stirn, ein Nerv an seinem Nackenmuskel zuckte. Seine Tattoos reichten von seinem Hals bis in sein Gesicht, aber die meisten von ihnen waren schäbig. In seinen blassblauen Augen stand ein verängstigter Blick, aber ich ließ mich nicht täuschen: Evan hatte es faustdick hinter den Ohren und war nicht leicht einzuschätzen.

Die Gruppe aus Schülern steuerte auf die Tür zu den Fluren zu und ohne weitere Bestätigung, dass tatsächlich *er* auf uns geschossen hatte, konnte ich ihm nicht einfach eine Kugel in den Nacken jagen. Dafür hätte ich gerade sowieso keine Hand frei. Ich war kurz davor, auf den Boden abzurutschen, ich musste nachgreifen, wollte mich aber nicht durch ein Geräusch verraten.

»Müssen wir wirklich heute Abend noch unsere Hausaufgabe in Bio machen, Sir?!«, hörte ich einen Schüler fragen, der vor ihm durch die Tür ging. »Es ist so gutes Wetter!«

»Eben deshalb ja«, antwortete der Lehrer, der die Klasse zusammengerufen hatte. »Ab morgen wird es ungemütlich im Wald. Sie wollen doch Ihre Studie dort über symbiotische Beziehungen in der Natur sicher in aller Ruhe und ohne nass zu werden, durchführen?«

Der Lehrer bog mit drei Schülern ab und nahm einen anderen Gang, sodass Evan der Letzte war, der Richtung Seitenflügel durch die Tür ging. Ich konnte mich nicht mehr halten, rutschte ab und fiel. Der Lehrer und seine Schüler unterhielten sich so laut, dass sie mich nicht bemerkten, aber Evan schreckte zusammen und drehte sich um.

Ein sehr großer Fehler, denn obwohl ich mich verraten hatte, hatte ich jetzt auch das, was ich wollte. Wir waren allein.

Eine Millisekunde lang starrten wir uns an. Ein Ausdruck von Erkennen und Erschrecken stand in Evans Augen, dann reagierte er blitzschnell und zog seine Waffe.

Fuck you!

Du wirst mich nicht einfach töten!

Ich sah noch den länglichen Schalldämpfer aufblitzen, dann rannte ich schon los. Direkt auf die Wand zu. Ich lief diese hoch, machte einen Salto und trat Evan die Waffe aus der Hand, gerade als er sie auf mich richten wollte. Ich landete neben ihm und hob sie auf, aber er war nicht ganz so blöd, einfach stehen zu bleiben. Statt den Schülern zu folgen, wo ich ihn von hinten erwischen könnte, rannte er auf die Treppe zu und diese hoch. Er stolperte und ich richtete die Waffe auf ihn, als die Tür neben mir ein weiteres Mal aufging. Ein einzelner Schüler kam herein, ein Nachzügler. Forschender Blick, schlaksige Gestalt, tiefblaue Augen.

Nike.

Na toll.

Das war ja ein Timing.

Irgendwie konnte ich Evan nicht abknallen, während Florence' Bruder mich anstarrte.

Nike ging wach und aufrecht und wirkte nachdenklicher als all die anderen. Scheiße, Mann. Internat. Abgeschieden, irgendwo in Schottland. Ich sah einer früheren Version von mir ins Gesicht, wären da nicht diese blonden Haare.

Viel zu spät ließ ich die Waffe sinken. Nike hatte sie längst gesehen. Was sollte ich sagen? Was sagte man einem Fünfzehnjährigen, dessen Schwester man tief und hart ficken wollte, wenn man im Begriff war, jemanden zu erschießen?

Ja, es passiert alles wirklich? Der Drecksmist ist vollkommen real und viel schlimmer, als du dachtest?

Oder: Bitte ruf nicht die Polizei, das wäre jetzt echt dämlich und wenig hilfreich?

Keine Ahnung. Ich entschied mich dazu, nicht zu reagieren, wandte mich ab und hechtete die Treppe nach oben, Evan hinterher. Seine Schritte hallten durch den Flur, aber ich holte ihn ein.

Ein lautes Poltern fegte durch das Treppenhaus und gab nun jedem Alarm, dass hier etwas geschah, das nicht alltäglich war, als mir ein Stuhl entgegenflog. Ich musste ihm bahnbrechend ausweichen, indem ich ans Geländer griff und mich davon über die nächsthöhere Treppe zurück auf den Boden schwang, und rannte weiter.

Evan war in seine eigene Falle gelaufen, direkt in den zweiten Stock. Wollte er über den Balkon entkommen? Wie?

Wenn ich hier gleich rumballern und dabei keine Schüler treffen wollte, musste ich dringend den Feueralarm auslösen, aber ich sah nirgends eine Möglichkeit. Evan war entwaffnet, weshalb ich ihm etwas unvorsichtiger in den Flur folgte. Das erste Zimmer war verschlossen, aber ich hatte vorhin keine Möglichkeit gesehen, sie von innen zu verriegeln, außer man besaß einen Schlüssel, daher war es unwahrscheinlich, dass er sich dahinter verbarg. Ich probierte Tür zwei, die Waffe als Verlängerung meines linken Armes, jederzeit bereit, zu schießen. Die Tür glitt auf, alles war dunkel, aber ich witterte die Gefahr.

Ich trat ein, bemerkte das Kabel, das von der Steckdose neben der Tür zum Schrank reichte und irgendwie deplatziert wirkte, aber da war es schon zu spät. Die Schranktür knallte auf und ein Gebläse erfüllte mein Trommelfell. Natürlich zuckte ich zusammen, aber es war längst nicht genug, um mich aus der Fassung zu bringen.

Was auch immer Evan vorgehabt hatte, ich ließ mich von dem Föhn nicht beeindrucken, riss ihn ihm aus der Hand und schleuderte ihn durchs Zimmer.

»Los, an die Wand!«

Er wich zurück und ich hielt ein paar Schritte Abstand.

Da stand er.

Ich hatte ihn überall gesucht. Überall in London.

Und jetzt sollte er uns ausgerechnet den ganzen Weg hierher gefolgt sein?

Warum?

Warum hatte er uns ausgerechnet *hier* aufgelauert?

Oder ging es ihm um Florence? Kannten sich die beiden besser, als ich bisher angenommen hatte?

»Hände hinter den Kopf!«, herrschte ich ihn an.

Evan gehorchte, sagte aber nichts, als wären seine Lippen zugeklebt, und starrte wild vor sich hin. Sein Verhalten wirkte auf mich wie das eines in Panik geratenen, kranken Tieres. Er hatte Todesangst. Er sah abgemagert aus. Um seine Augenhöhlen befanden sich tiefe Schatten.

»Was zur Hölle tust du hier, he?«

»Tu's doch, Alec!«, rief er. »Knall mich ab! Tu's doch!«

Ja. Ja. Tu es doch endlich. »Ich will verdammt noch mal wissen, was du hier zu suchen hast!«

Ein irrer Ausdruck, der mich zurückweichen ließ, entstand in seinem ausgemergelten Gesicht. Es war dieselbe Lebensmüdigkeit, die ich gerade auf dem Dach empfunden hatte. Ich sah mich in Evans Augen gespiegelt, sah den Schmerz und die unfassbare Angst, zu sterben, die sich mit einer unaufhaltsamen Gleichgültigkeit mischte.

»Antworte!«, brüllte ich ihn an. Die Waffe auf seine Stirn gerichtet.

Evan atmete hektisch, aber seine spröden Lippen verzogen sich zu einem ekelhaften Lächeln. »Sieh an, der Dark Prince macht seinem Namen keine Ehre. Angst, mich abzuknallen, ja? Dabei weiß ich, wer du bist. Ich weiß es. Und ich habe dafür gesorgt, dass es jeder erfährt, sollte ich sterben. Wenn du mich am Leben lässt … ja, dann behalte ich es vielleicht für mich. Dann behalte ich für mich, was der Unbekannte in Londons Straßen eigentlich für ein Typ ist …«

»Du elender Verräter«, knurrte ich.

»Was denn, was denn? Ich habe doch gar nichts gemacht. *Du* bist der Verräter in diesem Raum. *Du* hast uns alle angelogen. Weiß Davies Bescheid? Hm? Und deine süße, kleine Florence? Wissen sie es?«

Ich. Musste. Den. Verdammten. Abzug. Drücken.

Bevor Davies kam und Evan ihm alles erzählte. Ein einziger Satz würde genügen und mein Diener würde mich erledigen statt ihn. Ich zögerte. Und genau dieses Zögern nutzte Evan aus. Er sprang auf mich zu, riss an meinem Arm und sorgte dafür, dass mir die Waffe aus der Hand flog. Vielleicht hatte ich es absichtlich zugelassen. Vielleicht wusste ich, dass ich ihn nicht erschießen konnte.

Er stürzte zu Boden, der Waffe hinterher, aber ich zerrte ihn zurück und schlug ihn nieder. Dann sprang ich selbst zur Waffe. Als ich mich wieder aufrichtete, hörte ich ein lautes Klirren. Ich drehte mich zu Evan um. Er hatte eine abgebrochene Flasche in der Hand, eine messerscharfe Waffe. In seinen Augen sah ich, dass er damit rechnete, ich würde auf ihn schießen, aber ich tat es nicht. Ich war wie in Trance. Das war nicht der Grund, weshalb ich diese Dinge tat. Mörder, Tote, Leichen, Blut. Alles vermischte sich in meinem Kopf zu einem Strudel, diesem Strudel, dem ich nur mit Kokain entkam. Es war ein Sumpf aus Undurchsichtigkeiten. Kämpfte ich noch auf der richtigen Seite? Und konnte es eine richtige Seite geben, wenn auf beiden Seiten Leben beendet wurden?

Evan nutzte seine Chance. Natürlich. Er wäre dumm, wenn er es nicht getan hätte. Mit kaltem Blick in den Augen stürmte er auf mich los. Wie in Zeitlupe registrierte ich die Bewegungen, seinen Todeswahn, die Schweißperlen auf seiner Stirn, den Speichel, der flog, dann spürte ich den zerbrochenen Flaschenhals in meiner Leiste und krümmte mich zusammen, fiel auf die Knie.

Evan hechtete aus dem Zimmer.

Entkam.

Ich hatte ihn laufen lassen.

Zwei Szenarien boten sich: Er lief Davies in die Arme. Das wäre mein Tod. Er lief Davies nicht in die Arme. Dann würde ich ab sofort immer Angst haben, dass er mich doch noch verriet.

Fuck.

Ich blickte auf Scherben.

Auf die Scherben meines Lebens.

So viele Jahre hatte ich gekämpft und jetzt sollte es vorbei sein?

Weil ich nicht auf ihn schießen konnte?

Weil ich niemanden töten könnte?

»Scheiße, was tust du hier?!«, hörte ich Davies wie aus weiter Ferne brüllen.

Mein Bewusstsein schwand. Schwärze lockte mich.

Viel besser.

»Nicht ohnmächtig werden, Hoheit.«

Aber warum sollte ich auf meinen Diener hören?

Davies packte mich hart am Kragen und zog mich hoch. Ich brauchte noch ein paar Sekunden, um zu mir zu kommen und ihn klar zu sehen. »Er ist entkommen!«, knurrte er mir ins Gesicht.

»Ja.«

»Du hast die Waffe doch in der Hand! Warum zur verfickten Hölle hast du nicht geschossen?«, fragte Davies mich. Er ignorierte die Wunde in meinem Bauch, vielleicht hatte er sie auch vergessen. Vielleicht vergaß ich sie. »Wie sah der Typ aus? Wo ist er hin?«

»Er ist weg.« Das hatte etwas Gutes. Noch wusste Davies nicht Bescheid.

»Ihr blutet, Majesty.«

»Richtig.«

»Wie schaffen wir Euch hier verdammt noch mal raus, ohne dass uns jemand sieht?«

»Wir … gehen einfach?«

Davies hob eine Braue, schritt an mir vorbei durch den Raum und kramte in den Sachen der Schüler. »Hier. Bind dir das um.«

»Wir könnten uns auch einfach stellen«, erwiderte ich schwach.

»Stellen?«, fragte Davies abgelenkt. »Weil Sie jemanden töten *wollten*, es aber nicht tun *konnten*, Sir?«

»Stimmt. Es wäre nicht mal schlimm.« Nur, dass ich für die Polizei kein Niemand war, der in ein Internat eingebrochen war und dabei schwer verletzt wurde. Meine Familie würde sich einen Grund einfallen lassen, die psychotraumatischen Vorfälle meiner Vergangenheit für die Presse richtig aufzubereiten und für einen wie Davies war mir schon immer das Richtige eingefallen. Es wäre ein denkbarer Schritt zurück in Feigheit und Selbsthohn, aber damit hatte die restliche Welt der Elite schließlich auch kein Problem. Warum musste nur ich für diese Drecksarbeit herhalten? Weil ich der Einzige war, der es sich traute?

»Zieh die über, kann nicht schaden, wenn du noch eine

trägst, die deinen Zustand verbirgt«, sagte Davies und reichte mir eine Jacke. »Du musst lernen, Menschen zu töten.«

Ich lachte spöttisch auf. »Und dann? Was hättest du mit einer Leiche in diesem Internat angefangen, Davies? Es wäre endlos schwer gewesen, das Ganze zu vertuschen.«

»Das ist nicht der Grund, weshalb du ihn nicht abgeknallt hast.« Er betrachtete mich wissend. »Gib mir dein Feuerzeug.«

Ich seufzte auf und wollte es aus meiner Jackentasche hervorholen, bis mich mein Körper an die Wunde erinnerte und mich schmerzerfüllt aufstöhnen ließ. *Shit!*

»Verdammte Scheiße«, knurrte Davies, riss meine Jacke zur Seite und betrachtete die Wunde an meiner Leiste. Es war ausgerechnet die Seite, an der ich mein Tattoo trug. »Kannst du überhaupt noch stehen, Alec?«

»Ein paar Minuten, vielleicht«, keuchte ich. Blut quoll aus meinem Bauch, und ich fürchtete, ein paar Glassplitter hatten sich in Gegenden gebohrt, in denen ich sie nicht haben wollte. »Ich habe das Feuerzeug Florence mitgegeben.«

Davies verdrehte die Augen. »Wir müssen dringend verschwinden, ohne eine fucking Blutspur hinter uns herzuziehen.« Er suchte weiter in den Klamotten der Jugendlichen, fand schließlich, wonach er suchte, und brachte irgendetwas in seiner Hand zum Qualmen, während ich versuchte, den Schal um meinen Bauch zu binden und die Blutung einzudämmen.

Ich verschloss gerade das Tuch zu einem Knoten, als der Feueralarm losschrillte und sich dröhnend in meine Ohren legte. Wasser spritzte uns komplett nass.

Davies nahm das Überbleibsel vom Stoff in seiner Hand, das er unter den Feuermelder an der Decke gehalten hatte, herunter. »Den wollte ich schon die ganze Zeit auslösen.« Er lächelte zufrieden. »Verschwinden wir.«

DU WILLST FLIEGEN
KÖNNEN? DANN
WERDE NIEMALS
ERWACHSEN.

Peter Pan

FLORENCE

»Es war ein Schülerstreich.« Nike grinste mich an, als hielte er mich für nicht ganz voll. »Das war kein echtes Kokain. Ein Streich, eine Mutprobe, nenn es, wie du willst.«

Er spielte mit dem Ball zwischen seinen Füßen, ließ ihn immer wieder hochspringen und fing ihn auf.

»Nike«, begann ich eindringlich. »Ich bin nicht wegen eines Schülerstreiches hier. Was zur Hölle fällt dir ein?!«

Er zuckte mit den Achseln und ließ seinen Blick über seine Mitschüler schweifen. »Flo, echt jetzt. Das war nur ein Spaß. Frag Oliver, er hat mit der ganzen Scheiße angefangen.« Nike nickte in die Richtung eines großen, breit gebauten Jungen, der gerade einem kleineren Schüler Saft über den Kopf schüttete und direkt von einer Lehrkraft ermahnt wurde. »Die Idee war, dass jeder die Packung über die Ferien mit nach Hause nehmen sollte. Zum Beweis musste man ein Foto in unseren Chat posten, dass man sie nicht einfach irgendwo im Internat gelassen hatte.«

»Und *warum* habt ihr so eine Scheiße getan?!«

»Na ja …« Nike versuchte mit einem Kopfnicken, seine Augen von dem blonden Pony zu befreien, der ihm immer wieder in die Stirn fiel. Er hatte seit dem Sommer längeres Haar und es stand ihm wirklich gut. Oft dachte ich, ich hätte einen kleinen amerikanischen Surferboy zum Bruder. »Mr Henderson hat uns mehrere Stunden Drogenprävention durchkauen lassen. Total unkreativ. Da haben wir gedacht, wir machen einfach Fotos, um zu zeigen, dass man das Zeug bei sich zu Hause rumliegen hat, aber trotzdem nicht sofort alles davon durch die Nase zieht und ein Junkie wird. Sondern, dass es einem einfach auch latte sein kann, ohne Drogenpräventionsscheiß und all das. Ich meine, die Lehrer erzählen einem ständig, dass man, wenn man einmal kifft, gleich an der Heroinspritze hängt, das nervt einfach!«

»Also habt ihr euch ein halbes Kilo Kokain besorgt und es umhergereicht?!«, fragte ich vollkommen fassungslos.

»Nee, es war Mehl mit Zucker vermischt!«, hielt er dagegen. Mittlerweile sah er mich so an, als tickte ich so wie seine Lehrer nicht mehr ganz sauber. »Mann, manchmal machen wir halt Dinge, die irgendwie dumm rüberkommen, aber wir fanden es alle witzig. Flo, was' denn mit dir los? Warum zur Hölle fährst du deswegen extra hier hoch?«

»*Wer* hat dir deine Packung gegeben?«

»Wie wer?«

»Wer von euch hat es zusammengemischt?«

»Keine Ahnung.«

Ich verdrehte die Augen. *Echt jetzt?* »Es war echtes Kokain«, sagte ich ihm leise und blickte mich verstohlen zu beiden Seiten um. »Okay? Wer auch immer es dir gegeben hat, es war echtes Kokain.«

Er grinste. »Klar.«

»Ich wäre nicht hier, wenn es nicht so wäre. Deinetwegen stecke ich in verdammten Schwierigkeiten, verstehst du?«

Sein Grinsen verlor etwas an Kraft. »Aha?«

»Es war echtes Kokain. Ich habe es beim Aufräumen gefunden und wollte es zu Evan bringen.«

Er riss seine Augen auf. »Evan? Wieso denn zu Evan?«

»Ich kenne sonst niemanden.« Ich senkte meine Stimme, aber niemand hörte uns zu. Hinter uns waren sie damit beschäftigt, Springen zu üben, vor uns spielten sie Rugby. Ein Lehrer kam und rief ein paar Schüler zusammen, aber Nike blieb unbeteiligt sitzen. »Ich wollte, dass er mir hilft.«

»Und dann?«, fragte Nike.

»Dann war Evan nicht da, sondern …«

»Nike! Auch du!«

»Ich komme gleich!«, rief er. Die Gruppe Schüler ging mit dem Lehrer zurück zum Hauptgebäude, Nike blieb neben mir sitzen.

»Also, wer hat das Zeug denn jetzt?«

»Es ist nicht so wichtig, *wer* es hat, sondern *wo du* es herhast.« Ich verschränkte meine Finger nervös ineinander. Ich brauchte eine Antwort. Was, wenn ich mit leeren Händen zurückkam? Was würden Alec und Davies *dann* tun?

»Ich hab's von Benedict.« Nike wirkte desinteressiert. »Glaube ich. Er oder irgendjemand anderes hatte die dumme Idee zuerst.«

»Ich müsste ja nur euren Chat durchgehen«, sagte ich zähneknirschend. »Zeig ihn mir.«

»Nee, wir haben die Pics dann doch wieder gelöscht«, erklärte er locker. »Wir dachten, bevor wir nicht kontrollieren können, was abgeht und uns dann doch noch irgendwer sagt, wir seien irgendwelche Dealer, und wir das nicht richtigstellen können, weil wir hier ja keine Handys und kein Internet benutzen dürfen, haben wir sie wieder rausgenommen. Wir sind auch nicht ganz soo blöd, Sis.«

»Hast du dein Bild gepostet?«

Er ließ den Ball nach oben schnellen und fing ihn erst eine Sekunde später wieder auf. »Glaube nicht.«

»Du erinnerst dich nicht?!«

»Mann, Flo, nee!«

Ich fasste nach dem Ball, gerade als er sich in der Luft befand, und schmiss ihn fort. Dann riss ich an seinem Unterarm und zwang ihn, mich anzusehen. »In Evans Wohnung war ein

Dealer. Einer der ganz großen. Er nennt sich lächerlicherweise der ›Dark Prince‹.«

Nike hob eine Braue.

»Er hat mir das Kokain abgenommen. So lächerlich der Name klingt, so gefährlich ist er. Ihm gehört das *Royal Black* und weiß der Geier, was er noch so treibt.« Dass er heute Morgen zwei Frauen töten ließ und ein Motel abgefackelt hatte … Das verschwieg ich lieber vorerst. »Wenn er nicht erfährt, woher das Kokain kommt, stecken wir beide in riesigen Schwierigkeiten, okay?«

»Der Dunkle Prinz?«, wiederholte Nike ungläubig. »Sobald sich jemand beim Gamen Prince nennt, outet er sich damit als schwul. Oder weiblich. Bist du sicher, dass der so heißt?«

»Er scheint das ziemlich ernst zu nehmen.« *Und du solltest das auch, Nike!* »Und es können sicherlich ein paar Fakten auf ihn zutreffen, aber schwul im Sinne von verweichlicht ist er ganz sicher nicht.«

Nike zuckte wieder die Achseln. »Und wenn schon. Er muss ziemlich dumm sein, wenn er 'ne Mehlzuckermischung nicht erkennt.«

»Nike!«

»Hast du das Zeug denn jemals getestet, Flo? Wer sagt dir denn, dass *er dir* nicht einfach einen Bären aufbindet? Vielleicht macht so einem Typen das ja Spaß? Vielleicht will er dich jetzt erpressen, ich sag dir, *das war kein echtes Kokain.*«

Ich hatte es nicht getestet. Stimmt. Aber ich hätte ja auch nicht damit rechnen können, dass mein jüngerer Bruder blöd genug für so eine Art Schülerstreich wäre! Wer packte denn Mehl und Zucker in eine Packung und ließ es wie Kokain aussehen, wenn es keines war! *Gott.*

»Ich muss jetzt rein, Flo.« Er stand auf und drückte mir eine Hand auf die Schulter. »Du bleibst zum Essen?«

Ich sah zu ihm hoch. In sein blondes Unschuldsgesicht. Ein Engel, der ohne große Anstrengungen Bestnoten in der

Schule hinlegte und gute Chancen auf ein Stipendium an einer Eliteuniversität hatte. »Ja, ich bleibe noch.«

»Gut, bis gleich.« Er wandte sich ab und lief zum Gebäude. Nike war mein Bruder und ich liebte ihn, als wäre er mehr als das. Ich fühlte mich wie eine Mutter verantwortlich. Wer täuschte mich gerade? Er? Oder der Dark Prince?

Unschlüssig blickte ich Nike hinterher, bevor ich meine Hände in der Sweatshirtjacke vergrub und zurück zum Jaguar ging. Was auch immer es mir bringen würde, aber ich verspürte den Wunsch, Davies zu fragen, was ich jetzt tun sollte. Vertraute ich ihm mehr als meinem Bruder? Und was, wenn er dann doch noch sein wahres Gesicht zeigte, mich auslachte und sich Nike vorknöpfte?

Shit, ich hatte so gar keine Ahnung, was jetzt geschehen sollte. Einfacher wäre es gewesen, Nike hätte behauptet, jemand in der Schule hätte ihn dazu *gezwungen*, das Kokain zu deponieren. Davies und Alec hätten diesen Jemand ausfindig gemacht und Nike und mich vor ihm beschützt. – Warum glaubte ich nur eine Sekunde, dass mein Leben einem Märchen gleichen konnte?

Auf dem menschenleeren Parkplatz angekommen, bemerkte ich, dass der Jaguar leer war. Scheiße! Das bestätigte meine schlimmsten Befürchtungen … Sie waren schon dabei, Nike zu verfolgen und ihn sich selbst zu schnappen und sie würden Dinge mit ihm tun, die ich mir nicht ausmalen wollte. Das waren solche riesigen, verdreckten, idiotischen, superfiesen Arsch-…

Ein schrilles Klingeln ließ mich meine Schimpftiraden unterbrechen und kurz darauf sprang auch die Sirene an. Feueralarm. Aber aus keinem der Zimmer qualmte es. Ich hatte sofort im Gefühl, dass der Prinz und sein Diener etwas damit zu tun hatten, schließlich waren sie nicht am Wagen. Und wenn man irgendetwas tun wollte, wobei einen niemand stören sollte – Folter zum Beispiel –, war es sicherlich von Vorteil, wenn der Alarm schrillte und alle das Internat verließen.

Deswegen rannte ich zurück ins Gebäude, entwischte ungesehen einem Lehrer, der panisch zwei Schüler aus dem Keller zur Wiese hinterm Haus schickte, und spurtete ins obere Stockwerk.

Ich öffnete die Tür zum ersten Gang, aber niemand war zu sehen. Ich lauschte über das ohrenbetäubende Schrillen weg, aber das brachte mir natürlich recht wenig. Es kam mir auch keiner entgegen, das Gebäude war bereits leer.

Also weiter nach oben. Irgendwo mussten sie ja sein?

Ich wich einem Stuhl aus, der sich im Geländer der Treppe verhakt hatte und griff gerade zurück ans Geländer, um schneller hochlaufen zu können, als über mir polternde Schritte zu hören waren. Ich hielt auf der Zwischenstufe an und sah sie kommen.

»Scheiße!«

Hatten wir alle drei gleichzeitig geflucht? Davies hielt Alec gestützt, um seine Taille war ein pinkes Tuch geschlungen.

Ich hatte ja vieles erwartet, aber nicht, dass es dazu kommen würde, dass Alec sich an diesem Ort verletzte.

»Was ist passiert?«, rief ich panisch.

»Los!«, herrschte Davies und schleifte Alec die Stufen hinunter. »Geh zum Jaguar und fahr ihn vor!«

Ich starrte zu ihm hoch. »I-ich …«

»Beauty.« Es war ein Befehl, der mich dazu brachte, nüchtern und klar zu werden. Alec hatte seinen Arm über Davies' Schulter gelegt und war bleich im Gesicht, seine Lippen blass. Davies hielt Alecs rechte Hand an seiner eigenen Schulter fest und hatte den Arm um ihn geschlungen, um ihn zu stützen, und kam auf mich zu. »Rechte Hosentasche«, knurrte er.

»Was?!«, fragte ich verwirrt.

»Der Schlüssel! Verdammt.« Sein Atem ging stoßweise, als hätte er gerade schwere Arbeit verrichtet, und Alec zu tragen dürfte auch nicht gerade ein Kinderspiel sein.

»Oh, okay.« Ich trat näher, registrierte das viele Blut an ihrer beider Kleidung und verfiel doch in eine ungläubige Trance. Ja, da waren heute Morgen Leichen gewesen. Stimmt. Aber …

»Beeil dich«, knurrte Davies. Seine Worte stellten meine Nackenhaare auf, sie waren voller Ungeduld und Härte.

Ich brachte nicht einmal eine Erwiderung über die Lippen, sondern griff in seine rechte Hosentasche und zog den Jaguar-Schlüssel hervor.

»Und jetzt lauf«, sagte er leise und eindringlich.

Ich wandte mich ab und stürmte die Treppe zurück. Nicht ohne vorher den Stuhl aus seiner Verhakung zu lösen und hinabzustoßen, damit Davies und Alec von nichts blockiert wurden. Noch immer schrillte der altmodische Feueralarm in meinen Ohren und ich war froh, unten endlich das Gebäude verlassen zu können, da der Ton draußen längst nicht so schlimm klang wie drinnen.

Ich rannte über den menschenleeren Parkplatz – die Sammelstelle war also auf der Wiese – und auf den Jaguar zu. Ihn zu öffnen, schaffte ich, auf den Fahrersitz konnte ich mich auch werfen, ab dann wurde es schwierig.

Was zur Hölle sollte ich mit all den vielen Knöpfen und Symbolen und Hebeln anstellen? Wo war überhaupt das dämliche Schlüsselloch?!

Ich fand es nicht! Unglaubliche Scheiße! Neben dem Lenkrad, darüber, nirgends.

Nur ein Start/Stopp Button … Probeweise drückte ich ihn und der Wagen sprang an. Gott sei Dank. Und jetzt? Wofür standen die Abkürzungen am Automatikhebel? Ich hatte keine Wahl, ich musste mich durchprobieren. Gleich bei der ersten Stufe und einem leichten Fußdruck gegen das Gaspedal, glitt der Jaguar zurück. Ich ließ ihn auf den Parkplatz rollen und musste darauf hoffen, dass ich den Vorwärtsgang ebenso schnell fand.

Die dritte Stufe war's. Ich schoss vor, nahm eine bahnbrechende Kurve und sah die Zufahrtsstraße leer und lockend vor mir. Ich hätte einfach abhauen können. Ich musste den Prinzen und Davies nicht retten, ich musste nicht helfen. Wegfahren, fliehen – und sie würden sich Nike schnappen und ihn dafür leiden lassen, was ich mir in den Kopf gesetzt hatte.

Es war keine Option.

Im nächsten Moment riss Davies die Hintertür auf und drückte Alec auf den Sitz.

»Rück rüber, Süße«, sagte er mit grollendem Unterton, weil ich ihm nicht schnell genug reagierte.

Ich krabbelte auf den Beifahrersitz und machte Davies Platz, der kurz darauf zu uns ins Auto stieg und aufs Gaspedal drückte, bevor er die Tür überhaupt hinter sich geschlossen hatte.

»Wir fahren durch den Wald«, erklärte er uns.

»Das geht nicht«, kam schwach von hinten.

»Wieso?«, zischte Davies.

»Biohausaufgaben der Schüler«, stöhnte Alec. »Nimm das Horn, riskier, dass die Feuerwehr uns sieht.«

»Alles klar«, sagte Davies wenig zufrieden, holte das Horn zwischen meinen Füßen hervor und ließ das Fenster herunter, um es aufs Dach zu setzen. Wir rasten über den Schotterweg davon und begegneten weder einem anderen Auto noch der Feuerwehr. Die Anspannung im Wagen war dermaßen spürbar, dass ich mich nicht traute, etwas zu sagen.

Irgendwann, als wir längst eine Schnellstraße zurück Richtung Glasgow erreicht hatten, ergriff Davies das Wort.

»Nimm mein Handy.« Er holte sein Smartphone hervor und warf es mir in den Schoß. Ich hatte es noch nie an ihm gesehen, aber dafür, dass er es kaum zu benutzen schien, hatte es viele Gebrauchsspuren. »Wenn du einen Notruf absetzt oder irgendwie sonst auf die Idee kommst, uns zu linken, ziehe ich deinem Bruder die Haut ab, verstanden?«

Wichser! Was sollte das jetzt? Tränen der Wut stiegen mir in die Augen und ich konnte sie mir wahrlich nicht erklären. Erwartete ich etwa, dass er mir dasselbe blinde Vertrauen entgegenbrachte wie ich ihm? »Okay«, presste ich zwischen den Zähnen hervor. »Wie war noch mal das Kennzeichen vom Jaguar, dann kann ich das gleich mit durchgeben.«

»Du kleine Fotze«, zischte er, bewegte ruckartig seinen Arm und etwas Silbernes blitzte auf. Im nächsten Moment hielt er mir eines seiner Messer vor die Kehle.

Ich keuchte auf und wich so weit wie möglich zurück.

»Es gibt Situationen, in denen solltest du dir auf deine lockere Zunge beißen, sonst kann es dir passieren, dass man sie dir abschneidet. Ich brauche die Adresse vom Glasgow Airport Hotel, ruf an, buch die Suite auf den Namen Lee Davies, in der Handyhülle steckt die Kreditkarte. Dann gib die Adresse ins Navi ein.«

»Mhm.« Ich zögerte eine Sekunde, aber dann fragte ich es doch. »Würdest du dann dieses Messer …?«

Er nahm es zurück. »Tu einfach, was ich dir sage.«

Ich warf einen Blick nach hinten zu Alec, der quer über der Sitzbank lag und die Augen halb geschlossen hatte. »Was ist mit ihm, soll ich –«

»*Tu, was ich dir sage!*«

»Shit«, fluchte ich leise und gehorchte. Ich konnte ja verstehen, dass er nervös war, aber musste er das an mir auslassen? Immerhin wusste ich noch immer nicht, was vorgefallen war, und es sah auch nicht danach aus, als ob sie es mir sagen würden.

Eine Stunde später bretterte Davies auf die Hoteleinfahrt zu und bremste scharf vor dem roten Teppich des Haupteingangs.

»Alec?«, fragte Davies ruhig und seine Stimme hatte wieder den samtenen Unterton, dem man so schnell verfiel.

Alec regte sich auf der Rückbank und setzte sich auf. Ich hörte, wie er den Reißverschluss seiner Jacke über dem Anzug schloss. »Ich lass das pinke Tuch dann mal hier«, sagte er stimmlos und öffnete die Tür. »Bis ins Hotelzimmer schaffe ich es.«

»Sicher?«, fragte Davies, doch Alec war schon ausgestiegen. Dafür, dass Davies ihn vorhin hatte stützen müssen, stand er jetzt relativ aufrecht da. »Okay, Beauty.« Davies legte mir eine Hand aufs Bein und ich zuckte unter der Berührung zusammen. Darin steckte so viel. Die Nähe, die ich zugelassen hatte, das Vertrauen, das ich ihm unbegründeterweise entgegengebracht hatte, die Wärme, die er ausstrahlen konnte, wenn er wollte. Auch er spürte es und nahm seine Hand trotzdem nicht zurück. Er starrte darauf und eine Falte auf seiner Stirn verriet, dass er nachdachte. Dann hob er den Blick und seine grünen Augen durchbohrten meine Seele. »Du wirst dich um ihn kümmern«, beschwor er mich.

Ich nickte.

Er öffnete den Mund und ich wusste, dass er noch etwas anderes sagen wollte, bevor er mich losließ und den Motor abermals startete. »Gut.«

Und wohin wollte er jetzt fahren? Doch ich fragte ihn nicht und stieg aus. Ein Page war damit beschäftigt, unsere drei Taschen auf einen Gepäckträger zu laden.

»Stütz mich.« Alec bot mir den Arm an, als Tarnung, damit ich ihm beim Gehen half.

»Geht es freundlicher?«, fragte ich etwas zickig und hakte mich ein. Davies fuhr in unserem Rücken davon. *Wohin?*

»Nö«, presste Alec zwischen den Zähnen hervor und ich schob ihn augenverdrehend Richtung Eingang. »Wie sehe ich aus? Sehr krank und beschissen?«

»Ein wenig, ja.«

»Das habe ich befürchtet.«

»Brauchen Sie Hilfe, Sir?«, fragte der Page und wandte sich besorgt an den Prinzen.

»Etwas schwach auf den Beinen«, lächelte dieser charmant. Er bewegte sich auf eine Art, wie es ein Neunzigjähriger tun würde, es ging, aber nicht besonders gut. »Die Suite auf Lee Davies, wenn möglich, beschleunigen Sie doch irgendwie das Check-in.«

»Wird erledigt, Sir«, sagte er geflissentlich und eilte zur Rezeption. Die Hotellobby war beeindruckend. Ich konnte mich nicht daran erinnern, jemals in einem so edlen Raum gewesen zu sein. Ein gewaltiger Kronleuchter hing von der Decke, die mit aufwendigem, weißen Stuck verziert war. Auf der einen Seite befanden sich edle, gemütliche Sessel und dekorative Beistelltische, die sich um einen schwarzen Flügel und einen plätschernden Springbrunnen drängten, auf der anderen Seite stand die lang gezogene, hellweiß gestrichene Rezeption.

Der Page bereitete die Rezeptionistin murmelnd auf unser Ankommen vor und sie lächelte uns breit an, als wir nähertraten.

»Mr Davies?«

»So ähnlich«, sagte Alec. »Florence Maywood. Sie gibt Ihnen ihren Pass.« Er nickte mir zu.

»Ehm«, stotterte ich. »Wie jetzt …«

»Nur den Pass, im Austausch gegen die Schlüssel. Ich habe keinen«, raunte er in mein Ohr. Dabei gerieten seine Lippen zu nah an meine Haut und es fühlte sich merkwürdig elektrisierend an.

»Okay …« Ich ließ Alec am Empfangstresen stehen, ging zu meiner Tasche, die auf dem Gepäckwagen lag, holte meinen Reisepass hervor und reichte ihn der Rezeptionistin. In meinem letzten Schuljahr hatte ich gehofft, einen Austausch machen zu können, wurde aber abgelehnt. Seitdem besaß ich ihn und ich hatte ihn eigentlich noch nie benutzt.

»Danke, Madam. Wir haben die zweitgrößte Suite für Sie reserviert, ist das nach Ihren Wünschen?«

»Wer hat die größte?«, fragte Alec. Das Sprechen fiel ihm

schwer, aber nur ich schien es zu bemerken. »Wenn es jemand ist, der aus Großbritannien kommt, kenne ich ihn bestimmt.«

»Darüber kann ich Ihnen leider –«

»War nur ein Scherz«, wiegelte er die Rezeptionistin schwach lächelnd ab. »Darf meine Freundin in Ihrer Lobby Klavier spielen?«

Ihr Blick fiel auf mich und sie musterte mich plötzlich eingehend, als würde sie mich zum ersten Mal sehen. »Selbstverständlich«, sagte sie nach einem kurzen Zögern und lächelte nicht besonders echt. »Was spielen Sie, Miss?«

»Das ist nett, aber wirklich nicht –«

»Sind Sie dann fertig?«, unterbrach Alec mich.

»Ja, natürlich«, sagte die Dame und reichte ihm einen kleinen Umschlag in Visitenkartengröße. »Ihr Zimmerschlüssel, Sir. Oberstes Stockwerk, hinter dem Empfang rechts befinden sich die Aufzüge.«

»Danke.« Er griff wieder nach meiner Hand und legte sie in seinen Arm. »Warum willst du nicht spielen?«

»Warum sollte ich?«, fragte ich. Der Flügel übte zwar eine lockende Sogwirkung auf mich aus, aber ich war mit zwei Mördern unterwegs, Klavierspielen passte nicht hierher.

»Ich will es hören.«

»Du bekommst zu oft, was du willst.«

»Eine Erbkrankheit. Ich kann es übrigens auch.«

»Wirklich?«, fragte ich überrascht.

»Fuck, ja. Aber ich hasse es. Ich will, dass du spielst.«

»Nicht jetzt, oder?«

Wir hielten vor der Aufzugstür und der Page betätigte für uns den Knopf.

»Nein, aber sehr bald.«

»Warum?«

»Weil ich deine Finger sehen will, wie sie diese Tasten drücken. Du wirst in Leidenschaft aufgehen, ich ahne es.«

Etwas Wärme tröpfelte durch meinen Bauch. Manchmal

verstand er es wirklich, charmant zu sein. Obwohl, war das charmant? Oder hatte ich mich einfach schon zu sehr daran gewöhnt, dass er das meiste um sich herum ins Lächerliche zog, und empfand es als etwas Besonderes, wenn er es einmal nicht tat?

Wir traten in den Fahrstuhl, dessen Innenraum mit glänzendem Gold verkleidet war. Elegante Holzrahmen umfassten die mit rotem Samt bespannten Wände. Ich streckte meine Hand aus und drückte den Knopf für das oberste Stockwerk.

»Warst du schon einmal in einem Fünf-Sterne-Hotel?«, fragte er.

»Nein.«

»Es ist ziemlich spektakulär, ich hoffe, es gefällt dir.«

»Was ist daran spektakulär?«

»Es ist fast so wie auf der Straße in Betham: Hier kannst du dir für Geld alles kaufen.« Er grinste mich offen von der Seite an.

Ich stieß ihm meinen Ellenbogen scherzhaft gegen die Brust und er stöhnte schmerzerfüllt auf.

»Jesus!«, schrie er und keuchte. »Was sollte das jetzt?«

Erschrocken ließ ich ihn los. »Ich wollte dir nur …«

»Du wolltest mich töten, gib es zu!« Er hielt sich die Seite und presste gequält Luft zwischen seinen Zähnen hervor. Ein Bild, das ich bereits von ihm kannte.

»Was ist denn dem hochwohlgeborenen Prinzen geschehen, hm?«, fragte ich keck. »Simuliert er wieder?«

»Fick dich, Florence«, stöhnte er. »Ich musste einen Menschen abknallen und habe es nicht getan, klar? Da hat dieser Mensch mich aus reiner, logischer Konsequenz heraus angegriffen und mir einen Flaschenhals in die Seite gerammt. *Das* ist mir geschehen.«

Ich hob eine Braue. »Du, der eine Waffe in der Hand hält, als wäre sie ein Partyaccessoire, kannst einen Menschen nicht erschießen? Das ist eine sehr unglaubwürdige Story.«

»Ach, lass mich in Ruhe.« Der Aufzug hielt und er stieß mich beiseite, damit er an mir vorbeigehen konnte. Er stolzierte – zugegebenermaßen nicht besonders aufrecht gehend – auf die Tür mit der Zimmernummer 702 zu und führte die Chipkarte ein.

Er schritt hindurch, gerade als der Page uns vom zweiten Fahrstuhl aus erreichte. Ich folgte Alec in das Hotelzimmer und fand mich zunächst in einem kleinen Vorflur wieder. Der Page platzierte unsere drei Taschen sorgfältig auf der Gepäckablage und verabschiedete sich mit einem höflichen Gruß. Alec ging voraus, ich folgte ihm.

Vor uns offenbarte sich ein atemberaubend großes Hotelzimmer. Bis zu diesem Moment hatte ich angenommen, dass solche luxuriösen Suiten nur in amerikanischen Filmen existierten, und selbst dort erschien es mir immer übertrieben – doch ich lag falsch.

Die Suite war weitläufig und bot einen weiten Blick über die funkelnden Lichter des Glasgower Flughafens. Im Wohnzimmer, das mit einer gemütlichen Sitzecke und einer kleinen Küchenzeile ausgestattet war, führten zwei Flügeltüren in die Schlafzimmer. In jedem Schlafzimmer stand ein großes Kingsize-Bett. Ich vermutete, dass jedes Zimmer nicht nur sein eigenes Badezimmer, sondern auch ein Ankleidezimmer hatte und jeden erdenklichen Luxus bot.

Es war vollkommen unglaublich.

Ich drehte mich zu Alec um und bemerkte gerade noch, wie er an der Wand zusammensank. Erst wollte ich es nicht wahrhaben, dann begriff ich und hechtete auf ihn zu. Der kalte Schweiß auf seiner Stirn, die schmerzverzerrte Miene, das leise Keuchen, all das war nicht gespielt.

Auch nicht das Blut an seinen Fingern, mit denen er sich die Leiste hielt, das unter seiner Lederjacke hervorquoll.

»Scheiße, das ist alles voller Blut!«, keuchte ich panisch und relativ hilflos. Was sollte ich jetzt tun? Ich hatte keinerlei Erfahrung im Verarzten von Wunden.

»Sagte ich das nicht gerade?«, fragte er spröde lächelnd. »Ich bin etwas aufgeschmissen, ich gebe es zu.«

»Aufgeschmissen?«, fragte ich zweifelnd.

»Auf deine Hilfe angewiesen, ja.« Er lehnte den Kopf in den Nacken an die Wand und schloss gequält die Augen. »Es tut mir leid wegen des Blowjobs.«

»Was?!«

»Es tut mir leid, dass ich dich im *Royal Black* an mein Bett fesseln ließ.«

»Meinst du das ernst?«, fragte ich verwundert und blieb untätig vor ihm hocken. *Brauchte er vielleicht Wasser?*

Er öffnete seine Augen wieder und suchte mit seinen dunklen Iriden meinen Blick. »Ich weiß, dass meine Lederjacke schwarz ist und man daher das Blut nicht sieht. Aber ich muss dringend verarztet werden. Wenn du mich allerdings lieber hier liegen lassen willst, ist das absolut kein Problem, denn ich werde bald sowieso sterben. Lass mir nur bitte mein Handy da. Vielleicht rufe ich mit meinem letzten Atemzug meine Mutter an, um ihr zu sagen, wer ich bin. Darauf warte ich schon sehr lange.«

»Du fieberst«, stellte ich fest und griff an den Reißverschluss seiner Jacke, um ihn zu öffnen.

»Nein, ich liebe meine Mutter«, sagte er ergriffen. »Wirklich, Baby. Ohne sie gäbe es so jemanden wie mich nicht. Sie hat sehr viele Dinge richtig gemacht, wenn auch ohne Absicht.«

Ich musste lachen. »War sie es, die dir dein Ego so aufgeblasen hat?«

»Blasen?«, fragte er matt.

»Dein Ego.«

Er seufzte. »Du kennst mich nicht. Nur das tote Überbleibsel von mir. Wenn du wüsstest, wer ich bin, würde dich gar nichts mehr wundern, und mein Ego käme dir mit einem Mal vergleichsweise klein vor.«

Ich hielt mit dem Reißverschluss über seiner Brust inne. »Wer bist du?«, fragte ich wispernd.

»Ein verliebter, dunkler Prinz«, erwiderte er raunend. Seine Augen glitten über mein Gesicht und blieben an meinen Lippen hängen. »Aber früher, als niemand mein Geheimnis kannte, war ich ein echter König. Der beste, den England jemals gesehen hat.«

»Verliebt?«, fragte ich grinsend. *Klar doch.*

»Diese Gefühle«, raunte er. Seine Augen fest an meine Lippen geheftet. »Wenn ich dich ansehe, Cinderella. Ich habe Glasscherben in meiner Leiste, erwarte bitte nicht allzu viel Poesie, aber du kennst doch die Märchen.«

»Ein paar.« Seitdem es Streamingdienste gab, hatte ich in diesem Punkt aufgeholt.

»Es endet alles immer mit einem Kuss.«

»Nach allem«, fragte ich und bemerkte, dass ich unbeabsichtigt näher gerückt war, »soll ich dich küssen?«

Er schüttelte sanft den Kopf. »Du sollst noch so viel mehr als das.«

»Und was ist, wenn es mir dann gefällt?«, fragte ich leise und näherte mich seinem Gesicht. »Und ich mich verliebe? Werde ich dann deine Königin?«

Er hob den Arm und griff fest in mein Haar. »Wenn du meine Königin wirst, werden wir zusammen die Welt verändern.«

Ich biss mir auf die Lippe. Er redete totalen Schrott. Ein verliebter Prinz? Er wollte seine Mutter anrufen, um ihr zu sagen, wer er war? Gefühle, *wenn er mich ansah?* Der hatte einen Vogel, so viel stand fest. Aber vielleicht würde es mir Vorteile verschaffen, wenn er irgendwie dachte, dass ich ihm verfallen wäre. Also näherte ich mich seinen Lippen, spürte seinen Atem auf meiner Haut und hielt kurz davor inne. *Wollte ich das wirklich?*

»Du solltest dir das gut überlegen«, flüsterte er lächelnd. »Ich küsse gut.«

Das entlockte mir nun doch ein leises Lachen und ich fühlte mich mit einem Mal so viel jünger, als ich es war. Wann hatte ich das letzte Mal mit einem Typen übers Küssen geredet? Das war eine Nebensache beim Sex oder das Vorspiel in der Disco, und ansonsten küsste ich vielleicht Nike, Vic oder meine Mutter auf die Wange, aber doch keinen Kerl.

Obwohl er noch immer seine Hand in meinem Haar hatte, ließ er mir die Wahl. Das war ungewohnt. Er tat so, als wäre ein Kuss etwas Heiliges, viel zu besonders, um es zu erzwingen. *Und ja, das gefiel mir.*

»Florence«, flüsterte er andächtig. Seine Lippen befanden sich nur Millimeter von meinen entfernt. »Ich finde, das ist der passende Name für eine Prinzessin.«

»Du musst aufhören, so zu reden«, flüsterte ich zurück.

»Warum?«

»Jede Frau wünscht sich tief im Innern diesen Prinzen, der sie ins Schloss entführt.«

»Auch du?«, fragte er raunend. Er hatte die Augen geschlossen, aber ich sah ihn weiter an. Das perfekte, ebenmäßige Gesicht, die dunklen, schwarzen Haare, die ihm ins Gesicht fielen, die sanft geschwungenen, sinnlichen Lippen.

»Ich hätte gerne ein Penthouse mit Blick auf die Themse, aber sonst …«

»Scheiße«, sagte er lächelnd. »Ich kann dir leider echt nur Schlösser bieten.«

Und dann tat ich es einfach. Vielleicht, um ihn zum Schweigen zu bringen, vielleicht, weil es albern war, einen blödsinnigen Kuss so lange hinauszuzögern, oder auch, weil ich herausfinden wollte, wie es war.

Sobald meine Lippen seine berührten, kribbelten sie. Schlösser, Prinzen, Mörder, Drogen, sein gutes Aussehen, alles vermischte sich zu einem Sumpf aus Empfindungen, der in unsere körperliche Verbindung floss. Wir verharrten ein paar Sekunden, vielleicht auch eine ganze Ewigkeit, voreinander, bis er plötzlich härter in meine Haare packte, seine Lippen öffnete und über mich bestimmte.

Er legte seinen Kopf in den Nacken, zog mich an sich, sodass ich gezwungen war, mich auf seinen Schoß zu setzen, und drang mit seiner Zunge stöhnend in mich ein. Tatsächlich war ich noch nie so geküsst worden.

Alec konzentrierte sich einzig und allein auf unsere Lippen, auf unsere spielenden Zungen und darauf, mich nicht eine Sekunde eher gehen zu lassen, als er das wollte.

Das Ganze war so intensiv, so intim und erregend, dass ich gar nicht anders konnte, als mich lustvoll auf seinem Schoß zu bewegen. Ich wollte ihn am liebsten in mir spüren, während er mich weiter so küsste.

Es ging so weit, dass mein Atem unkontrolliert rasselte, mein Kopf sich drehte – zu wenig Sauerstoff, zu viel Lust –, aber Alec hielt mich noch immer fest am Haar, auf eine Art, der ich nicht entkam und nicht entkommen wollte.

Immer wieder tauchte seine Zunge zwischen meine Lippen ein, bis er sich kurz von mir löste, sich nur unsere Lippen berührten und er mich wieder zwang, meinen Mund zu öffnen.

Mein Schritt brannte vor unerfüllter Lust, und als er endlich seine Hand aus meinem Haar nahm und sie unter mein Shirt gleiten ließ, stöhnte ich befriedigt auf.

Ihn zu spüren, zu wissen, dass er mich begehrte, trieb mich, gepaart mit diesem Kuss und dem sanften Druck seines Schoßes an meiner Jeans, beinahe zum Orgasmus.

Fuck! Wann hatte ich das letzte Mal so empfunden, so auf jemanden reagiert?

»Öffne deine Jeans.« Alecs Stimme war rau und voller Begehren.

Ich gehorchte, ohne darüber nachzudenken, ich wollte es viel zu sehr. Meine Finger öffneten den Knopf, dann den Reißverschluss und seine Hand wanderte in meinen Slip.

»O Gott!« Ich stöhnte auf, als sein Daumen über meine Klit streifte, und löste mich von seinen Lippen.

»Küss mich weiter!«, befahl er, aber ich konnte mich kaum darauf konzentrieren. Sein Daumen drückte auf meine Perle und ich war kurz davor, zu kommen. »Küss mich!«, knurrte er und hielt inne.

Er ließ mir keine Wahl. Hilflos verkrampfte ich meine Hände in seinem Haar und stöhnte ihm meine Lust zwischen die Lippen, während er mich mit seinem Mund und seiner Zunge verschlang. Es brauchte keine fünf Sekunden und ich kam in seiner Hand. Ein bittersüßer Orgasmus erfüllte mich und ich schrie nach mehr.

Ich wollte ihn in mir spüren. Sofort, ganz.

Als ich jedoch meine Finger aus seinen Haaren löste, um zu seiner Jeans zu gehen, hielt er meine Handgelenke mit seiner Hand fest.

Er lächelte mich an, ein wenig wissend, ein wenig arrogant und schüttelte den Kopf.

Scheiße! War ich gerade wirklich kurz davor, mit *diesem Kerl* zu schlafen? Aber ich wollte es, mit jeder einzelnen Faser. Ihn. In mir. Gott! Wenn ich das nicht bekam, würde ich verrückt werden.

»Ich bin verletzt«, erinnerte er mich ruhig.

»Was?« Es war wie ein Schleier, hinter dem mein Gehirn reagierte.

»Ich blute. Ich bin verletzt.«

Ich starrte ihn an und begriff langsam, was hier vor sich ging. Panisch rutschte ich von seinem Schoß neben seine Beine.

Er war trotz unseres heißen Kusses bleich im Gesicht, und als ich auf meine Finger sah, die seinen Hosenbund berührt hatten, traf mich der Schock. Blut. Tiefrotes Blut.

»Scheiße!«, keuchte ich und geriet in echte Panik. »Was soll ich jetzt tun?«

»Schleif mich irgendwie Richtung Badezimmer.« Er hustete. »Ruf den Zimmerservice, frag nach einem Erste-Hilfe-Koffer und hoffe, dass ich bis dahin nicht verblutet bin.«

Tränen brannten in meinen Augen, ich verstand einfach nicht, was hier geschah. »Aber wieso hast du …«

»Okay, ich habe überdramatisiert. Bis zum Badezimmer schaffe ich es selbst, aber ruf trotzdem den Zimmerservice.«

»Sicher?«

Er drehte seine Augen zur Stirn und zurück. »Ziemlich, du musst nur von meinem Bein runtergehen.«

»Oh. Okay.« Ich rutschte zurück und beobachtete ihn dabei, wie er schwerfällig aufstand.

»Zimmerservice«, erinnerte er mich und ich begriff endlich, wie ich helfen konnte. Während er sich ins Badezimmer schleppte, suchte ich nach dem Telefon, fand es auf der schmalen Anrichte beim gigantischen Fernseher und wählte die Kurzwahl der Rezeption. Der Rausch des Kusses floss noch immer durch meine Glieder.

Fünf Minuten später klopfte es an der Tür. Ich nahm dem Zimmerservice den Koffer ab und beteuerte mehrmals, dass wir ansonsten keine Hilfe benötigten. Ich war mir sicher, dass Alec keinen Arzt wollte. *Was war überhaupt mit ihm geschehen?*

Im Badezimmer – das dreimal so groß wie mein Zimmer in Betham war – fand ich ihn, vor dem Spiegel stehend und seine Wunde betrachtend. Er hatte seine Jacke ausgezogen und hielt sein Hemd hoch bis knapp unter die Brust. Da alles blutverschmiert war, konnte man nicht genau ausmachen, wo die Wunde begann und wo sie endete.

»Ich habe einen Glassplitter drin. Kannst du ihn entfernen?«

»Ja.«

»Hast du eine Pinzette?«

»Ja, in meiner Tasche.«

»Worauf wartest du dann?«, fragte er ungeduldig.

Ich verkniff mir eine genervte Erwiderung, stellte den Erste-Hilfe-Koffer ab, lief durch die Suite nach vorne in den

Flur zu meiner Tasche und kam wieder zurück. Ich ließ sie auf den Boden fallen, kramte nach meinem Kulturbeutel, fand die Pinzette und richtete mich auf.

Alec hatte in der Zwischenzeit seine Wunde gesäubert. Die Einschnitte in Kreisform sahen tatsächlich so aus, als hätte jemand eine zerbrochene Flasche in seine Leiste gerammt.

»Bist du sicher, dass keine Organe getroffen wurden?«, fragte ich schüchtern. Ich fürchtete schon den nächsten Seitenhieb seinerseits, als ich mich ihm langsam näherte und vor ihm in die Hocke ging, um mir die Einschnitte besser ansehen zu können.

»Wenn es gefährlich wäre, hätte Davies mich nicht alleine gelassen«, erklärte er ruhig. »Siehst du den Splitter hier?«

»Ja.« Er war etwa daumengroß und steckte in einer der Wunden. Ich umschloss ihn mit der Pinzette und zog ihn hervor. Alec keuchte leise auf, hielt aber still. Ich ließ den blutverschmierten Glassplitter in das Waschbecken fallen. »Soll ich dir beim Säubern helfen?«

Er presste die Zähne aufeinander und nickte. Die Wunde musste höllisch schmerzen, auch wenn er so tat, als sei alles relativ cool.

»Du musst vor mir nicht so tun, als hättest du keine Schmerzen«, sagte ich leise, öffnete den Verbandskasten zu meinen Knien und holte Desinfektionszeug hervor. Ich säuberte die Wunde erst mit einem feuchten Lappen, dann mit der Desinfektion.

»Ich habe keine Schmerzen«, log er. »Warum hilfst du mir?«

»Was sollte ich sonst tun?« Ich widmete mich dem größten Einschnitt, der einen ganzen Finger lang und breit war. Fleisch blitzte zwischen den Hautlappen auf. *Shit.*

»Davies hat es dir aufgetragen, oder? Dich um mich zu kümmern? Als ich schon ausgestiegen war, im Auto.«

»Na und?«

»Warum hörst du auf ihn, aber auf mich nicht?«

»Weil er nichts von mir verlangt, das ich nicht sowieso getan hätte.«

Ich hörte Alec leise lachen. »Ja, er hat so eine komische Ausstrahlung, nicht wahr? Seine Stimme ist wie das Dauerschnurren einer Katze, die sich um die eigenen Füße windet und gestreichelt werden will. Und das sage ich, der Katzen hasst.«

»Welcher Unmensch würde Katzen hassen?«

»Sie gehorchen mir auch nie. Haben ihren eigenen Kopf. Wie du.«

Ich verdrehte grinsend die Augen.

»Er war der Erste.«

»Der Erste?«, hakte ich nach.

»Der Erste, dem ich geholfen habe, damals.« Alec presste wieder die Zähne aufeinander, als ich mit der brennenden Desinfektion an seine Wunde kam. »Ich habe …«, er zog scharf die Luft ein, »Kleinkriminellen geholfen, die zu Unrecht … fuck.«

»Red weiter«, forderte ich sanft.

»Für Verbrechen verurteilt wurden, die eigentlich von hochrangigen Personen des öffentlichen Lebens oder reichen Geschäftsleuten begangen worden waren. Man braucht in so einem Fall einen Unschuldigen, der dafür herhalten kann.« Er sah stur zur gegenüberliegenden Wand und versuchte augenscheinlich, die Wunden in seiner Seite zu vergessen, während er redete. »Kleinkriminelle. Leute, nach denen niemand fragt, sozial Schwache oder Ausländer, die man gut als Sündenbock nehmen kann.«

»Wovon redest du?«

»Davon, dass man einen Polizisten nur gut genug bezahlen muss, damit er die Fakten so weit ändert, dass sie auf eine andere Person zutreffen. Man schafft ein Verbrechen, das es niemals gab, und nimmt dafür ein Opfer, das es gibt. Der wahre Schuldige kommt davon und das ›lebenslänglich‹

bekommt jemand, bei dem es eh niemanden wundert. Davies war ein einfacher, amerikanischer Soldat, der nach seinem Einsatz durch ein paar Zufälle in London gelandet ist. Er fiel der Polizei immer wieder auf, weil er sich in Pubs danebenbenahm, und man schob ihm einen Kindesmissbrauch mit anschließender Tötung unter, in der Tankstelle, in der er gearbeitet hatte, und wollte ihn für mehrere Jahre hinter Gitter sperren. Ich kam durch Zufall an diese Informationen, besuchte ihn im Gefängnis und schaffte es, ihm eine Waffe zuzuschieben, damit er sich während der Anhörung im Gerichtssaal befreien konnte. Natürlich hatte ich auch ein paar Wärter geschmiert, sonst hätte das nicht funktioniert.«

Ich hielt inne und schaute zu Alec hoch. Er meinte diese Geschichte ernst. »Ich verstehe nicht ganz … wer hat ein Kind missbraucht?«

»Jemand, den ich kenne.« Alec sah mich weiterhin nicht an, sondern schien die Vergangenheit an der Wand vor sich zu sehen. »Wer, ist auch egal. Davies war es jedenfalls nicht. Er verdankt mir seine Freiheit.«

»Deswegen ist er dir so treu ergeben?«

Er schüttelte den Kopf. »Ich glaube nicht, dass es daran liegt. Ich schaffe ihm den Raum, in dem er sich bewegen kann, ohne schlechtes Gewissen. Er ist der extremste Mensch, den ich kenne. Auf der einen Seite kann er Unschuldigen und vor allem Kindern nicht ein Haar krümmen, auf der anderen Seite –«

»Vögelt und tötet er Prostituierte.«

»Nur die, die sich auf seine Warnungen hin nicht bemüht haben, ihren Lebensstil zu ändern.«

»Du brauchst ihn nicht zu verteidigen. Es ist und bleibt grausam.«

»Es ist die Sprache der Straße. Nur so schaffe ich es, meine Macht zu halten.«

»Und für die Drecksarbeit hast du Davies.« Ich holte eine Packung Verbandszeug hervor und öffnete es.

»Ich wüsste nicht, ob es mich ohne ihn noch gäbe. Ich verdanke ihm nicht nur mein Leben. Er erinnert mich auch an die Ideale, die ich einmal hatte, bevor du aufgetaucht bist.«

»Was habe ich damit zu tun?«, fragte ich erstaunt, hielt mit der Rolle an seinem Bauch inne und sah wieder hoch.

Sein Blick traf mich unvorbereitet, warm und liebevoll. Alec streckte eine Hand nach meiner Stirn aus und legte eine Locke zurück. »Nichts. Vergiss es.« Er nahm mir den Verband aus der Hand und umwickelte unter einigen schmerzhaft klingenden Atemstößen sich selbst damit, während ich noch eine Weile vor ihm sitzen blieb und dann aufstand.

»Wirst du mir sagen, was im Internat vorgefallen ist und was Davies gerade tut?«

»Nein.« Er öffnete einen zweiten Verband, da der erste nicht ausreichte.

»Warum nicht?«

»Ich muss nicht alles begründen.« Konzentriert verband er seine Wunde und befestigte ihn mit einem Stück Klebeband. Er griff sich ans untere Ende seines T-Shirts und zog es sich über den Kopf. »Kommst du mit ins Bett?«

Die Frage sorgte für einen Tumult in meinem Magen und ich wusste nicht, was ich darauf erwidern sollte. Wenn ich ehrlich war, war ich grundlegend verwirrt. Beide Männer gefielen mir, beide lösten in mir Sehnsucht aus, beide hatten genügend Fehler, sodass mich im Grunde alles an ihnen anschrie, das Weite zu suchen. Wandelnde Red Flags. Black Flags. Mehr düstere Flags, als gut für mich waren.

»Keine Angst. Mehr als Kuschelsex wird es nicht.« Selbstironisch zeigte er an sich herunter.

»Sollte mich das beruhigen?«, fragte ich irritiert. *Kuschelsex. Sex. Mit ihm.*

Er spülte sich seine blutverschmierten Hände ab und säuberte sein Gesicht. Dabei konnte ich ihn von der Seite beobachten und meine Augen glitten ungeniert über seine straffen

Muskeln an Oberkörper und Oberarmen. Gott, er war so fucking attraktiv.

Mit einem Handtuch trocknete er sich grob ab und pfefferte es in eine Ecke. »Ich weiß nicht, ob gerade ich der Richtige bin, um dich zu beruhigen, aber es war einen Versuch wert.«

»Was ist mit deiner Freundin?«

Alec hielt mitten in der Bewegung inne. Seine Brauen wanderten höher, seine Lippen zuckten. »Sie ist nicht hier.«

»Das sehe ich.«

»Wenn ich nicht an sie denke, warum tust du es dann?«, fragte er leichthin und ging ohne ein weiteres Wort aus dem Raum.

Oh, fuck. Wollte ich wirklich mit ihm gemeinsam seine Freundin betrügen? Nur weil der Kuss so heiß war? Sie bedeutete ihm nichts, oder? Bedeutete er ihr etwas? Seit wann machte ich mir über so etwas Gedanken? Lucas und Grace waren mir auch egal gewesen. Und jetzt? Es war etwas anderes, denn … den Prinzen mochte ich. Außerdem hatte ich Grace mehrfach vor Lucas gewarnt, Shania hingegen war eine Konkurrentin.

Ich lief Gefahr, selbst verletzt zu werden, und entschied mich dazu, ihm nicht sofort hinterherzugehen. Meine Gedanken überschlugen sich, mein Herz hämmerte wild in meiner Brust und auch an meinen Händen klebte Blut.

Alecs Blut. Ich ließ mir Wasser in die gigantische Badewanne ein und mich von der Hitze versengen.

Es war die einzige Möglichkeit, meinen Körper zur Ruhe zu bringen und nachzudenken. Wollte ich wirklich meine Triebe über alles bestimmen lassen? Erst Davies, dann Alec, zwei Männer, die ständig frauenverachtendes Zeug taten oder sagten, es manchmal aber doch nicht so meinten und mich mehr oder weniger ständig vor sich selbst warnten? Konnte ich mich bei dieser Sache damit rausreden, dass es nur Sex war? Wenn niemand erfuhr, was ich zugelassen hatte, würde mich auch niemand dafür verurteilen können. Und so, wie sich die beiden Wichtigtuer verhielten – jeder auf seine eigene Art –, war es sowieso unmöglich, dass ich mich in sie verliebte.

Oder?

DU SPIELST
MIT GOLDENEN
KUGELN, ANDERE
HABEN NICHT
EINMAL WASSER.

Froschkönig

FLORENCE

Luxus. Alles in diesem Bad war Luxus. Ich sank in das heiße Wasser zurück, mein Kopf ruhte auf einer weich gepolsterten Stütze, ich lag in einer Wanne, in die mindestens zwei, wenn nicht sogar drei Menschen passten. Die goldenen Armaturen, die große, verglaste Dusche mit tellergroßem Duschkopf … Das Parfum und Duschgel, das auslag, die weißen, weichen Handtücher, die edlen Marmorfliesen … All das war der Ausdruck von purem Reichtum. Ob mir das zustand? Ob es irgendjemandem zustand? Vielleicht empfand ich die Gegend, aus der ich kam, als ehrlicher. Jeder war verarmt, aber niemand musste sich vorwerfen, er würde diese Armut ignorieren. Es gab niemanden, der tiefer stand – jedenfalls nicht in London. Wie ertrug man es, oben zu schwimmen, wenn man wusste, dass es Fische gab, die niemals das Sonnenlicht erreichen würden?

Ein Geräusch ließ mich meine Augen öffnen und ich fuhr erschrocken zusammen.

»Shit!« Aus einem Schamgefühl heraus, das eigentlich nicht zu mir gehörte, legte ich meine Arme vor die Brust und verbarg mich so vor seinem Blick. »Du –«

»Sag nichts.« Seine Stimme, nur ein Raunen. »Zerstöre nicht die Schönheit dieses Moments mit deinem Kampf gegen mich.«

»Ich kämpfe nicht gegen dich! *Du* bist einfach nur furchtbar zu mir!«

Alec lächelte, sodass seine weißen Zähne zum Vorschein kamen. Er hielt ein Glas Whisky in der Hand und stützte sich mit seinen Unterarmen auf den Rand der Badewanne. So musste er schon eine Weile dasitzen, denn ich hatte weder bemerkt, dass die Tür sich geöffnet hatte, noch dass er hereingekommen war. »Du kämpfst gegen mich an, die ganze Zeit. Ist es ein Instinkt? Oder wartest du nur darauf, dass ich dich besiege?«

»Schwachsinn.« *Könnte er dann jetzt bitte wieder gehen?*

Aber er sah nicht danach aus, als ob er sich bewegen wollen würde. »Worüber hast du nachgedacht? So intensiv, dass du bis auf das rauschende Wasser nichts gehört hast?« Er schaltete den Wasserhahn aus, der die letzte Viertelstunde in geringer Menge die Wanne mit weiterem heißem Wasser versorgt hatte.

Stille.

»Tut es nicht weh, so zu sitzen?« Ich ging nicht auf seine Frage ein. »Eben musste ich dich noch stützen, und jetzt?«

»Jetzt habe ich Whisky.« Sein Lächeln veränderte sich nicht. Die Intensität, mit der er mich musterte, ging mir durch alles.

»Nur Whisky?«, fragte ich zögerlich.

»Nur Whisky.«

Also keine Drogen, kein higher Alec. Und trotzdem sah er mich an, wie er mich zuletzt gestern in der Pizzeria angesehen hatte. Dunkel und unergründlich, verwegen und gleichzeitig konzentriert. Als würde er über etwas nachdenken, das ihn sehr beschäftigte. Etwas, das er mir niemals anvertrauen würde – oder?

»Ich sage dir, worüber ich nachgedacht habe, und du sagst mir, worüber du nachdenkst«, schlug ich vor.

Sein Lächeln wuchs. Entspannt saß er vor mir. »Du fängst an.«

»Vergiss es.«

Er seufzte. »Ich überlege, ob du es mir wert bist, alles, was ich habe, aufs Spiel zu setzen. Und ob ich überhaupt noch etwas habe, das ich aufs Spiel setzen könnte.«

»Und jetzt noch mal so, dass ich verstehe, was du mir sagen willst?«

»Ich bin ein Prinz, Florence«, sagte er plötzlich scharf und sein Lächeln verlor an Kraft. »Das ist es. Einer dieser Leute, die du ganz sicher hasst. Dann spiele ich mit Drogenkartellen und auch das hasst du an mir. Ich lasse Leute foltern, um geheime Handelsrouten zu durchleuchten, ein weiterer Grund, weshalb du mich hassen wirst. Ich beschäftige einen Sadisten, der Frauen quält und fickt und tötet, nicht unbedingt in dieser Reihenfolge, und ich lasse es zu, dass ebendieser Sadist dein Vertrauen gewinnt, weil es mir gefällt, wenn Menschen mir aus der Hand fressen, da ich die einzige Hand bin, die sie füttert. Ich bin so selbstlos wie egoistisch, einem Ideal verfallen, das du niemals begreifen wirst, und *einzelne Menschenleben* bedeuten für mich nichts. Und jetzt sag mir, worüber du nachgedacht hast, wenn du es schaffst, auch nur eine Sekunde länger in diesem Badezimmer zu verbringen, anstatt auf der Stelle zurück nach London zu fliehen. *Sag mir, was du in mir siehst.*«

Meine Brust bebte und zog sich dabei unangenehm zusammen, der Atem entwich mir nur schwer. »Sag du es mir«, wisperte ich. »Sag du mir, wieso du ausgerechnet mich damals gebeten hast, dir in die VIP-Lounge zu folgen. Wieso du mich dazu benutzt –«

»Das ist es ja!«, brüllte er, warf sein Glas zu Boden und richtete sich erregt auf. Er schien die Wunde in seinem Bauch vergessen zu haben. »Es war mir egal!«, rief er. Das Klirren des Glases hallte in meinen Ohren und ich wich in der Wanne vor ihm zurück. Seine Augen schwarz wie die Nacht, erbarmungslos, ein Abgrund. »Mir war dein Leben egal, selbst wenn Carl dich erschossen hätte oder du in einen Schusswechsel geraten wärst. Dein Leben hat *nicht* für mich gezählt. Ich habe dich mitgenommen, weil du dich dafür geeignet hast. Ich brauchte jemanden, der jung ist, damit Carl nicht auf die Idee kommt, das Feuer zu eröffnen. Aber er hätte es tun können und du hättest dabei sterben können. Es war gefährlich, und dich in diese Gefahr zu bringen, war Mittel zum Zweck. *So* bin ich. Das ist meine Art von Ideal. Ein Mädchen gegen das Leben Hunderter Drogenopfer und was ich noch alles im *Royal Black* durch die Übernahme verhindert habe. Niemand in meinem Leben hat einen höheren Stellenwert als den, den er als Nutzen mit sich bringt. Selbst *ich* habe keinen Stellenwert, mein Leben ist wertlos, solange ich nicht dafür sorge, dass diese Welt besser wird.«

Ich starrte ihn an. »Wieso sollte jemand so über sich denken?«

Er starrte zurück. »Wie bitte?«

»Wieso denkst du, dein Leben sei wertlos?«

Alec lachte überrascht auf. Seine Anspannung löste sich so schnell, wie sie gekommen war. »Nach meinem Monolog ist es das, was du mich fragst?«

»Niemandes Leben ist wertlos.«

Seine Iriden wurden schwärzer. »Der Spruch ›Jedes Leben ist kostbar‹ ist eine Farce. Er wird von Leuten ausgesprochen, die in Waffendeals mit drin stecken, die darauf abzielen, irgendwo Krieg zu provozieren. Willst du das mit mir diskutieren? Deswegen bleibst du? Hoffst du darauf, mich umstimmen zu können?«

»Ich will dich nur verstehen.«

»Warum?«

Ich blieb stumm. Ja, weshalb? Ich war eine junge Frau aus Betham. London. Es gab in meinem Leben meinen Kellnerjob, das Schulgeld für meinen Bruder und ihn. Ich wollte gemeinsam mit Nike dem Dreck entfliehen und kämpfte täglich dafür. Ihn und mich aus allen Dingen raushalten, die auf diesem Weg gefährlich werden könnten, das war mein Plan der letzten Jahre gewesen. Keine Schießerei im *Royal Black*, keine Drogen, die Evan vertickte. Und eigentlich hatte ich auch nicht meinen Klavierschüler vor seinem gewalttätigen Vater beschützen wollen – und es doch getan.

»Du hast keine Antwort«, erkannte er matt und wandte sich ab. »Es ist besser, wenn du nie eine findest.«

Ich stand aus dem Wasser auf, sodass es laut plätscherte. »Warte bitte.«

Kurz vor der Tür hielt er inne und drehte sich leicht in meine Richtung.

Ziemlich nackt stand ich also da, aber das Schamgefühl war verloren. »Da ist Glas am Boden, ich kann nicht …«

Er sah mich für einen Moment stillschweigend an, und ich wusste nicht, ob er mir helfen würde, als er sich schließlich doch bewegte, nach einem der größten Handtücher griff und es mir reichte. Er trug noch immer seine Schuhe und konnte über das Glas gehen. Es knirschte unter seinen Füßen. »Breite es auf dem Boden aus.«

Er konnte aufgrund seiner Wunde das Handtuch nicht so auffächern wie ich, weshalb er es mir überließ. Das flauschige Handtuch landete vor mir auf dem Boden und bildete einen einigermaßen schützenden Weg über dem Glas.

Ich musste ein wenig über seinen Wutausbruch schmunzeln, als ich aus der Wanne stieg. »Zertrümmerst du häufiger Sachen?«

Alec lachte ebenfalls leise. »Das ist mir tatsächlich noch nie passiert.«

»Warum löse gerade ich so einen Zorn in dir aus?«

»Weil du abartig widerspenstig bist und dich trotzdem an mich bindest, als wäre ich dein Ritter in schwarzer Rüstung.«

Er war im Raum stehen geblieben, und erst als ich ihn erreichte, sah ich zu ihm auf. »Was meintest du damit, dass du ›ein Prinz‹ bist? Was bedeutet das?«

»Nichts Gutes«, raunte er. Im Augenwinkel bemerkte ich, wie er seine Hand nach mir ausstreckte und kurz darauf meine Taille berührte. Er schwieg, während er mit zwei Fingern höher glitt, die Wölbung meiner Brust berührte und um meinen Nippel strich.

Meine Frage war vergessen, alles, was ich denken konnte, war, dass ich das hier nicht zulassen durfte.

Meine Augen hafteten fest an seinen und ich wimmerte auf, als er mit seinem Finger meinen Nippel berührte. Er war hart. Nicht vor Kälte.

»Also, wieso fliehst du nicht?« Sein Lächeln kehrte zurück, während er zärtliche Kreise über meine linke Brust zog. So wie es schien, konnte er nur den einen Arm aufgrund seiner Verletzung heben. Der andere hing entspannt an seiner linken Seite hinab.

Ich schluckte, die Frage konnte ich nicht beantworten.

»Weil es dich anturnt?«, fragte er grinsend. Der Druck seiner Finger nahm zu, als er meine Brust verließ und eine Linie hin zu meinem Bauchnabel strich. Und tiefer wanderte. »Das ist die Antwort? Wie ich es schon in Evans Wohnung vermutet habe?«

Ich spürte, wie mein Lustzentrum erwachte, schon die ganze Zeit erwacht war, und sich nur mein Kopf dagegen sperrte, mich fallen zu lassen.

»Dich geilt dieser Sex mit jemandem wie mir oder Davies auf«, raunte er und glitt mit seinem Finger über den Ansatz meiner Scham. »Das ist es.«

»Bitte, geh tiefer«, wimmerte ich plötzlich, ohne es wirklich zu wollen.

»Du willst dominiert werden und dich der Gefahr hingeben, die wir bedeuten.« Er drang zwischen meine Schamlippen und ich begann zu zittern.

»Tiefer.«

»So?«, raunte er grinsend. Sein Finger verschwand bis zu meiner Öffnung zwischen meinen Lippen. »Oder willst du gleich meinen Schwanz in dir spüren, ist es nicht so?«

Ich überwand mich. »Ja …«

»Es gefällt mir, wenn deine Stimme vor Lust bröckelt. Und wenn ich dir jetzt sage, dass du dich auf die Knie setzt und meinen Schwanz in deinen Mund schiebst, wirst du es tun?«

Fuck. *Er ist ein Arsch und ich würde es tun.*

Alecs Augen glänzten auf. »Tu es.«

»Ich würde es tun, wenn du keine Freundin hättest.«

»Was?«, fragte er erstaunt.

»Du hast eine Freundin, Alec, und ich will nicht diejenige sein, mit der du sie –«

Er grifft hart an mein Handgelenk und zog mich bis auf wenige Millimeter an sich. »*Hör auf,* über sie zu sprechen, als wäre sie irgendwie wichtig. Worum geht es dir? Den schmutzigen Fick? Den kann ich dir geben. An meiner Seite die Königin zu spielen? Ich brauche Shania, um meine Macht in den Vierteln zu stützen, die von den Gangs ihres Vaters kontrolliert werden. Vergiss es.«

»Du bist so ein Arsch, warum machst du das alles?«

»Keine Ahnung, weil es sonst keiner tut, vielleicht?«

»Ist das eine Frage?«

»Willst du streiten?«

»Ich will Antworten! Endlich wissen, wer du bist und wovon du da eigentlich die ganze Zeit redest! Warum nennst du dich ›Dark Prince‹, warum darf ich nicht deinen Namen laut sagen, wieso bist du hierher nach Schottland gefahren, wer hat dich angegriffen und verletzt? Verrätst du mich, ist das alles ein Spiel, das ich nicht durchschaue?«

»Du hast es begriffen.«

»Und warum berührst du mich dann? Lass mich los und bring mich nach London zurück und dann verschwinde …«

»Du stehst doch vor mir und wartest nur darauf, dass ich dich ficke! Du hättest mich schon in Evans Wohnung verführt, hätte ich dich gelassen, also mach mir keinen Vorwurf, wenn ich das ausnutze.« Sein Atem ging stoßweise. »Ich will dich. Das dürfte dir doch wohl klar sein. Aber erwarte nicht eine einzige Sekunde lang, dass ich mit irgendjemandem nicht vögle, nur weil dein kleines Köpfchen das so will. Es wird niemals dazu kommen, dass ich dir gehöre, so sehr du dir das wünschst. Warum solltest du dir das überhaupt wünschen?«

»Tue ich nicht«, zischte ich.

»Gut«, brachte er hervor. Hätte er ein Glas in der Hand, wäre es ebenfalls längst am Boden zerbrochen. Er berührte mich noch immer, ich stand noch immer nackt vor ihm. Wir starrten uns an und ich wusste nicht, wer den letzten Schritt auf den anderen zumachte, es war auf jeden Fall notwendig, dass einer von uns es tat. Unsere Lippen trafen sich hart und ich ließ meine Zunge ausgehungert in seinen Mund gleiten. Stöhnend presste ich mich an seine makellose Brust, schlang meine Hände um seinen Hals und genoss es, dass seine Hände an meinem Rücken dafür sorgten, dass keine Luft mehr zwischen uns blieb. Er oder ich, einer von uns, drängte uns Richtung Tür. Wir verließen das Bad, ohne uns voneinander zu lösen. Seine Lippen, seine Zunge, mein Seufzen, alles verteilte sich in einem Rausch, der meine Venen erfasste. Ich hatte noch nie das Bedürfnis, jemandem körperlich auf die Art und in der Intensität näherzukommen wie ihm. Wäre ich nicht schon nackt gewesen, ich hätte mich danach gesehnt, dass er mich auszog. Ich wollte seinen Körper spüren, überall um mich herum, während seine Zunge mich beherrschte, dieser Kuss mich einnahm und mich nie wieder gehen lassen würde.

Das Bett, gegen das er mit der Kniekehle stieß. Das fahrige Öffnen seines Gürtels, dann seiner Hose. Er streifte alles ab, setzte sich, legte sich zurück und zog mich auf sich. Ohne einen Gedanken daran zu verschwenden, dass das hier falsch sein könnte, setzte ich mich auf ihn.

Es war nicht falsch. Das hier zu tun, seinen Schwanz in mich gleiten zu lassen, war das einzig Richtige. Er schloss stöhnend die Augen, als ich mich sanft auf ihm bewegte und mit meinem Becken dafür sorgte, dass er sich bis zum Anschlag in mir vergrub. Seine Wunde machte ihn passiv, aber es war dadurch nicht weniger befreiend. Ich hätte nur zwei, drei Bewegungen gebraucht und wäre gekommen, aber ich wollte es unbedingt auskosten. Bis in eine süße Ewigkeit hinauszögern, dass er sich in mir ergoss.

Zärtlich umspielte seine Zunge meine Lippen, seine Hände ruhten auf meiner Hüfte und sorgten für sanften Druck. Er wechselte nicht das Tempo, wurde nicht drängender, nicht fordernder, sondern blieb wie ich genießerisch sanft. Ich richtete mich immer wieder auf, um mich zurück auf seine Lust zu setzen und das Gefühl auskosten zu können, wenn er in mich eindrang. Lustvoll ließ ich mich fallen, küsste ihn, ließ mich küssen. Es war so erotisch und so zärtlich, dass ich mich ganz in meiner Lust verlor.

Die Zeit schien stillzustehen. Jede Sekunde dehnte sich endlos aus, und es war unmöglich zu sagen, wie viele Minuten oder Stunden vergangen waren, während wir dort lagen, gefangen in einem stillen Austausch unserer Lust, unserer Blicke, der mehr sagte, als Worte je könnten.

Irgendwann spürte ich, wie sich unser Verlangen zuspitzte, Alecs Küsse noch intensiver wurden und seine Stöße drängender und es war selbstverständlich, dass wir zusammen kamen und ich noch während meines Orgasmus' spürte, wie er sich in mir ergoss. Fuck. Das war nicht nur himmlisch, es war ein Paradies, und ich sank glücklich und erfüllt auf seiner Brust zusammen.

NUR DER
ERSTEN LIEBE
WAHRER KUSS
KANN DICH
RETTEN.

DER PRINZ

»Diese Nachricht.« Ihre Stimme war reiner Samt. »Mit dem Wein. Was sollte das?«

»Es war eine Warnung.« Mein Magen brannte höllisch, der Schmerz zog sich bis in meine Schulter, aber ich wollte nicht, dass sie sich löste. *Noch nicht.*

»Es klang nicht wie eine Warnung.«

»Du hast die Nachricht falsch interpretiert, Baby.«

»Nenn mich nicht ›Baby‹.«

Ich betrachtete ihr welliges Haar, das unter meinem Kinn schimmerte. Sie lag noch immer auf mir, den Kopf auf meine Brust gebettet und ließ den Sturm in uns nachklingen.

»Ich will nicht irgendeine sein.«

Sie will nicht wie Shania sein. »Besser, du willst es.« Ich seufzte. »Florence«, setzte ich nach. Fuck. Dieser Name hatte definitiv etwas. Auch wenn sie wohl für immer 'Baby' für mich bleiben würde. Als wäre ich nur irgendein unbedeutender verliebter Idiot, der gerne mit dummen Kosenamen um sich warf. Ohne Hintergedanken. Total unbritisch.

Florence bewegte sich leicht, aber ich hielt sie fest. Sie sollte bloß da bleiben, wo sie war. Dieser Moment durfte nicht enden. »Du wolltest mich mit dieser Karte also wirklich nur daran erinnern, dass ich mir einen schwarzen Sack überwerfen muss, damit deine Freundin nicht sauer wird?«

»Das wollte ich wirklich, ja«, sagte ich leise und strich sanft über ihre Schultern.

»Aber ein ›Denk an dein Versprechen, Cinderella!‹, warst du high?«

»Ich hatte fünf Nächte nicht geschlafen«, klärte ich sie auf. »Da schreibe ich so etwas.« Wenn du aufwächst wie ich, Kleines, dann lernst du Goethe und Schiller auswendig. Auf Deutsch. Da ist so ein schwülstiger kurzer Brief gar nichts gegen.

»Ich kenne niemanden, der so etwas schreiben würde, selbst auf einem LSD-Trip nicht.«

Ich lächelte. »Jetzt kennst du ja mich.« Sie hob ihren Kopf und sah mich an. »Ich bin so. Das ist mein wahres Ich. Jemand, der dir Nachrichten schreibt, weil er dich beschützen will, so wie jeden in London und wenn möglich auf der ganzen Welt. Ich wollte dir die Angst nehmen, dir sagen, dass ich Leute positioniert hatte, die dafür sorgen würden, dass dir nichts auf deinem Weg ins *Royal Black* geschehen würde, ich wollte, dass du trotz des Chaos', in das ich dich gestürzt hatte, indem ich dir die Drogen vorerst abgenommen habe, deinen Spaß mit dem Wein hast, die ganze Scheiße vergisst. Es wäre hilfreich gewesen, hättest du dich daran gehalten und Shania nicht zur Weißglut getrieben. Sie trägt zu meinem Sicherheitsnetz bei, das die kolumbianischen Dealer im Zaum hält und auch dich beschützt.«

»Sie?«, fragte Florence abfällig. Sie war eifersüchtig. Das war etwas, das mir zu sehr gefiel.

»Du hast den Brief als eine Herausforderung gesehen statt als einen vertrauensvollen Hinweis. Du wolltest mit mir spielen und das hat zumindest Davies sehr imponiert. Und ich habe durch bestimmte Umstände in meinem Leben sehr wenig Schlaf gehabt und zu viele Drogen genommen, um mich dieser Spieleinladung entziehen zu können. Und jetzt sind wir hier und mein Schwanz steckt tief in dir und es ist die ganze Zeit darauf zugesteuert. Baby. Ich werde dich so nennen, wie es mir gefällt, gewöhn dich dran.«

»Du bist so ein W…!«

Ich zog ihr Kinn an mein Gesicht und erstickte ihre Beleidigung mit meinen Lippen. »Du musst kreativere Schimpfwörter lernen.«

Sie biss mir auf die Unterlippe, aber so zaghaft, dass es eher als Scherz gemeint war – und ich ließ ihn ihr durchgehen. »Was für Umstände?«

»Ich wurde verraten und mein Leben ist in Gefahr. Mehr brauchst du nicht zu wissen.«

»Meines auch?«, fragte sie beklommen.

»Vielleicht.«

In ihren Augen spiegelte sich eine Furcht, die ich ihr nicht nehmen konnte.

»Vielleicht. Aber eher nicht.« Das war alles, was mir dazu einfiel. Wer wusste schon, wie tief sie unwissentlich verstrickt war? Abgesehen davon, dass wir nicht einmal mit Sicherheit sagen konnten, ob sie uns die Wahrheit sagte.

»Du bist ja immer noch du«, sagte sie schließlich verträumt und strich durch mein Haar. »Du webst dich in Geheimnisse, gibst mir keine Antworten. Der ganze Fick hat nichts gebracht.«

»Hast du erwartet, dass ich mich in einen Frosch verwandle?«, fragte ich lächelnd.

»So was in der Art, ja.«

»Und du bist auch immer noch du.« *Vorsicht, Alec.* »Wunderschön.«

Florence wand sich schmiegsam in meinem Griff. »Hör auf. Lass mich nicht vergessen, dass du ein riesengroßes Arschloch bist, dem man nicht vertrauen kann.«

War das meine wahre Natur? Oder hatte ich vor ihr nur so getan? Weil ich es gewohnt war, vor Leuten wie ihr so zu tun, als wäre ich ein riesengroßer Pisser, der kein einziges Widerwort duldete? Darin bestand schließlich die Kunst einer knallharten Führung.

»Was ist heute im Internat geschehen?«, fragte sie.

Ich antwortete nicht. Es war vernünftig, ihr nichts davon zu erzählen. Jedenfalls pochte ein Gedanke in meinem Hinterkopf, der mir dazu riet. Der einzige Gedanke, der nicht gerade durch meinen Schwanz ausgeschaltet worden war. Ein Instinkt. »Das wirst du noch früh genug erfahren«, log ich und streichelte weiter ihre Haut.

»Und das ist wann?«, fragte Florence ungeduldig.

»Früh genug«, wiederholte ich schärfer.

Und wie um meine Worte zu unterstreichen, knallte die Tür auf.

Florence zuckte in meinem Arm zusammen, die Deckenleuchte tauchte uns in blendendes Licht und Davies polterte mit schweren Schritten in den Raum.

»Ale-, Hoheit«, verbesserte er sich zähneknirschend und wich – wenn auch äußerst widerwillig – Richtung Tür zurück, als er erkannte, dass ich nicht alleine im Bett lag. Wenn er mich beim Vornamen ansprechen wollte, war es etwas wirklich Ernstes.

Ich löste mich von Florence, schob meine Boxershorts zurück über meinen Schwanz und versuchte, klar zu werden.

Wieder der König zu werden.

Der nie eine einzelne Person über alle anderen stellte.

Ich richtete mich auf und schlug die Decke zurück. Florence hingegen klammerte sich an sie.

»Hol mir meine Jogginghose und Morphium«, befahl ich Davies.

Ich konnte beinahe hören, wie seine Fingerknöchel vor Ungeduld knackten, aber er gehorchte. *Natürlich.*

»Morphium?«, fragte Florence besorgt. »Hast du Schmerzen?«

»Ich fürchte, die Zeit für deine Fragen ist vorbei, Baby.« Ich stand schwerfällig auf und ging zum Schreibtisch, der auf der gegenüberliegenden Seite des Bettes unter dem Fernseher stand. Jedes der zwei Schlafzimmer der Suite verfügte über ein eigenes Bad, einen eigenen Fernseher, einen eigenen Schreibtisch, eine eigene Sitzecke und einen eigenen riesigen Kleiderschrank. Nur die Minibar wurde von beiden Räumen im Wohnzimmer geteilt.

Der Briefbeschwerer hatte genau die Form, die ich brauchte. Oben rund, aber etwas rau. Ich faltete ein Blatt Briefpapier, als Davies zurückkam und mir meine schwarze Jogginghose in die Hand drückte. Ich zog sie über. Zum Glück war mein Tattoo nicht durch die Wunde beschädigt worden, weswegen ich oberkörperfrei gehen konnte.

»Morphium, Sir«, murmelte Davies und legte mir zwei Tabletten auf den Tisch. Ein Vorteil an meiner Position war, dass ich immer nur an das sauberste Zeug herankam. »Und dein Handy«, fügte er leise an und legte es mir auf die Schreibtischplatte. Ich griff danach und öffnete es mit meinem Code. Kein Hinweis auf Evans Verbleib von Walker. Es hätte mich auch gewundert. *Gut, dann war ich der Einzige, der wusste, dass Evan sich hier in Schottland aufhielt.* »Du hast es im Wagen vergessen.«

»Danke, Davies.« Ich fuhr mir mit der Hand über den Nacken und wusste, noch bevor ich aufsah, dass Davies meinen Verband betrachtete. Seine Miene war glatt wie Stahl und ich ahnte, dass er nur auf meine Erlaubnis wartete, so fortzufahren, wie er es gewohnt war. »Was rätst du mir?«, fragte ich so leise, dass Florence uns nicht hörte.

»Ich rate dir, sie zum Reden zu bringen«, antwortete er ebenso leise. »Und, Alec …« Ich wollte es nicht hören. »Wenn wir sie bisher nicht davon überzeugen konnten, dass sie sich uns anvertrauen *muss,* wird sie es auch nicht tun, wenn ich sie *streichle,* bis sie singt.«

PRINZ ODER PENNER?

BEI SO EINER AUSWAHL HÄTTE ICH AUCH ALLE NACH HAUSE GESCHICKT.

König Drosselbart

FLORENCE

Ich beobachtete die beiden Männer, wie sie sich leise unterhielten und Alec nebenbei sein Smartphone checkte.

Davies stand wie ein dunkler Schatten bei der Tür. Etwas Bedrohliches ging von ihm aus und ich hatte keine Ahnung, womit genau das zusammenhing. Die Art, wie er mich beim Hereinkommen angesehen hatte, hatte sich in meine Brust gefressen und mir den Atem geraubt. Hass und unfassbare Wut, gnadenloser Zorn. Jetzt ahnte ich, dass diese grünen Augen wirklich kein Erbarmen kennen konnten, aber ich hätte nie damit gerechnet, dass er so reagieren würde, wenn er mich neben Alec fand. *Es war nur Sex, nicht wahr?* Alec hatte es zwar nicht ausgesprochen, aber jeder im Raum wusste, dass es keinen Besitzanspruch auf irgendjemanden gab. Er gehörte mir nicht. Ich gehörte ihm nicht. Davies gehörte sowieso niemandem. Aber wieso hatte er mich dann so angesehen?

Davies löste sich langsam von der Wand und kam auf mich zu. Seine Hände waren feucht, als hätte er sie gerade eben erst gewaschen und nicht gründlich abgetrocknet. Seine Jeans und Stiefel waren sauber, soweit ich das sehen konnte, aber seine Oberarme trugen ein paar frische Schrammen. *Wo kam er gerade her?*

Er erreichte das Bett. Im Augenwinkel bemerkte ich, wie Alec sich auf den Sessel gesetzt hatte und die Morphiumtabletten mit dem Briefbeschwerer zermahlte.

»Hi, Beauty.« Davies verschränkte lächelnd die Arme vor der Brust, aber seine Augen blieben eiskalt.

Ich traute mich nicht, zu antworten. Irgendetwas hatte er vor und ich musste mich beherrschen, nicht vor ihm zurückzuweichen.

»Weißt du noch, wie ich darüber sprach, dass es ein paar Regeln gibt, an die du dich halten solltest, damit dir nichts geschieht?« Sein Grinsen weitete sich. Es hatte nichts mehr von dem geschmeidigen Kater, mit dem ich ihn in Gedanken verglichen hatte, sondern vielmehr von einer gefährlichen Raubkatze. *Ich wollte ganz sicher nicht das Futter sein.*

Mein Blick glitt hilflos zu Alec, der vollkommen unbeteiligt vor dem Beistelltisch saß und sich eine Line zusammenschob. So ein Arsch!

»Sieh nicht ihn an, sondern mich.«

Ich biss mir auf die Lippe und entschied mich dazu, meine stolze Seite zu zeigen. Ich reckte mein Kinn und sah Davies fest in die Augen. »Wo ist dein Problem?«, fragte ich.

Er lachte auf und führte eine lockende Bewegung mit der Hand aus. »Komm her.«

Ich dachte ja nicht einmal daran. Ich war unter der Decke halbnackt und schutzlos und ich hatte keine Lust auf das, was auch immer seine Fantasie sich ausmalte.

»Ich sagte«, knurrte er dermaßen drohend, dass es mir die Glieder durchschnitt, »beweg sofort deinen süßen Arsch Richtung Bettkante.«

Vorher wollte ich mich nicht bewegen, jetzt konnte ich es nicht mehr, weil mich die Angst packte. Scheiße auch! Wie hatte ich eine Sekunde lang glauben können, er würde mir nichts tun? Mein Gehirn ratterte, aber ich konnte mir nicht erklären, was ich falsch gemacht hatte. In der Dusche hatte es ihn doch nicht gestört, dass ich an Alec denken musste. *Wo war jetzt das Problem?!*

»Gut«, sagte er mit einem bösen Lächeln. »Du willst es nicht anders.« Er beugte sich vor und mir entwich ein überraschter Aufschrei, als er hart an mein Handgelenk griff und mich ohne große Schwierigkeiten vom Bett zu sich heran zog, dann entwich mir ein weiterer Aufschrei vor Schmerz, als er mich brutal zu Boden warf.

»Scheiße!«, schrie ich wütend. Ich war auf allen vieren gelandet, halb nackt, wie ich war. Ich hatte mir, als Davies hereingekommen und der Prinz aufgestanden war, nur schnell meinen Slip und mein Top übergezogen. »Was soll das –«

Im nächsten Moment hörte ich ein Zischen, das die Luft durchschnitt, und kurz darauf einen brennenden Schmerz auf meiner nackten Haut. Meine Knie knickten weg und ich stöhnte schockiert auf. *Nein, das hatte er nicht wirklich getan.*

Ein zweites Mal traf der Gürtel meinen Oberschenkel und ich schrie vor Schmerz auf, bevor ich mich endlich fasste und vor ihm fliehen wollte.

Aber Davies war schneller. Sein Stiefel drückte meine Hand zu Boden, damit ich nicht entkam. Wenigstens stellte er sich nicht auf meine Finger und brach sie. *Arschloch!* Ich drehte wütend meinen Kopf in seine Richtung und funkelte ihn an. Mein Hintern brannte. »Wenn du eifersüchtig bist, sag's einfach, klar!«

Er lachte laut auf und ich hörte auch Alec bei seinem dämlichen Sessel lachen.

Davies beugte sich zu mir herunter und umfasste schmerzhaft mein Kinn. Er zog mich unbequem hoch, sodass ich mich verrenken musste, den Gürtel in der anderen Hand.

»Ich habe keinen Grund, eifersüchtig zu sein, ich bekomme dich ja, wenn ich das will. Glaubst du wirklich, du bist so faszinierend, dass ich dich bestrafen will, weil du mich betrügst? Das hätte ich in der Dusche schon gekonnt.«

Sein Daumen streichelte sanft über meine Wange und ich begann, in seinem Griff zu zittern. *Was lief hier?* »Und habe es nicht getan. Nein, Prinzessin. Du wirst mir jetzt sagen, wer da verdammt noch mal im Internat auf uns gewartet hat, um uns zu erledigen. Was hast du ihm alles weitergegeben? Erzähl uns alles und noch das kleinste Detail. Dein Bruder ist verdammt jung, Beauty, wir können ihn nicht einfach ein bisschen ausfragen, bis er singt. Dafür musst *du* herhalten.«

Er stieß mich zurück zu Boden.

»Ich weiß nichts!«, zischte ich. Mein Körper schmerzte, aber die Demut verlor sich in Stolz. »Und wenn du mir die Kehle durchschneidest, ich kann dir nichts sagen!«

Er hob eine Braue. »Wenn ich dir die Kehle durchschneide, kannst du tatsächlich wenig sagen.«

»Witzig!«

Er nahm seinen Fuß zurück, sodass ich mich auf dem Teppich drehen und zurückweichen konnte. So war ich wenigstens außerhalb der Reichweite seines Gürtels. »Was hat dir Nike gesagt, woher er die Drogen hat?«

Ich kniff die Augen zusammen. »Er sagte, es seien keine echten Drogen gewesen.«

»Hm?«

»Er sagte, es sei ein Schülerstreich gewesen«, erklärte ich klar und deutlich. »›Wer hat keine Angst, ein Päckchen, das aussieht wie Kokain, bei sich zu Hause zu deponieren und es auf Instagram zu posten.‹ Eine Mutprobe.«

Davies starrte mich an. Er drehte sich langsam zu Alec, der in einer alles einnehmenden Pose den rechten Fuß auf dem linken Knie abgestützt hatte, die Arme auf den Lehnen des Sessels abgelegt, und breit zu grinsen begann.

»Eine verdammt kreative Ausrede«, sagte er anerkennend. »Das klingt so dämlich, dass ich fast geneigt bin, sie zu glauben. Hätten wir die Drogen nicht überprüft. Es war *kein* Schülerstreich.«

»Verdammt, keine Ahnung!«, fluchte ich. »Nike glaubte, es sei eine Zuckermehlmischung gewesen!«

Die beiden Männer lachten.

»Irgendjemand in diesem Raum will mich wohl gewaltig verarschen«, sagte Davies fröhlich und drehte sich wieder in meine Richtung. »Das hast du deinem Bruder abgenommen?«

»Er wusste nicht, dass es echt wahr!«, verteidigte ich ihn. »Gottverdammt!«

Er ließ den Gürtel durch die Luft schnalzen, sodass ich mich ängstlich vor ihm wegduckte. Aber er hatte gar nicht in meine Richtung gezielt.

»*Sie macht mich wahnsinnig*«, knurrte Davies.

»Weil sie keine Angst vor uns hat?«, fragte Alec interessiert. Er zündete sich eine Zigarette an.

»Ja, Chef.« Davies spuckte neben mir auf den Boden. »Wir zeigen ihr das *Royal Black* von innen, töten zwei Huren, fackeln ein Motel ab und offenbaren ihr, dass wir ständig Waffen tragen, und sie hat verdammte Scheiße *keine Angst vor uns.*«

Ich hatte Angst. Aber was brächte es mir, so wie Vic, wäre sie in meiner Situation, schreiend und heulend zu jammern? Ich hatte ihnen gesagt, dass ich nichts wusste. Mehr konnte ich nicht tun. »Was ist im Internat geschehen? Warum ist Alec verletzt?«

Davies' grüne Augen blitzten auf und ich wich noch ein Stück weiter vor ihm zurück. »Steh auf.«

»Habt ihr jemanden … getötet?«

Er machte einen Schritt auf mich zu, und bevor er mich eigenhändig in den Stand zerrte, schob ich mich selbst zügig an der Wand in meinem Rücken hoch.

»Gut«, nickte er. »Wenigstens gehorchst du. Komm her.«

Ich wurde mit jeder Sekunde wütender, aber hatte ich eine Wahl? Ich straffte meine Schultern und ging auf Davies zu, bis uns nur noch eine Handlänge trennte.

»Sieh mir in die Augen«, befahl er ruhig.

»Das tue ich«, erwiderte ich mit fester Stimme und zuckte nicht einmal mit der Wimper.

»Wem hast du gesagt, dass du mit uns wegfährst?«

»Meiner Mutter.« Was sollte das jetzt? Ein Verhör?

»Wem noch?«

»Du hast mir gestern Morgen dein Handy gegeben, damit ich im Bellagio anrufen konnte.«

»Das weiß ich«, knurrte er. »Hast du da versteckte Hinweise weitergegeben?«

Ich verengte die Augen. »Du hast das Gespräch mitangehört«, erinnerte ich ihn genervt.

»Das beantwortet meine Frage nicht«, sagte er drohend.

»Und wenn schon, dann würde ich es dir jetzt auch nicht sagen!«, warf ich ihm an den Kopf. »Was soll das, Lee? Wieso –«

Eine schnelle Handbewegung, ein zischender Aufprall, ein glühender Schmerz. Meine Augen füllten sich mit Tränen. Davies griff hart an mein Kinn und zog mich auf die Zehenspitzen zu sich hoch. Ich hatte keine Ahnung, woher er diese Kraft nahm, aber er hielt mich ohne große Anstrengung dicht vor sein Gesicht. »Es ist deine letzte Chance, ehrlich zu uns zu sein. Wenn ich herausfinde, dass du uns angelogen –«

»Habe ich nicht!«, presste ich zwischen den Zähnen hervor. Ich empfand Demütigung und Wut. Schmerz und unberechenbaren Zorn. *Er hatte mich geschlagen.*

Alec war hinter ihm aufgestanden. *Er stand da und sah zu!* Ich kochte innerlich.

»Lass mich los!«, forderte ich und drückte gegen Davies' Brust, damit er mich nicht länger wie eine gefühllose Puppe behandelte. Er hätte mich noch Hunderte Male schlagen können, meinen Respekt hatte er verloren.

»Lass das«, sagte er unwirsch und lockerte nicht im mindesten seinen Griff. Er musterte aufmerksam mein Gesicht und registrierte vielleicht die Wut und Entschlossenheit darin. Jedenfalls kam es mir so vor, denn er ließ mich plötzlich los, sodass ich kraftlos zu Boden sank, und nahm gleich drei Schritte Abstand. »Sie sagt die Wahrheit.«

Meine Wange brannte.

Alec war ernst geworden und seine Miene undurchschaubar. Hatte ich mit diesem Feigling gerade wirklich Sex gehabt? Wie konnte er es nur zulassen, dass ich derart erniedrigt wurde!

»Bist du dir sicher?«, fragte Alec langsam.

»Du bist ein riesiger Arsch«, warf ich ihm wispernd an den Kopf.

Er aschte auf den Fußboden ab, öffnete den Mund zu einer Erwiderung, schloss ihn wieder und sagte dann etwas anderes. »Bring sie raus.«

Ich glaubte es nicht! Was sollte das jetzt alles?!

Davies trat an meine Seite, aber ich machte stattdessen einen Schritt auf Alec zu. »Was heißt das, er soll mich rausbringen?«, fragte ich ihn wütend. »Er hat mich gerade geschlagen und du stehst da, und siehst nur zu!«

Er betrachtete mich emotionslos und diese Reaktion schmerzte besonders. Es war alles nur Show gewesen. Um mich rumzubekommen. Fuck! Hatte ich nur eine Sekunde etwas anderes geglaubt? »Gute Nacht, Florence«, sagte er und es war der Befehl an Davies, mich am Arm zu packen und mit sich zu ziehen.

»Wieso hast du das eben überhaupt zugelassen?!«, schrie ich ihn an, während ich zur Tür geschleift wurde. »Du denkst, du seist edel und gerecht und heldenhaft, aber stattdessen bist du nur ein riesengroßer Feigling!«

Er nahm einen tiefen Zug und verhüllte seine dunklen Augen in Rauch. »Es ist besser, wenn du das denkst, ja.«

»Idiot!«, keifte ich, bevor Davies mich durch die Tür zog und sie hinter mir zuschmiss. Er steuerte direkt auf das gegenüberliegende Schlafzimmer zu und ich war gezwungen, ihm hinterherzustolpern. Er warf mich grob aufs Bett und ging sofort wieder raus.

»Bleib liegen!«, knurrte er noch, bevor sein Rücken in der offenen Tür verschwand.

Mein Atem ging stoßweise vor Zorn. Ich konnte nicht glauben, dass all diese Dinge geschahen. Dabei war ich unschuldig! Von Anfang an! Und Nike war fünfzehn! Was auch immer er damit zu tun hatte, es hätte tatsächlich sein können, dass man ihn hereingelegt hatte.

Und statt uns zu helfen, wurde ich geschlagen. Ich zog meine Beine vor die Brust und konnte meine Tränen nicht mehr zurückhalten. Es tat so verdammt weh, hereingelegt und benutzt worden zu sein! Ausgerechnet von *ihm*! All seine Zärtlichkeit war nur gespielt? Seine Zurückhaltung nur Show? Wie damals vor fünf Jahren … Die Dinge, die er gesagt hatte, die Berührungen, die Vorsicht – Scheiße, ich war so verblendet gewesen, dass ich nicht einmal aufs Kondom bestanden hatte. Die Erkenntnis darüber grub sich in meine Magengegend und erzeugte ein schmerzhaftes Loch. Mit wie vielen Frauen machte er das? Was war, wenn ich mir sonst etwas eingefangen hatte? *Wie kam ausgerechnet* ich *darauf, jede Vorsicht zu vergessen?*

»Hier.« Davies' ruhige Stimme zerrte mich zurück in die Realität. Er hielt mir ein Kühlkissen hin. »Leg es auf deine Wange.«

»Spinnst du?«, fauchte ich. Garantiert wollte ich nicht, dass er mir half und sich irgendwie um mich sorgte.

»Beauty«, sagte er mit seiner beruhigenden Stimme, legte sich zu mir aufs Bett und strich meine Haare zur Seite. Seine Augen glänzten, als er mit einem Finger über meine gerötete Wange fuhr, dann legte er das Kühlkissen darauf. Ich traute mich nicht, mich zu bewegen, denn ich hatte Angst davor, er könnte ein weiteres Mal ausholen. »Ich kann nicht sagen, dass es mir nicht gefällt, dich so zu sehen. Aber ich hätte dich nicht schlagen dürfen, denn du hast nichts falsch gemacht.«

Ich presste die Lippen aufeinander und erwiderte nichts. *Es gefiel ihm, mich so zu sehen?* Er war krank!

»Du musst verstehen, dass alles gegen dich spricht«, sagte er milde lächelnd und berührte zärtlich mit den Fingern mein Ohr, während er weiter das Kühlkissen auf meine Wange hielt. »Du kommst freiwillig mit, versuchst nicht, zu fliehen, schluckst runter, was wir tun, und dann kommen wir im Internat an und es wird auf uns geschossen, sobald du außer Reichweite bist. Wie hätte ich da nicht denken sollen, dass du uns verraten und eine Falle gestellt hast?«

Ich hielt es noch immer nicht für nötig, etwas zu erwidern.

Davies nahm das Kühlkissen herunter. In sein Gesicht trat ein Ausdruck, der ihn noch erwachsener und reifer machte und mir das Gefühl gab, es täte ihm wirklich leid. »Ich sagte dir, es gibt Regeln, an die du dich halten musst. Ich glaubte bis eben nicht, dass du die ganze Zeit schon auf mich hörst. Entschuldigt das etwas?«

Nein. »Und was hat dich umgestimmt?«, fragte ich patzig.

Davies lachte leise auf. »Dein Stolz. Leute, die lügen, sind nicht stolz. Sie sind trotzig und widerspenstig und antworten nicht direkt, so wie du. Aber sie sind nicht stolz. Nur ehrliche Menschen erhalten sich ihre Würde, auch wenn man versucht, sie ihnen zu nehmen.« Er ließ sich auf die Bettdecke fallen und lächelte zu mir hoch. Eben noch erwachsen, wirkte er nun wie ein kleiner Junge. Seine Beine und damit auch die Stiefel hingen über der Bettkante. »Du bist so stark, das beeindruckt mich.«

»Und das schaffen ja nicht viele«, sagte ich schnippisch, richtete mich auf und legte das Kühlkissen selbst an meine Wange. Ich erinnerte mich daran, wie er mir vorm *Royal Black* den Handkuss gegeben hatte.

»Das schaffen sehr wenige«, antwortete er geheimnisvoll. »Ich frage mich, ob es einmal dazu kommen wird, dass du mich enttäuschst. Wenn du dich weiter in meiner Nähe aufhältst, könnte es dir passieren, dass du das Lügen doch noch lernst. Üb es nur niemals an mir.«

»Wenn ich weiter in deiner Nähe bleibe?«, wiederholte ich abfällig. »Wenn wir wieder in London sind und ihr diese Kokainsache aus der Welt geschafft habt, werden wir uns hoffentlich niemals wiedersehen und im *Royal Black* könnt ihr mir gerne Hausverbot erteilen, ich werde keinen einzigen Fuß mehr hineinsetzen!«

Seine grünen Augen blitzten auf. »Ich schätze, es liegt weder in meiner noch in deiner Macht, das zu entscheiden.«

Ich stieß abfällig Luft aus. »Was Alec dazu sagt, ist mir vollkommen egal!«

»Tja.« Davies richtete sich schwungvoll auf und streifte seine Stiefel ab, bevor er aufstand, sie ins Badezimmer trug und kurz darauf mit einem Handtuch im Nacken zurückkam. Er holte frische Kleidung aus seiner Tasche. »Es darf dir gerne egal sein«, sagte er beiläufig, »aber glaub nicht, dass es für irgendjemanden sonst egal ist. Kommst du mit duschen?« Er richtete sich auf und grinste anzüglich.

Ich warf mein Kühlkissen nach ihm und er fing es geschickt auf.

»Das heißt wohl nein«, sagte er zwinkernd. »Ich könnte dich zwingen, wenn du darauf bestehst …«

»Verzieh dich einfach und lass mich schlafen!«

Er zuckte die Achseln. »Übrigens schlafe ich da, wo du liegst. Wenn dir das nicht recht ist, musst du ins Wohnzimmer ausweichen.«

»Vergiss es! Das kannst du genauso gut!«

»Ja«, sagte er fast singend und verschwand im Bad, ohne die Tür hinter sich zuzuziehen. »Aber das Bett ist leider bequemer, Beauty!«

MORAL
IST EIN
MÄRCHEN.

DER DIENER

Meine Geschichte begann wie die Tausender junger Amerikaner. Ins Elend geboren, den Schulabschluss verrissen, die Navy besiegt. Ich war Soldat. Ich gehorchte. Das war leichter, als nachzudenken oder selbst zu bestimmen. Bis ich in einen Krieg geschickt wurde, der nicht meiner war, Kameraden starben, die es nicht verdient hatten, und ich der nackten Wahrheit ins Gesicht blicken musste: Ich kämpfte auf einer Seite, die übermächtig war, gegen eine andere, die davon profitierte. Und dazwischen ließen Kämpfer ihre Leben. Familien. Kinder. Männer. Frauen. Städte, Völker, Nationen, Kulturen, ganze Welten.

Ich wusste, dass ich niemandem die Augen öffnen konnte, denn das Licht schmerzte mich selbst zu sehr. Die Wut, die ich empfand, mündete in einem Gedanken, der mich als einziger noch stark machen konnte: Jemand musste dafür bezahlen. Mein Leben galt nicht mir, es gehörte nie mir. Nur dieser eine Moment, dieser Moment, der zu einer Entscheidung führte, die alles veränderte, der gehörte mir. Ich schlitzte meinem Major die Kehle auf, erstach zwei Sergeants und verschwand im rauen Land des Nahen Ostens. Mein Name war nichts Besonderes, ich fiel nicht auf. Da an dem Tag unsere Basis attackiert worden war, vermisste mich sowieso niemand. Offiziell galt ich als tot. Meine Leiche als nicht geborgen. Das Verbrechen schrieb man den Feinden Amerikas zu.

Trotzdem schien es mir immer zu riskant, nach Amerika zurückzukehren. Ein Verfolgungswahn hatte mich davon abgehalten, in einen Flieger zu steigen. Also blieb nur Europa.

In London strandete ich.

Und damit bot sich mir eine neue Aufgabe, auf die ich nur gewartet hatte.

Ich hatte Alec immer vertraut. Noch nie hatte er mir einen Grund gegeben, zu zweifeln. Der *Dark Prince* war der Kopf, ich das ausführende Organ. Aber wer ihn angegriffen hatte, konnte Alec mir nicht sagen, und zum ersten Mal stand ich einem Feind gegenüber, den ich nicht kannte. Ein Unbekannter.

Oder verschwieg Alec mir etwas?

Das Ganze musste etwas mit den Drogen zu tun gehabt haben, aber was? Gut möglich, dass Florence' Bruder über einen anderen Mitschüler oder einen Lehrer an das Koks gelangt war, aber warum gleich ein halbes Kilo? Wo er doch als Dealer niemandem in London bekannt war? Nike Reids. Der Junge war ein unbeschriebenes Blatt. Hatte man ihn deshalb eingespannt und benutzt?

»Hat jedes Tattoo seine Geschichte?«

Ich drehte mich um.

Florence stand gegen die Duschwand gelehnt und betrachtete meinen nackten, nassen Körper. Ihre Miene war ernst, ihre Wange noch immer leicht dunkel.

»Ja.« Ich spülte mir ein letztes Mal die Haare aus und drehte anschließend den Wasserhahn zu.

Stille.

»Welches ist dein liebstes?«

Ich wusste nicht, ob ich sie ins Bett zurückschicken oder über ihre Unverfrorenheit lächeln sollte. Ich entschied mich für einen ganz anderen Weg und näherte mich ihr, nackt wie ich war, bis ich vor ihr stand. »Welches ist dein liebstes?«

Sie lachte laut los. »Hast du mich das gerade wirklich gefragt?«, prustete sie und kriegte sich gar nicht mehr ein. »Du bist manchmal echt süß!«

Ich verdrehte die Augen und griff nach einem Handtuch. Wie lange stand sie schon hier und hatte mich beobachtet? »Was willst du?«, fragte ich unwirsch.

Sie wurde wieder ernst. »Ich möchte wissen, warum ich dich nicht einfach hassen kann. Denn du bist genauso schlimm und noch schlimmer als er. Und trotzdem …«

Ich hob eine Braue, aber der Rest des Satzes kam ihr offenbar nicht in den Sinn. Scheiß drauf. Ich schob sie beiseite und ging zum Waschbecken. Das Handtuch legte ich ab. Warum sollte ich es nur ihretwegen um die Hüfte legen? Offensichtlich hatte sie Gefallen daran, mich anzugaffen, also sollte sie es auch tun. »Meine Tattoos haben alle eine Geschichte, aber die meisten habe ich vergessen.« Ich griff nach Rasierschaum und Rasierer.

»Verdrängst du das, was du tust?«

Ich hielt mitten in der Bewegung inne und starrte sie über den Spiegel an. »Lass mich raten, du wolltest immer Psychologie studieren.«

»Geschichte.«

Das brachte mich zum Schmunzeln. *In der Vergangenheit leben. Bloß nicht in der brutalen Realität.* »Warum sollte ich verdrängen, was ich tue, Prinzessin? Ich sehe keinen Grund, Reue zu empfinden.«

Sie biss sich auf die Unterlippe und in ihren Augen blitzte erneut die Wut auf, die ich nun schon von ihr kannte. Es musste wehtun, als Frau Männern ausgeliefert zu sein, wenn man keine Selbstverteidigung beherrschte, und ich konnte nachvollziehen, was sie daran so verletzte, dass ich sie geschlagen hatte. Aber es war das Gesetz des Dark Prince, ein einzelnes Schicksal nie vor das der Masse zu stellen, und wenn Florence uns tatsächlich angelogen hatte, stünden durch ihren Verrat Hunderte anderer Leben auf dem Spiel.

Nicht auszudenken, was geschehen wäre, wenn Alec wirklich erschossen worden wäre. Nicht, weil sein Leben mehr galt, sondern weil er so viele beschützte und nicht einmal ich oder irgendwer sonst ihn ersetzen konnte. Es ging immer ums große Ganze. Die Kleine hatte keine Ahnung von dem Krieg, den wir führten und der schon ewig währte. Sie ein bisschen einzuschüchtern, um keine Zeit zu verlieren, gehörte zum Arbeitsalltag, mochte sie noch so schön und anziehend sein.

Ich fragte mich kurz, ob ich es ausgehalten hätte, sie zu bestrafen, wäre sie wirklich eine Verräterin. Dieser Gedanke ärgerte mich, denn keine Frau durfte jemals die Macht haben, mich zu beeinflussen. Dennoch war ich froh, dass ich ziemlich sichergehen konnte, dass Florence die Wahrheit sagte – oder vielleicht wollte ich die Lüge nicht entlarven?

Ich stellte den Rasierschaum zurück und griff schließlich doch nach dem Handtuch, um es mir um die Hüfte zu legen. »Manchmal wünsche ich mir, ich könnte Gedanken lesen«, gestand ich ihr und lockte sie mit einer Handbewegung näher. Sie blieb natürlich, wo sie war. »Dann könnte ich dir beantworten, warum du nicht schreiend davonläufst, denn ich habe wirklich keine Ahnung, warum du es nicht tust.«

Ihre Augen wurden glasig. Sie sehnte sich nach dem Schutz, den ich ihr am Anfang versprochen hatte, und hasste sich selbst dafür. Aber warum? Was brachte sie dazu, ausgerechnet mir zu vertrauen? Ich war ehrlich – und spielte ihr nichts vor. Allein das waren zwei Gründe, weshalb sie schreiend davonlaufen sollte. Außer sie stand in irgendeiner Weise darauf, dominiert und geschlagen zu werden – aber diesen Anschein erweckte sie nicht. Oder?

»Komm her«, wiederholte ich. »Ich zeige dir, wie du dich auch gegen jemanden wie mich wehren kannst.«

»Was hast du vor?« Zögernd trat Florence näher.

»Bei einem guten Kampf zählen Schnelligkeit oder Stärke. Du hast keine Stärke, also musst du schnell sein. Wenn ich meine Hand hebe, hast du nur eine Chance.« Ich ließ meine

Knöchel knacken, bevor ich zum Schlag ansetzte. »Du musst dich wegducken.«

Ich ließ meine Hand in Richtung ihrer Wange fallen und sie duckte sich gerade rechtzeitig weg.

»Das ist deine Chance«, erklärte ich weiter und hielt mitten in der Bewegung inne. »Du kannst nach meiner Hand greifen und ohne große Anstrengung in diesen Punkt drücken.« Ich zog an ihrem Handgelenk und positionierte ihre Finger so, dass sie nur zuzudrücken brauchte, damit es schmerzte. Sie tat es. »Genau.«

»Es scheint dir überhaupt nicht wehzutun«, stellte sie enttäuscht fest.

Ich lachte. Es tat verdammt weh. »Ich bin Schmerzen gewöhnt. Wir üben das noch mal.« Ich schüttelte ihre Hand ab, holte aus und sie duckte sich. Etwas zu langsam, aber schnell genug für die erste Übung, griff sie beim Ducken nach meiner Hand und legte ihre Finger so, dass sie mir wehtun konnte. »Normalerweise würde mich deine Reaktion überraschen. Die eine Sekunde reicht, um mir in die Eier zu treten und zu verschwinden.«

»Und hätte es etwas gebracht?«, fragte sie zweifelnd und ließ mich wieder los. Wie gewohnt hatte sie keine Hemmungen, in Slip und Top vor mir zu stehen. Fast nackt. »Du hättest mich wieder eingefangen.«

Ich zuckte die Achseln. »Mit etwas Glück hättest du es bis in die Lobby geschafft. Wir hätten dich von dort nicht so gut wegholen können. Problem ist, dass der Prinz nur zu pfeifen braucht, und jede Bullerei wird ihm gehorchen.«

»Na toll«, machte sie abfällig.

Ich griff an ihr Kinn und zog es leicht zu mir hoch. »Du sollst ja auch nicht uns austricksen. Wir sind die Guten. Und zum Glück hast du gegen uns keine Chance. Aber bei jedem anderen wirst du deine restliche Angst vergessen und fliehen. Du kannst das. Je besser, desto freier wirst du dich fühlen.«

»Zeig mir noch mehr«, wisperte sie.

»Also gut.« Ich drückte sie herum an den Waschtisch. Ihre Handgelenke fest unter meinem Griff, ihr Körper ganz nah. Florence' Atem ging stoßweise, als ich sie immer stärker einkeilte, sodass sie sich nicht bewegen konnte. *Sie stand drauf.* War es tatsächlich das, was mich an ihr faszinierte? »Kannst du dich bewegen?«

Sie schüttelte den Kopf. Was sie auch versuchte, sie konnte weder ihre Beine rühren, da ich zwischen ihnen stand und sie an den Waschtisch drückte, noch ihre Arme, die ich festhielt, und auch nicht ihren Oberkörper.

»Denk nach«, raunte ich. »Was kannst du tun? Nutz die Chance, die du nie wieder haben wirst, und lerne die Situation kennen. Ich bin stark, aber du kannst deine Schwäche nutzen.«

Sie versuchte, an ihrem rechten Arm zu ziehen, aber das brachte mich nur dazu, noch fester zuzudrücken.

»Was kannst du bewegen, Florence?«, fragte ich drängender.

Sie hielt still und überlegte. Ich spürte, wie ihre Muskeln arbeiteten. Florence testete aus, wo sie Möglichkeiten spürte, zu entkommen. An ihren Beinen, den Füßen, der Hüfte, den Handgelenken, der Brust … Dabei sah sie mir fordernd ins Gesicht und blieb hochkonzentriert. Ich musste den Gedanken beiseiteschieben, dass sie tatsächlich keine Chance gegen mich hatte und ich sie nur herumzuwerfen brauchte, um ihren Slip zu zerreißen …

»Ich kann absolut gar nichts bewegen«, keuchte sie.

Und genau das fühlt sich gut an, dachte ich.

»Nur meinen Kopf«, stellte Florence fest.

»Nutz ihn«, raunte ich.

Sie biss sich verführerisch auf die Lippe und zögerte kurz, dann schnellte sie vor und tat das Einzige, womit ich nicht gerechnet hätte. Sie küsste mich.

Streifte mit ihrer Zunge meine Lippen, drang in meinen Mund vor und blieb zärtlich und sanft, anstatt auf die Idee zu kommen, mich zu beißen. Ich schmeckte das Verlangen auf ihren Lippen und wurde hart. Viel zu hart dafür, dass ich weder die Erlaubnis hatte noch es besonders schlau war, das hier zu tun. Sich verführen zu lassen, ohne es zuvor selbst bestimmt zu haben.

In der Dusche im Motel war ich einem klaren Befehl gefolgt.

Alec hatte *gewollt*, dass ich Florence tröste. Ich durfte alles mit ihr tun, was ihr half. Sex eingeschlossen.

Jetzt … hatte ich keinen Befehl.

Ach, scheiß drauf. Ich ließ ihre Handgelenke los, schloss sie dominant in eine Umarmung, verließ ihren Mund, und leckte über ihren Hals. Sie schmeckte nach Salz, leichtem Schweiß, und dass sie mich ebenso begehrte wie Alec, machte mich verdammt an.

Florence seufzte in meinem Griff auf und ließ sich nach hinten sinken. »Oh, Davies«, stöhnte sie und griff mit ihren freien Händen an meine Schultern, streichelte meine festen Oberarme.

Ich wollte sie ficken. Auch wenn alles dagegensprach, ich musste es tun.

Um ein Kondom vom Waschtisch zu greifen, nahm ich Abstand, und sie erwischte mich kalt. Florence zog ihr Knie hoch und traf mich mitten in die Eier.

»Verdammt!«, brüllte ich und zuckte zusammen. Nicht genug, sie holte aus und gab mir eine ordentliche Backpfeife, bevor sie wendig entglitt und zur Tür eilte.

»Schlag mich nie wieder, Wichser!«

Auch wenn mein Schritt höllisch schmerzte, war meine Wut gepackt. Mit zwei ordentlichen Schritten war ich bei ihr, zog sie am Handgelenk zurück ins Bad und knallte die Tür in ihrem Rücken zu. Ich drängte sie gegen das Holz und verspürte ungemeine Lust, sie zum Sex zu zwingen und ihr zu zeigen, wem in diesem Raum man lieber nicht in die Eier treten sollte.

»Das war schon ganz gut«, sagte ich anerkennend und lächelte kühl. Wieder keilte ich sie ein. Dieses Mal spreizte ich ihre Beine mit dem Knie und hielt ihre Arme in einem Kreuz über ihrem Kopf fest. So konnte ich perfekt an ihre Brüste gelangen, und ich überlegte nicht lange und tat es. Ich schob ihre Hände zusammen, hielt sie mit einer Hand fest und riss ihr Top herunter.

»Lass mich los!«, fluchte sie. »Ich will nicht mehr üben.«

»Das ist keine Übung«, murmelte ich an ihren Titten, nahm ihren rechten Nippel in den Mund und biss schmerzhaft darauf, sodass sie aufschrie. Ich sah wieder hoch in ihr Gesicht. Der Schmerz befriedigte mich. »Du hättest entkommen können, wärst du nicht so dumm gewesen, mir noch eine Backpfeife zu geben.«

»Du hast sie verdient«, zischte sie.

»Wir bekommen nie, was wir verdienen«, sagte ich lächelnd und umfasste ihre linke Brust. »Willst du das hier etwa nicht? Warum bist du mir sonst in die Dusche gefolgt, wenn du nicht mehr von mir willst?«

»Ich konnte nicht schlafen!«, log sie.

Ich zwickte ihre Brustwarze und sie stöhnte gequält. »Und was habe ich dir übers Lügen erzählt, Beauty?«

Sie presste die Lippen aufeinander und antwortete nicht. Ihr Atem ging stoßweise, getrieben. Sie wollte es, aber sie traute sich nicht, dazu zu stehen. Die kleine brave Florence wollte eben keine Schlampe sein, die es in einer Nacht gleich mit zwei Männern trieb, aber darauf konnte ich keine Rücksicht nehmen.

Mit eisernem Griff zog ich sie herum und drückte Florence auf den Ablagetisch, der sich neben der Dusche befand. Mit der Brust nach vorne, den Hintern in meine Richtung. Wir stießen dabei die Vase zu Boden und ich fragte mich unwillkürlich, wie laut wir sein konnten, damit Alec uns nicht bemerkte. Ich fasste an Florence' Kinn und drehte es in meine Richtung.

»Willst du es?«, knurrte ich. Ich *musste* ihr die Wahl lassen. Wenn ich nicht die richtige Antwort bekam, würde Alec mich töten. Er hatte es eben schon kaum ertragen, dass ich sie geschlagen hatte.

Sie blieb stumm in meinem Griff und sah mir wütend funkelnd in die Augen.

Wir lieferten uns ein Blickduell.

Komm schon, Beauty. Sag es.

Sag es.

Sie musste meine Härte an ihrem Arsch spüren. Sie wusste, dass ich nur darauf wartete, sie zu besitzen. *Trau dich.*

Trau dich.

Trau dich.

»Tu es«, presste sie zwischen den Lippen hervor.

Erlösung durchfuhr mich. Ich schob ihren Slip nach unten und drückte meinen Schwanz zwischen ihre Beine. »Willst du es?«, wiederholte ich tiefer, hatte meine Stimme kaum unter Kontrolle. Ich wollte sie hart ficken, und zwar sofort. Es würde mit Abstand nicht so zärtlich werden wie in der Dusche im Motel. *Sondern viel besser.*

»Ja«, brachte sie kaum hörbar über die Lippen und ich stieß ihren Kopf sofort zurück. Es musste herrlich unbequem für sie sein, so vor mir auf dem Ablagetisch zu liegen. Die Kanten gruben sich in ihre weiche Haut, ihr Gesicht lag auf kaltem Glas.

Ich zog mir das Kondom über, das ich die ganze Zeit über in der Hand gehalten hatte, und glitt mit meinen Fingern in ihre Fotze. *Sie war so verdammt feucht, dass mich gar nichts mehr wundern sollte.*

»Du bist so übertrieben nass«, zischte ich und beugte mich an ihr Ohr. »Stehst du drauf, eine kleine Bitch zu sein?«

»Ich bin keine –!«

Ich legte ihr eine Hand fest auf den Mund und schob ihren Slip tiefer. Schnell stieß ich meinen Schwanz in ihre Öffnung und zog ihn sofort wieder zurück. Sie stöhnte in meine Finger, ich glitt wieder hinein.

»Gefällt dir das, ja?«

Keine Antwort, die ich hätte verstehen können.

Ich ließ meine Hand auf ihren Arsch niederschnellen, sodass der Aufprall durchs Badezimmer knallte, und sie zuckte erregt unter mir zusammen.

»Noch mal?«, fragte ich, wieder dicht an ihrem Ohr. Meine Handfläche knisterte elektrisiert, ihre Haut musste brennen.

Florence konnte nicht antworten, aber sie sah trotzig zu mir hoch, und ich schlug ein zweites Mal zu. Dann ließ ich ihren Mund los, weil ich ihr Stöhnen hören wollte, und drang hart in sie ein.

Sie schrie spitz auf. Quälend langsam begann ich, mich in ihr zu bewegen, und kostete die Geräusche aus, die ich ihr entlockte. Das Gefühl zwischen Schmerz und Lust nahm sie gefangen und trug sie fort.

»Halt dich fest«, befahl ich ihr und drückte ihre Hände nach vorne, sodass sie sich an der Kante des Ablagetisches festhalten konnte, dann begann ich, sie immer tiefer und schneller zu ficken, und unterbrach die Bewegungen nur für einen Schlag mit der flachen Hand auf ihre nackte Haut. »Wie war das?«, fragte ich grinsend. »Ich soll dich nicht mehr schlagen?«

»Du sollst die Klappe halten!«, stöhnte sie gegen das Glas und ich befolgte ihren Rat nur zu gerne. Wenn sie keinen Dirty Talk abkonnte, musste ich keinen halten; ich konzentrierte mich einzig und allein auf den Fick, ihren glühenden Körper zwischen meinen Händen und ihr süßliches Stöhnen, das mich antrieb.

»Willst du kommen?«, fragte ich.

»Gott, ja!«, schrie sie beinahe.

Ich musste grinsen, als ich das Tempo etwas zurücknahm und mit gemächlichen Bewegungen in sie stieß, um sie Richtung Höhepunkt zu treiben. Ich spürte, wie er sich in ihr anbahnte und sie vollständig die Kontrolle über ihren Körper verlor, dann zog ich mich zurück.

»Was zur Hölle«, keuchte sie wütend und wollte sich aufrichten.

Aber ich drückte ihr eine Hand auf den Rücken und hielt sie unten. »Bleib liegen.« Ich glitt mit einem Finger in ihre Pussy und befeuchtete meine Hand, dann wanderte ich hoch zu ihrem Loch und weitete es drängend.

»Ich will das nicht!«, stöhnte sie.

Ich schlug noch einmal auf ihren Arsch, sodass es angenehm unter meiner Handfläche zwirbelte und sie keuchend aufschrie. »Du willst 'ne ganze Menge nicht, Beauty, und wartest doch nur darauf.«

»Davies!«, stöhnte sie warnend.

Ich verdrehte angespannt die Augen und trat einen ganzen Schritt zurück. »Los, hau ab.«

Mir entging nicht, wie sie schluckte.

»Geh zurück zu ihm. Er ist bestimmt ganz lieb.«

Sie rührte sich keinen Millimeter.

Und schon war ich wieder bei ihr. »Du musst mir nicht dein O. K. geben, dich in den Arsch zu ficken, aber du musst schon aufstehen, wenn du es nicht willst.«

Sie atmete bebend ein und gab keinen Ton von sich. Nicht aus Angst. Das wussten wir beide.

»Soll. Ich. Dich. In. Den. Arsch. Ficken?«, raunte ich. »Während dein anderer Kerl, mit dem du heute im Bett warst, nebenan ist? Ja oder nein?«

»Mach einfach«, stöhnte sie. »Ich will wissen, wie es sich anfühlt.«

Dieses Geständnis musste sie einiges an Überwindung gekostet haben. Sofort presste ich ihr die Hand zurück auf den Mund, da ich bereits ahnte, dass sie schreien würde, wenn ich sie jetzt sofort nahm, ohne sie weiter vorzubereiten, aber ich konnte es nicht mehr abwarten.

Mit einem brutalen Stoß drang ich in ihren Arsch ein und ließ mich von ihr ausquetschen. Ihr Stöhnen war mehr Schmerz als Lust, aber eben das erregte mich ins Unermessliche und ich fickte sie in ihr verbotenes Loch, solange, bis sich ihr Körper endlich vor Verlangen unter mir wand.

»Es ist so gut!«, stöhnte sie gegen meine Hand. »Bitte, Davies …«

Sie wollte, dass ich sie vorne streichelte, aber das würde sie nicht so leicht bekommen. Ich riss Florence an ihrem Haar zu mir hoch und leckte über ihr Ohr, bevor ich leise hineinsprach. »Fleh lauter. Was willst du?«

»Bitte …«

»Sprich es aus.«

»Lass mich kommen!«

»Während ich dich in deinen Arsch ficke? Das willst du?«

»Ja!« Sie drehte ihren Kopf so weit, dass sie mich ansehen konnte, und der darin gespiegelte Trotz, gepaart mit unbändiger Lust, ließen mich endlich abspritzen. Während ich in ihr kam, legte ich eine Hand auf ihre Perle und massierte sie mit sanftem Druck. Ich zog ihre Hüfte zu mir heran, um meinen Schwanz so tief wie möglich in ihr zu vergraben, und bewegte mich langsam in ihr, um den Fick loszulassen.

Ich verlor kurz meine Sinne, musste die Augen schließen und genießerisch rekapitulieren, was gerade geschehen war. Dann stöhnte sie tief befriedigt auf und kam zwischen meinen Fingern.

Verdammt zufrieden ließ ich ihre Haare los und sie sank zurück auf den Tisch. Reglos blieb sie liegen, als hätte sie Angst, dass ich mich zu früh aus ihr zurückzog.

Scheiße.

Ich hatte gerade die Prinzessin gefickt. Und zwar ohne Erlaubnis.

Ohne Befehl des Dark Prince. Wie hatte Florence das erreicht?

Wütend über mich selbst löste ich mich von ihr und schmiss das benutzte Kondom ins Klo.

Florence richtete sich auf, tat so, als würde sie keinen Schmerz empfinden, und funkelte mich herausfordernd an. Sie verschränkte die Arme vor der Brust. »Und? Kriegst du jetzt Ärger?«

Ich lachte irritiert auf. *Das war der Nagel in meinem Kopf.* Locker trat ich wieder näher, griff in ihr Haar und zog ihren Kopf zu mir. Ganz langsam neigte ich mich zu ihr herunter und küsste sie auf den Mund. Hart. Ohne viel Gefühl. »Der Prinz ist zu edel für Gefühle wie Eifersucht und nicht interessiert genug an dir, um mich deswegen zu entlassen. Aber was mit dir ist …« Ich grinste. »Ich habe keine Ahnung, ob er dir dein schlampiges Auftreten verzeiht.«

Florence hob blitzschnell die Hand, doch ich war schneller. Ich hielt sie fest, bevor sie meine Wange treffen konnte und neigte lächelnd den Kopf.

»Du gefällst mir mit jeder Sekunde mehr, Beauty. Wenn du morgen noch gerade laufen können möchtest, solltest du deine durchtriebene Zunge und deine schöne Hand zurückhalten.«

Sie entriss sie mir. »Ich geh ins Bett«, antwortete sie schnippisch und stolzierte hinaus.

Ich blieb zurück, denn ich brauchte noch ein paar Minuten Abkühlung, ehe ich mich zu ihr ins Bett legen konnte.

Denn dort durfte ich sie auf keinen Fall anrühren.

Ein Ausrutscher war schlimm genug. Das durfte nicht zur Gewohnheit werden.

TUNK MICH IN
EINEN BRUNNEN AUS
PECH UND ICH
TRAGE MEINE DUNKLE
SEITE MIT STOLZ.

Pechmarie und Goldmarie

FLORENCE

Ich erinnerte mich nicht an meine Kindheit. Und schon gar nicht an meinen Vater. Er war ein Gesicht, das unter so vielen anderen unterging. Wo auch immer er abgeblieben war – vielleicht war er tot –, es bestand zumindest die Wahrscheinlichkeit, dass er meiner Tante ähnlich gesehen hatte. Sie war ein paarmal in meine Schule gekommen, um meine Leistungen zu überprüfen, und hatte nie wirklich mit mir gesprochen. Als ich ihr dann sagte, dass ich nicht studieren würde, solange Nike nicht dieselbe Chance bekam wie ich, hatte sie wutentbrannt den Kontakt abgebrochen und ich hatte nie wieder mit ihr gesprochen.

Sie hasste meine Mutter; meine Mutter, meinen Bruder und Engländer generell. Was sie wohl dazu sagen würde, dass ich mich mit zwei von ihnen gleichzeitig einließ …? Gut, der eine war so gesehen Amerikaner, aber ich glaubte nicht, dass sie da einen großen Unterschied machen würde.

Es dämmerte draußen und ich lag schon eine ganze Weile wach.

Davies hatte seinen Arm in meine Richtung ausgestreckt und schlief tief und fest. Seine Hand berührte meine Schulter und ich glaubte, mich daran zu erinnern, dass er mich in der Nacht umarmt hatte. Aber das könnte genauso gut nur ein Traum gewesen sein. Sobald ich daran dachte, wie er mich gestern Nacht dominiert hatte, begann ich, innerlich zu glühen, und ich wusste nicht, ob ich mich schämen oder begehrt fühlen sollte. *Auf jeden Fall hatte er es geschafft, dass ich die halbe Nacht mit einem unbefriedigten Gefühl im Bett gelegen hatte, da er mich nicht mehr anrühren wollte.* Warum?

Mit Alec hingegen hatte ich definitiv noch eine Rechnung offen – wobei es vermutlich am besten war, ihn für mein restliches Leben zu ignorieren.

Als ich mich umdrehte, um den Stand der Sonne zu überprüfen, verflüchtigte sich dieser Entschluss wie Nebel zwischen meinen Fingern und mein Herz machte entsetzliche Hüpfer.

Alec stand auf dem Balkon, der die drei Zimmer miteinander verband, und sah zu uns herein.

Zu mir.

Er trug seine Lederjacke, Jeans und feste Schuhe, als wollte er jederzeit aufbrechen.

Wir sahen uns eine Weile an, obwohl ich nicht sicher sein konnte, ob er mich wirklich durch das Glas erkannte, dann stand ich auf. Warum nicht jetzt mit ihm sprechen? Ich konnte zwar nicht darauf zählen, dass Davies sich in irgend einer Weise vor mich stellte – so wie sich das schwache Mädchen in mir das wünschte – als Beschützer –, aber mit dem arroganten Prinzen wurde ich auch allein fertig.

Ich holte mir eine Jogginghose und ein Sweatshirt aus meiner Tasche und streifte beides über, bevor ich mich der Balkontür näherte und schließlich nach draußen trat.

Um Davies nicht zu wecken, zog ich die Balkontür wieder hinter mir zu.

Alec klopfte gerade eine Zigarette aus seiner Schachtel hervor und steckte sie sich zwischen die Lippen. Er sah erholt aus, körperlich. Seine Lippen hatten Farbe, sein Stand war aufrecht. Nur seine Augen glichen schimmernden Höhlen, die mich wie gewohnt in die Tiefe zerrten.

Er zündete die Zigarette an und hielt sie mir anschließend hin.

Fuck. Ich hatte Schmacht. Also nahm ich sie, was schon der erste Fehler war. *Ich durfte ihm den gestrigen Abend nicht verzeihen.* Wieso hatte er zugelassen, dass Davies mich schlug? Vertraute er mir nicht? Oder war das nur ein Vorwand gewesen? Genoss er es vielleicht sogar, wenn sein Diener mich quälte?

Ich lehnte mich gegen die Glasscheibe und vergrub meine freie Hand in der tiefen Tasche meines Sweaters.

»Du frierst«, behauptete Alec und ließ seinen Blick über mein Outfit gleiten.

»Nein.«

Er hob zweifelnd eine Braue. »War es so gut, dass du noch immer glühst?«

Fuck. Ich blieb cool. »Warum erklärst du mir nicht lieber, warum du mir nicht geholfen hast?«

»Ich hätte dir helfen sollen? Aber Davies hast du doch bestimmt schon verziehen, oder? So, wie ihr daliegt und kuschelt.«

Ich reckte das Kinn. »Das ist etwas anderes.«

»Ach ja? Weil er darf ja das sadistische Arschloch sein, aber ich, ich bin ein Ritter in weißer Rüstung und soll dich vor allem Schlimmen bewahren? Deine Doppelmoral ist reiner Hohn.«

»Ich wusste überhaupt nicht was abging und du hast mich nicht darüber aufgeklärt! Du hast die ganze Zeit so getan, als wärest du ... als würdest du mir vertrauen. Und dann kam plötzlich Davies rein und hat mich geschlagen, als wäre es zwischen euch abgesprochen gewesen! Das ist keine Doppelmoral. Das ist ... Betrug.«

Alec seufzte und stützte seine Unterarme auf dem Balkongeländer ab. »Betrug. Niedliches Wort.« Alec steckte sich selbst eine Kippe an, inhalierte den Rauch und stieß ihn aus, sodass eine Rauchwolke seine ebenen Züge verbarg. »Ich stelle ein einzelnes Schicksal nie über das von der großen Masse. Davies war sich nicht sicher, ob du uns angelogen hast, also wollte er dich dazu bringen, dass du endlich gestehst. Das hat ja nichts damit zu tun, dass ich große Lust hatte, dich zu ficken.«

»Ah, es war also nur ein Fick.«

Ein kurzer Seitenblick in meine Richtung. »Ja. Genau.«

»Ist das das Morphium?«, fragte ich zweifelnd. »Oder glaubst du wirklich, ich würde dir diese Lüge abnehmen?«

Alec aschte ab und lachte. »Ah, es war also kein einfacher Fick, hm? Aber es sollte einer sein, wenn du doch nur ein paar Minuten später, meinen Diener an dich heranlässt.« Sein Blick röntgt mich. Er wusste so viel über gestern Nacht, als hätte er danebengestanden, und mir wurde übel vor Scham. *Verdammt!* »Tja, Florence. Wer ist jetzt wem eine Erklärung schuldig, hm?« Er streckte eine Hand nach mir aus und fuhr über meine Wange, als würde er dort noch immer den Abdruck von Davies' Hand darauf erkennen. »Sag mir. War es geil? Zu wissen, dass du uns beide gegeneinander ausspielen kannst, indem du uns nacheinander vögelst?«

Ich biss mir auf die Lippen. Ich wollte seine Berührung genießen. Ich wollte es nicht. Ich hasste ihn. Ich war ihm verfallen. So ein Scheiß! Seine Zigarette glühte an meiner Wange und etwas machte sich in meinem Magen breit, das tatsächlich an Schmetterlinge erinnerte, die allerdings kurz davor waren, vor Scham zu ersticken.

»Du brauchst dich nicht zu schämen«, fuhr er fort. »Ich wäre gerne dabei gewesen. Dann hätte ich keine Angst haben müssen, dass er dir etwas antut.«

»Ich will dich nie wieder irgendwo dabeihaben«, raunte ich mutig. »Du hast zugelassen, dass Davies mich geschlagen hat. Und du wusstest, dass ich nicht gelogen habe.«

Er sah mich rätselnd an. »Woher?«

»Du hast mit mir geschlafen! Mir das Gefühl gegeben, du wärst in mich verliebt!« Gott! Scheiße! Ich wich vor ihm zurück, schlug mir die Hand vor den Mund und mir wurde das alles so unangenehm, dass ich mich am liebsten übergeben wollte. Hatte ich gerade wirklich ›verliebt‹ gesagt? Alecs ungläubigem Gesichtsausdruck nach zu urteilen, hatte ich das. Ich musste mich erklären. Sagen, was ich meinte, jetzt führte kein Weg mehr daran vorbei. »Dass du mir all diese Dinge gesagt hast, schön und gut.« Ich versuchte, mich zu sammeln. »Aber das Ganze … hinterher … im Bett …« Unmöglich, ihm das zu erklären. Sollte er doch bitte selbst darauf kommen, was mich störte. Meine Zigarette war erloschen. Shit. »Gib mir dein Feuerzeug«, sagte ich fordernd und streckte die Hand aus, ohne ihn anzusehen.

Er holte es aus seiner Hosentasche und gab es mir, vermutlich schaute er wie eben gerade noch immer ungläubig. »Florence.«

Scheiße! Mir wäre es lieber, er würde mich ganz unpersönlich ›Baby‹ nennen.

»Davies wird dir doch erklärt haben, warum es nötig war?«

»Er schon, aber du nicht!«

Seine Miene blieb ernst. So ernst und dunkel und bitter, wie ich sie vielleicht noch nie erlebt hatte. »Ich kenne mich nicht mit Verhören aus. Ich kann nicht alles. Wozu habe ich meine Leute? Was denkst du eigentlich, was passiert wäre, wenn du gelogen hättest?«

»Ich habe nicht gelogen.«

»Meine Regierung ist rau!«, erinnerte er mich laut. »Siehst du das nicht? Meine Sprache ist brutal, nur so funktioniert sie. Normalerweise reagieren wir auf einen Verrat mit den äußersten Mitteln. Und dich hätte es ebenso treffen müssen wie alle anderen. Ich kann keine Ausnahme machen, nur weil du schön und manchmal sogar ganz klug bist.«

»Warum redest du plötzlich so geschwollen?«, fragte ich genervt. Dasselbe hatte mir Davies gestern Abend auch gesagt. Ich war also nichts Besonderes. Aha.

Alec fuhr sich angestrengt durch die schwarzen Haare und sah Richtung Fenster. Davies schlief noch immer. »Gerechtigkeit, Gleichheit. Ich habe nie eine Revolution angeführt, aber ich vertrete trotzdem ihre Werte. Vielleicht ist es ja bald auch so weit. Vielleicht bin ich bald derjenige, der vor dir steht und eine Fahne schwingt. Insofern kann ich mir *Fehler nicht erlauben.* Und daher hat dich Davies so behandelt wie alle sonst, die ein halbes Kilo kolumbianisches Kokain anschleppen, nicht erklären können, woher es kommt, und uns vermeintlich in eine Falle locken.« Er warf seine Zigarette auf die Steinfliesen und trat sie aus. Etwas länger als nötig. »Wenn ich Entscheidungen treffe, dann behalte ich *immer* im Hinterkopf, welche Seite profitiert und wie viele auf dieser stehen. Wenn du leiden musst und Hunderte andere gerettet werden können, weil man die Bandenkriege mit den richtigen Informationen an der Hand unterbinden kann, dann trifft es dich. Nicht sie. Auch wenn das *eine* eine unbekannte Masse ist.« Er sah auf und ich spürte, wie ich vor seinem dunklen Blick zurückwich. Ungewollt, unbeabsichtigt, aber mein Körper tat es. »Und ich *dich* kenne.«

»Wovon sprichst du?«, fragte ich stimmlos. Ich hielt die Zigarette in meiner Hand umklammert.

Er trat näher, zog sie aus meiner Hand und warf sie über die Brüstung. »Davon, dass du keine Ahnung hast, wer hier wirklich vor dir steht.« Wieder legte er seine Hände an meinen Hals. Seine Augen glitten über mein Gesicht und blieben an meinen Lippen hängen. »Wenn das hier ein Märchen wäre, würde ich dich zu meiner Cinderella machen. Wenn mein Leben nicht davon abhinge, dass ich weitermache wie bisher, würde ich dich mit in dieses Schloss nehmen, auch mit weißem Pferd, wenn du dir das wünschst.«

Ich lächelte ironisch. »Du meinst, wenn du nicht der Dark Prince und ein Arschloch wärst, gäbe es für uns ein ›Und wenn sie nicht gestorben sind‹?«

Er lachte leise, bevor er den Kopf senkte. Sein Atem traf

meine Lippen und ich sehnte mich danach, dass seine mich berührten. Wieso hatte ich ihm so schnell verziehen? Hatte ich ihm verziehen? Oder war ich einfach nur vollkommen durcheinander?

»Wenn du einen Wunsch frei hättest, welcher wäre das?«, fragte er rau.

»Drei weitere.«

Er schmunzelte. »Und welcher wäre der erste?«

»Du könntest mir die Kugel vom Boden des Brunnens wieder heraufholen.«

»Und der zweite wäre wohl, dass ich bei dir einziehe und in deinem Bettchen schlafe, was?«

»Und der dritte, dass du mich küsst.« Die Worte stolperten aus mir hervor und ich wusste selbst nicht, warum ich sie sagte. Das wollte ich ja eigentlich gar nicht! Nicht nach gestern Nacht! Nicht, nachdem ich wusste, dass er aus einfachen Küssen eine riesige Bedeutung machen konnte.

»Willst du wissen, was mein Wunsch wäre?«

Ich atmete ihm ins Gesicht. »Ja.«

»Dass es keine Prinzen und Könige mehr gibt«, antwortete er geheimnisvoll, bevor er meinen Mund mit seinen Lippen verschloss. Verlangen loderte in mir auf, ein Kribbeln entstand in meinem Körper. Fuck. Seine Lippen strichen sanft über meine Haut und seine Zunge war zärtlich und gefühlvoll. Ich wehrte mich nicht. Die Schmetterlinge tanzten. Ich hasste ihn. »Ja, wenn ich nicht der Dark Prince wäre, dann gäbe es für uns ein Happy End.« Er küsste mich ein letztes Mal, bevor er sich langsam von mir löste. *Sehnte ich mich tatsächlich nach diesem ›Happy End‹?* »Ich würde es dir gerne ermöglichen, zu studieren«, sagte er ernst. »Einer meiner Leute besorgt dir einen Ausweis.«

»Studieren?«, fragte ich erstaunt.

»Du solltest dein Leben nicht weiter im Bellagio vergeuden. Ich werde das Schulgeld von Nike übernehmen und dich für das Semester einschreiben lassen.«

Ich versteifte mich innerlich. »Und wieso solltest du das tun?«, wisperte ich.

»Weil ich es kann, Prinzessin.« Er sah in meine Augen, sein Blick glühte. »Das ist der einzige Grund. Weil ich es kann.«

Ich wusste nicht genau, was er mir gerade vorgeschlagen hatte, denn es klang nicht real. Nichts war mehr real, dieses Luxushotel und die letzte Nacht sowieso nicht. Mein Blick blieb an seinen Lippen hängen, einfach, weil es noch unrealistischer war, dass ebendiese Lippen mich gerade geküsst hatten. Ich sehnte mich auch jetzt danach, sie würden es noch einmal tun.

Das hier war definitiv ein Märchen. Eines der ganz bösen, dunklen Sorte. Aber es war eines.

»Ich bestelle dir den Zimmerservice«, raunte er an meinen Lippen und löste sich langsam. »Ich will, dass du gemeinsam mit uns nach London zurückkehrst. Also warte hier, buch dir eine Massage, geh in den Pool und lass es dir gutgehen. Wir brauchen nicht allzu lange. Es steht dir aber frei, sofort zu gehen. Die dreitausend Pfund liegen noch in meiner Tasche. Nimm sie dir, buch dir einen Flug. Dann sehen wir uns nie wieder. Aber ich glaube, das wirst du nicht tun, nicht wahr?«

Nein, er hatte recht. Obwohl alles dagegensprach, würde ich mit ihnen gemeinsam zurückkehren. Ich zögerte. »Was habt ihr vor?«

»Oh, Baby.« Ein echtes Lächeln. »Ist dir noch nicht klar, dass du diese Frage erst gar nicht zu stellen brauchst?«

MEIN WEISSES
PFERD IST
EIN JAGUAR.

DER PRINZ

Schottland. Einsame Berge, wolkenloser Himmel, eine leere Landstraße.

Ich fuhr.

Das hatte Vorteile, denn so konnte ich den Pferden unter meinem Fuß sagen, wo es langging. Es machte mich handlungsfähiger. Die Kutsche war ja mal ganz nett.

Der Rennwagen besser.

»Hast du sie gefickt?« Nach zehn Minuten vollkommen stiller Fahrt auf der zweispurigen Landstraße fragte ich es. Ich konnte nicht behaupten, dass ich neugierig auf die Antwort war. Es war vielmehr Angst, die mich packte und trieb. Nackte, bittere, unberechenbare Angst, die man nur dann empfand, wenn man kurz davor war, von seinem ersten Mann verraten zu werden. Die *Smith & Wesson* drückte in meiner Jackeninnentasche gegen meine Brust. Ein Herz.

Dieses nervenerregende Schlagen davon.

Davies' Antwort.

»Nein.«

Mein Fuß zuckte vom Gaspedal zur Bremse. Ich wollte ihm noch eine Sekunde Zeit lassen, diese Lüge zu korrigieren. Eine einzige. Ich sah zur Seite, in seine Augen.

Grün. Treu. Endlos loyal.

Bis heute.

Er verbesserte sich nicht.

Mein Fuß knallte auf das Bremspedal, der Jaguar schlingerte, wir ruckten nach vorne. Mein Vorteil: Ich war vorbereitet. Sein Nachteil: Er war es nicht.

Ich sprang aus dem Wagen, ließ die Tür sperrangelweit geöffnet und fuhr herum. Aber Davies wäre nicht an meiner Seite, wenn er dämlich neben mir sitzen geblieben wäre.

Er stand genauso wie ich neben dem Auto, die Waffe von gestern auf mich gerichtet. Er atmete schwer, er musste verdammt schnell reagiert haben.

Er zielte auf mich.

So wie ich auf ihn.

Darüber konnte ich nur lächeln. Tot war ich nach wie vor, vielleicht wäre es sogar eine Wohltat, wenn er mich erschoss.

»Los, drück ab, *Freund*«, forderte ich ihn heraus und ließ meine Waffe locker sinken. »Töte den einzigen Menschen in deiner Welt, der versucht, sie besser zu machen.« Ich spuckte auf den Boden, da sich sein Gesicht leider zu weit entfernt befand. »*Für eine Frau.*«

Davies zögerte. Sein Kiefer mahlte. Ein Auto fuhr hupend an uns vorbei. Wer auch immer das war, der Fahrer musste die Waffen in unseren Händen ausgeblendet haben. Wir standen mitten auf der linken Fahrbahn.

Davies nahm die Pistole herunter.

Sofort hob ich meine. »Halt sie dir an den Kopf und frag dich selbst, ob du nicht lieber abdrücken solltest!«

Sein Gesicht spiegelte nur wenige Emotionen, als er die Waffe aufs Autodach ablegte und die Hände langsam hob. Er sah mich nicht an.

»Du kannst gehen«, lud ich ihn ein. Meine Stimme; rau und hart. Wenn er nicht länger an meiner Seite kämpfen wollte, sollte er sich gefälligst verpissen – und nicht lügen. »Lancelot«, sagte ich schmierig, »geh zu deiner verschissenen

Prinzessin und flieh mit ihr. Wenn du mir nie wieder unter die Augen trittst, ist es gut möglich, dass ich nicht dem gesamten amerikanischen Staatsapparat verrate, wie man dich finden kann. Du wirst London verlassen, kein einziger Fußtritt in diesem Land gehört zukünftig noch zu dir. Aber wer weiß.« Ich lächelte ironisch. »Vielleicht ist das ihr kleiner Arsch ja wert?«

Ich wusste nicht *genau* darüber Bescheid, was gestern Nacht im Badezimmer vorgefallen war. Es hatte sich jedenfalls nicht danach angehört, als hätten Florence und Davies sich mit Kuschelpartys aufgehalten. Er nahm seine Frauen hart und wenn möglich noch härter, und wären das Morphium, die Schmerzen, der Blutverlust, ja, wäre das alles nicht gewesen, ich hätte mich womöglich zu ihnen gesellt und Florence' hingebungsvolles Stöhnen mit meinem Schwanz erstickt.

Es ging mir nicht um Eifersucht. Eifersucht war keines der Gefühle, das ich mir erlaubte, solange ich bekam, was ich wollte. Nein. Wenn ich Davies verdammt noch mal fragte, ob er eine Frau in meiner Abwesenheit gefickt hatte oder nicht, musste er *die Wahrheit sagen.* Ob mir die Antwort anschließend gefiel, hin oder her.

Aber er hatte mich angelogen. Er hatte geglaubt, ich würde es nicht bemerken. Nicht hören, nicht wissen, niemals *erfahren.*

Davies, dem ich mein Leben in die Hand gegeben hätte, mein gesamtes schlagendes Herz, den ich am liebsten vor allen anderen in meine Geschichte eingeweiht hätte, aus Zuversicht, dass er mich verstehen würde, hatte mich für Florence angelogen.

Also stand er auf sie – so wie er eben auf Frauen stand, die ihm auch nach dem zweiten Fick noch interessant genug erschienen – und er glaubte, er müsse diese Tatsache vor mir verbergen.

Aber warum?!

Was hatte Florence an sich, dass sie uns das allerletzte Verhalten entlockte?

Davies stand vor mir, rieb sich die Augen und bereute.

Wenigstens das. Mein bester Freund verriet mich. Irgendeine Ratte wie Evan verriet mich. Und eine Frau, die keinerlei Vorteile für meine Zwecke bot, brachte mich dazu, *ihr alles von mir preiszugeben.*

Ich war kurz davor, die Knarre zu nehmen und mir selbst in den Kopf zu schießen.

Davies log mich an und ich verlor die Kontrolle. Und das wegen irgendeinem Gossenmädchen aus Betham.

Wie wurde ich Florence wieder los? Es gab nur einen Ausweg.

»Es tut mir leid.« Davies fasste an meine Schulter. Seine schweren Schritte waren über den Asphalt zu mir gekommen. »Sie hat mich verführt. Ja. Die Antwort ist ja.«

»Du hast mich angelogen wegen einer Frau.« Ich starrte wie paralysiert aufs Auto. Die Griffe des Wagens blitzten im Sonnenlicht. »Sie wird verschwinden.«

Das war unumgänglich. Sie war zu gefährlich. Für mich und für alles, was mich ausmachte. Sie gefährdete das Einzige, auf das ich in meinem Leben wirklich hatte zählen können: Davies' Loyalität.

Ich schüttelte seine Hand ab und straffte meine Schultern. »Schick sie ins Exil.« Hatte ich ihr heute Morgen vorgeschlagen, dass sie mit uns nach London zurückkehren könne? Dort studieren dürfe? Das Händchen gehalten bekäme, als wäre das hier eine kleine Zirkusshow? *Das konnte sie sich so was von abschminken.* »Schick sie irgendwohin, von wo aus sie nie wieder dafür sorgen kann, dass meine rechte Hand es fertigbringt, mir ins Gesicht zu lügen.« Ich sah auf und überprüfte, ob Davies diese Information verstanden, geschluckt und verdaut hatte. »Du kannst mit ihr gehen«, bot ich ein weiteres Mal an. »Aber wenn du bleibst, wirst du dich mir niemals wieder widersetzen.« Das klang übertrieben, aber es war die reinste Wahrheit. Ich musste ihm vertrauen können.

Das war das Wichtigste, vor allem anderen. »Ein Schritt in die falsche Richtung, eine weitere Lüge, ein Verrat, und ich schicke dir jeden auf den Hals, den ich kenne. Mrs USA ganz vorn. Dort wartet man sehnlichst auf deine Rückkehr und einige Stühle darauf, dich grillen zu können.« Plötzlich kehrte die Lockerheit in mir zurück und ich zuckte die Achseln. »Ganz, wie du meinst.«

Ich ging zurück zum Wagen, aber Davies trat an meine Seite. Er wollte mir bedeuten, dass er fahren würde. Und dass er es bereute und zu mir hielt.

Ein letztes Mal packte mich die Wut. Ich zog ihn am Kragen heran und drückte ihm den Lauf der Wesson an die Schläfe. »Lüg mich. Nie. Wieder. An«, befahl ich ihm ruhig.

Seine Miene war ein Grab, so ernst.

»Gut.« Ich streichelte ironisch das T-Shirt über seiner breiten Brust zurecht und setzte mich nach hinten ins Auto.

Auch Davies stieg ein, nachdem er meine Tür geschlossen hatte, startete den Motor und sah zu mir in den Rückspiegel. »Der Sex war also gar nicht das Problem?«

Ich lehnte mich zurück. Er hatte das wirklich geglaubt. Er hatte geglaubt, dass ich sie für mich beanspruchen wollte. Aber warum? Noch war dafür keine Zeit. Und nach dem, was sie mit Davies angestellt hatte, würde die Zeit dafür nie kommen. *Eine wie sie war zu gefährlich.* »Nein. Ich hätte sie gerne gemeinsam mit dir gefickt, aber ich bin verletzt. Du hättest mich verdammt noch mal um Erlaubnis fragen sollen. So … wie ich es getan hätte, wenn du ihr zuerst verfallen wärst. Aber ich brauche keine Schlampe als Prinzessin. Also nur zu. Mach mit ihr, was du willst. So lange jedenfalls, wie sie noch bei uns ist.«

»Was bitte?«

Ich mahlte mit dem Kiefer. »Sie muss verschwinden.«

»Nein, nein. Das andere. Ihr meint, dass Ihr gefragt hättet, ob Ihr sie haben dürft, würde Florence … *mir* gehören? Eine

Art … freundschaftliche Zurückhaltung? Das würdet Ihr für mich tun, Hoheit?«

»Möglich.«

Davies gab ein leises Geräusch von sich. Es könnte ein Lachen gewesen sein. »Vielleicht sollten wir noch eine Nacht bleiben, Majesty. Es könnte uns sehr gefallen.«

ICH WAR
NIE DAS REH.

Brüderchen und Schwesterchen

NIKE

»Gib mir mal die Flakes, McReids!«

Nike starrte gedankenverloren zum Lehrertisch.

»McReids!«

Die Unterseite eines Brötchens traf ihn im Gesicht. Die anderen Jungs am Tisch lachten. Nike drehte seinen Kopf zu Oliver und hätte ihn am liebsten getötet.

»Wach auf!«, sagte dieser grinsend und nickte zu den Flakes, die direkt vor Nikes Schüssel standen. »Die Flakes, Junge!«

Nike stand auf. Was wagte es dieser saustumpfe Wichser, ihn anzumachen und mit einem Brötchen abzuwerfen?! Schlagartig verstummten alle um Nike herum. So hatten sie ihn noch nie zuvor erlebt. Nike behauptete sich nicht. Er war nett und freundlich und geriet nirgends dazwischen. Aber er war in etwas hineingeraten und seine dusseligen Schulkameraden hatten keine Ahnung, worum es hier wirklich ging.

›Nike, ernsthaft. Das schaffst du. Wenn nicht du, wer dann? Du weißt, ich hab dir schon, als du noch ein kleiner Knirps warst, gesagt, dass du das schaffst. Bei deiner Schwester? Sieh sie an, sie ist perfekt, und du, du wirst noch mehr erreichen.‹

›Ich habe keine Ahnung vom Dealen.‹

›Es ist wie mit den Noten. Stell dir einfach vor, es wären A, B,

Cs. Noten, Hausaufgaben, du gibst sie weiter wie Schulmaterial. Das kannst du doch so gut. Niemand bekommt es mit, dass du andere für deine Leistungen und Noten arbeiten lässt. Dealen ist genauso. Es ist das Gleiche. Niemand wird drauf kommen, dass du dahintersteckst. Und wenn doch, schiebst du die ganze Schuld auf mich. Klar?‹

Nike nahm die Plastikdose Flakes und knallte sie vor Olivers Platz. »Nenn mich noch einmal McReids und ich schütte dir die Flakes ins leere Hirn.«

Jeder sah ihn an. Er setzte sich wieder.

›Und dann? Werde ich ins Gefängnis kommen, wenn sie dich nicht finden?‹

›Na ja. Nicht, wenn du dir eine gute Geschichte einfallen lässt. Darin bist du doch so gut.‹

›Wie lange habe ich Zeit?‹

›Ein paar Wochen. Wenn du am Wochenende zu Hause bist, probierst du dich aus. Nimm das Zeug nicht mit nach Schottland. Das ist zu riskant! Frag erst mal hier in London bei deinen Freunden rum. Fang klein an.«

»Ich bin nur jedes zweite Wochenende zu Hause. Und das auch nur, wenn Benedict von seinem Chauffeur gefahren wird und mich mitnimmt.«

»Das reicht doch. Ich bin auf dich angewiesen, Kid. Ich vertraue dir. Das habe ich wirklich noch nie getan. Einfach jemandem blind vertraut. Aber bei dir weiß ich, dass es klappen wird. Halt dich einfach weiter schön raus aus allem. Lass andere den Dreckmist erledigen, so wie jetzt schon mit deinen Schulsachen. Das packst du.‹

›Drogen sind keine Hausaufgaben.‹

»Sag mal, was ist denn mit dir?«, fragte Benedict beunruhigt und stieß Nike vorsichtig in die Seite.

›Aber sie dealen sich genauso, Nike. Sie dealen sich genauso …‹

»Nike Reids?« Ihre Hausleiterin Mrs Henderson stellte sich zu ihnen an den Tisch. Sie hielt ein paar Umschläge in der Hand. »Da ist Post für Sie, Mr Reids.« Sie warf ihm einen Brief ohne Absender in den Schoß. »Katie Stewart? Der dritte in dieser Woche für Sie!« Sie warf Katie einen Brief zu, die ihn beschämt auffing, und dackelte wieder davon.

»Wer schreibt dir denn, Nicky?«, rief Noah grinsend vom Tischende aus. Keiner aus ihrer Klasse bekam häufig Post. Post zu bekommen, fiel definitiv in die Kategorie ›uncool‹, auch wenn Nike diese Schublade so was von egal war. Es war ihm sogar ganz recht, wenn alle dachten, er sei schüchtern, langweilig und eine Spaßbremse. *Dieses Image half ihm bei seinen Plänen.*

Nike drehte den Umschlag in seiner Hand. Mit feiner, kaum leserlicher Schrift war darauf gekritzelt:

Lies ihn, wenn du alleine bist. Sofort.

»Von meiner Mum«, nuschelte Nike und stand auf. *Scheiße.*

»Und was schreibt dir deine Mummy?!«, rief Oliver höhnisch.

»Dass sie kommt und dir deine vollgekackten Unterhosen waschen will!«, antwortete Nike genervt, bevor er den Stuhl zurückstieß und die Tischrunde verließ. Gleich zwei bescheuerte Sprüche an einem Morgen. Aus seinem Mund.

Er hatte bisher seinen Mitschülern zwar zugehört und stumm deren Ausdrücke gelernt, aber er war noch niemals so weit gegangen, sie wirklich jemandem an den Kopf zu knallen. *Aber jetzt hatte sich alles verändert.*

Er bekam Post von einem Unbekannten. *Evan? Ging es ihm gut?* Nike war in etwas verwickelt worden, wovon die Schüler seiner Klasse keine Ahnung hatten. Niemand von ihnen kam aus Betham. Niemand wusste, wie es dort war und was man dort tat, um zu überleben.

Nikes Vorteil. Keiner vermutete hinter seinem braven Äußeren den gerissenen Fünfzehnjährigen, der er war. Der *Dark Prince* mochte London noch so hart regieren, vor Minderjährigen machte er meistens Halt und ließ sie gewähren. Sobald sie allerdings achtzehn wurden und weitermachten wie bisher, schlug er zu.

Nun, drei ganze Jahre wollte Nike das Spiel sicher nicht treiben. Und er wusste, dass er das auch nicht musste.

Er ging nach draußen auf den Flur und öffnete den Brief.

Triff mich in deinem Zimmer. Jetzt! Wir haben Schwierigkeiten ...

Nike atmete durch. Das konnte nur eine Nachricht von Evan sein. Er lebte also und war nicht abgehauen. Nike überprüfte den Umschlag, während er ins erste Stockwerk ging. Die Briefmarke war nicht abgestempelt worden. Das hätte ihm auch gleich auffallen können. Erleichtert öffnete er die Tür zu seinem Zimmer, das er sich mit den fünf anderen Jungen seiner Klasse teilte, und stellte beunruhigt fest, dass es leer war. Zögernd ging er hinein, um zu überprüfen, ob jemand vielleicht auf einem der Schreibtische am Fenster eine Nachricht hinterlassen hatte, als die Tür in seinem Rücken zufiel, er die Schatten bemerkte und mit beschleunigtem Puls herumfuhr.

Zwei Männer befanden sich mit ihm im Raum. Den einen erkannte Nike sofort wieder. Er hatte ihn gestern im Treppenhaus gesehen, als er Mr Henderson nach drinnen gefolgt war.

Er hatte eine Waffe in der Hand getragen ...

Der Mann war groß und schlank und sah aus, als könne er genauso gut eine perfekte Schaufensterpuppe in der Oxford Street sein. Der andere war breiter, hatte mehr Muskeln und wirkte insgesamt bedrohlicher. Über sein Gesicht verlief eine durch den grellen Sonnenschein erhellte Narbe und seine Haare waren kurz geschoren. Er trug Stiefel, zahlreiche Tattoos bedeckten seine frei liegenden Arme.

Nike hatte tausend Fragen, die er gerne stellen würde. Angefangen bei dem Vorfall gestern, bei der Frage, wohin Evan verschwunden und warum seine Schwester aufgetaucht und ohne Verabschiedung wieder gegangen war. Fragen, auf die er niemals eine Antwort erhalten würde, weswegen er sich für die Unschuldstour entschied und zu stottern begann. »We-wer seid ihr?«

»Ach, du brauchst nicht so zu tun, als hättest du vor uns riesige Angst«, sagte der Schwarzhaarige freundlich, zog sich einen Stuhl in die Mitte des Raumes, stieß die Hefte und Bücher, die darauf lagen, achtlos auf den Boden und setzte sich verkehrt herum darauf. So war er kleiner als Nike und konnte zu ihm hochsehen. »Und selbst für den Fall, dass du Angst hast, vor uns musst du keine haben.«

Nikes Augen huschten zu dem Muskelprotz. Tja, wer auch immer die beiden waren, sie wollten ihm offensichtlich eine Menge Schiss einjagen.

»Ein Vögelchen hat uns gezwitschert ...« Jetzt sprach der andere. Er schnitt mit einem scharfen, großen Messer einen Apfel vom Frühstück in Scheiben und steckte sich eine davon in den Mund. »... dass eine Menge Kokain in deinem Zimmer gefunden wurde. Und wir sind nur mal vorbeigekommen, um dich zu fragen, ob du es nicht lieber uns anvertrauen möchtest, damit du nicht in Schwierigkeiten gerätst.«

»I-ich hab k-kein Kokain –«

»Hör auf zu stottern, Junge!«, zischte der Schwarzhaarige.

»Vielleicht hat er wirklich Angst?«, fragte Muskelprotz beiläufig und warf sich den nächsten Apfelschnitz ein. »Ich will nichts sagen, Chef, aber wir wirken nicht gerade vertrauenserweckend.«

»Nein, stimmt.« Der Schwarzhaarige lächelte böse. »Vielleicht sollten wir etwas direkter werden. Hast du schon einmal etwas von dem ›Dark Prince‹ gehört, Niki?«

Nike schüttelte den Kopf.

Der Typ warf dem Muskelprotz einen zweifelnden Blick zu, bevor er sich wieder zurückdrehte und Nike offen anstrahlte. »Das bin ich.«

Nike wollte lachen. Klar! So ein junger Schnösel! *Nie im Leben!*

»Er macht sich über mich lustig.«

»Man erwartet von dir halt jemanden wie mich«, sagte der Muskelprotz und aß ein weiteres Stück Apfel. »Aber das Äußere täuscht so leicht.« Er zwinkerte Nike zu.

»Ja, blond und unschuldig«, sinnierte der *Dark Prince*. »Ein kleiner, braver Engel. Bisher hat niemand hinter deine Fassade blicken können, Nike. Nicht einmal deine Schwester ...« Er öffnete seine Jacke, griff hinein und holte eine Pistole hervor. Nike zuckte zurück, als der Typ sie auf ihn richtete.

Scheiße.

»Du hast vielleicht schon einige Dinge über mich gehört und normalerweise stimmen sie alle. Aber seit Neuestem habe ich nicht mehr so viel zu verlieren und es könnte gut passieren, dass mein Finger abrutscht, wenn du uns nicht sagst, was wir hören wollen.«

»Ich hab keine Ahnung, was ihr von mir wollt!«, schrie Nike gespielt panisch und klammerte sich zur Unterstreichung seiner ›Verzweiflung‹ an der Tischkante in seinem Rücken fest. »Ich hab nie Kokain gehabt!«

»Er ist genauso stoisch wie seine Schwester.« Der Dark Prince hielt seine Waffe weiterhin auf Nike gerichtet.

»Hat sie dich anfangs auch so angelogen?«, fragte der narbige Typ.

»Ja«, antwortete der Dark Prince, »und zwar genauso schlecht.«

»Hm, liegt wohl in der Familie.«

»Wa-was habt ihr mit meiner Schwester ...« Nike fluchte innerlich. Florence war gestern hier gewesen. Wie war sie überhaupt hierhergekommen? Sie hatte nichts dazu gesagt und war nach dem Feueralarm verschwunden geblieben. Was, wenn diese Typen ihr gefolgt waren ...? Große Scheiße!

»Du fragst dich, was wir mit ihr getan haben? Wir haben

sie *durchgefickt*«, erklärte der Dark Prince sachlich. »Und wir wiederholen das gerne, wenn du uns noch einmal ins Gesicht lügst.«

Nike schluckte hart. *Florence? Was zur Hölle sollte er jetzt tun?*

›*Du brauchst im Grunde keine Angst zu haben, außer vor dem ... Dark Prince. Ihm wird es nicht gefallen, dass das Kokain gestreckt ist, und er wird es herausfinden, garantiert. Deswegen sei vorsichtig. Geh keine Risiken ein. Und sollte er dir doch irgendwie begegnen, Kid ... SAG IHM NICHTS.*‹

»Okay.« Nike musste seinen Plan ändern. Die Masche mit dem Unschuldsknaben funktionierte nicht und sie passte auch nicht länger zu ihm. Er würde es wie gestern mit Florence versuchen. Das hatte funktioniert. Und wenn ihm seine eigene Schwester glaubte, dann diese Typen erst recht. »Ich hoffe, das war jetzt nur ein Witz, oder? Alles, was ich über den ... ›Dark Prince‹«, er betonte es absichtlich etwas abfällig, »weiß, ist, dass er nicht gerade Frauen vergewaltigt. Also wenn du wirklich er bist ...«

»Wow, er kann reden, hörst du das?«, fragte der Prinz und grinste seinen Freund an. »Na, dann bin ich jetzt mal gespannt, Niki. Ich vergewaltige keine Frauen, stimmt, und ich bin ein echter Gentleman, wenn es darauf ankommt, aber mein Freund Davies hier –«

Nike zuckte zusammen. *Das* war Davies?!

Der Dark Prince grinste. »... sieht das ein wenig anders. Aber natürlich wird deiner Schwester nichts geschehen, wenn du uns alles erzählst. Das sind die Spielregeln, sie gelten auch hier in Schottland.«

»Es war kein echtes Kokain«, behauptete Nike stur.

»*Sie gelten auch hier in Schottland*«, wiederholte der Prince drohender.

Nike zuckte die Achseln. »Ich dachte das jedenfalls. Sonst hätte ich das Zeug garantiert nicht mit nach Hause genommen, was? Es war ein Schülerstreich. Seid ihr mit Florence hier? Habt ihr sie gekidnappt oder so? Dann wird sie euch das ja bestimmt alles selbst schon gesagt haben.«

Die beiden Männer schwiegen.

Hatten sie sie oder nicht? »War 'ne Scheißidee von uns, ich geb's zu. Ich würde ja sagen, uns hat irgendjemand reingelegt. Aber ich weiß nicht mal, wer von uns die dämliche Idee als Erster hatte. Ich glaub, der war eine Klassenstufe über uns. Er kam damit an … oder … keine Ahnung. Ich hab Florence gesagt, sie hätte das Zeug testen sollen, bevor sie es zu ihrem Ex bringt, damit er es irgendwie für sie vertickt. Ich meine, wer sagt uns denn, dass ihr uns nicht einfach verarscht? Und nur behauptet, das wäre was anderes als 'ne Mehlmischung gewesen?«

»Zu ihrem Ex?«, hakte der Dark Prince nach.

Nike schaute unschuldig. »Evan. Das ist so'n Drogendealer aus Betham, mit dem sie mal …«

»Fuck!«, knurrte der Prince, stieß den Stuhl unter sich weg und stellte sich aufrecht hin. »Was hast du gerade gesagt?!« Er näherte sich Nike bis auf wenige Schritte. »Wer ist Florence' Ex?«

Nike zögerte, bevor er den Namen wiederholte. »Evan.«

Der Prinz starrte ihn an. Seine Augen waren dunkel, wie sein Haar fast schwarz. Nike hatte ihn gestern gesehen, als er die Treppe hochgestürmt war. Und Evan war nie wieder aufgetaucht. War er tot? Wie viel wussten diese Verbrecher?

»Evan ist Florence' Ex«, wiederholte der Dark Prince.

Nike wollte es nicht noch einmal wiederholen. *Hatte er etwas verraten?*

»Sie ist seine Ex.« Der Dark Prince lachte plötzlich auf und wich wieder zurück. Die Waffe noch immer in seiner Hand. »Verdammt!« Er strahlte, dann wandte er sich Davies zu und gab ihm einen kurzen Befehl. »Überprüf das.«

Davies zog sein Smartphone hervor.

»Mach dir keine Sorgen«, sagte der Prinz lächelnd. »Du hast recht, wir befolgen ein paar Regeln, die wir nur selten bei Minderjährigen brechen, und werden dir daher nichts tun. Wo auch immer du das Zeug her hast, diese Quelle benutzt dich nur, weil sie Angst vor mir hat. Aber am Ende bist du es, der einen Eintrag im Vorstrafenregister hat und im Knast sitzt, und ich hole dort nur Kids raus, *die unschuldig sind*, verstehen wir uns?«

Davies blickte hochkonzentriert auf sein Handy.

Der Dark Prince strahlte. »Bis dann, Nike. Hoffe einfach, dass wir uns nie wieder begegnen.«

»Werdet ihr Evan töten?« Nike musste es wissen. Musste wissen, ob Evan noch lebte oder längst tot war und ob sie ihn auf dem Kieker hatten.

»Evan?«, fragte der Dark Prince interessiert. »Was hat der denn mit der ganzen Sache zu tun, hm?«

»Ich … ich weiß nicht«, wich Nike aus. »Werdet ihr meiner Schwester wehtun?«

»Deiner Schwester vielleicht …« Der Dark Prince legte den Kopf schief. »Möglicherweise Evan auch. Wer weiß das schon. Davies?«

»Chef.«

»Wir lassen unseren kleinen Reids in Ruhe.« Der Typ konnte gar nicht aufhören, zu lächeln. »Er wird schon kommen, wenn er unsere Hilfe braucht.« Damit wandte er sich zur Tür. »Hoffentlich ist es dann nicht zu spät …«

Die beiden verschwanden und schlugen die Tür hinter sich zu.

Nike blieb zurück. Und ja. Jetzt langsam traute er sich, zu zittern.

NIEMAND WILL,
DASS EIN
TÄUBCHEN BLUTET.

Cinderella

DER PRINZ

Nikes Offenbarung änderte alles.

Mein Hochgefühl versiegte nicht. Hoffnung breitete sich wie die sonnengetränkte Herbstluft in mir aus und das wellige Land um mich herum wuchs zu einem Abbild goldener Frische.

Ich hatte die Lücke gefunden, die mir fehlte. Ich wusste die ganze Zeit über, dass ich etwas Wichtiges übersehen hatte und ja – ich hatte!

Evan und Florence. Sie kannten sich nicht nur flüchtig. Er war nicht nur irgendein Drogendealer für sie, den sie hatte um Hilfe bitten wollen. *Er war mehr.*

Was, wenn Florence nicht zu Evans Wohnung gekommen wäre? Dann hätte ich unter Umständen ewig in dem riesigen Heuhaufen herumgestochert, den der Wichser mir hinterlassen hatte, und ihn in drei Jahren noch nicht gefunden.

Damit wurde Florence mit einem Mal wertvoller als alles, was ich zurzeit an Waffen zu benutzen wusste. Sie war der Schlüssel zu meinem Sieg.

»Nichts. Es gibt gar keine Verbindung zwischen Florence und Evan, Chef.« Davies steckte sein Smartphone zurück ins Handschuhfach und sah aus dem Fenster. »Der Kleine hat gelogen.«

»Nein. Hat er nicht.« Evan hatte die Verbindungen in Florence' und seinen Onlinekonten selbst gekappt. Auf Facebook waren sie noch miteinander befreundet, aber die Chats waren leer, SMS wurden nie geschickt und seine E-Mail-Eingänge waren frei von ihr. Aber auch sein gesamtes Zimmer. Nichts wies darauf hin, dass er jemals was mit ihr hatte.

Aber ich wusste, dass es stimmte, denn ich hatte die beiden vor fünf Jahren im *Royal Black* zusammen gesehen. Die Art, wie er Florence aus dem Club schicken wollte, zeugte von jemandem, der sich um sie sorgte. »Erinner dich. Du hast sie zusammen gesehen.«

»Was?«, fragte Davies. »Wann?«

»In der Nacht. Als ich den Club übernommen habe.«

»Vor fünf Jahren?«

»Ja.«

»Du erinnerst dich daran?«

»Ich hatte es fast vergessen, weil ich damals Evan nur flüchtig kannte. Aber ja, ich erinnere mich.«

Wie es schien, sorgte Evan sich noch immer. Deswegen hatte er alle Verbindungen gekappt. *Alle.* Ich sollte nicht auf die Idee kommen, Florence als Lebenspfand einzusacken, um ihn zu erpressen, und ich wäre es auch nicht, wenn sie mir nicht wie ein Täubchen in den Schoß gefallen wäre.

Und ausgerechnet *sie* hatte sich von Davies durchpoppen lassen! Ich musste Evan nur ein paar Details unserer Reise zukommen lassen und er würde gottverdammt noch mal zurückkommen, um seine heilige Florence vor Schlimmerem zu bewahren.

Oder?

Deswegen war er uns doch bis nach Schottland gefolgt, habe ich recht?

Bis Evan kam und seine Prinzessin rettete, konnte ich mich vollkommen egoistisch den Vorzügen widmen, die damit einhergingen, Florence in meiner Nähe behalten zu müssen. Es war ein perfekter Deal, so viel perfekter als alles, was mir hätte in den Sinn kommen können.

Nike sei Dank. Irgendwelchen Drogen sei Dank. Florence und ihrem übereifrigen Besuch in Evans heruntergekommener, verlassener Wohnung sei Dank.

Ich lehnte mich zufrieden in den Fahrersitz zurück und schwieg die Dreiviertelstunde über, bis wir das Airport Hotel wieder erreichten.

Baby, Baby. Wer hätte gedacht, dass sich unser Blatt doch noch wendet?

»Beauty!«, rief Davies fröhlich, als wäre er ein Ehemann, der zu seiner Frau nach Hause kommt, und stieß die Tür ganz auf. »Deine Helden sind zurück!«

Alles blieb still.

Ich ging an ihm vorbei durch den Vorflur, überprüfte Davies' Schlaf- und Badezimmer, dann überprüfte ich meines, schließlich den Balkon.

Weg.

Ich schnellte zu Davies herum. »Du wirst sie finden.« Sie bedeutete alles. Sie konnte unmöglich weggelaufen sein. Was, wenn Evan während unserer Abwesenheit hier gewesen war?

»Hattest du ihr nicht erlaubt, zu gehen?«

»Das war nur Gerede.«

»Du hast sie nicht einmal eingesperrt«, brachte er an. »Ich habe sie gestern nicht gerade sanft behandelt, warum hätte sie bleiben sollen?«

Sie wollte.

Davies schaute zweifelnd. »Also gut. Wenn ich sie finde, setze ich sie in einen Flieger aufs Festland und …?«

»Du bringst sie mir auf einem Silbertablett dekoriert«, korrigierte ich ihn. »Vergiss alles, was ich gesagt habe. Sie wird uns helfen.«

»Uns? Wobei?«

Ich hob eine Braue und er nahm die Fragerei zurück, bevor er knapp nickte und sich umdrehte, um sich auf die Suche zu machen. Wenn wir Pech hatten, war sie schon lange fort und es würde Tage dauern, sie wieder einzufangen. Wer hätte gedacht, dass sie mir so wichtig werden konnte?

Es war Zeit für ein paar Anrufe, während Davies sich an ihre Fersen heftete. Säße sie tatsächlich in einem Flieger zurück nach London, konnte mein Computercrack Walker schnell herausfinden, in welchem genau. Eine Limousine würde sie in Empfang nehmen und sie an einen Ort bringen, wo niemand an sie herankam …

Über ein paar weitere Gespräche mit einigen meiner Leute erfuhr ich, dass sich Shania im *Royal Black* nicht gerade als fähig erwies –, aber ich hatte nie wirklich die Zeit gefunden, mir meine Königin besser auszusuchen, und die Erstbeste genommen, die etwas von guter Führung verstand. Was genau sie falsch machte, würde ich erst überprüfen können, wenn ich nach Hause kam, und mit Anruf Nummer vier stellte sich heraus, dass ich eine Weile von Betham fernbleiben müssen würde. Ich konnte mich nicht zerteilen und musste meine Prioritäten setzen. Die Beerdigung rückte mit jedem Tag näher und es führte kein Weg daran vorbei, die Heuchelei vor Gottes Antlitz mitzumachen. Ich würde meine Nächte nicht in Betham verbringen können, sondern in meiner Wohnung in Kensington.

Anruf Nummer fünf brachte allerdings alles zum Kippen. Normalerweise kümmerte mich ein Pflichtanruf bei meiner Mutter nicht weiter, aber normalerweise klang ihre Stimme auch nicht so verzweifelt wie jetzt.

»Wo bist du, Alexander? Geht es dir gut? Wir wussten nicht, ob wir jemanden schicken sollen! Du bist doch verrückt, ausgerechnet jetzt allein auf die Pirsch zu gehen!«

»Mir geht es gut, Mutter. Was ist geschehen?«

»Wir sind gerade in Balmoral eingetroffen und warten

noch auf deine Cousine, bevor wir … Deine Großtante, sie ist …« Schluchzen. »Wir werden …«

Sie war also hier in der Nähe. In Schottland. *Auch das noch.* »Was, Mutter?«

»Wir sehen uns … dort …«, sagte sie erstickt. »Beeil dich und pass auf dich auf!«

Ich legte mit einem unguten Gefühl in der Magengegend wieder auf. Das konnte nur etwas mit meinem Besuch gestern zu tun haben, der in meinen Augen allerdings einwandfrei verlaufen war. Meine Mutter, aufgelöst? Sie hatte nicht einmal bei dem Tod der Queen Tränen verdrückt, aber auf deren Tod war sie schließlich auch schon vorbereitet gewesen … Außerdem hatte die Queen sowieso kaum einer gemocht, der sie kannte.

Der Glasgower Flughafen glänzte in der Vormittagssonne hinter den bodentiefen Fenstern der Suite und erst nach ein paar Minuten ging mir auf, was der Vorteil an so einem Flughafen war – ich hatte den Jaguar während der Rückreise für mich allein, wenn ich Davies und Florence mit dem Flieger zurückschickte.

Eine SMS kam auf meinem Handy an.

DAVIES

Ich habe sie gefunden. Am Pool, und hier steht ein Piano. Vielleicht willst du dir das ansehen …

Kryptische Punkte von Lee Davies? Das war außergewöhnlich. Ich ließ mein Handy liegen und verließ das Zimmer. Wenn ich den Jaguar nahm, konnte ich rechtzeitig im Schloss sein. Hatte meine Tante mich verraten? Dennoch stand mein Wort gegen ihres und niemand vermutete jemals, dass ich log. Also warum sonst drängte meine Mutter auf mein Erscheinen?

Gedankenverloren nahm ich die Treppen ins Untergeschoss zum Spa- und Poolbereich. Ein einzelner Gast begegnete mir, ansonsten war das Hotel ruhig und leer.

Ein Plakat an der Tür zum Pool kündigte eine geschlossene Gesellschaft an, die sich im Poolbereich am Wochenende einfinden würde. Deshalb vermutlich auch das Klavier mitten im feuchten Raum …

Ich öffnete die Tür, durchschritt die Männerumkleide und glitt durch die zweite.

Im Hallenbad angekommen, vermischte sich ein düsteres Klavierspiel mit dem Rauschen der Lüftungs- und Poolanlage. Getragen von Moll-Tonarten ergriff mich die Melodie sofort.

Davies stand neben der Tür, machte einen Schritt zur Seite, als er mich kommen sah, und hob den Finger an die Lippen, um mir zu bedeuten, leise zu sein.

So habe ich ihn noch nie erlebt.

Ich vergrub die Hände in den Taschen, ließ die Tür in meinem Rücken leise zufallen und lauschte. Chopin. Eine Interpretation. Im Grunde verwendete Florence lediglich die Akkorde und peppte das Stück mit einer eigenen Melodie auf.

Sie konnte verdammt gut spielen. Vielleicht besser als ich.

»Schließ die Türen«, raunte ich Davies zu und ging langsam näher.

Der Flügel stand mitten in der Poollandschaft. Zwei quadratische Becken waren durch einen geschwungenen Halbkreis verbunden, auf dem das Piano stand. Florence saß aufrecht mit dem Rücken zu mir und ließ ihre Finger wie Federn über die Tasten gleiten. Sie war vertieft. Verträumt.

Vermutlich trug die Musik sie an einen besseren Ort. In eine bessere Realität. Fernab von dem hier, von uns, die sie umgaben. Sie bemerkte mich nicht, auch dann nicht, als ich keine zwei Schrittlängen von ihr entfernt stehen blieb.

Ich wartete so lange, bis das Stück zu Ende war, dann ging

ich auf sie zu und legte meine Hand neben ihre auf die Tasten.

Sie erschrak und blickte auf.

Ich lächelte sie an, ließ mich in ihre tiefen, braunen Augen fallen und spielte die Melodie, die sie zuvor unter Chopin gewebt hatte.

Sie sah auf meine Finger und blieb ganz ruhig.

Bis sie schließlich ihre Hände an die Tasten setzte und mit mir gemeinsam improvisierte. Florence rückte zur Seite, machte mir auf dem Hocker Platz, und wir ließen unsere Finger über die Tasten gleiten.

Zum ersten Mal seit Wochen glaubte ich, dass es sich lohnte, wofür ich kämpfte.

DU FOLGST
SELBST EINER
MELODIE
IN DEN TOD.

FLORENCE

Immer wieder berührten sich unsere Hände, während wir spielten, und es verwunderte mich selbst, dass ich daran so viel Gefallen fand.

Ich fühlte mich verbunden. Mit diesem Mann, der etwas in sich trug, das ich nicht begreifen konnte, und ich fragte mich unwillkürlich, wie es überhaupt dazu kam, dass er sich Zeit dafür nahm, hier mit mir zu musizieren.

Er hatte doch Wichtigeres zu tun und dringendere Aufgaben? Wieso hatte er mich überhaupt nach Schottland begleitet? Hätte er nicht genauso gut Davies schicken können?

»Warum bist du hier?«, fragte ich ihn leise und spielte langsam aus.

Er setzte zwei weitere Akkorde nach, bis er den Abschlusston erklingen ließ und sich zu mir drehte. Seine Augen waren dunkel. »Wieso bist *du* hier?«

»Wo sollte ich sonst sein?«

»Ich habe dir gesagt, dass du gehen kannst, aber du hast dein Frühstück gegessen, dir eine Beschäftigung gesucht und bist geblieben.«

Ich zuckte die Achseln. »Nach allem, was ich ertragen musste, weil ihr mir nicht geglaubt habt, glaubt ihr mir endlich und dann kann ich genauso gut bleiben.«

»Und die Vorzüge genießen.« Er lächelte dunkel und

spielte einen tiefen Akkord, wobei er sich an mir vorbeistrecken musste und seine gesamte Seite mich berührte. Ich mochte den Klang sehr, kannte das Stück aber nicht. Er spielte zwei weitere Klänge und mit der rechten Hand eine süße Melodie dazu. Es war drückend, schwer. Und wunderschön. Ich rutschte ein wenig zur Seite, um ihm Platz zu machen und er vertiefte sich in sein Spiel. Ich hatte noch nie einen Mann Klavier spielen gesehen – und schon gar nicht jemanden wie Alec.

»Wo hast du es gelernt?«, fragte ich andächtig. Ich konnte mir schwer vorstellen, dass jemand wie der Dark Prince seine Freizeit vor Noten verbrachte – je länger ich ihm jedoch zusah und je melodischer und gefühlvoller die Musik wurde, desto mehr kam es mir so vor, als wäre das Klavierspielen ein großer Teil von ihm, etwas, das er nur wenigen preisgab.

»Jeder in meiner Familie wird dazu genötigt, es zu lernen.« Er hielt inne und ließ einen Höhepunkt des Stücks ausklingen. Er sah mich von der Seite an, sein Blick war durchdringend und sein Gesicht verdammt nah. »Spiel mit mir«, raunte er und es war ein Befehl, den ich zu befolgen hatte. Und es auch wollte. Meine Hände zitterten, als ich sie auf die Tasten legte und eine Melodie zu seiner improvisierte.

Wenn ich selbst spielte, spürte ich die Musik mehr, als dass ich sie hörte. Durch unsere gemeinsame Improvisation vermischten sich Gefühl und Klang, und die Musik wurde noch tragender, noch ergreifender.

Alecs starke Schulter bewegte sich an meiner und seine Bewegungen vor dem Flügel waren die eines echten Pianisten. Grazil, dominant, leicht und doch so ausdrucksstark.

Irgendwann spielte ich nicht mehr, ich folgte nur noch meinen Fingern, die selbst bestimmten. Spürte meinen Atem, wie er sich beschleunigte, und sehnte mich nach den Versprechen und Küssen, die er mir gestern Nacht gegeben hatte.

Ich ließ einen Impuls entscheiden und legte meine Hand auf seinen Handrücken.

Eine Sekunde lang geschah gar nichts.

Meine Hand schickte elektrische Stöße durch meinen Arm, aus Angst, er könnte sie wegstoßen, mich auslachen, oder irgendetwas Derartiges tun, das typisch für ihn wäre.

Als nichts geschah, wollte ich meine Hand langsam zurücknehmen, aber er hielt sie mit seiner anderen fest.

Nervös blickte ich auf. Seine Augen fanden tiefsinnig in meine. Ich hatte keine Ahnung, was in seinem Kopf vor sich ging. »Ich habe eine Wohnung ganz in der Nähe der Universität.«

»Okay …?«

»Vielleicht besuche ich dich mal auf dem Campus, auch wenn ich es nicht tun sollte.«

»Was …?«

»Hast du dir über die Fächerwahl Gedanken gemacht?«

In den Augenwinkeln bemerkte ich, dass Davies sich ebenfalls im Raum befand. Ich wurde gleich um etliches nervöser. *Was dachten die beiden darüber, dass ich sie direkt nacheinander an mich herangelassen hatte? Als wäre ich eine, die nicht genug bekommen konnte? Eine Schlampe?*

»Warum interessierst du dich so sehr dafür?«

»Für dein Studium?« Sein glühender Blick stellte etwas mit meinem Magen an. »Oder für dich?«

Für mich? Ließ ich es tatsächlich zu, dass seine Worte etwas in mir zum Schwingen brachten, das so viel mehr als eine süße Melodie war? Ich nahm meine Hände zurück, beugte mich wie magisch von ihm angezogen vor, doch in diesem Moment stand er auf. Blitzschnell klappte er den Flügel zu, zog mich zu sich herauf und setzte mich auf das Holz des Deckels. Seine Hüfte zwischen meinen Beinen, seine Hand dominant in meinem Haar. Er stand vor mir und sah mich an, ganz anders als gestern Nacht, nicht zurückhaltend, defensiv, sondern verlangend und fordernd.

Wie der Dark Prince.

Ich bemerkte Davies hinter seinem Rücken auf uns zukommen. Er schlenderte, auf seinen Lippen ein blasiertes Lächeln, und mir wurde klar, dass sie beide das hier irgendwie geplant hatten. Und wollten.

Alec bemerkte meinen Blick. »Du hast uns beide verführt. Sag nicht, dass dir das nicht klar war.«

Ich hielt meine Lippen verschlossen. Es war mir klar. Es war mir nicht klar. Sie beide vor mir zu sehen und daran denken zu müssen, wie leicht es mir gefallen war, mich ihnen jeweils hinzugeben …

»Wir haben nur ein paar Stunden«, raunte Alec dunkel vor meinem Gesicht. Die Anziehungskraft unserer Körper wurde unerträglich. »Danach wird alles, was vorgefallen ist, zu einer Erinnerung verkommen.«

Er beugte sich an meinen Hals und legte seine Lippen auf die Haut unterhalb meines Ohres, sodass ich erschauderte. Seine Erektion drückte in meinen Schritt und ich wurde noch nervöser.

»Lass dich darauf ein«, gab er murmelnd von sich. »Du weißt, dass du es willst.«

Ich sah Davies' grüne Augen in Alecs Rücken aufblitzen und tat etwas, das ich mich normalerweise nie getraut hätte. Ich griff an Alecs Gürtel und willigte damit ein.

Ich wollte dieses Abenteuer. Das Versprechen, es wäre einmalig, war zu verlockend. Beide Männer wussten, was sie taten, beide Männer kannte ich. Mein Herz begann wild zu klopfen, als ich mir ausmalte, was es bedeuten könnte, wenn ich nicht nur den Prinzen verführte. Sondern auch Davies zur selben Zeit.

Alec hielt sich an die Notenablage gestützt, keilte mich so mit seinen Armen ein und ließ mich gewähren.

Doch bevor ich seinen Gürtel richtig öffnen konnte, machte er einen Schritt zurück. »Nicht so schnell«, befahl er ruhig, mit einem feinen Lächeln. »Ich will es auskosten. Zieh dich aus.«

Ich schluckte.

Davies stand ganz in der Nähe, Alec direkt vor mir.

Meine Brust hob und senkte sich und mein Herz raste vor Neugierde und Verlangen, als ich langsam mein Sweatshirt nach oben zog.

»Langsamer«, knurrte Alec und ich gehorchte.

Langsam, ganz allmählich rollte ich den Stoff hoch. Die Haut an meinem Bauch kam zum Vorschein, dann meine Rippen, mein BH, mein Hals, bis ich das Oberteil über mein Gesicht zog und es hinter mich auf den Flügel legte. Ich wartete, ließ ihre Blicke meine Haut erkunden, bis ich vorsichtig an den Bund meiner Jeans griff und den Knopf öffnete.

Die Blicke der beiden Männer folgten meinen Fingern und es erregte mich, dass sie mich begehrten. Jeder auf seine Art – oder doch auf dieselbe?

Ich musste schmunzeln, als ich meine Jeans langsam nach unten drückte und so meinen Slip freilegte. Immer tiefer schob ich sie, bis ich mich bücken musste, um sie bis zu meinen Füßen zu streifen. Ich stieg aus den Beinen heraus und richtete mich wieder auf. Mir wurde zunehmend heißer, vor allem, da ich nicht wusste, wen von beiden ich am liebsten spüren wollte.

Meine Augen wanderten von Davies' grün funkelnden Opalen zu Alecs tiefschwarzen Kohlestücken und blieben daran haften. Ich dachte an unseren Sex gestern Nacht zurück, der so ganz anders gewesen war als der mit Davies. Jetzt stand ich vor beiden. War ich deshalb geblieben? Wollte ich es auskosten? Wenigstens einmal wissen, wie es war …?
»Gefällt es euch so?«, fragte ich.

»Mach weiter«, antwortete Alec rau. Ich wusste nicht, was sich in ihm abspielte, aber das Verlangen danach, von ihm berührt zu werden, wurde mit jeder Sekunde stärker. Ich griff an meinen Rücken und löste mit einem schnellen Griff den BH. Dann ließ ich mir Zeit, um ihn von meinen Armen zu lösen und meine Brüste freizulegen. Ich war neugierig darauf, was jetzt geschehen würde und meine Fantasie erzeugte Bilder, die mich fast wahnsinnig machten. Ich musste meine Lippen befeuchten, damit sie nicht austrockneten.

»Deinen Slip«, erinnerte mich Alec. Er hatte seine Arme vor der Brust verschränkt und sein Blick loderte. Dabei folgte er nicht so wie Davies meinen Fingern, sondern betrachtete meine Augen, meine Lippen, mein Haar.

Langsam glitt ich mit meinem Daumen zwischen den Stoff des Slips und meine Haut und drückte ihn in Zeitlupe hinunter. Ich wurde mit jedem Zentimeter nervöser. Scheiße.

Wollte ich das wirklich?

Eine weitere Welle der Erregung breitete sich in mir aus, als ich zu sehen glaubte, dass sich eine deutliche Erektion in Davies' schwarzer Jeans abzeichnete. Ich ahnte, dass ich dies hier nur tat, weil es so unwirklich war, so abseits von allem, das ich kannte, und eine Stimme in meinem Kopf immer wieder betonte, dass es nur zu meinem Vorteil sein konnte, wenn ich von diesen zwei Männern begehrt wurde. Vielleicht eröffneten sich mir zurück in London neue Möglichkeiten. Ich wusste nicht, wie ich hier hineingeraten war und ob ich mich nicht rettungslos darin verlor, aber ich wollte noch nicht aufhören, an etwas zu glauben, das eigentlich unmöglich war – dass ich in irgendeiner Weise mehr für sie sein könnte als ein bedeutungsloser Fick.

Nicht jetzt.

Ich biss mir auf die Lippen, als ich meinen Slip so weit hinunterdrückte, dass ich ihn mit einem Fuß abstreifen konnte, und mich wieder aufrichtete. Mein Atem hatte sich beschleunigt.

»Da steht sie, nackt und wunderschön.« Davies schenkte mir ein zweideutiges Lächeln. »Sie hat schon damals im *Royal Black* um ihre Unterwerfung gebettelt.«

Alec schwieg.

»Ob sie enttäuscht war, dass wir sie gehen ließen?«

»Sie hat zumindest alles dafür getan, dass wir jetzt hier stehen und es kaum erwarten können, sie zu ficken.« *Mir wurde noch heißer.* Alec hob seine Stimme und seine nächsten Worte waren schnalzende Befehle. »Setz dich auf den Klavierdeckel und spreiz die Beine.«

»Was?«, fragte ich irritiert. Ich spürte, wie es mir unangenehm wurde. Nackt vor ihnen zu stehen, war das eine, schließlich war man in jedem Schwimmbad mit nicht viel mehr bekleidet, aber meine Beine zu spreizen, damit sie einen ungehinderten Blick hatten …?

Alecs Stimme wurde drohender. »Setz dich auf den Klavierdeckel.«

Ich bemerkte, wie Davies an seine Jeans griff. An seinen Gürtel.

Ich presste die Lippen aufeinander und gehorchte.

»Spreiz die Beine.«

»Nein!«, brachte ich hervor und funkelte ihn wütend an.

Alec hob eine Braue. »Dann geh.« Er drehte sich zu Davies um, der die Finger fest in seinem Gürtel hatte, als ob er nur darauf wartete, ihn benutzen zu können. *Sadist!* »Wir werden dich nicht zwingen, zu tun, was wir verlangen. Aber dir dürfte von Anfang an klar gewesen sein, dass wir diejenigen sind, die bestimmen. Wenn du das nicht willst, verlass den Raum und lerne uns nie kennen. *Aber gib keine Widerworte. Vergiss deine Hemmungen.* Gib dich hin.«

»Und wenn ich nicht gehorche, werde ich geschlagen?«

»Möchtest du das denn?«, fragte er süffisant.

Ich erschauderte ein weiteres Mal. »Du sagtest mal, ihr vergewaltigt keine Frauen, nur weil ihr es könntet.«

Der dunkle Prinz lachte leise. Davies kam näher, seine Finger spielten auf seiner Gürtelschnalle. *Shit!*

»Wir *vergewaltigen* dich auch nicht, Baby. Wir unterwerfen. Du hast die Wahl. Wenn du gehen willst, geh jetzt. Oder lass dich darauf ein und lerne deine Grenzen kennen und was es für ein Gefühl ist, sie zu überschreiten.«

Ich bewegte mich nicht.

Wieder warf Alec Davies einen kurzen Blick zu. »Sehr

gut. Dann tu, was ich dir gesagt habe«, verlangte er finster lächelnd. »Wir haben hier leider keine sanfte Peitsche für dich, die ein bisschen auf deiner Haut zischt, sondern nur hartes Leder. Ich würde es nicht herausfordern wollen.«

»Und wenn ich nicht mitmache?«, fragte ich stoisch.

Ein Knall traf meinen nackten Oberschenkel und ich schrie auf. *Scheiße.* »Lass das!«

Davies grinste, die Schnalle in seiner Hand. »Zu spät.«

»Arschloch!«

»Immer gern«, antwortete er. Meine Haut verfärbte sich und es tat höllisch weh. *Ob sie mich wirklich nicht mehr gehen lassen würden?* »Die Türen sind ziemlich fest verschlossen, Beauty«, erklärte er sanft, als er meinen Blick zu den Ausgängen bemerkte.

Ich stieß wütend Luft aus. Ja, ich hätte ›Nein‹ sagen sollen und könnte jetzt immer noch versuchen, zu entkommen, vor allem über das Wasser, aber die beiden sahen nicht länger danach aus, als würden sie mich gehen lassen. Wieso hatte ich auch Gefallen daran finden müssen, sie zu verführen? Es hätte mir doch klar sein müssen, dass ich zu keiner Zeit die Oberhand haben würde! Warum war ich nicht gegangen, als Alec mir die Option dazu gelassen hatte? *Weil ich es wollte. Weil ich es genoss.*

»Sie denkt nach«, stellte Alec fest. »Sie denkt zu viel.«

»An Fluchtmöglichkeiten, vermute ich«, kommentierte Davies und ließ seinen Gürtel bedrohlich schwingen. *Shit.*

Widerwillig stützte ich mich mit einem Fuß auf den Klavierstuhl ab und spreizte meine Beine. Sobald ihre Blicke meine Scham trafen, erregte es mich doch. Obwohl es mir auf der einen Seite peinlich war, genoss ich es auf der anderen Seite, und ich spreizte meine Beine noch etwas weiter, um zu sehen, wie sie reagierten.

Es war, als ob allein ihre Blicke mich erhitzen könnten und ich hielt die Spannung kaum noch aus. Sie war perfekt, süßlich, genau richtig, um mich anzuheizen.

Alec kam langsam auf mich zu und ich begann, zu zittern. Gott! War es wirklich möglich, dass ich *das hier* wollte? Woher kamen diese vielen, widersprüchlichen Gefühle in mir? Ja, ich fand Davies und Alec attraktiv, von Anfang an, aber hatte ich in meinem Leben jemals so etwas getan? Die Antwort war ein klares Nein und ich wusste, dass es nur daran lag, dass ich so weit fort von London war wie noch nie, weshalb ich mich traute, es auszuleben.

Der Prinz blieb direkt vor mir stehen, sodass seine Jeans meinen Schritt ganz leicht streifte. Sein Atem traf meine Haut und ich begann jämmerlich zu beben.

»Öffne meinen Gürtel.«

Mit zittrigen Fingern gehorchte ich. Mein Atem ging mittlerweile so flach, dass mir leicht schwindelig wurde.

»Kontrollier deine Atmung!«, raunte er und fasste scharf an mein Kinn. »Einatmen. Ausatmen.«

»Dass du ihr das Atmen erklären musst …«, sagte Davies belustigt und lehnte sich mit seinen Unterarmen auf den geschlossenen Flügel. Ich konnte ahnen, dass er interessiert zu uns sah.

Ein paar Sekunden später hatte ich zu normaler Atmung zurückgefunden.

»Mach weiter«, befahl Alec dominant. Er ließ seine Arme zur Seite fallen. Er wollte mich machen lassen, oder anders: Ich sollte ihm die Arbeit abnehmen.

Ich zog seinen Gürtel auf und den Reißverschluss hinunter. Ich wurde immer nervöser, da mir sehr wohl bewusst war, dass Davies uns zusah und ich keine Ahnung hatte, wohin das Ganze führen würde. Aber ich hatte es zu weit getrieben, jetzt gab es keinen Ausweg mehr.

Aber wollte ich überhaupt einen finden?

Kurz bevor ich nach Alecs Schwanz greifen konnte, fasste er abermals an mein Kinn und zog mein Gesicht fest vor seines. War es möglich, dass ich ausgerechnet diesen Schönling in mir spüren wollte? Mein Körper sprach dafür.

Noch immer waren meine Beine geweitet und ich sehnte mich geradezu danach, genommen und ausgefüllt zu werden.

»Du weißt, dass das einmalig ist«, raunte er vor mein Gesicht. »Und ich kann es mir nicht erlauben, dass du in London groß herumposaunst, der Dark Prince hätte dich gefickt. Wir tun das, weil wir *hier* sind und dein Körper uns geradezu anfleht, ihn uns zu nehmen, aber du brauchst dir nicht einzubilden, dass es irgendeine Bedeutung hätte.«

»Gut, dann brauchst du das auch nicht.« Ich griff in seine Boxershorts und zog sie hinunter. Davies lachte leise. »Dir irgendetwas einzubilden.«

Alec lächelte stumm und umfasste mein Kinn fester. »Schieb ihn dir rein.«

Ein berauschendes Gefühl wanderte durch meine Mitte. Seine Worte hatten die Lust in mir ausgelöst, mich ihm zu verweigern – um herauszufinden, wie er dann reagieren würde.

»Tu es«, knurrte er. »Denk nicht mal daran.«

Mir wurde klar, dass er mich nicht schlagen würde. Für so etwas hatte er Davies. Er wollte über mich bestimmen, aber er würde mir niemals richtigen Schmerz zufügen. *›Wozu hatte er seine Leute?‹*

»Das bedeutet wohl, dass ich ab sofort Hausverbot im *Royal Black* habe, oder?«, fragte ich lächelnd und fuhr auskostend über die Länge seines Schafts. Ich war so nervös, dass ich mich stark bremsen musste, nicht sofort auf ihn zu hören, um es hinter mich zu bringen. »Damit ich deiner Freundin nicht begegne?«

Er schwieg, noch immer zuckte das feine Lächeln um seine Mundwinkel und ich befürchtete plötzlich, dass er noch ganz andere Pläne mit mir hatte.

»Oder?«, fragte ich verunsichert nach.

»In letzter Zeit stellen sehr viele Leute Fragen«, antwortete er, drückte meine Hand fest um seinen Schaft und schob ihn hart in Richtung meiner Öffnung. »Vielleicht habe ich zu viele davon beantwortet.«

Er hatte recht. Er war irgendwie verändert, zielgerichteter, zuversichtlicher?

»Ist irgendwas mit di-«

»Schscht«, machte er grinsend und fuhr mit einem Finger durch meine Pussy. Der leichte Druck über meine Klit glitt mir in jede Muskelfaser. »Du redest zu viel, Baby«, sagte er sanft und drang mit einem Finger in mich ein. Meine Atmung geriet abermals außer Kontrolle. »Ich möchte, dass du aufhörst, zu reden. Und zu denken. Tu einfach nur, was ich dir sage. Lass dich fallen.«

Sein Finger drang tiefer und ich schloss die Augen, um es voll und ganz genießen zu können.

»Gar keine schlechte Idee«, raunte er leise. »Halt sie geschlossen. Konzentrier dich auf dein Gehör. So wie eben, gib dich hin.« Sanft strich sein Daumen meine Schamlippen entlang und entlockte mir ein Seufzen. »Wenn wir dich nackt sehen wollen, dann, weil wir dich begehren. Weil alles an dir schön ist, was wir zu sehen bekommen. Streich das Schamgefühl aus deinen Gedanken. Es gibt keinen Grund.«

Er nahm seine Hand zurück und fuhr mit ihr über meinen Schoß, meinen Bauchnabel, hinauf zu meinen Brüsten. Zaghaft legte er Daumen und Zeigefinger um meine Nippel und streichelte sie.

»Traust du es dir zu, mir zu gehorchen? Zu tun, was ich sage?«

»Ja.« Ich war einfach zu neugierig.

»Wenn ich dich dirigiere, wirst du gehorchen.«

»Ja.«

»Du hältst deine Augen geschlossen, bis ich es dir erlaube, sie wieder zu öffnen.«

»Ja.«

»Rutsch runter auf deine Knie.«

O Gott.

Er reichte mir seine Hand, damit ich mich sinken lassen konnte. Meine Beine fühlten sich an wie Butter, als ich mich langsam auf den Boden fallen ließ. Die Poolfliesen waren warm, aber rau, und der Drang, alles abzubrechen und die Augen wieder aufzureißen, überkam mich stärker als zuvor. *Du hast ›Ja‹ gesagt. Lass es zu! Du willst es. Ein dunkler Teil in dir will es.*

»Öffne deine Lippen.« Der Befehl kam rau wie jedes von Alecs Worten.

Ich verspürte Angst, prickelnde Aufregung und brennende Neugierde, als ich meine Lippen öffnete. Statt seiner Schwanzspitze spürte ich seinen Daumen an meinen Zähnen. Er spielte mit meiner Unterlippe, streichelte über meine Zähne und ich umfuhr ihn ganz automatisch mit meiner Zunge. Als er nichts anderes tat, als diese Zärtlichkeit zu erwidern, wurde ich endlich mutiger.

Ich umspielte seinen Daumen, saugte daran, nahm ihn in mir auf und ließ ihn los. Mein Gehör war sensibilisiert. Ich hörte Davies' feste Schritte auf dem Boden. Dann Stoff, den er mir über die Augen legte. Seine rauen Hände an meiner Haut. Es war mein Sweatshirt, er knotete es fest.

Ob es wirklich besser war, wenn ich sie nicht würde ansehen können?

Alecs Daumen schob meinen Kiefer leicht nach unten und bedeutete mir, meinen Mund zu öffnen, dann spürte ich ihn in mir. Immer wieder kämpfte sich eine Stimme in meinem Kopf empor, dass das hier falsch wäre. Sie stritt mit einer anderen, die sich dadurch Vorteile erhoffte, übermannte aber kaum diejenige, die es schlichtweg einfach nur wollte.

Ich ließ seine Spitze zwischen meine Lippen gleiten und gab mich hin. Das Gefühl war neu für mich, dass es mich derartig erregte, jemandem einen zu blasen. Ich hatte es zuvor nicht gerne getan, aber bei Alec war es anders. Ihm wollte ich mich hingeben, weil ich wusste, dass er es wertschätzte.

Wie ich auf so einen Bullshit kam?

Meine Gefühle verrieten mich offenbar und ich beschloss, dass alles, was in diesem Hotel geschah, in diesem Hotel bleiben würde. Das war mein Schutzschild. Ich brauchte es unbedingt.

»Wie fühlt sich das an?«, fragte Alec ruhig.

Ich konnte nicht antworten, da ich viel zu sehr damit beschäftigt war, mich ihm zu widmen, damit es ihm gefiel.

Plötzlich spürte ich zwei Hände an meinen nackten Schultern, die mich sanft massierten. Ich seufzte auf und leckte noch inniger über Alecs Schaft. Von seinem Schwanz ausgefüllt zu werden, löste eine tiefe Befriedigung in mir aus, die ich so noch nie erlebt hatte.

»Dreh dich um.«

O Gott. Über meinen gesamten Körper fuhr ein nervöser Schauer.

Davies drückte fester in meine Schulterblätter und Alec zog sich zurück. Davies drückte mich mehr zu sich herum, als dass ich mich selbst bewegte.

Mein gesamter Unterleib entflammte, als sich seine Lust langsam zwischen meine Lippen schob. Er trug ein Kondom, aber das machte es nicht minder erregend. Die Vorstellung, beide auf diese Weise zu befriedigen …

Ich spürte Alecs Hände in meinem Haar, Davies' feste Griffe an meiner Schulter. Sie führten mich beide, sie genossen es beide, ich dachte nicht mehr nach.

Gefühlvoll ließ ich mich in den Mund ficken und von beiden in ihren Griffen halten. Zu keiner Zeit hatte ich das Gefühl, sie würden mich nur benutzen. Es war mehr ein Halten, ein gemeinsames Erlebnis, eine Verbindung.

»Wer hätte gedacht, dass sie sich so fallen lassen kann«, raunte Alec über mir.

»Mir war das von Anfang an klar.« Davies' Stimme klang zufrieden, vollkommen gelöst.

Mein Herzschlag war noch immer auf 180. Davies gab ein ruhiges Stöhnen von sich, als ich ihn tiefer in mir aufnahm.

Daraufhin wurden seine Bewegungen schneller, doch im Gegensatz zu gestern nahm er sich zurück. Ich mochte es, dass ich seine sanfte Art genauso kennenlernen durfte.

Alecs Hände tanzten auf meiner Haut und plötzlich spürte ich seine Lippen zwischen meinen Schulterblättern. Ich erschauderte.

Sanft zog er mich zurück in den Stand, Davies trat zurück. Sie legten meine Arme auf den Flügel, drückten meinen Oberkörper hinunter, so dass ich mich an dem Holz des Klavierdeckels abstützen musste. Alec fuhr mit seinen Händen über meinen Po, streichelte abermals über meine Klit und stieß mit seiner Spitze sanft gegen mein Loch.

Hände glitten über meinen Körper, fuhren über meinen Rücken, meine Arme und gaben mir das Gefühl, vollkommen sicher und aufgehoben zu sein, während er sich allmählich in mich vorschob.

Mit jedem Millimeter, den ich ihn mehr in mir spürte, spannten sich meine inneren Muskeln an. Ich wollte ihn auf keinen Fall wieder loslassen.

Er drang tiefer, kostete jede Sekunde seines Vorstoßens aus und ließ mich wohlig aufstöhnen. Ich hatte etwas anderes erwartet. Ich hatte Angst gehabt, sie würden mich benutzen, sich nehmen, was sie brauchten, aber stattdessen schenkten sie mir Ruhe und Geborgenheit und waren so viel zärtlicher, als ich sie in den letzten zwei Tagen kennengelernt hatte.

Sie wussten genau, wie sie mit mir umzugehen hatten, als könnten sie sich ohne Worte verständigen, als wäre das hier für sie genauso besonders wie für mich.

Alec griff dominant in mein Haar und zog meinen Kopf damit leicht nach hinten, während er mich immer tiefer nahm.

»Sie ist verdammt eng, ist dir das auch aufgefallen?«, fragte er abgehackt und ließ sich mit jedem weiteren Stoß mehr treiben.

»Ja«, antwortete Davies dunkel. Ich zuckte zusammen, seine Stimme war näher als gedacht.

Er legte mir eine Hand ans Kinn, drehte meinen Kopf zur Seite und presste seine Lippen auf meine.

Während ich Alecs Hände an meinem Arsch fühlte, knetete Davies meine rechte Brust und küsste mich hart. Er saugte förmlich jeden Laut meines tiefen Stöhnens in sich auf und drückte mir seine Zunge verlangend zwischen die Lippen.

Ohne dass Alec sein Tempo beschleunigte und auch nur die Hand an meine Perle legte, kam ich in einem kurzen, kräftigen Orgasmus. Allein ihre Stimulationen sorgten für einen Orkan in mir und ich schrie meine Lust hinaus.

Davies lachte leise, Alec stöhnte mit mir, aber anstatt sich ebenso hinzugeben, packte er mich hart, zog mich zu sich herum und hob mich an.

Er drückte mich auf den Klavierdeckel, schob sich zwischen meine Beine und nahm mich von vorn.

Ich keuchte und klammerte mich an ihm fest. Ohne viel Federlesen stieß er sich in mich vor und füllte mich bis zum Anschlag aus. Mit einem Mal riss er mir das Sweatshirt von meinen Augen und ich fiel zurück in die Realität.

»Verkrampf dich nicht«, sagte er sanft. Er nahm mich in seine starken Arme und bewegte sich etwas ruhiger in mir. »Ich begehre dich, sonst würde ich das hier ganz sicher nicht tun.« Er stützte seine Stirn an meiner ab, seine Stöße nahmen zu. »Sieh mich an.«

Ich zögerte, bevor ich den Blick hob und in seine nahen, dunklen Augen sah. Tausende Emotionen rauschten durch meinen Körper und setzten sich als fester Knoten unter meine Brust. Ich klammerte mich an ihn und wollte ihn noch tiefer in mir spüren. Mehr davon, so viel, dass er sich nicht mehr von mir lösen könnte.

Ich spürte den Flügel unter mir, genoss das Gefühl seiner Lust, die sich in mir bewegte, mich dehnte und ausfüllte, und spürte gleichzeitig seinen Atem auf meiner Haut, in meinem Gesicht.

Er ließ mich los, hielt inne und wich ein Stück zurück. Sofort wollte ich ihn wieder an mich ziehen, aber ich ließ es bleiben, als ich sah, dass Davies ihm ein Kondom gab.

»Wir wollen es ja nicht gleich übertreiben mit dem Risiko, oder?«, fragte Alec ironisch lächelnd.

Ich schluckte. Mir fehlten die Worte und ich hätte keinen Laut über die Lippen gebracht, selbst wenn mir welche eingefallen wären.

»Ein bisschen weiter …«, befahl er gedankenverloren und schob meine Beine mit der freien Hand auseinander, während er sich das Kondom mit der anderen überzog. Er betrachtete stumm meine Klit und fuhr mit einem Finger darüber. Ich war nicht unbedingt feucht, dafür war alles, was geschah, viel zu ungewohnt für mich. Ich konnte mich mit offenen Augen nicht richtig fallen lassen, es fiel mir schwer, mich hinzugeben.

»Willst du es?«, fragte Alec, womöglich weil er spürte, dass ich unsicherer wurde.

Ich warf Davies einen Blick zu, der noch immer ruhig neben dem Piano stand und uns zusah. Ein stummes Lächeln auf den Lippen, in seinen Augen die reine Gier. Aber auch etwas Zuversichtliches. Wieso vertraute ich ihm blind?

Alec stieß sich wieder in mich vor und ich verlor unseren Augenkontakt. Jetzt mit Kondom wurde Alec schneller, er umfasste mich zu beiden Seiten des Flügels und fickte mich mit schnellen Stößen dagegen.

Er war animalisch, fordernd und stark, und ich konnte gar nicht anders, als sein Spiel zu genießen.

Ich legte mich so weit wie möglich zurück und hielt mich an seinen Oberarmen fest. Mit jeder weiteren Minute wurde ich zu meinem Höhepunkt getrieben und ich brauchte nur daran zu denken, dass wir Zuschauer hatten, dass ich noch einen zweiten Mann mit meinem Körper erregte, und ich trieb mich selbst immer näher an einen zweiten Orgasmus.

Als ich spürte, wie Alec sich in mir ergoss, wollte ich ihm folgen. Ich wusste nicht, ob es sich jemals so richtig angefühlt hatte, mit einem Mann zu schlafen, und doch so falsch, aber auf jeden Fall wollte ich –

»Lass sie nicht kommen.« Davies' Stimme holte mich zurück.

Ich riss die Augen auf. Alec. Er lächelte höhnisch und zog sich aus mir zurück, was sofort zu einem unangenehmen Ziehen in mir führte.

»Was soll das?«, keifte ich ihn an. Erst Davies, jetzt er?

Er zog sich unbeteiligt das benutzte Kondom ab und warf es unter den Flügel. Sein Schwanz stand trotzdem noch aufrecht.

Mir war so heiß und ich fühlte mich so zutiefst missverstanden, dass ich richtig wütend wurde.

»Prinzessin«, sagte Alec grinsend und bewunderte meinen Ausbruch. »Wir wollen doch nur, dass es für dich nicht zu schnell vorbei ist.«

»Und was habt ihr jetzt vor?«, fauchte ich.

Die beiden warfen sich einen Blick zu und lachten.

»Vielleicht braucht sie erst mal eine Abkühlung.«

»Definitiv, Chef.«

»Ob das Wasser kalt genug ist?« Alec kam wieder näher.

»Untersteh dich!«, rief ich und wich vor ihm zurück, aber er packte mich, ohne auf meinen Widerstand zu achten, und warf mich mit einem einfachen Griff um meinen Oberarm ins Wasser.

Chlor.

Nässe.

Keine Luft, nur Wellen und Wasser.

Ich tauchte unter und sofort wieder auf. Ich prustete, hatte etwas Chlorwasser verschluckt. Ich strich das Wasser aus meinen Augen und funkelte die beiden wütend an.

»Und? Wer rettet mich jetzt?«, fragte ich zickig. Jetzt, hier im Wasser unter ihnen, wurde mir erst so richtig bewusst, was vor sich ging.

Sie warteten nur darauf, dass ich aus dem Pool ausstieg, um weitermachen zu können. Dieser Gedanke machte mich nervös und sorgte für eine prickelnde Aufregung, aber es wäre zu einfach, wenn ich ihnen jetzt in die Arme laufen würde.

»Von wem möchtest du gerettet werden?«, fragte Alec grinsend. Er hatte seine Jeans wieder geschlossen. Davies trat neben ihn und sah ebenfalls auf mich herab.

Wieder waren da diese Bilder in meinem Kopf. Wie beide, sich in mir …

Fuck. Konnte ich nicht an etwas Vernünftiges denken? Das hier alles beenden, bevor es mich an meine Grenzen trieb?

»Komm, ich helf dir raus«, sagte Alec freundlich und streckte mir die Hand entgegen.

»Ich werde dich ins Wasser ziehen«, versprach ich ihm und schwamm auf ihn zu.

Er hob eine Braue. »Und das willst du wie anstellen?«

»Hm«, machte ich leichthin, erreichte den Beckenrand und griff in seine Hand. Ich ließ mich erst von ihm hochziehen, dann übte ich Davies' Trick, den er mir gestern Abend im Badezimmer gezeigt hatte, auf seine Hand aus und überraschte ihn damit. Der Griff sorgte dafür, dass Alec nachgab. Ich ließ mich zurückfallen und zog ihn mit meinem gesamten Gewicht ins Wasser. Er stolperte – und fiel.

Ich musste lachen, als ich untertauchte und konnte nicht aufhören, als ich wieder an der Luft war.

Der Prinz prustete, wischte sich Chlorwasser vom Mund und schwamm auf der Stelle. »Hast du ihr diesen Scheiß gezeigt?«, schnauzte er Davies an.

»Verzeihung, Hoheit.«

Alec stöhnte genervt, bevor er sich zu mir umdrehte. Wir

konnten beide in diesem Teil des Pools nicht stehen und fixierten uns schwimmend mit den Augen. »Und, macht das Spaß?«

»Dir nicht?«, fragte ich keck und streckte ihm die Zunge heraus.

Er schwamm näher, doch ich wich im Wasser zurück. »Riesigen, verfickten Spaß«, antwortete er kühl. »Wer hat dir das Klavierspielen beigebracht?«

»Ich mir selbst«, wich ich aus.

»Alles?«

»Das meiste …«

Er drängte mich Richtung Beckenrand. Mist, das war klar. »Und seit wann gibst du Klavierunterricht?«

»Warum interessierst du dich dafür?«

»Konversation, schon vergessen?«

»Über Dinge, die du eh schon weißt?«, fragte ich neckend.

Er näherte sich und ich stieß mit meinem Nacken gegen den Beckenrand. Das Piano thronte über uns.

Er konnte im Gegensatz zu mir wieder bequem stehen und watete langsam in meine Richtung. »Warum hast du keine Angst vor uns? Niemals gehabt?«

»Das hast du mich schon einmal gefragt.«

»Ja.« Er kam noch näher. Sein Haar war feucht und auf seiner hellen Haut glänzten die Tropfen wie Perlen. »Aber ich habe deine Antwort nicht verstanden.«

»Dann haben wir etwas gemeinsam, ich verstehe deine auch nie.«

Er glitt im Wasser näher und hielt nur Millimeter vor meinem Mund inne. »Aber nur, weil du sie nicht verstehen willst.«

Ich atmete ihm ins Gesicht. »Wenn das so ist, warum fragst du dann, weshalb ich keine Angst habe?«

Er schmunzelte. »Ich bin nicht der Einzige, der sich in Geheimnisse hüllt«, antwortete er raunend, dann zog er sich kraftvoll am Beckenrand herauf und zwang mich so, meinen

Nacken zu neigen, als er mich küsste. Wie heute Morgen und gestern Abend taten seine Lippen etwas mit mir, das meinen Körper augenblicklich in eine andere Welt fortriss.

Wir verschmolzen ineinander und doch war der Kuss geiler und getriebener als die anderen zuvor. Alecs Mund weit geöffnet, als würde er mich inhalieren wollen, und ich gab mich ihm hin.

Plötzlich sank er nach unten, küsste mich in kürzeren Abständen mit nur leicht geöffneten Lippen, umfasste meine Hüfte und drückte mich hoch, aus dem Wasser. Er setzte mich ohne Schwierigkeiten auf den Beckenrand und drückte sanft gegen meinen Bauch.

»Leg dich zurück.« Seine Stimme war jetzt viel samtener als zuvor und eine neue Welle der Nervosität und gleichzeitiger Erregung durchfuhr mich.

Alec blieb im Wasser zurück, drückte meine Beine auseinander und …

Ich schrie auf. Vielleicht hatte ich zu lange darauf gewartet, es mir zu oft vorgestellt, mich zu sehr danach gesehnt, aber seine Zunge zwischen meinen Schamlippen zu fühlen, glich einem tosenden Orgasmus, während ich wusste, dass ich längst nicht am Höhepunkt meiner Gefühle war.

Ich reckte ihm mein Becken entgegen und er streifte mit der Zunge über meine Perle, bis er sie in meinem Spalt vergrub.

O Gott! Ich griff hilflos um mich und wollte, dass dieses süße Gefühl niemals endete. Mein Stöhnen überdeckte jedes Geräusch, meine Lider hielt ich fest verschlossen, denn mein Körper war einzig und allein damit beschäftigt, mich von Alecs Zunge ficken zu lassen.

Tief und ausgiebig, nach allen Regeln der Kunst.

»Öffne deine Lippen …«

Ich riss die Augen auf. Und sah doch nichts. Gefangen in einem Strudel aus Lust verfolgte mich ein grünes Augenpaar und ich gehorchte, ohne nachzudenken.

Davies hob meinen Kopf auf etwas Weiches. Eine gefaltete Liegematte? Ich wusste es nicht, es war mir egal, ich wollte ihn spüren.

Als er schließlich seinen Schwanz zwischen meine Lippen drückte, nahm ich ihn sehnsuchtsvoll in mir auf. Ich fuhr mit der Zunge um seinen Schaft, immer wieder unterbrochen von einem unkontrollierten Stöhnen, das ich nicht zurückhalten konnte, weil Alec mich bis zur Obergrenze trieb.

Ich wollte ihn berühren, aber meine Konzentration reichte nicht aus, um meine Hände zu bewegen. Ich konnte nur daliegen und mich vögeln lassen, mich hingeben und genießen …

Ich hörte, wie das Wasser plätscherte, spürte, wie Alec meine Beine verließ, nur um mich etwas über den Boden zu schieben, sie wieder zu spreizen und tief in mich einzutauchen.

Mittlerweile wollte ich flehen, diese Anspannung in meinem Körper endlich zu erlösen, doch Davies fickte meinen Mund immer ausgiebiger, sodass ich keine Möglichkeit hatte, irgendetwas zu sagen.

»Das macht sie sehr gut«, hörte ich Alecs Stimme, der mich mit tiefen, kräftigen Stößen nahm.

»Viel zu gut.« Davies' wohlklingende Stimme. Er knetete gefühlvoll meine Brust, fester als zuvor. Meine Nippel drückten sich gegen seine Haut und alles, was die beiden mit mir taten, verfestigte sich zu einem lustvollen Sturm, der durch meinen Körper wirbelte.

Ich war nun so überreizt, dass ich gar nicht mehr wusste, ob ich überhaupt kommen konnte. Auf jeden Fall wollte ich noch mehr. Viel mehr als das hier. Wie war das möglich?

Immer wieder stieß Alec seinen Schwanz in mich und ich sehnte mich brennend danach, dass er ein zweites Mal in mir kam. Davies kümmerte sich liebevoll um meine Brüste, während Alec meine Perle massierte, und dann löste sich endlich alles in mir auf, genau in dem Moment, als ich zu spüren meinte, dass Alec sich in mir ergoss, und ich fühlte ein paar herrliche, langgezogene Sekunden eine bahnbrechende Explosion in meinem Körper. Davies rammte sich ein-, zweimal in mich, ich schmeckte das Kondom und ich liebkoste ihn nur zu gerne, als der erlösende Orgasmus in mir versiegte.

»Das könnte erst der Anfang sein, wenn du das willst«, knurrte Davies dominant und stieß sich fordernd zwischen meine Lippen. Endlich war ich wieder einigermaßen klar und konnte zu ihm aufsehen.

Als unsere Blicke sich trafen, blitzten seine grünen Augen auf und auch er kam in mir mit einem leichten Stöhnen. »Verdammt, Beauty.« Sein Lächeln war mein Triumph. »Ich weiß nicht, wann ich das letzte Mal so gekommen bin.«

Er zog sich aus mir zurück und ich lächelte zweideutig zu ihm hoch, als plötzlich ein ganz anderes Stöhnen den Raum erfüllte. Ein schmerzerfülltes.

»Fuck.« Alec griff sich an die Seite und sank gegen den Fuß des Pianos. Sein Sweatshirt hatte sich dunkel verfärbt. Er blutete.

»Scheiße!« Ich setzte mich auf und hockte mich auf den Boden zu ihm. »Dein Verband hat sich gelöst …«

»Das weiß ich selbst, Schönheit«, brachte er hervor. Er hielt seine Augenlider vor Schmerz geschlossen. »Es brennt wie verrückt.«

»Ich hol einen neuen Verband«, informierte Davies uns. Er stand auf, zog sich seine Hose wieder an und sprintete am Flügel vorbei Richtung Ausgang.

Alec grinste, als die Tür zufiel. »Ich hab nur simuliert.«

Ich starrte ihn an. Das Blut war echt. »Sicher?«

Er lachte. »Nein, es tut wirklich höllisch weh, aber mir fällt gerade auf, dass es gut ist, dich für einen Moment alleine sprechen zu können.«

»Wieso …?«

»Ich habe kein Kondom benutzt.«

Ich biss mir auf die Lippe. Noch immer saß ich nackt vor

ihm und seine Klamotten waren wasserdurchtränkt. Plötzlich musste ich kichern, da ich es mir nicht ganz erlaubte, zu lachen.

»Ist das witzig?«, fragte Alec skeptisch.

»Wie alt sind wir eigentlich?« Ich lachte lauter. Merkwürdigerweise kam mir das nicht einmal schlimm vor. Keine Ahnung. Wenn Davies das Kondom weggelassen hätte, hätte ich ihn umgebracht, aber Alec …? »Meine Gedanken sind gerade etwas wirr«, fiel mir auf. Ich bildete mir einen Kopfschmerz ein. Hatte ich das gerade wirklich gedacht? So einen verschissenen Unsinn?

»Wir sind wohl nicht alt genug, um das mit der Verhütung richtig hinzukriegen.« Alec stieg ins Lachen mit ein. »Was hast du nur, dass du mich ständig alle Vorsicht vergessen lässt?«

»Ich weiß es nicht …«, wich ich aus. Nicht nur er war dämlich, ich hatte es ja auch noch zugelassen und mich daran aufgegeilt, als er in mir gekommen war. Selbst jetzt, wenn ich daran zurückdachte, fühlte sich dieses Wissen berauschend an.

»Wenn du schwanger wirst, hat England ein Problem.« Alec lehnte seinen Kopf wieder ans Flügelbein und sah aus dem Fenster.

»Wieso England?«, fragte ich unsicher. »Ich nehme die Pille.«

Er hob beide Brauen. »Obwohl du keine feste Beziehung hast?«

»Was hat das damit zu tun?«

Er atmete erleichtert aus. »Und Aids hast du hoffentlich auch nicht.«

»Und du?«, fragte ich spöttisch. »Bei deinem Umgang …«

»*Ich* auch nicht. Bei Davies wäre ich vorsichtig.« Er grinste wieder und ich musste ebenfalls lächeln.

Mist. Ich verhielt mich wirklich schlampig, oder?

»Hat es dir gefallen?«, fragte Alec nach ein paar Minuten

des Schweigens. Seine dunklen Augen suchten mein Gesicht ab, waren wie heute Morgen warm und interessiert.

»Ja«, brachte ich hervor und Hitze stieg mir ins Gesicht.

»Du brauchst dich nicht dafür zu schämen«, sagte er lächelnd. »Es tut mir eher leid, dass ich es so abrupt abbrechen musste.« Er streckte eine Hand nach meiner Wange aus und fuhr mir mit einem feuchten Finger durchs Gesicht. Ich erschauderte. Nicht nur, weil es langsam kalt wurde. »Florence.«

»Alec.«

»Ich werde mich niemals an die Schönheit dieses Namens gewöhnen.«

EINE HECKE
AUS ROSEN IST
GAR NICHTS.

Dornröschen

DER PRINZ

Es gab Dinge, die waren sehr leicht zu organisieren: Raubzüge durch Luxusviertel, Massen an Bargeld, teure Autos mit gefälschten Papieren und illegaler Handel jeglicher Art. Etwas schwieriger zu beherrschen war der Luftraum. Man brauchte gefälschte Dokumente und die Scans am Flughafen waren gut. Außerdem konnte es passieren, dass man mich dort doch erkannte, wenn ich nicht gerade meinen Bart bis zur Unkenntlichkeit wachsen ließ. Auch ›Lee Davies‹ irgendwo durchzuschleusen, einen Mörder und Verbrecher, war eine Kunst für sich und ich vermied es, wenn ich konnte.

Ich konnte, denn das Glasgower Luxushotel am Flughafen hatte einen Helikopterlandeplatz und Walker hatte uns einen Heli organisiert.

Samt Pilot, versteht sich.

Ich stand rauchend im Windschatten auf dem Dach des Hotels, die Rotorblätter ruhten.

Florence trat als Erste aus der Tür zum Dach, entdeckte mich und kam auf mich zu. Davies folgte ihr dicht auf den Fersen. *Daran würde sie sich gewöhnen müssen.*

Als sie vor mir stehen blieb, bot ich ihr meine Zigarette an und sie zog daran. Ich hielt mich davon ab, sie ein letztes Mal zu küssen – ich sollte es nicht übertreiben mit dem Abschiedstheater.

»Hast du in deine Tasche gesehen?«

»In meine Tasche?«, wiederholte sie überrascht und gab mir die Zigarette zurück.

»Deine Tasche. Außenfach.«

»Nein …« Natürlich hatte sie nicht, denn sonst wäre sie nicht so entspannt. Neugierig holte sie ihre geschulterte Reisetasche vor den Bauch und öffnete den Reißverschluss an der Seite. Sie brauchte eine Sekunde, um zu begreifen, was sie sah.

»Viertausend Pfund.« Ich ließ den Rauch durch meinen Mund entweichen und beobachtete, wie sie reagierte.

Ihre Miene versteinerte sich. »Und wofür ist das?«, fragte sie tonlos.

Ich seufzte. Hatte ich auch nur eine Sekunde erwartet, sie würde es einfach annehmen? »Du konntest die Tage über nicht arbeiten gehen. Nimm es einfach, ich brauche es gerade nicht.«

»Und woher kommt das?«, fragte sie kühl. »Ist das Schwarzgeld?«

Davies stellte sich zu uns. Auch ihn überraschte ich damit, dass ich ihr so viel Geld gab. Normalerweise war ich weniger großzügig, gerade weil die meisten, die ich kannte, nicht mit Geld umgehen konnten und es sie vergiftete, wenn man ihnen zu viel davon gab.

»So ziemlich jeder Pfund, der durch meine Hand geht, ist schwarz. Machst du dir wegen Großbritanniens Steuerhaushalt Sorgen?«, fragte ich feixend. »Glaub mir, das brauchst du nicht. Gestern Morgen wolltest du es noch annehmen.«

»Nein, wollte ich nicht«, erinnerte sie mich. Dachte sie, es wäre eine Art Bezahlung? Gott im Himmel, ich hatte mich für die Sache mit dem Blowjob doch schon entschuldigt. Was verlangte sie noch?

»Hör zu.« Ich ignorierte Davies, der mich interessiert beobachtete, warf die Kippe fort und nahm Florence' Gesicht zwischen meine Hände. Ihre Haut schmiegte sich dunkel und anmutig zwischen meine hellen Finger und wieder einmal musste ich feststellen, dass sie neben allem anderen atemberaubend schön war. »Ich werde das nicht mit dir diskutieren. Entweder du nimmst es oder du lässt es bleiben. Wenn du es bleiben lässt, gib es Davies zurück, er spendet es irgendeinem Gnadenhof. Du kannst es aber auch behalten, Davies spendet den Gnadenhöfen schon genug.«

»Wovon sprichst du?«, fragte sie belustigt. Ich glaubte, zu sehen, wie sie es genoss, dass ich sie so hielt. Das war etwas schade, denn im Grunde verriet ich sie gerade auf die schlimmste Art, auf die ich jemals jemanden verraten hatte – der nicht aus meiner Familie stammte.

Ich hielt ihre eine Wange fest, zog den Ausdruck aus meiner Jackentasche und drückte ihn ihr in die Hand.

»Was ist das?«, fragte sie und linste darauf.

Ich sah ihr weiter in die Augen. »Dein Zugangspasswort und deine Immatrikulationsnummer. Wenn du zurück in London bist, gehst du in die Universität und sagst, du hättest deinen Studentenausweis verloren. Dann bekommst du einen neuen.«

Sie kniff die Augen zusammen und wich zurück, sodass ich sie loslassen musste. »Und was studiere ich da?«, fragte sie kritisch.

»Musik und Geschichte, was sonst?«

Sie riss die Augen auf.

»Passt das für dich?«

»Ja, schon, aber …«

»Das Semester läuft zwar bereits eine Weile, aber du kannst die Zeit schon einmal nutzen, um dich einzufinden.«

»Und die Gebühren hast du vermutlich auch alle schon bezahlt?«, fragte sie ein wenig spöttisch.

Natürlich. Ich schwieg für einen Moment. »Sowie das Schulgeld deines Bruders.«

Das saß. Sie brauchte einen Moment, um diese Informationen zu verdauen, aber zum Glück sagte sie nicht so etwas wie ›Ich kann das nicht annehmen‹, so wie es jedes Good Girl getan hätte. Nein, Florence war auf eine gesunde Art egoistisch – und das war sehr befreiend. Alles, was sie nach einer Weile tat, war, zu nicken, den Ausdruck zum Geld zu stecken und die Tasche wieder zurück auf ihre Schulter zu rücken.

»Dann guten Flug«, wünschte ich ihr leise. Es war ein schwacher Trost für mich, dass ich ihr wenigstens die Chance ermöglichte, die sie verdiente, während ich plante, sie strategisch zu nutzen. Aber wenn Evan sie nicht hineinziehen wollte, warum sollte sie dann jemals davon erfahren?

»Kommst du nicht mit?«, fragte sie erstaunt.

»Nein.«

»Mhm.« Sie verkniff sich eine weitere Frage, wandte sich schließlich ab und ging zum Helikopter. Ohne ein ›Danke‹ hervorzubringen, als würde sie wissen, dass sie mir nichts zu verdanken hatte. Nicht wirklich.

»Chef.« Davies nickte und wollte ihr folgen, aber ich hielt ihn mit einem Blick zurück. Auch er hatte seine Tasche geschultert. Wie immer trug er ein T-Shirt, die schwarze Hose und seine Boots. Er sah nicht gerade wie jemand aus, der für die Aufgabe geschaffen war, die ich ihm auftragen wollte, aber ich hatte keine Wahl.

Er war der Einzige, dem Florence vertrauen würde, und solange sie das tat – mir und ihm vertrauen –, war alles viel einfacher.

»Was ich dir jetzt sagen werde, wird dir nicht gefallen.«

Davies' Miene war ausdruckslos. Gerade konnte ich seine Gedanken nicht erahnen, konnte nicht wissen, was er gegebenenfalls befürchtete.

»Du wirst ihr nicht mehr von der Seite weichen.«

Er hob verdutzt die geraden Brauen. »Was?«

»Richtig verstanden.«

»Ihr nicht mehr von der Seite …?«

Ich lächelte stumm und holte eine zweite Zigarette hervor. »Du darfst sie nicht eine einzige Sekunde aus den Augen verlieren.« Ich zündete sie an und ließ Davies diese Information verdauen. »Und ganz London soll wissen, dass du sie beschützt.«

Seine Kinnlade öffnete sich leicht und er sah Florence hinterher, die den Heli bereits erreicht hatte und jetzt zurückblickte. »Ganz London, Sir?«

»Jedes einzelne Viertel.«

»Rund um die Uhr?«

»Ja.«

Er ließ Luft durch die Zähne gleiten und fuhr sich einmal über die kurzen Haare. »Sie muss dir einiges bedeuten.«

»Es geht nicht darum, was sie *mir* bedeutet.« *Mir bedeutete sie zu viel.* Ich hatte einen Feind, ja. Aber ich hatte auch die Waffe gegen ihn gefunden. Und diese war weiblich und schön. »Sondern was sie *jemand anderem* bedeutet.«

Davies schien sich mein Vorhaben zusammenzureimen und nickte.

»Und, Davies?«

»Hoheit?«

»Gib ihr ihr Handy zurück. Vielleicht will sie Fotos machen. Ich glaube nicht, dass sie öfters mit einem Helikopter über London fliegt.«

»Aye«, sagte er und hielt sich zwei Finger an die Stirn, bevor er sich abwandte.

KLUGE MÄDCHEN
LASSEN DEN
PRINZEN FALLEN,
BEVOR ER SIE
EROBERT.

Rapunzel

FLORENCE

»Dein Handy, Beauty.« Davies reichte es mir zurück, bevor er sich anschnallte. Ich war noch nie geflogen und ich wusste nicht, ob ich langsam in Panik geraten sollte. Ein Helikopter, wirklich?

»Hast du Angst?«, fragte er und überraschte mich mit seinem einfühlsamen Blick.

»Sollte ich welche haben?«, fragte ich verunsichert.

Davies grinste fragend. »Ich habe vor nichts Angst. Im Notfall bin ich bei dir.« Er setzte sich zurück und verschränkte die Arme vor der Brust.

Auf meinem Smartphone, das drei Tage ausgeschaltet war, häuften sich die Nachrichten. Facebook, WhatsApp, Mails. Vor allem von Vic, die mehrmals bei mir vorbeigekommen war und wissen wollte, wo ich steckte. Und einige SMS von einem unbekannten Absender. *Was hatten die …?*

Im ersten Moment bekam ich Panik, denn ich wartete insgeheim noch immer darauf, dass sich die Dealer, die Nike das Kokain untergeschoben hatten, bei mir melden würden, aber die Nachricht war kryptisch – und sie konnte nur von einem stammen.

Als ich klein war, so ungefähr in dem Alter, in dem einige Teile meines Gehirnes, die sich dir widmen, stehen geblieben sind, sagen wir sechs, konnte ich vom Fliegen nicht genug bekommen. Ich wollte meine Eltern überallhin begleiten und meine Schwester tat mir regelmäßig den Gefallen und ließ sich von mir zum Flughafen schleifen. Ich dachte, ich werde Pilot. Was meinst du, wie London jetzt aussähe, wäre ich tatsächlich Pilot geworden?

Ich musste lachen.

Was willst du mir sagen, Alec?

Seine Nachricht ploppte erst nach fast einer Minute auf.

Ich werde bei deinem ersten Flug an dich denken.

Mist. Schon wieder diese Romantiktour. Ich konnte ihn durchs Fenster noch sehen. Er stand rauchend bei der Tür zum Inneren des Hotels. Das Smartphone in der Hand. Zufällig sah er auf und bemerkte meinen Blick. Er lächelte.

Im selben Augenblick bekam ich eine weitere Antwort.

Bleib anständig. Ich bin zu weit weg, um kontrollieren zu können, was du tust.

Als wäre die Entfernung für jemanden wie dich ein Problem.

Es dauerte wieder einen Moment, bis seine Antwort kam.

Ich kann es mir nicht länger erlauben, dass du meinen Kopf bevölkerst, Florence.

Warum?

Fuck. Hatte ich gerade wirklich ›Warum‹ gefragt? Schottland. Das Ganze beim Pool. Der Sex … Es sollte einmalig bleiben. Es sollte hier bleiben. In diesem Flughafenhotel in Glasgow, und ich wollte in London nicht mehr daran denken.

Du kennst mich und meine Gründe.

Sie sind verworren und pseudogeheimnisvoll.

:D Wie?

Verworren.

Und p s e u d o g e h e i m n i s v o l l.

Wie lange hast du jetzt dafür gebraucht, das Wort mit getrennten Buchstaben aufzuschreiben? Baby.

Der Helikopter hob ab und ich wurde zunehmend nervöser.

Alles, was ich dir sagen wollte, ist, dass ich das Fliegen liebe. Dir wird es auch gefallen. Geh zur Uni, nimm mein Angebot an. Wenn alles nach Plan läuft, gibt es keinen Grund, dass wir uns jemals wiedersehen.

Wessen Plan?

Gottes Plan? Meine Großmutter glaubte wie keine andere an ihn, vielleicht gibt es ihn wirklich? Und jetzt lehn dich zurück und genieß die Aussicht.

Alec …

?

Danke.

Er antwortete nicht mehr. Und obwohl ich ihn noch auf dem Dach stehen sah, hatte ich das Gefühl, dass er nicht mehr antworten würde. Wir hatten abgehoben, ich hatte Schottlands Boden verlassen und damit war auch das endgültig vorbei, was kurz zwischen uns entstanden war.

Er war ein arrogantes Arschloch mit einer Freundin. Ich eine junge Frau, die einfach nur ihr Leben leben wollte. Wir waren aneinandergeraten, ich habe einen Einblick in Abgründe erhalten, wurde von ihm massiv verarscht und außerordentlich gut durchgefickt.

Kein Grund, dem mehr Bedeutung beizumessen, als es verdiente.

Nur wieso hatte ich dann das Gefühl, dass diese Reise längst noch nicht zu Ende war?

SPIEGLEIN,
SPIEGLEIN.

WIRD DIR NIE
SCHLECHT BEI DEM,
WAS DU SIEHST?

Schneewittchen

DER PRINZ

»Prinz Alexander, seid Ihr das?« Die Stimme hallte durch die altehrwürdigen Gänge von Glamis Castle, als Alexander den Kopf hob. Er stand im prächtigen Eingangsbereich und zog eilig die Hände aus den Taschen seines eleganten Mantels. Er hatte eine Viertelstunde im Schatten der majestätischen Säulen verbracht und gedankenverloren die Wandteppiche und Gemälde, die die Wände des alten Schlosses zierten, betrachtet.

»Ja, Gabriel.« Alexanders Stimme war ruhig, immer ein wenig unscheinbar, als er auf den treuen Butler zuging, der in angemessener Distanz stehen geblieben war.

Gabriel, in seiner makellosen Livree, verbeugte sich leicht. »Es ist erfreulich, zu sehen, dass Eure Hoheit wohlauf sind. Ich gestehe, ich hatte mir Sorgen um Euer Wohl gemacht, da Ihr erwähntet, über Nacht in den Bergen zu bleiben. Gänzlich ohne Ausrüstung.«

»Sie wissen doch, dass Sie sich um mich nicht zu sorgen brauchen«, sagte Alexander mit einem feinen Lächeln.

Gabriel, der nicht nur ein Butler, sondern auch ein Vertrauter der Familie war, nickte respektvoll. »Ihr werdet bereits erwartet, Sir. Eure gesamte Familie ist anwesend«, erklärte Gabriel raunend und senkte die Lautstärke so weit, dass seine Worte nicht von den hohen Wänden widerhallten.

Die Pracht von Glamis Castle offenbarte sich in jedem Detail, von den hohen, prächtigen Wänden bis hin zu den roten Vorhängen, die über drei Stockwerke hinabreichten. »Ihre Königliche Hoheit hat darum gebeten, Euch unmittelbar zu Ihr zu führen. Sie konnte Eure Rückkehr kaum erwarten.«

Prinz Alexander nickte und folgte Gabriel durch die weitläufigen Hallen des Schlosses. Das leise Knarren des alten Parketts unter ihren Schritten war das einzige Geräusch. Geisterhaft. Glamis Castle war Alexander immer schon geisterhaft erschienen. Ein guter Grund, öfter hierherzukommen. Niemand konnte ihn stören.

»Ich habe für Diskretion gesorgt, Sir, und zu verstehen gegeben, dass Eure Hoheit zur Jagd ausgezogen waren«, sagte Gabriel fast etwas zu verschwörerisch für sein sonst so steifes Gehabe.

»Ich jage seit fünf Jahren nicht«, verbesserte Alexander ihn aus einem Reflex heraus.

»Das war mir entfallen, Sir.« Gabriels Miene zeigte einen Anflug von Bedrücktheit. »Euer Onkel ist ebenfalls eingetroffen. Ich empfehle, Sir, sich mental auf eingehende Erläuterungen zur Jagd im anstehenden Winter einzustellen, vorausgesetzt, dass sich der Zustand von …«

»Vorausgesetzt, dass sich …?«

Während die beiden Männer sich der breiten Wendeltreppe näherten, umgaben sie die zeitlose Eleganz der Eingangshalle und des gesamten Schlosses. Die gewaltigen Porträts ehemaliger Könige und Herzöge an den tapezierten Steinwänden zeugten von einer vergangenen Ära. Im Winter war es hier bitterkalt, da ständig ein Zug durch die schlecht isolierten Fenster glitt.

Die Eingangshalle blieb unbeheizt, möglicherweise deshalb, weil die Schwester der verstorbenen Königin nicht oft Besuch empfing.

»Vorausgesetzt, der Zustand Ihrer Königlichen Hoheit erfährt keine Verschlechterung, Sir.« Gabriels Stimme senkte sich zu einem noch leiseren Flüstern, als ob er befürchtete, der Tod persönlich könnte ihn hören.

»Was ist genau geschehen?«, erkundigte sich Alexander mit aufmerksamer Stimme.

»Nach Eurem Besuch gestern Abend, Sir«, begann der Diener, während er sich verlegen über den Mund fuhr, »ließ Ihre Königliche Hoheit die Ärztin rufen. Sie erbat Schlaftabletten – eine Schlaflosigkeit plagt sie seit mehreren Tagen.«

Alexanders Hände verkrampften sich. Sie erreichten die oberste Stufe der Treppe und bogen dann links in einen mit prächtigen Teppichen ausgelegten Korridor ab, der zum zweiten Flügel des Schlosses führte.

»Die Doktorin hat eine kleine Menge Tabletten hinterlassen, und Ihre Königliche Hoheit, Prinzessin Agatha ...«

»Warf sie sich gestern Abend ein«, schloss Alexander und ein leichter Schweißfilm legte sich in seinen Nacken.

»Gewiss, Sir«, entgegnete Gabriel mit einem verschämten Lachen. »›Einwerfen‹ ...«

Alexander biss sich auf die Zunge.

»Glücklicherweise war die Dosis der Tabletten ...«

»Nicht ausreichend«, beendete Alexander den Satz des Butlers. »Ist meine Mutter gekommen?«

»Ja, Sir. Ihre Majestät hat sich eingefunden.«

»Und mein Vater?«

»Seine Majestät wurde aufgehalten. Aber Eure Cousinen aus County Durham, Gräfin Eleanor von Weybridge und Lady Amelia Artebury, sind eingetroffen ...«

»Wird mein Vater kommen?«

»Seine Majestät plant, morgen Nachmittag anzukommen, Sir.«

»Wer weiß alles, dass es ein Selbstmordversuch war?«

Der Diener zuckte zusammen. »No-noch nie-niemand, Sir ...«

Alexander straffte die Schultern. »Meine Familie denkt, es sei ein Unfall gewesen.«

Sie passierten den Westflügel mit Blick auf die schottischen Bergkämme und kamen den Schlafräumen näher.

»Ihre Königliche Hoheit erinnert sich nicht daran, sie eingenommen zu haben.«

Der Prinz stutzte und dann lächelte er plötzlich wissend. »Ein wahrlich genialer Schachzug. Sie behauptet schlicht, sich nicht erinnern zu können, und entzieht sich so jeder Schuld. Danke, Gabriel, das genügt.«

»Aber, Sir, seid Ihr sicher, dass ich Euch nicht noch eine Erfrischung –«

»Das genügt«, befahl Alexander ungewöhnlich grob und dem Diener blieb keine andere Wahl, als zu gehorchen.

Alexander ließ den stotternden Gabriel im Flur zurück und näherte sich der Flügeltür, die zu dem Schlafzimmer seiner Großtante führte. Er musste sich bremsen, um nicht die beiden Türen effektheischend aufzustoßen, und öffnete stattdessen den linken Flügel. Er glitt wie ein stiller Schatten hindurch.

Man kannte ihn als zurückhaltenden, stillen, aber, wenn man ihn ansprach, wortgewandten jungen Mann, der es vorzog, nicht im Mittelpunkt zu stehen. Seine Anwesenheit bei familiären Anlässen war oft so unauffällig, dass man ihn leicht übersehen konnte. So kam es, dass seine Familie ihn auch erst dann bemerkte, als die Tür hinter ihm mit einem dumpfen Geräusch ins Schloss fiel.

Mehr als fünf Frauen waren anwesend und drehten ihre ordentlich frisierten Köpfe in seine Richtung.

»Verzeiht meine Verspätung«, sagte er mit einer leichten Verbeugung, seine Stimme klang ernst und kontrolliert.

»Du brauchst dich nicht zu entschuldigen, Alexander!«, rief seine Mutter. Sie trug ein schwarzes Trauergewand, das im Kontrast zu ihrer blassen Haut stand, saß auf einer mit Seide bespannten Chaiselongue vor dem Fenster, neben ihr ihre jüngere Schwester. Sie hatte sich trotz ihres Alters und der Schicksalsschläge in ihrer Familie gut gehalten, auch weil

Alexander sie täglich in dem Glauben ließ, er wäre ein vorzeigbarer, höriger Sohn. »Diese Tragödie war unvorhersehbar.«

Nein, sich zu entschuldigen, brauchte er allerdings nicht. Alexander neigte den Kopf, um besonders demütig auszusehen, und begrüßte die Frauen der Reihe nach mit einem platonischen Wangenkuss. Eine jede war froh, ihn zu sehen. Er galt in seiner Familie als der Schützling, den man nie ganz hatte ziehen lassen wollen, und war besonders bei seinen Tanten und Cousinen sehr beliebt.

Schließlich legte er unter seine Stimme einen künstlichen, mitfühlenden Unterton und wandte sich ein weiteres Mal an seine Mutter. »Kann ich zu ihr, Mutter?«

Die Königin unterdrückte eine Träne. Agatha war Alexanders Lieblingstante gewesen. Eigentlich nur aus dem Grund, dass sie in Schottland lebte, aber das musste ja niemand erfahren. »Natürlich, Alexander.«

»Allein?«

»Sicher. Der Arzt meint, zu viel Besuch könnte sie überfordern. Sie hat heute schon mehrmals nach dir gefragt.«

Alexander verzog seine Lippen zu einem schmalen Strich und nickte. »Und Mutter ...« Er tat so, als ob er den nicht vorhandenen Kloß im Hals hinunterschlucken müsste. »Was, wenn ihr wirklich etwas ... zustößt?«

»Das wollen wir nicht hoffen«, erwiderte sie stimmlos.

Alexander verharrte einen Moment. Was, wenn ihm der Zustand seiner Tante ganz neue Möglichkeiten bot, die ihm in seiner Lage nur helfen konnten? »Es tut mir leid, dass ich euch nicht eher Bescheid gegeben habe. Ich wollte euch nicht zusätzlich zu dem Geschehen in London und den Vorbereitungen für die Beerdigung belasten. Außerdem bat Tante Agatha darum.«

Zögernd, ja unsicher wirkend, ging er an den Frauen vorbei auf die zweite Tür zu, hinter der das herrschaftliche Schlafzimmer lag. Er drehte den altmodischen Türknauf, huschte hindurch. Er überprüfte, ob die Tür hinter ihm verschlossen und bis auf ihn und seine Großtante Agatha niemand anwesend war, dann löste er seine verkrampfte Haltung, straffte die Schultern und schritt auf das Bett zu.

»Alexander?«, fragte seine Tante schwach. Sie schlug die Augen auf und folgte seiner Bewegung durch den Raum mit einem müden Blick. Ihre Haut war bleich, ihr Haar fad. Sie hatte sich aufgegeben. Alexander erkannte, wenn sich jemand aufgab, und sie hatte es getan. *Nur weil er ihr eine Lüge aufgetischt hatte? Was für eine Macht er doch besaß …*

Sie streckte ihrem Lieblingsneffen eine Hand entgegen, doch er verschränkte kühl seine Arme vor der Brust und blickte von oben auf sie herab. Er dachte über seine nächsten Schritte nach. Wenn sie starb, konnte das Vorteile für ihn bedeuten. Seine Familie würde Verständnis für etwaige spontane Reisen und das Unterbrechen seines Studiums aufbringen. Er könnte zum Beispiel behaupten, dass ihn die Schicksalsschläge seiner Familie – erst die Queen, jetzt ihre Schwester – derartig ergriffen hätten, dass er das Semester aussetzen und Abstand gewinnen musste – zum Beispiel im Ausland. Während er Evan jagte. Er wäre frei und hätte zahlreiche Möglichkeiten. Doch wer sagte ihm schon, dass er in nächster Zeit gezwungen war, London zu verlassen? Noch wusste er zu wenig.

Noch hatte er keine Ahnung, ob es Evan nicht reichen würde, wenn er ihn mit Florence lockte.

Kein Grund, etwas zu überstürzen.

»Du wolltest dich also umbringen, Tante Agatha.« Alexander sprach weich, seine Stimme wie Öl, das nur darauf wartete, entflammt zu werden. Die Umstände hatten dafür gesorgt, dass Gräfin Agatha zu seiner einzigen und engsten Vertrauten werden würde – und zwar jetzt.

»Wie, Alexander?«, fragte sie überrumpelt und riss schockiert die Augen auf.

»Vier Pillen reichen nicht für den goldenen Schuss, Agatha«, erklärte er ihr freundlich. »Was meinst du, wie viele Jugendliche ich schon gesehen habe, die es damit versuchen wollten? Was meinst du, wie viele Selbstmorde ich schon verhindern konnte? Und jetzt verhindere ich deinen.«

Sie starrte zu Alexander hoch.

Sein Blick wurde noch milder, als würde er ihr von der Schönheit des Wetters erzählen und von der beeindruckenden Aussicht über die schottischen Wälder hinter ihren Fenstern. Und nicht von seinem Leben am Abgrund. »Ich kam gestern zu dir und habe gelogen.«

»Gelogen?«, wiederholte sie irritiert. »Alexander … träume ich?«

Er griff hart nach ihrem Arm und umschloss ihn fest mit seiner Hand. Ihre Haut war alt, vergilbt. Ein Buch, das man nicht mehr aufschlagen wollte, weil die Geschichte längst erzählt war. »Vor zwei Wochen plante ich den größten Angriff auf diese fette Stadt im Herzen Englands. London. Die dafür sorgt, dass unserer Familie das Gold in den Arsch geschoben wird, damit wir es als Schleim oben rauskotzen. Ich plante diesen Angriff und hatte dafür zwölf Männer. Diese zwölf Männer befehligen jeder auf seine Art eine Gruppe gewaltbereiter Kämpfer. Ganoven, Drogenbosse, Waffenschieber, korrupte Polizisten, Gangmitglieder, die es leid sind, arm und untereinander verfeindet zu leben. Ich habe sie zusammengeführt, um euch zu schlagen. Um … uns zu schlagen, Tante Agatha.«

Sie sah ihn an und konnte nicht verstehen.

»Und wie es so kommt, wenn man einen Krieg führt, wurde auch ich hintergangen und verraten. Von einem dieser zwölf. Dem Einzigen, der niemanden befehligte, demjenigen, den ich aufgenommen hatte, weil ich dachte, meine Tafelrunde müsse vervollständigt werden, und weil er als Spion so gut geeignet war. Willst du seinen Namen erfahren, Tante Agatha?«

»Alexander, ich weiß gar nicht …« Tränen standen in ihren Augen.

»Evan. Ein ziemlich langweiliger Name für einen Verräter, oder?«

Sie bewegte leicht den Kopf. Ein Nicken? Ein Kopfschütteln? Es war eher ein Flehen, dass er aufhören sollte, ihr alles zu erzählen, aber wenn sie nicht frühzeitig an einer Überdosis Tabletten sterben wollte, musste sie da jetzt durch. Oder aber sie verreckte an einem Herzinfarkt – es war ihm gleich. Hauptsache, er konnte von ihr profitieren. So oder so hätte er einen guten Grund, vor seiner Mutter diesen Winter nicht ganz der perfekte Sohn zu sein, den sie von ihm gewohnt war. Nach dem, ›was unsere Familie durchzustehen hatte‹, würde sie es sogar hinnehmen, dass er Weihnachten woanders verbrachte.

»Ich weiß noch nicht, auf welcher Seite dieser kleine Pisser steht, Tante Agatha.«

»Was sind denn das für Worte, Alexander?«, brachte sie atemlos hervor.

Ernsthaft? Hauptsache keine Gossensprache in diesem Schloss, was? Alexander redete einfach weiter. »Ich weiß noch nicht, wer Evans Auftraggeber ist, und ich weiß nicht, was dessen Absichten sein könnten. Aber ich weiß, dass Evan eines der größten Geheimnisse Englands kennt, weil er mich dabei sah, wie ich zwischen meinen zwei Leben hin- und herwechselte. Möchtest du dieses Geheimnis auch erfahren, verehrte Tante?«

Der Arm in seinem Griff wurde kalt. Kalt vor Angst.

»Ich sage es dir«, raunte er und beugte sich zu ihrem Gesicht. »Die Krone Englands wird nicht länger existieren, wenn ich mit ihr fertig bin. Es wird keine korrupten Politiker mehr geben, die davon profitieren, in meinen Vierteln Drogen und Waffen zu verteilen und für Straßenkämpfe zu sorgen, damit sich keine starke Gruppe bilden kann, die gegen alles rebelliert und die weißen Bonzen abwählt. Die Spitze wird nicht länger weiß sein und die royalen Königshäuser nicht länger reich. Das ist mein Plan, verehrte Tante. Verstehst du jetzt, weshalb ich dich anlog?« Er lächelte unbestimmt.

Ihr Gesicht verlor zunehmend an Farbe.

»Ich kam gestern hierher, zum Tee, ein netter Besuch, und habe dir eingebläut, ich hätte die letzten Tage bei dir verbracht. Ich habe dir gesagt, du hättest es vergessen, weil du manchmal Dinge vergisst. Ich habe dir geschickt eingetrichtert, du wärst mittlerweile so dement, dass du dich nicht mehr daran erinnerst, wenn dich dein Lieblingsgroßneffe für mehrere Tage besuchen kommt. Es tut mir leid, aber ich musste das tun. Ich musste nach diesem Verräter suchen, der all meine Pläne zu Fall bringen kann, und auch wenn ich ihn noch nicht gefunden habe, brauchte ich eine Geschichte, die mich vor meiner Mutter decken würde. Ich kam also hierher und behauptete vor dir, dass ich die letzten Tage schon hier gewesen war, damit du es meiner Mutter in London erzählst. Ich tat erstaunt, dass du dich nicht erinnerst, und du dachtest, dein Alzheimer hätte sich verschlimmert. Aber keine Angst, Tante, du erinnerst dich genau. Ich war nicht hier, ich war in London und habe darauf gehofft, Spuren zu Evan zu finden. Ja, ich gebe es zu, ich schlittere ein wenig zwischen dem Leben und dem Tod hin und her, und ich habe etwas zu viel Kokain gezogen und wurde daher recht ungemütlich, aber von all dem hast du nichts mitbekommen, denn ich war weit weg.« Er streichelte sanft über die alte Haut an ihrem Arm, damit sie sich etwas beruhigte. Sie sah nicht danach aus, als ob das funktionierte. »Es gibt absolut keinen Grund für dich, dich mit Schlaftabletten umzubringen, werte Tante. Dein Selbstmord war etwas übereilt. Es gibt nichts, das du vergessen haben könntest. Ich habe dich angelogen, in Ordnung? Und weißt du, was ich jetzt tun werde, Tante Agatha?«

Es schien, als hätten seine Worte die Schwester der verstorbenen Queen letztendlich doch getötet, so starr und blass blickte sie zu ihm hoch.

»Ich werde diesen kleinen Verräter Evan finden, denn die einzige Frau, die ihm etwas zu bedeuten scheint, befindet sich in der Hand meines Dieners. Und wenn ich Evan finde, werde ich dafür sorgen, dass er mitsamt seinem Wissen verschwindet. Aber keine Angst, dich werde ich nicht töten, denn du wirst mein Geheimnis bewahren, nicht wahr, Tante Agatha? Nicht nur, weil dir keiner glauben würde, sondern auch, weil du mich unterstützt. Ist es nicht so? Kämpfen wir mit unserem blauen Blut nicht schon Jahrhunderte dafür, dass Großbritannien ein großes, starkes Land wird? Wir wollen doch nur das Beste für unser Volk. Und glaub mir, Tante Agatha, ich bin das Beste für dieses Land. Es fällt nur schwer, das von außen zu erkennen, denn meine Regierung ist nah am Volk und sehr direkt. Aber so was brauchen sie, oder nicht? Die Nähe. Die Freundschaft. Erst wenn sie glauben, dass wir ihre Freunde sind, werden sie uns tolerieren. Daher versucht unsere Familie seit der Einführung der Demokratie, sich anzubiedern. Freundschaft. Süße Babyfotos in der Klatschpresse. Das ist die Art und Weise, wie wir sie von uns überzeugen, nur dass das nicht länger funktionieren wird. Ich bin ein Feind der Monarchie. Der Erste aus unserer Reihe, der sich traut, dazu zu stehen. Und meine Armee wird größer, Tante Agatha, während das Volk längst vergessen hat, warum genau es die royale Familie lieben sollte. Das Haus Walford ist eine fette Made, die sich auf alle anderen setzt und sie aussaugt, während das Geld für die wirklichen Probleme dieses Landes fehlt. Irgendwann wird die Liebe unseres Volkes für unsere Familie vergehen, Tante. Sehr bald sogar.« Er tätschelte ihre Hand, bevor er sich aufrichtete und ihren Arm losließ. »Denn ich werde dafür sorgen.«

Ende Band 1

DANKSAGUNG

Du Wunderbare,

Ich hoffe, dir hat die neue Auflage zu DARK PRINCE gefallen. Wenn du meine Arbeit und mich unterstützen möchtest, freue ich mich über eine positive Rezension.

Auch die Folgebände werden überarbeitet und die Story ändert sich so sehr, dass es sich für dich lohnt, sie ebenfalls nochmal zu lesen. Vor allem dann, wenn du noch nie ein Fan von Ella warst ... hihi. ;-) Für alle, die Catching Beauty VOR Dark Prince gelesen haben: Crack hat Davies den Spitznamen geklaut, nicht andersherum!

Ich danke allen Testlesern, die damals wie heute das Buch besser gemacht haben. Natürlich auch meinen Korrektorinnen Claudia und Alina. Außerdem gilt mein Dank dem WondaVersum, das das beste Team der Welt hinter meinen Büchern ist. Danke, dass ihr jeden Tag die Wonda-Fans so glücklich macht!

In Liebe

Jane

GELÖSCHTE SZENE

DER PRINZ

Diese Szene, die ursprünglich das zweite Kapitel war, habe ich, um dein Lesevergnügen zu verbessern, aus dem eigentlichen Buch entfernt. Denn sie nimmt zu viel vorweg. Jetzt, da du Alec schon besser kennst, kannst du, wenn du möchtest, nachlesen, was er kurz nach der Begegnung mit Florence dachte.
Viel Spaß dabei!

Mein Königreich erstreckte sich von Croydon bis Betham. Und natürlich noch weiter, bis in die äußersten Viertel Londons und darüber hinaus, aber hier war meine Festung. Der sicherste Ort Englands – für Verbrecher wie mich.

Ich war kein echter Gangster. Niemand, der es nötig hatte, andere auszupressen und sich am Elend zu bereichern. Viele würden die Seite, auf der ich kämpfte, als die gute bezeichnen – viele auch nicht.

Was auch immer die Leute über mich dachten, sie wussten nicht, wer ich wirklich war.

Niemand kannte mein Geheimnis.

Bis auf Evan.

Ich musste den Pisser finden, das war meine Mission. Sie

stand über allem anderen. Und nicht einmal Davies, meine rechte Hand, durfte von ihr erfahren. Es wäre nicht gerade mein Lieblingstod, wenn ich ausgerechnet von dem Messer meines Dieners abgeschlachtet werden würde.

Wenn ich das verhindern wollte, musste ich Evan verdammt noch mal finden.

Dabei war der Typ nicht viel mehr als eine unbedeutende Ratte, die für mich die kolumbianischen Handelsrouten ausspionieren sollte. Ein Spion. Ein ziemlich guter nebenbei. Wer hätte gedacht, dass er so lebensmüde sein würde, mich zu verraten? Aber es kam, wie es kommen musste. Wir waren uns an einem Ort begegnet, an dem wir beide nichts zu suchen hatten.

In Westminster beim Buckingham Palace, dem Schloss der Queen, in der Nacht ihres Todes. Das bedeutete auch, dass wir *beide* so gut wie tot waren.

Die Frage war nur, wer zuerst sterben würde.

Ich warf die Kippe fort und schwang mich über eine Brüstung auf ein niedrigeres Dach.

Ein schimmerndes London des Tages lag irgendwo fernab der mit Betonklötzen durchsetzten Horizontlinie und verbarg sich gekonnt vor meinem Blick.

Vier Nächte. Vier Nächte war ich nun schon untergetaucht und hatte mich nicht im *Royal Black* blicken lassen. Ich musste zurück, auch wenn Evan mir an jeder düsteren Ecke eine Falle stellen konnte. Verdammt. Niemand konnte mir verübeln, dass mir das Schlafen schwerfiel.

Vier Tage waren keine Besonderheit, aber vier Nächte? Und es würden noch einige mehr werden. *Langsam gingen mir die Erklärungen aus.*

Davies würde Fragen stellen. Meine Familie würde Fragen stellen. Jeder zerrte an meiner Anwesenheit, dabei wäre es das Schlauste, ich würde wie Evan untertauchen und erst wieder an die Oberfläche zurückkehren, wenn ich ihn gefunden und ausgeschaltet hatte.

Das wenige Licht, das durch den Spalt zwischen den gegenüberliegenden Hochhäusern drang, stach in meine übermüdeten Augen. Ich war wenig Schlaf gewöhnt, aber nicht *gar keinen.* Und ausgerechnet eine verschissene Katze, die Davies' Kater verdammt ähnlich sah, hatte sich gestern Nacht durch irgendein angelehntes Fenster gequetscht und sich durch Evans leere Wohnung geschnurrt. Ich war hochgeschreckt, hatte die Waffe auf das Mistvieh gerichtet und war kurz davor gewesen, eine unschuldige Seele für Evans Verschwinden büßen zu lassen und mich durch die Lautstärke des Schusses zu verraten.

Ich hasste Katzen.

Vielleicht deswegen, weil sie die einzigen waren, die sich mir in dieser Betonlandschaft widersetzten. Alle gehorchten mir, aber wenn ich Davies' verschissenen Dreckskater aus meinem Zimmer schicken wollte, fauchte er mich an?

Ich schob die Gedanken an das Vieh beiseite, zündete mir die nächste Zigarette an und ließ meinen Blick über die Vorstadt schweifen. Zum ersten Mal seit Jahren konnte ich keinen meiner Männer damit beauftragen, einen Job für mich zu erledigen. Evan musste ich allein suchen.

Niemand von ihnen durfte erfahren, was er wusste. Niemand durfte erfahren, dass es etwas gab, das man über mich wissen *konnte.*

Ich war auf mich allein gestellt – und ich versagte.

Selbst der beste König war ohne sein Heer aufgeschmissen. Was hatte er schon, das ihn beschützen konnte?

Ich war ein König geworden. Ein König Londons, der Macht über Gangster, Kartelle, Bandenköpfe und die Polizei besaß. Und jetzt drohte Evan, das alles zu gefährden. Es könnte mir gut passieren, dass ich nicht lange darüber nachdenken würde, ob ich ihn erschieße, sollte ich ihn treffen. Es wäre allzu befriedigend, eine meiner Kugeln in seiner Stirn bluten zu sehen.

Fuck.

Ich warf die Kippe von mir, als ich eine Gestalt unter mir auf dem Gehweg bemerkte, die auf eine der Treppen hinunter zur Straßenebene zusteuerte. Das Kokain des Mädchens steckte in meiner Jeanstasche. Ein halbes Kilo. Wie kam eine wie sie daran?

Etwas an ihr war besonders. Ich hätte sie in Evans Flur beinahe gefickt, so sehr war mir ihre Erscheinung unter die Haut gedrungen. Dabei war sie nur ein Mädchen wie jedes andere aus der Gosse, oder?

Es stand außer Frage, dass ich sie beschatten lassen würde, dennoch könnte ich die Zeit nutzen und auf meine Art herausfinden, wo sie wohnte. Ich nahm Anlauf, landete nahezu geräuschlos auf dem Dach unter mir und fing mich sanft ab. Während ich sie im Auge behielt, folgte ich ihr über die Dächer, und obwohl es helllichter Tag war, bekam sie es nicht mit.

Ich war ein Meister darin, mich zwischen den zahlreichen Sozialwohnungen und Betonbauten hindurchzubewegen, ohne auch nur einen Schritt auf einen gewöhnlichen Gehweg zu setzen. Freerunning war meine Leidenschaft und hilfreich, wenn ich mich unbemerkt in London bewegen wollte. Wie ein Schatten, der der Sonne entkam, glitt ich durch die Stadt und folgte Florence bis zu ihrer Wohnung.

Florence. An ihr gefiel mir alles. Schon damals, vor vielen Jahren, als ich Carl das *Royal Black* abgenommen hatte, war sie mir nicht mehr aus dem Kopf gegangen. Das Mädchen war auf natürliche Art hübsch. Das, was sie sagte, zeugte von Intelligenz, und sie wusste genau, was sie tun musste, um in Betham zu überleben.

Jetzt aber steckte sie in Schwierigkeiten – und im Gegensatz zu vielen anderen in diesem Viertel schien sie unschuldig zu sein. Wer hatte ihr das Koks gegeben? Und wie könnte ich sie dazu bringen, zu reden, wo sie offensichtlich nicht einmal meine *Smith & Wesson* zufriedenstellend einschüchtern konnte?

Ich lehnte mich an eine Hauswand, die an das Dach angrenzte, und musste schmunzeln, als ich an ihre vorlaute Art zurückdachte. Nicht nur, dass sie mir Flüche an den Kopf geknallt hatte, als wäre ich ein schusseliger Tankwart und nicht der mächtigste Mann der Londoner Vorstädte – sie besaß ebenso viel Unverfrorenheit, mir nicht sofort alles zu sagen, was sie wusste.

Dafür gab es nur eine Erklärung: Sie wollte ihre Quelle schützen. Und das wiederum bedeutete, dass ich ihr Vertrauen gewinnen musste. Sollte ich ihr also offenbaren, was genau ich tat?

Wenn ich ihr verriet, dass ich auf der richtigen Seite kämpfte, könnte ihr das imponieren und sie würde mir alles anvertrauen.

Oder war es besser, sie einzuschüchtern? Ihr Angst einzujagen? Vielleicht vertraute sie niemandem, dann war Gewalt der einzige Weg.

Ich zog eine weitere Zigarette aus meiner Schachtel hervor. *Nikotin war nicht die einzige Droge, die mich wachhielt.*

Was würde eine wie Florence beeindrucken? Ich wusste noch zu wenig über sie. Vermutlich war es tatsächlich die beste Lösung, dass ich sie zu mir eingeladen hatte. Florence hatte nicht einmal mit der Wimper gezuckt, als ich ihr das *Royal Black* als Treffpunkt vorgeschlagen hatte. Was, wenn sie nicht einmal ahnte, wer ich war?

Würde ich ihr Vertrauen dann überhaupt gewinnen können? Wenn ich das nicht schaffte, blieb mir nichts anderes übrig, als sie angemessen einzuschüchtern. Und etwas verriet mir, dass sie nicht so schnell klein beigeben würde, wie ich das von Leuten in meiner oder Davies' Anwesenheit gewohnt war.

Florence war stark. Besonders und mutig. Fuck.

Und sie gefiel mir.